"深扎"文丛

BIFEI GANTANG

蔽芾甘棠

孟红梅　著

河南大学出版社
HENAN UNIVERSITY PRESS
·郑州·

图书在版编目(CIP)数据

蔽芾甘棠/孟红梅著. —郑州：河南大学出版社，2018.4

(“深扎”文丛)

ISBN 978-7-5649-3314-2

Ⅰ.①蔽… Ⅱ.①孟… Ⅲ.①长篇小说—中国—当代 Ⅳ.①I247.5

中国版本图书馆 CIP 数据核字(2018)第 088133 号

总 策 划 侯若愚
责任编辑 任湘蕊 朱春华
责任校对 李 云
封面设计 侯一言
出版发行 河南大学出版社
地址：郑州市郑东新区商务外环中华大厦 2401 号 邮编：450046
电话：0371-86059701(营销部) 网址：www.hupress.com
印 刷 河南瑞之光印刷股份有限公司

版 次	2018 年 11 月第 1 版	**印 次**	2018 年 11 月第 1 次印刷
开 本	889mm×1194mm 1/32	**印 张**	12.875
字 数	358 千字	**定 价**	57.00 元

目　录

第三章 牧野洋洋

第四章 宅兹中国

第五章 燕歌行

第六章　皇皇者华

第一章　召旻

淇　遇

黄昏时分，召伯奭带领他的队伍，来到朝歌城下。高高的城墙在暮色苍茫中犹如一道山岭，威武地横亘在面前。城墙顶上有巡逻的驷车通过，嗒嗒的马蹄声、轧轧的车轮声交织成滚滚闷雷在头顶辗过，让人胆战心惊，叹为观止。

朝歌，果然不同凡响，奭不由赞叹。一个月前，他接到商王受诏令，说朝歌新城竣工，邀天下诸侯到朝歌参瞻祝贺。奭心里很清楚，参瞻不过是个好听的托词，受真正的用意无非是让自己的属国盟邦给自己送去丰厚的贺品而已。

奭没有刻意地准备，只将他在召地精心培育下盛产的稻谷装了数车，又挑了几匹白马，组成一支数十人的队伍前往朝歌。

受在他的豪华气派的宫殿里招待来自各地的诸侯。他的身材高大魁伟，面相威猛，坐在高高的王位上，如一头健壮的雄狮，威风凛凛，不怒自威。一些来自弱小国家的人，包括他们的伯侯，吓得连头都不敢抬，只唯唯诺诺地跪在一边，气都不敢长出一声。

奭也是第一次见到受，受给他留下了并不差的第一印象：霸气外露，虎视天下，充分显示出作为一个王的气派尊严。在他的左前侧，一字排开坐着受的臣僚和王族。分别是大臣祖伊、恶来，王叔微子启、箕子、比干，王子武庚录父等。受的右前侧便是各诸侯席位，周姬昌坐在最上位，身边分别坐着其子鲜和旦。姬昌之下，依次是羌侯、盂侯、黎侯、有苏侯、东夷侯、淮夷侯等。

奭不在诸侯之列，由于召与商为盟邦而不是属国的特殊地位，以及此次奭为商带来紧缺的稻谷等原因，奭被受特意安排在了自己身边，紧挨自己而坐。受另一边则是攸侯喜，他现在已成了受不可或缺的帮手。

宴会在一片颂谀声中进行着。受本嗜酒，现在更是开怀畅饮，酒量惊人。为展示大邑商的雄力，炫耀列祖的丰功伟绩，受传来了太师疵和少师缰，命他们将祭祀先祖的商颂当场献唱。祖伊提醒受道："颂扬祖先当到宗庙献唱，此种场合恐不合适。"

受不以为然地说："都是在歌颂赞美祖先，何必过于计较场合。难道在这种场合下，祖先的功绩就不能歌颂了？"

太师疵深知受的脾性：随心所欲，无拘无束，只要是他想做的，没有人能阻止改变得了他。少师缰理解太师疵的心情，不用他交代，先弹唱起来：

天命玄鸟，降而生商，宅殷土芒芒。
古帝命武汤，正域彼四方。
方命厥后，奄有九有。

接着，太师疵唱了《那》，轮到再颂时，微子启站了起来，要当场亲自献唱。因为王位之争，受对长兄微子启心里总是有道坎，虽不至于愧疚，但面对他忧伤幽怨的目光时，受还是有些过意不去。此次新都建成庆贺，他特意告知长兄，让他届时参加。一为显示自己的雄才大略，二来也解解兄弟之间的感情隔阂。此时，启能主动响应自己，站出歌颂，说明他是赞同自己的。受心里宽慰许多，但表面上他依然不动声色，只微微颔了颔首。

微子启也不在意受的表情，在太师疵和少师缰的伴奏下，一脸肃穆，目视远方，唱道：

赞叹伟大我先祖，大吉大利有洪福。
永无休止赏赐厚，至今恩泽仍丰足。
……

宴会在微子启略显伤感的颂声中结束。受意犹未尽，提出让众人随他参观宫苑鹿台。在他半是邀请半是强迫的虎视下，众人没有敢提出异议的。

受先带领众人登上了鹿台。站在鹿台上鸟瞰，朝歌城尽收眼底。极目四望，竟看不到边际。“这城究竟有多大啊！”众人赞叹不已。帝辛十分享受这种赞叹。

奭默默无语，他能想象出，在这高高的鹿台下埋葬着多少血汗和生命。如果在召地，他是不会允许这种好大喜功、劳民伤财的建筑出现。他会用建鹿台的资费去建一些民居，改善平民百姓的生活状况。

从鹿台下来，受又带众人上了摘星楼。摘星楼名副其实。如果是晚上，站在楼上，一伸手一定能摘到星辰。可现在是白昼，天上只有一轮太阳和几缕云彩，晒得人头冒汗，心发慌。受也感到了劳累和饥饿，便安排众人用餐。用餐的地方就在他别出心裁修建的酒池肉林。

“你们见过树上长的肉吗？你们见过一池的美酒吗？今天，我就要让诸位开开眼，尝尝这肉林的肉是什么滋味，品品这池中美酒是什么味道。”受像指挥千军万马似的喝令着眼前的数十个人，狂放粗野，声震屋宇。

众人面面相觑，不知所措。就连被公认为见多识广、德高望重的姬昌也一时愣在了那里，一脸茫然，蹙眉慨叹。

见状，受哈哈大笑，鄙夷地说：“真是枉为一方诸侯了，这样平常的事物竟不曾见过。”说着，他带头走进肉林，随手摘下一块肉，又亲自到酒池边，取了酒器，舀上酒，一手端酒，一手把肉，大吃大喝起来，并虎视眈眈地逼视着众人。

众人不敢太拂他意，便硬着头皮走进肉林，选取各自合口的肉吃，又自己动手学着受的样子舀来酒喝。果然，酒是好酒，肉是好肉，如果不是这种怪异的饮食方式，众人还是十分享受此种美味的。

酒足肉饱，受惬意却是别有用心地说：“诸位慢慢享用，我还有更精彩的物事让诸位开眼。酒能喝就多喝点，肉能吃就多吃点，免得到时因没吃饱心慌而被吓倒。”

有苏国君听受这样说，心一惊，手一抖，酒肉随之掉到地上，惹得受大笑不止，众人也忍俊不禁，跟着笑了起来。笑声中，来到一盘乌油黑亮、下有炭火熊熊炙烤的铜烙前。众人皆不解，不知受安此铜烙有何用处。正猜测间，只见两名虎贲押着一名犯人走了过来。受手一挥，虎贲将犯人放在了铜烙上，令其在上面行走。滚烫的铜烙烙着犯人的脚底，使其发出骇人的惨叫，在铜烙上蹦跳不止，久而气力耗尽，又酷热难耐，索性自己坠入炭火中被烧死。

有苏国君捂住耳，不愿听到惨叫；捂住鼻，不愿闻到焦味；捂住眼，不愿看到惨状。但受根本不体谅他的苦衷，强行拉开他的手，走近铜烙，让他更近些去看，去听，去闻。有苏国君实在受不了，双腿一软，瘫倒地上。两个寺人（王之近侍，古职）急忙将他扶到别处休息。其他人趁机也想走开，被受拦住。

“诸位莫怕，我用此刑是专门处罚那些背叛我、反对我的人。他们也许是贱民，也许是贵族，只要敢与我作对，我就毫不客气地把他送上炮烙。反之，不管你是贱民，还是公侯，只要有才能，有贤德，我就一视同仁地重用。”受挥舞着曾缚大象、臂力过人的胳膊，不可一世地说着。

奭的心里充满了疑惑和矛盾。他不知道该怎样去看待眼前这位胆魄过人、奢靡至极的商王。他欣赏他的雄才大略、任人唯能，但又极其痛恨他的刚愎自用、狂妄残暴。他想象不出，在接下来的日子里，因为这样一位商王的存大，天下局势、召地命运将会走向何方？

一天的观瞻饮宴，所有人都疲惫不堪，而受依然精力充沛，兴致高涨。如不是心上人在等着他，估计还要强迫众人到摘星楼上去摘星辰。

送走受，众人迫不及待各回驿馆歇息。

奭躺在床上，心情却平静不下来。正值初夏，屋内闷热，不由就烦躁起来。起身推窗，清风扑面而来。抬头望去，月朗星稀，晴空如洗。明净的月光中，竹影婆娑，随风轻舞，如一位娇俏清纯少女,向着中意的郎君悄声呼唤。

奭心里一动,信步追着竹影走去。隐隐地听到了水声,还有轻盈的脚步声。回头看去,一个玉树临风般的身影在他身后缓行。待走近,奭惊喜地发现来人却是旦。白天一整天,所有人从心到身都被受强大的力量挟持,连个说话交流的机会都没有,只能偶尔无意间相视一笑。然而就是这样转瞬即逝的笑意,让奭记住旦,也让旦记住了奭。

"是召伯奭吧?"旦一时不敢确定,问道。

"正是。此处相遇,不必称召伯,直呼其名即可。"奭谦和地笑笑。

"不称召伯,也得称兄。听家父说,你比我大了几岁,又同为姬姓,我称你兄是理所当然,天经地义。"旦彬彬有礼地说。

"那就当仁不让了,从今往后我们就以兄弟相称了。"奭爽朗地笑道。

"你为兄,我为弟,兄弟同心,其利断金。"旦兴奋地答道。末了,又指着前方说:"前边不远就是淇水,既来之,就不应错过。"

奭欣然同意,二人携手,踏着月色,循着水声走去。

淇水真宽阔啊,从此岸望不到彼岸;淇水真清澈啊,像一匹长长的绸缎,金光闪闪。水边桑树成林,农田连片,无声地诉说着肥沃与富庶。

"朝歌真是一个好地方。"旦由衷地说。

"这也说明受颇具眼光与胆识。"奭附和道。

"你看那桑林,你看那农田,恍惚间好像回到了周原。"旦赞叹道。

"以前只听人说受有雄力,尚武力,现在亲身经历,亲眼所见,他不仅能打破门阀出身的禁锢,大胆任用有才能之人,哪怕他是贱民;而且重农桑,能文武,在历代商王中也算功绩卓著的。"奭侃侃而谈。旦不住点头称是,二人相谈甚欢。虽初次见面,却志趣相投,如遇故人。

"是谁朝歌城内议论我王?"一个严厉的声音打断了奭与旦的

谈话。二人回头望去，身后不知何时站了一个面容清瘦的人。奭率先将他认出："原来是箕子先生，我们兄弟只顾谈论，没有察觉先生的到来。勿怪，勿怪。"

"大天广地，人人都长了一张口，谁能捂住不让谈论？"箕子倒开明。

"刚刚我们谈论到受，不知可有不妥之处？"旦担心地问。

箕子摇摇头，叹道："妥不妥当，对他而言不过耳旁风一般。"

"此话怎讲？"奭不解。

"他听不进任何劝谏，固执得要命。他刚即位时，用象牙筷，我怕他奢侈起来，就劝他。他不仅不听，还将我嘲讽一番。"箕子叹道。

"你是如何劝解于他的？"旦追问道。

也许是失意太久，压抑太久，箕子想把积压在心中的话倾诉出来。但一直遇不到合适的机会、合适的人。今晚，不期而遇两位来自异邦的年轻人，有才识，有见地，关心天下事，关心天下人，他觉着他有必要和他们谈一谈了。"我对我王说，他使用象牙筷子，必定不再用陶制的食器盛东西，并且要做犀玉之杯了。有了犀玉杯、象牙筷，必不会再吃羹藜等野菜制成的食物，穿质料粗劣的短褐衣服，住在茅草铺顶的房屋之下了，则要求身披锦衣九重，脚踩高台广室。怀有这样的要求，整个天下也满足不了他了！远方的珍怪之物，舆马宫室等等都逐渐齐备，这些都自此而始。"箕子侃侃而谈。

"可是，你没能劝阻了他，他依然建起了鹿台，修建了琼室玉门，酒池肉林，他在穷奢极欲的路上渐走渐远。"奭接着箕子的话叹道。

上　巳

三月，上巳节的水边，芍药开得正欢。春水涨满了沙洲，雎鸠关关，求偶声切。

荇采了朵洁白的花朵拿在手中。她来自商地，尽管那里给她留下了悲伤的记忆，但白色永远是她最爱的颜色。一位身材颀长、穿着绿衣的年轻姑娘，在河的对岸翘首张望。她在等待她的情郎，她要和他趁着这大好春光，完成上天赋予他们神圣的使命，享受生命，延续生命，让召地人口兴旺，国力强盛。

绿衣姑娘的运气真好，时候不大，她的情郎便来到了她的身旁。她热辣辣地望着情郎，娇羞地说："你看那边，草地如茵，鸟语花香，幽静而舒适，且去那里游玩吧！"

小伙自然明白她的心思，这也是他渴盼已久，向往已久，且已经历过的。但能和美丽的姑娘共享春光，再多一次又何妨。"虽游过，但我依然乐意和你再去游。"他坦诚而激动地说。绿衣姑娘心花怒放，被情郎牵着手走进丛林中。新叶虽嫩，却已能为他们遮挡刺眼的阳光。择一僻静处坐下，小伙把新折的一支香兰别在绿衣姑娘发间。临水照影，花香人俏，绿衣姑娘被自己的倒影所吸引。小伙过来，与她相依相偎，清澈的河水中倒映出两张被爱情燃烧的脸庞。

望着草地上、树林中或坐或走、或说或笑的对对情侣，荇越发焦急。有单身小伙从荇面前经过，见她孤单地站在河边，便邀她一同游玩。荇礼貌而坚决地拒绝了他，告知他，自己已有了心上人。小伙失望地走开。

荇继续在等待。其实，她比谁都明白，她的等待是徒劳的，是自寻烦恼，可她控制不住对他的思念，对他的向往和崇拜。虽然她和他地位悬殊，身份悬殊，但她还是不想把现实想象得那么世俗，不愿从遥不可及的梦中走出。他的声音、他的眼神、他的背影无不是那棵千年老树的根，侵入到她松软的心田，深深地扎了进去，直至扎到她的灵魂深处还不肯停下。

两年前，受修建朝歌城，荇家的祖居之地被征用，要建城墙。荇父和其族人被野蛮地赶了出来，失去房产，失去田地，成了无家可归、无处可依的流民。早就听说召地地域宽阔、土地肥沃，且召伯仁厚有德，荇和家人便一路打听着来到了召地，并在当年妇妟母子住过的地方，掘地为穴，搭起草棚，安顿了下来。之后，又有商的流民陆续流落到这里，在荇家居住的地方形成了一个小村落。按照一般的地方规定，其他方国部族的流民是不得在本地长期生活的。可奭不这样想。同为上天的子民，不管他生在哪国哪地，他都得生存生活。一个地方抛弃了他，其他地方不收留他，他岂不是只有死路一条吗？

召伯奭的仁政，让荇重新有了家园，重新拥有了安定生活。荇的父亲在商地时曾贩过盐，成为召人后，他又干起了老本行，到产盐地贩来盐，在召地以物易盐，极大地改变了召人的饮食品质。

为嘉奖荇父的行为，召伯奭亲到荇家看望荇父，并为他们带来了肉和谷，还有一坛召酒。荇父感到莫大的荣耀，贩盐更加勤奋，交易更加惠民，生意也随之越来越兴旺。有段时间，商地的盐都要从召地贩进，利润较之从前下降许多。消息传到商王受耳中，他十分不悦，专门派员到召地交涉，提出商民在召地，不仅给召地创造财富，还为召人带去了商地先进的生产技能，召必须将商民创造的价值一半归商。不然，所有召地商民必须在规定之日返商，并罚作奴隶，永不得翻身。奭深知受的脾气，对于这些所谓的叛国者，他决不会心慈手软，留他们一条活命。与其驱逐商民回国，商、召两地受损，不如答应受的苛求，生命、生产两不误。

受目的达到，便不再追究召地收留商民之事。在他内心深处，他对召伯奭的仁义才干还是颇为赞羡的，他曾想，如果有一天召归商，为商所属，那么商就可为名副其实的"大邑商"了。

奭去荇家看望荇父，荇并没有遇见他。那天，荇和村里的姑娘们采摘桑叶去了，归家时，召伯奭已经离去，只有父亲抱着那坛珍贵的召酒，小口品啜，陶醉其中。荇好奇，问酒的来历。荇父答曰为召伯所送。“既是召伯所送，就当倍加珍惜，岂可抱着酒坛，像个醉鬼似的。”荇心疼父亲，娇嗔道。荇父呵呵笑着起身，将酒珍藏起来。

荇第一次遇见奭是在籍田礼上。当时的奭没有骑白马，也没有坐辇车，而是像普通人一样，一身布衣，肩荷农具站在田间。春耕的第一犁由他犁出，只见他一手扶犁，一手执鞭，熟练地喝牛前行。板结的土地被深深地划开，翻出了殷红油亮的泥地，在奭的身后延伸，拉长。

荇和参加籍礼的人们分列在奭经过的田边，激动地欢呼着、谈论着、分享着他们共同的喜悦。

犁完一垄，奭调转犁头，继续往回犁。经过荇身边时，奭无意间抬了下头，目光正遇荇。彼此心中一动。自此，荇再也忘不了这束目光，装在心里，甜蜜着自己，折磨着自己。但是谁也不知道她的心思，她对谁也不想说自己的心思。因为她知道，所有人知道她的想法后，都会认为她贪慕召伯的地位，而不是奭这个人。但她心里很清楚，她的思念与地位无关，与财富无关，与世俗的一切都无关，只与上天的安排有关。她一直这样想，她与他早就被上天安排在了一起，只是其中一个人不知何故走丢了，另一个人一直在寻觅。只要寻到他，她就完成了神所赋予的使命，不管他是王侯还是贱民，也不管他相貌英俊还是身体残疾，她看重的只是他这个人。

太阳触到了山尖，幽欢的姑娘、小伙陆续离去。荇依然徘徊在水边，手中的那朵芍药已垂了头，失望的心情不言自喻。

“天快黑了，他不会来了，不如随我游吧。”一个轻薄的声音在荇身后突然响起。荇一惊，回头看去，却是一个尖瘦微髯的男子。荇对他摆摆手，赶紧换了个地方。那男子又跟了过来，伸手去拉荇。荇挣脱，往回跑。男子在后边紧追，只几步，便追上了荇，拦住荇的去路，强行去抱荇。荇大喊，惊起了草丛里一只五彩羽的雉鸡。扑棱棱的扇翅声吓了男子一跳。趁他走神，荇挣脱了他继续往前跑，慌不择路，误至一条陡崖边。崖下便是车道，一支十几辆牛车组成的运输队伍正缓缓走来。走在队伍前边的是位和召伯奭年纪相仿的人，他骑着一匹暗红色的马，马后是辆载人的牛车，车上坐着一位黑衣姑娘，戴着一顶四周围着黑纱的竹帽。荇看不清她的面貌，但看到前面骑马男子时不时回头照顾黑衣女子的情形，荇猜测他们可能是新婚的夫妻。正胡思乱想间，强迫荇的男子追了上来，粗野地笑着扑向荇。荇一惊，便跳下了崖，恰巧黑衣女子乘坐的车经过，接住了荇。荇的腿被严重扭伤，疼得她直叫。黑衣女子顾不上捡拾被荇坠落时打落的帽子，急忙查看荇的伤情。荇始看清，黑衣女子是一个罕见的美女。皮肤细白，五官精致，目光清澈而真诚。荇被黑衣女子的美深深打动，一时间竟忘了疼痛。

"旦，她伤得不轻，看来是无法行走了。"黑衣女子焦急地对骑红马的男子说。

被唤作旦的男子回过头看了看荇，又抬头看了看天，说："就让她随我们一起去见召伯，到时召伯自会对他的子民妥善安排。"

荇听言，心跳骤然加快。难道这就是天意！泪水夺眶而出，黑衣女子以为她疼痛，便好心地安慰她。

奭提前得到消息，便到邑外迎接旦。一见面，两人便握手相问，喜笑颜开。

"旦，你给我带什么来了，让我如何回报？"奭惊讶地问。

"何言回报？不过周地盛产的一点麦菽罢了。"旦不以为然地说。

"现在正值早春缺粒之时，怎么能给我送来这许多？"奭很是过意不去。

"分什么周召你我，家父说，我们同为姬姓，本是一家，召地被受强取豪夺导致饥荒，周地岂能坐视不理？"旦如实地传达着姬昌的心意。

"西伯仁义，奭没齿难忘。"奭动情地说。

"都是一家人，奭兄千万不可见外。这里，还有家母交代的一个任务，还望兄帮弟完成。"旦的眼中掠过一丝狡黠的笑意。

为人厚道的奭没有往别处想，只道旦代母又给他带来贵重物品，便不无感激地说："需要兄配合的，弟只管吩咐，我定照办。"

"那就好。"旦说着走到黑衣女子车前，搀扶她下车。奭以为黑衣女子是旦的女眷，便急忙走上前问候。不料那女子竟不还礼，只羞涩地低着头，站在旦身后。奭不明就里，还以为自己哪个地方出了差错，引起对方误解。

看着奭迷惑不解的样子，旦直接说道："她是莘姒，家母的亲侄女，也是家母托我给你带来的贵重礼物。"

奭更加不解，分明一个人，怎称是礼物？

旦收起随意，郑重其事地说："家母太姒一直欣赏君奭的雄才大略，一直关注着兄的婚姻大事。见兄正值婚娶之年，却无暇顾及亲事，便特意为你选了莘侯之女，并让我给你送来完婚，进一步加强周、召、莘三地的关系。"

一直低头不语的荇如雷轰顶，内心如翻江倒海般。眼见梦中人就在眼前，她却不能和他相认。更让人伤心的是，眼看他就要属于别的女人了，她却不能有丝毫的表示。"怎么办？怎么办？"她在心里绝望而愤怒地呐喊，可没有人能听得见，她只有把头一低再低，任由泪水无声肆流。

奭也一时愣住，他自然不会在意荇的感受，因为他根本就没感觉到她的存在。他只是感觉事情发生得有些突然。和荇一样，他一直在苦苦等待寻觅那缕如水的目光，那个令他怦然心动的脸庞。除了那个眼神，那个脸庞，他不会再对其他任何女人动心，哪怕她美貌无比，哪怕她富可敌国。

莘姒明显地看出奭惊讶之后的冷淡，自尊心受到挫伤，眼泪像断线的珠子滚落。"旦，我们走吧，这里不欢迎我。"莘姒伤心地跑到车前上了车。

旦的心也随之被泼了冷水，但他极力克制着，脸上依然一片风和日丽，劝莘姒道："何出此言？我们千里迢迢到召地，事情还没办，你就这样任性地回去，我怎么向家父家母交代。传将出去，周、莘脸面何在？”

奭听出了旦的话外音，也意识到了自己的失态。历来两地联姻，没有不成功的。因为婚姻在这里充当的是和平使者的角色和联盟的纽带，与爱情无关。如果拒绝莘姒，让其失望而归，损害的不仅是莘召关系，更有周召关系。在国家的稳定发展面前，奭只有把那个眼神抹去，把那个脸庞忘掉。他背过身，轻轻地叹了口气，转过来，恢复到召伯应有的状态，来到车前，向莘姒赔礼道："适才多有怠慢，望海涵。莘、召世代交好，我当继承先人遗志，把两国的友好传承下去，发扬光大。”

旦如释重负吐了口气，莘姒也冷静下来，但一时还有些磨不开脸，只是沉默不语。荇擦干眼泪，劝莘姒："心里如果爱他，就投出你手中的芍药，他一定会回报你琼瑶。人生际遇如电光火花，错过便永不再来。”

莘姒心中最后的一块薄冰被荇击碎，低头看去，不知何时，荇将手中的芍药放在了莘姒跟前。花朵虽失去了娇艳，花瓣也残缺不全，但毕竟投了出去，并且是投给了那个苦苦等待的人，荇知足了。

随召伯入邑时，莘姒没有赶荇下车，她的腿伤得那么严重，天又这么晚，还是让她跟着自己为好。

荇深深地感触到了莘姒的纯真与善良，她愿跟着她，做她的侍女。只要莘姒能和奭在一起，她便也有机会看到奭，每天只要那么远远地望他一眼，她便生而无憾。

奭真的把荇当作了莘姒的侍女，自始至终没有看她一眼。直到多年后，一个偶然的机会，奭的目光无意间再次与荇相遇，他才知道眼前之人便是他苦苦等待、苦苦寻觅的人。

人　牲

克醒来，睁开眼，意外地不见了荇那张熟悉的脸。取而代之的是另一个小眼睛侍婢木呆的大脸庞。克一下就恼火了，可他不会说话，不会喊叫，只会使劲地哭。因为他刚刚过了周岁，只会发出简单的只有荇才能听懂的咿呀声。

听到克的哭声，莘姒急忙过来，抱起克抚慰。可克总觉得她抱孩子的姿态不对，两条胳膊像钳子似的生硬地钳制着他，让他呼吸都有点不顺畅。可他依然是无法开口，无法说出真实的感受，依然只能用“哇哇”大哭来表达自己的不满和要求。但是作为生身母亲的莘姒根本就听不懂他哭声的含义，除了抱着他来回走动晃悠，口中连句小曲也哼唱不出。克失望而着急，哭得更伤心，更急切，声嘶力竭，撕心裂肺。莘姒又心疼又无奈，大声吆喝奶娘过来喂奶。一个胸部饱胀高挺、胸前衣襟已被奶水洇透的年轻女子疾步跑来，伸手就要抱克。克看了她一眼，又是一张从未见过的脸，而且浑身上下散发着令他难受的气味。他更生气了，死死地用小手揪住母亲莘姒的衣角，不让奶娘抱。莘姒急得眼泪都出来了，无奈之下，只有抱着孩子去找丈夫。

正在这时，奭回来了。还没进门就听到克的哭声，急忙掀帘进去，见一群女人围着莘姒和克团团转，可谁的办法也不奏效。

“把孩子给我。”奭从莘姒怀中抱过克。也许是见到父亲感到新鲜，也许是被父亲那张依旧不熟悉的脸吓住，反正克暂时止住了哭声，盯着奭的脸看。看着看着，忽然嘴一撇，又哭声大作，任谁都哄劝不住。

“平时带他的那个侍人荇呢?”奭焦急地问。他忽然间想起，抱克最多的就是那位从不与他正面相对，也从不开口说话，有些忧郁、有些神秘的、被莘姒呼作荇的侍人。

“她哪里是侍人？她是随父逃亡到召地的商贱民。那年，旦送我入召，偶遇了受伤的她。到现在我都想不明白，她为何对我这么好。几年来，不图回报，无怨无悔地照顾着我和克，对克比我这个亲生母亲做得都好。”莘姒一边说，一边从奭怀中接过克。却也奇怪，一说到荇，克竟安静了下来。看看母亲，又回头看看父亲，目光中写满了“快找荇回来”的渴盼。

奭读懂了克的意思，笑着说：“他哪里是哭闹，分明是让我们赶快去找荇。”

克在母亲怀中忍不住手舞足蹈。看来还是父亲聪明，不愧是人们心目中的大英雄，连一岁小儿的心思都能看懂。

看着克喜笑颜开的样子，莘姒催奭道：“那就赶紧把荇找回来吧，克离不开她，我也离不开她。”

“她在什么地方住？我亲自去找她回来。”奭问莘姒。

“这我还不太清楚。她话很少，轻易不和人说话，总是安安静静地做活，带孩子。我也问过她的家庭情况，她只说她父亲在商地时贩盐，流亡到这里后，因贩盐还受到召伯您的奖赏。”莘姒尽可能多地向丈夫提供一些荇的信息。

奭猛然想起荇父。“可她在这里好好的，怎么突然就走了呢？”

“她说她父亲要回商地，让她也跟着回去。”

“为何？”

“这我就不知了。”

“我回来了，我只是去送送父亲。”门外响起了荇的声音。

克激动地往外倾着身子，呀呀地指着门外给母亲说。

侍人打起帘子，让荇进来。荇依然低着头，抬腿进门。奭见荇回来，克的问题解决，便要出去忙其他事。出门时，正与荇打了个照面。一道电光照亮记忆的天空，他意外地看到了那抹眼神、那缕目光。原来苦苦寻觅、遍寻不见的她就在自己身边眼前！

奭的心被一根尖硬的蒺藜挑动着，刺痛着。如果那天在荇父家晚走一会儿，他便不会错过她；如果旦不把莘姒千里迢迢地送来，他一定会坚持下去，直到找到她。可是，现在一切都已成定局，他又能如何？奭轻轻地叹了口气，头也不回地走了出去。

荇敏锐地捕捉到了奭看到她时的震惊、喜悦、伤感、无奈。这已足矣！多年的相思、渴盼，在这一刻都已得到圆满。她别无所求，只求静静地守在他身边，看到他，听到他，为他分担忧愁，为他抚养子孙，为他日夜祈祷这样的生活天长地久。

见奭走远，莘姒把注意力收回到荇身上。

"为何不跟着父亲归商？父女分居两地，各自孤苦伶仃的，谁也照顾不了谁？"

"无妨。父亲此次回去为盐人，不仅有薪酬，还分得了一些田地，生活能过得去，无须我照顾。我在这里，有你，还有克，并不孤单。"

莘姒赞叹着点点头，随之，一个新的疑问涌上心头。"听你说过，你父原是商地贱民，怎么可以为官，还分得了田地？"

"是的，我们父女出身于贱民阶层。但我父亲为人忠厚，头脑活络，这几年，在商、召两地贩盐有了名气，商王就命他归商，经营盐业。"荇一边轻轻地拍打着怀中的克，一边回答莘姒的问题。

莘姒若有所悟。都道商王受暴烈，却不意他也是敢于打破常规、不拘一格、任人唯贤的人。"可据我所知，殷商国土全部控制在贵戚旧臣手里，这些土地又是由他们的后人继承世袭，商王去哪里分田地给那些原本一无所有的贱民小人？难道他把自己的那份拱手送了出来？"

"这我就不清楚了。只听父亲简要说过，商王剥夺了一些无所建树、治国无方的贵族世袭权力，收回了他们的领地。也许我父亲分得的田地就是这些被收回的贵族领地吧。"荇猜测道。

"如果真如你所说，那些没有了领地的贵族是不是要起来反抗商王？"莘姒的脸上现出担忧之色。

"是啊，到时又该打来打去，吃苦受罪的依然是平民百姓。"荇叹道。

“算了，我们不谈这些了。趁着克不闹，我们把剩下的那些蚕丝纺出来吧。”莘姒边说边走到纺车前，坐了下来。荇把克放在床上，也赶紧坐到纺车前，和莘姒一起纺起丝来。

夜里，躺在床上，莘姒把白天与荇的谈话告诉了奭。奭并不意外，朝歌建成典礼上，他对商王受“不用贵戚旧臣”，而“用小人”的做法早有所闻，之后还专程作了深入了解，结果认为受的做法不无不妥。天下是所有人的，上帝造人原是平等的，他要让形形色色的人来管理这个形形色色的世界。可是人类却自己分成了三六九等，不同阶层。弱肉强食，雄力为王。但强者不会永远强大，弱者不会永远弱小。强、弱都是一时的，不会遗传，也不可继承。强者的后裔会因为躺在先人的功劳簿上雄力退化，弱者的后代会因残酷的磨砺而强力崛起。

见奭陷入沉思，良久不语，莘姒以为他对此不感兴趣，便将话题转到了蚕桑之事上。她知道奭心中的头等大事便是召地的吃饭穿衣问题，所以他对春种秋收、采桑织麻之事尤为重视。

“以后，荇就是我们召地人了。她那么能干，只帮我带孩子也委屈了她。不如任命她为典妇功，带领教习妇女桑麻纺织之事，也算是人尽其才，物尽其用。”莘姒坐起身，看着闭着眼似要入睡的奭说。

奭睁开眼，惊讶地看着莘姒，试探道：“你说此话何意？难道你不知道荇是小人身份，怎可任命她如此高贵之职？”

“商王即能不用贵戚而用小人，你为何不可？”莘姒质问道。

“我的意思是，你贵为召伯之妇，再任命她为典妇功，地位几乎与你平等，你心里难道就没想法？”奭进一步探测莘姒的诚意。

“我们生活了这么多年，你对我的脾性还不了解？我虽不及姑母周太姒的心计雄才，但我毕竟是莘侯之女、召伯之妻，治国方略、任人唯贤之道理还是有所知晓的。”莘姒认真地说。

奭欣慰地点点头，将莘姒揽入怀中。

忽然，外边传来急促的马蹄声，紧接着有人在拍大门。奭惊醒，披衣开门探看。阍人（看门人）过来通报：“自称商人箕子者求见召伯。”

“快开门，请他进来。”奭一边命开门，一边揣测，箕子怎么会在这个时候来，不知他来究为何事，但一定事情不小。

随着门被打开，熊熊燃烧的火把光照下，几个黑衣人显得十分神秘莫测。

奭正疑惑，为首的那个黑衣人脱下了罩在外边的连帽黑衣，露出了真容，原来正是箕子。

“王叔何故如此装扮，深夜至此？”奭惊诧道。

“手足相残，无处可逃，只得到贵地暂避。”箕子开门见山道。

奭赶紧将一行人带进室内。心神暂定，箕子指着一个脸庞黝黑、目光冷酷的人说：“此人乃我族侄子插，为高宗武丁一脉，其祖父便是流落召地、曾得召伯庇护的妇妟之子世宗祖甲。祖甲死廪辛继位，廪辛在位六年去世，由其弟康丁继位。康丁在位虽只一年便去世，但他的儿子武乙却继承了王位。为了补偿廪辛子孙，武乙将殷邑最好的土地封给了他们，并让他们子承父业，世代相袭。百十年来，历代商王对此毫无争议。谁知到了受，他竟突发奇想，不用贵戚旧臣而用小人，且剥夺贵戚世袭权力、土地，以分小人。于是，子插的领地被收回，权力被取消，整个家族形同庶民。子插不服，联合其他被收回领地的旧戚向受抗议，遭到严酷打击。为保住一家老小性命，就求到我门上，让我带他到召地躲避。”

箕子一口气将原委说出，只说得口干舌燥、泪水涟涟。

奭心里甚不是滋味，不由叹道：“同为成汤子孙，为何非要弄到手足相残、杀掳攻伐的地步？”

“我不会就此认输的，总有一天我会杀了受，把属于我的夺回来。”子插恨恨道。

“莫再说此狠话，现在活命要紧。”箕子赶紧喝劝。

“王叔不必再劝，我意已定。子插不报此仇，誓不为人。”说着，朝箕子拜了拜，又转向奭跪下道：“子插在此感激召伯对祖上的大恩大德，恳求召伯看在祖上的份上，再救他们的子孙一命，别让先人断了香火。”

奭扶起子插道：“商、召友好由来已久，妇媐既为商王妇，也是召族女。今日她的后人求到召地，我当尽己所能保护他们。”

箕子听奭如此说，不由松了口气，叹道：“有召伯此话，子插一家老小可逃此劫……”

“慢，我还有话说。”奭打断箕子的话。所有人一愣，看向奭。奭起身，走到窗口，看了看深不可测的夜空道：“历来王室多血腥，暴烈雄才如受者更如此。可是我们不能一味地苛责强势者。作为一国之王，他要改革，要发展，要打破一些旧规矩，设定一些新规则，想方设法加强国力，保持殷商六百年的王业绵延不断。如此，便不可避免地要触及贵戚旧臣的利益，也必然激起旧臣贵戚的不满。于是，你死我活的争斗开始了，血腥镇压也开始了，同族不是同族，亲戚不是亲戚，多少无辜的生命牵涉其中，多少无辜的百姓卷入其中，生不如死，死就是生。”

箕子深有感触，沉重地叹息道：“我今日前来，便是为了了断这样的杀伐，子插一家隐居于此，不要再在朝歌出现，时间长了，受也许就忘了这件事。”

“不，他忘不了，我更忘不了。实不瞒王叔，我是为了一家老少性命才听从王叔建议，护送他们随你到此。如蒙召伯不弃，我便心无挂念离去，与受决一死战。”说着，子插连看都不看家人一眼，径直夺门而出，跨马离去，任凭箕子大声呼唤，蹄声仍是渐行渐远，消失在无边的夜色里。

公元前 1070 年，商王受起本国族兵一万，征召由召伯奭亲率的三千召兵，加上其他附属方国的军队，共一万五千人，御驾亲征，北伐鬼方。经过多年的改革发展，此时的商军实力得到极大增强。不仅发明制造了大量的新式战车，还铸造了青铜兵器，铠甲、盾牌、远程弓弩等新式武器一应俱全。而经营多年的象军，在受的亲自督促下，作战能力有了强力发展。不仅数量激增，而且全部披挂甲胄，形成空前绝后的精锐象阵。

出征前，照例要由受亲自主持举行隆重的祭祀仪式。此次，受用了最高等级的牺牲——人牲。奭意外发现，人牲竟然是被脱光衣服、洗涮干净的子插。

大火熊熊，热浪袭人。鼎里的水已沸腾，子插被两个巫侍高高抬起，举过头顶，扔进了鼎里。

黎　祸

低沉忧伤的歌声流淌在暮色苍茫之中。奭放缓急促沉重的脚步，循声望去。歌声从正是当年祖父召伯启为考槃所建的墅屋传出。

“屋内所居何人？”奭问随行的遗人。遗人是奭入周回来后新设置的职位，在此之前，召地虽一直保持着扶危救困的优良传统，但负责做此事的人，一直没有统称。借鉴于周的做法，奭便专门在召设遗人之职，并让其随行自己身边，遇有救济之人事，可随时解决。

“前天我去看了看，是有歌者居其屋。但他拒绝透露他的身份，只说是外乡人，流浪至此。”遗人如实答道。

“不论是何方人士，只要到了我召方，就是我的子民，尔等尽心照顾。”奭边说边加快了步伐。他实在有些累，不只是身体，更有精神之累。他要早点回到家，思考商王受东征筹措军费、对召进行横征暴敛的对策。

一个月前，应商王受之召，召、周、莘、盂、鬼方、西羌部分部落等数十个商的属国盟邦在黎地会盟，商讨攻伐东夷之事。

迫于商的强势、受的暴烈，各诸侯没有敢拒绝的，纷纷按规定的时间赶到了约定地。

长期的杀伐征战，强权统治，让受已有了倦态。两鬓隐隐已有白发，虎视狼窥的两眼常常会不自觉地眯起来，让人更加看不透他的心思。面对各诸侯的揣测议论，他已懒得像十几年前那样兴致高涨地亲自带着他们观鹿台看炮烙，含蓄婉转地向他们发出震慑威胁的信号，而是开门见山，句句带刀，逐国逐方摊派数量，明确上缴时间，并强调不能按时贡赋的严重后果。

一向胆小国弱的有苏国君一听到自己的任务，立刻惊呆。如此巨资，即使卖了有苏国也贡献不出。事关部族存亡，有苏国君不得不壮起胆，战战兢兢地向受恳求减少他们的任务量。

受正要杀一儆百，打开局面，有苏国君就撞了上来。他猛地睁开了眯着的眼，众人立感一股杀气扑面而来，皆敛眉收息，大气不敢出一声。

“来人，且把有苏国君绑了，送往朝歌，让他体验一下炮烙的滋味。”受已将瞪大的眼缓缓眯上，貌似平静地吩咐道。两名虎贲应声而到，架住有苏国君往外走。众人面面相觑，不敢发言。

“大王饶命，我有，我有——”有苏国君声嘶力竭地喊道。

“放下他，看他有何物。”受挥了挥手，虎贲放下了有苏国君。

“妲…妲…妲己！”有苏国君说出了一个所有人都不曾听说过的名字。

受也被有苏国君所说的这个新鲜说辞吸引，再看他的窘态，不觉可笑，便撤下脸上的杀气，半眯着眼问道：“妲己为何物？”

“美，美女。”有苏国君小心地回答道。

“美女？她能帮我平定东夷吗？简直岂有此理！”受再次震怒，抓起一只金爵摔在了地上。虎贲再次应声进来，提起有苏国君往外走。

“慢，我有话说。”召伯奭急忙起身阻止。

受逼视着召伯奭，后者毫不畏惧地迎着他的目光。

“有话快讲。”受怒气不减，但还是给了召伯奭说话的机会。

“请放了有苏国君，小国弱邦，生存不易，何苦为难于他？听闻这几年有苏国灾害不断，百姓为炊尚难，怎能缴出如许资费？”奭恳切地说道。

见举足轻重的召方为有苏国君求情，受也不好继续发作，便趁势提出条件。“不惩罚有苏国倒无不可，关键是我若放过他，其他方国效仿，软抵硬抗，奈何？”

“我邦愿为大王东征贡献尽力。”奭主动提出。几年前，召方曾随受北伐鬼方。为表彰召伯奭的功劳，受将商西大片土地划归召方，并将从鬼方带回的财物、奴隶分了三分之一给召方。召方因之国富民强，成为商西坚固屏障。如今，东夷侵扰商境，百姓四散逃亡。受出兵征讨，也是安邦定国之大事，召方不能不尽己所能帮助商王受平叛定乱，让百姓早日回归家园，过上安定生活。

受的脸色顿时缓和不少，但显然还不满意，他睃视着全场，目光在每个人的脸上扫来扫去，无声胜有声。被彻底征服的鬼方、刚刚遭到重创的西羌、对商多有依赖的其他商属国支持不住，只得吞吞吐吐地报出了数目。受早就对他们的家底了解得一清二楚，见众人并不敢隐瞒，全都是竭尽所能，也就半推半就地接受了。事情到此似乎就要结束，有人已急不可耐地起了身，欲要离去。

“慢，还没听到西伯的表态，诸位岂可就此离去?”受极力压抑着心中的恼怒，将所有人的目光引向姬昌。

“王征东夷，我当竭力相助。奈何周地连年歉收，百姓饥馁，实在难以拿出东征资费。”姬昌缓缓起身，不亢不卑地说道。数十年的发展，周地早已不是季历被杀时的周地，人丁兴旺，天下归心，一副强国大邦气象。而此时，受的奢侈腐化、东征西伐，已彻底将商王朝推上了没落之路。自此，周不必对商再像以前那么恭顺驯服，任其践踏，他们会很快，最多两年，等周的羽翼再丰满些，等商的气势再衰微些，他们就动手。

“姬昌，你到底安的什么心?”受被姬昌的神态激怒，站起指着他呵斥道。

“我说的是实情，从未对王有异心。”姬昌依然镇定自若，不亢不卑。

受更生气，但转念想想还是筹措军费要紧，便极力克制住暴怒，换了常态的口气说:“即是实情，可减往年的三成，待丰年，一并补上。”

“七成。”姬昌以一种不容商量的口气说道。

受一愣，随即便又要发作，但他克制住了。随之，一个毒辣的念头涌上心头。“就依西伯之意，只缴往年的三成。”他作出一种无奈的表情。

长久以来积压在心头的恶气终于得以稍稍释放，姬昌不由有些得意，但他并没表现出来，依然不亢不卑地说："三月后，姬昌亲到朝歌缴纳资费。"说罢，不等受表态，便转身离去。

受在心里咬牙切齿道："等着瞧，我会让你为今天的言行后悔的。"

目睹这一切，召伯奭的心里涌起不祥之感。但是沉重的军费负担让他不敢有丝毫大意，无暇多想，便马不停蹄地赶回了召地。

然而，还没等资费筹齐，一个惊天的消息传到了召地。姬昌被受诱捕了，就像当年文丁诱捕季历那样，设计好圈套，一步步将其引诱进入。不过，考虑到周的实力及伐东夷之需，受没有立即处置姬昌，而是将其囚禁于羑里，再作计较。

羑　里

风裹着雪霰抽打在脸上，针扎般疼痛。天地间一片苍茫，前路莫辨。奭驻马观望，眼前之路纵横交错，分不清哪条是通往朝歌，哪条是通往羑里。

有樵夫挑着柴担路过，奭急忙向他问了路，按着他的指向，朝羑里城奔走。

远远地，一座黄土高台孤零零地矗立在荒野之中。台下围城，驻扎着商王的守卒。这就是羑里城了，奭下马近前。

风雪中，身披麻片、白发蓬乱的姬昌正专心致志地择选着刚刚采下的蓍草。这种草，以前在别的地方，他很少见到。偶尔看见几株，也是茎曲叶卷，不堪占用。此番，身陷囹圄，到了这羑里城，竟然意外发现大片大片的蓍草。一丛可长百茎，每茎高达一丈。刚来时，天还不冷，蓍草还开着花。那是一种忧伤的紫色，散发着淡淡的清香。姬昌喜不自禁，扑倒在这片在常人看来平淡无奇的蓍草上，仰天长啸，热泪纵横。守卒见状，以为姬昌年迈，经不起严酷的打击，疯癫了，就如实向受报告。受也信以为真，便不再把姬昌和其他犯人同等相待，竟准许苦苦哀求他的姑母子画，带着幼子姬葡（姬昌十七子，后封于郇地，称郇伯）到羑里城陪伴姬昌。

城中岁月，没有天日，却有蓍草。这片蓍草便是姬昌的天，姬昌的日。他似乎走入到一个新的天地，进入到一种新的生命。祸，福所倚；福，祸所伏。姬昌豁然开朗，守着一堆的蓍草，忘却着饥饿，忽略了忧惧，漠视着风霜，凭借着高高的黄土台与上天对话，与永恒对话，与现实对话。

“西伯，可认得出我？”奭走到姬昌面前，蹲下身子，问道。

“召伯奭，如何不认得！”姬昌惊诧地看着不期而至的奭。

“难道西伯没有失心？”看着风雪中白发蓬乱、身披麻片的姬昌，联想到受感慨姬昌疯癫的话，奭同样感到惊诧。

“失心？怎么可能。我把命失了，都不会失心。”姬昌显然对奭的到来感到欣慰，便如实说了自己的状况。

“如此甚好，我心也安。”奭由衷地说。

“可我看到的是你心中的迷惑和不安。”姬昌一针见血道。

“既看出，不妨劳烦西伯给我指点破解。”奭期待地看着姬昌。

“不难，且看此草怎说。”姬昌一边说，一边抱起蓍草引奭进了搭于台边一角的土屋。屋内，子画正煮粒食，七岁的蔔懂事地帮着母亲添柴烧火。

姬昌顾不上子画招呼他和奭趁热吃粒食，便兴趣盎然地讲起了蓍草的神奇。

“圣人以通天下之志，以定天下之业，以断天下之疑，皆参以卜筮，断以蓍龟。是以，当你心有疑惑，拿不定主意时，不妨用这蓍草卜筮一下，以作行为决断之参考。”姬昌侃侃而谈。

“这蓍草何以如此神奇？”奭从姬昌手中取过一支，啧啧称叹。

“蓍草自生到凋，可达千岁。百岁时始生长四十九茎，五百岁枝干果实始形成，七百岁无枝叶也。到了九百岁色紫如铁，一千岁时紫气依然。这时，便有神龟伏于其下。取此时蓍草占断，便是最灵验之时。是故，三皇五帝发动举事，必先决断于蓍龟。”姬昌端详着一枝渐泛紫色的老草说。

见父亲选草辛苦，姬昌庶子蔔过来帮忙。姬昌阻止道：“小子莫动手，别冲了草的神性。”蔔缩回手，笑嘻嘻道：“那我就唱歌给你听，帮你解解疲劳。”姬昌心中感叹，便冲蔔笑笑，算是应允。蔔盘腿坐在父亲身边，奶声稚气却令人心酸动容地唱道：

地下涌出那冷泉，一丛童粱浸腐朽。

醒来叹息又叹息，怀念周邑我京都。

“唱得好，小子长大了。”泪光在姬昌的眼角闪烁。蔔母子画在一边，也是轻声叹息。

“看来，我有必要求助于蓍草解开心中的迷惑了。”奭叹道。

姬昌微微一笑，没说什么，俯身从刚刚抱回的蓍草中选择老草。然而，一堆草被翻遍，居然没有找到合适的，不由哀叹道：“天下和平，王道得势，草茎便能长到一丈，其丛也能生满百茎。可是你看这些，一丛八十茎都不到，长不足八尺。最好的只有六十茎，长仅六尺，只适于民人用卦。召伯用之，恐占不验。”

“我心已有所悟。”奭道。

“何悟？且说。”姬昌道。

“如今既无百茎丈草，难道不是王道失常之兆吗？”奭大声说道，激愤之情溢于言表。

姬昌微微颔首。子画取出那张姬昌亲自为他调制的五弦琴再次弹唱道：

冽彼下泉，浸彼苞稂。

忾我寤叹，念彼周京。

屋外，风骤雪急，万籁俱寂。

离开羑里，奭再次返回朝歌，求见受，为西伯姬昌求情。

“西伯仁义，天下皆知。王若长时将西伯囚禁，恐遭天下非议。”奭亮明自己的观点。

“可周人强盛也是不争的事实。我若将姬昌放归，他日再生反意，岂不更难征服？”受顾虑忡忡。

“王难道忘了召方西吏之责吗？”奭提醒受道。

受陷入沉思。随着年龄增长，他的疑心越来越大，连奭的话都不再充分信任。在他的心目中，对他忠诚的只有恶来父子及费仲、胶鬲等人。其中，尤其信赖胶鬲。而胶鬲却是十几年前姬昌参加朝歌建成大典时救助的鱼盐之贩。为报姬昌之恩，胶鬲愿为姬昌之奴，受其驱使。姬昌也十分赏识胶鬲的才能，欲留其在身边辅佐。但从长远考虑，姬昌认为，还是把胶鬲举荐给受更为合适。就这样，胶鬲凭着才干，借着受不用贵戚而用小人的政策，成为受最为信任的宠臣之一。而他对姬昌的感恩却始终没有淡忘,时时处处暗中助力着周人。此次姬昌遭受羑厄,若不是他的极力斡旋,恐姬昌早已命赴黄泉。他表面上虽为受宠臣,实际是周人安插在商王身边的线人。

“胶鬲,你看此事该作何决断?”受征询胶鬲的意见。

“据我所知,姬昌已年近九十,囚禁羑里又让他元气尽伤,保命已算侥幸,何谈再生反意?其子十数人,长子伯邑已死,次子姬发生性木讷,三子姬鲜乃王之血亲,四子旦虽有计谋,但体弱多病,难挑重任;其他诸子尚年幼,不足以虑。今若释放姬昌,不仅无有后患,且还会为王赢得仁义之名。”胶鬲条分缕析,侃侃而道。

受脸色稍缓,转而对奭说道:“释放姬昌有无后患,就看你西吏能否尽职尽责。他日姬昌若生异心,我先惩处的便是你。”

奭郑重承诺道:“如不尽职,甘愿受罚。”

受还要说什么,费仲急匆匆走了进来,称周人闳夭带着有莘氏美女、骊戎之文马、有熊之九驷等奇珍异物进献来了。受闻之,心情大悦,第一眼便看上了那名有莘氏美女,说:“此一物足以释西伯,况其多乎!”于是,姬昌得释,而受似乎仍不尽兴,又“赐以弓矢斧钺,使西伯得征伐”。

召　南

夜已深，灯也倦，奭却辗转反侧，难以成眠。再过三天，便是随受王师东征淮夷的出征时间，可召军的数量却与受的要求少了整整百卒。从即位至今，商王受四下征伐，穷兵黩武，每年都有或大或小的仗要打。连年的战争，不断扩大的战争规模，需要投入更多的军队。而商王的规定是只有商族国民才有资格当兵。尽管北征鬼方、西伐羌方俘获了大批的奴隶，但他们均无当兵资格。受不得不一次次在国民中大规模征兵，引发国内民众的强烈不满。而征兵同样涉及其他盟邦属国，因为双方有约，如果盟主发生战争，无论盟友或属国，各方必须无条件出兵进行支援。

多年来，面对商王受无休止的征伐，各方国已经明显感到无力应付，但慑于商的强大和受的暴烈，诸方只有咬牙坚持，不敢懈怠。

和其他方国相比，召方的实力相对雄厚一些，但在商贪得无厌的征召役使下，国力逐年下降，人口渐见减少。奭早就意识到了问题的严重性，也曾一次次强硬拒绝商的征召，但最终还是因为弱小的缘故，他不得不选择了妥协与忍受。无奈之际，他甚至想到了逃离，带着族人，远远地离开大邑之商，另觅乐土，再建家园。可望着世代生息的土地和深深扎根于这方土地的召人，奭犹豫了。一棵根深叶茂的大树，将它连根拔起，移栽到另一个地方，不知是福还是祸。

忧思中，黎明悄悄来到，极度的疲劳让奭终于合上了眼。然刚躺下，便有人来求见。奭急忙起床，接见来者。

来人是名健壮的青年男子，肤色黝黑，面容憨厚，目光坚毅而纯净。他手持一柄长戈，戈刃上，依稀可见猛兽毛血。此兽凶猛异常，不是一般猎人所能制服。来人既能猎捕此兽，可见力气能力不同寻常。据此，奭断定此人可堪重用。

“这么早来见我，有何事情？”奭和蔼可亲地问。

“听说召伯为征兵犯愁，布特带同村猎人前来应征。”来人自称名布。

“身为召地一介平民，能主动为国效力，难能可贵。从即日起，你便随我驾挽战车，充任卒长。”奭果断任命。

已是召伯奭左膀右臂的克提醒父亲道：“此人虽有才能，但身份却是氓民，父亲上来便任他为卒长，是否欠妥？”

奭语重心长道：“受尚能不用贵戚旧臣而用小人，我召伯岂可因出身而弃置贤才？”

战争很快结束，受大获全胜。班师前，清点财宝与俘虏，却单单不见了薄姑与奄两族。

“任你逃到天边，也逃不出我的铜戈。”受暴怒，率军继续追杀，一直追赶到淮河流域。双方在淮水之滨展开血战，结果仍然是受全胜，奄、薄两族全军覆灭。此时的受，已经通过武力获得了太多的财宝与奴隶，面对眼前身材高大、擅于弓箭的战俘，他已没有了统治役使的兴趣。但放过他们，又怕他们死灰复燃，卷土重来。唯一可行的，便是杀掉他们。但那样又颇费力气和兵器，不如就地掩埋，既省心省力，又可达到斩草除根的目的。想至此，受的脸上露出难得一见的笑意，他大手一挥，喝令甲士将俘虏全部驱赶到一条狭窄的土谷间。

奭明白了受的用意，急忙拦道：“东夷诸族遭此致命打击，已是元气大伤，四分五散，对商朝已构不成任何威胁。所俘族众，不过是些庶民氓众，如草迎风，如水载舟。杀，于王无益；不杀，于王无害。王何苦费此心思，将其掩埋，荼炭众多无辜的生命？”

受沉吟道：“此番若不斩草除根，他日再反，岂不更得兴师动众，大动干戈？”

“东夷侵扰商邑，无非掠土夺物，以满足生存所需。对此，王可以怀柔之策安抚教化，教其劳作，促其发展，让民人百姓过上安康生活。居有室，饥有食，生活安宁，子孙兴旺。如此，谁还想拼着性命去掠夺反叛？”奭动情地说。

受陷入沉思。良久，眉头始展，说道：“召伯之言有理。不杀民人可，不杀犯上作乱的部族头目不可。我不仅要杀掉他们，带走所有追随他们的人，让他们子子孙孙为我大商奴隶，还要留下大部军队，驻守东夷，将其归化为商土。”

受的目的如愿实现，东夷部被残酷镇压。

然仅时隔一年，东夷部族再次反叛。受怒火中烧，再次派出大军征讨。此番，他没有御驾亲征，而是任命王子武庚为三师统率，代己出征。武庚聪明好学，颇有才干，深受受器重。为了不负王父厚望，武庚身先士卒，出生入死，仅用了三个月的时间，便将反叛的东夷部族再次镇压下去。捷报传回京师，受备感欣慰，后继有人，东方安定，他可以安心地经营他的离宫行苑、酒池肉林，和心爱的女人妲己尽享幸福快乐的美好时光了。

然而，美梦刚刚开始便被一声惊雷打断。刚刚被镇压的东夷部族第三次反叛，而此时，武庚班师还在半路。受急命恶来之父、素有飞腿之称的蜚廉，带着他的命令速去告知武庚，让其即刻调头，三次东征。

数日后，蜚廉回来，带回一个不容乐观的消息。武庚之师经过数月征战，虽取胜，却代价惨重。士卒损伤过半，粮草消耗几尽，能将就着回到京师已是不易，何谈再次奔赴前线？

受的脸阴沉得可怕，天空似乎也在配合着他，乌云密布，电闪雷鸣，仿佛末日来临。

微子启不失时机阐释着自己“先祀再戎”的观点，将东夷一再反叛归咎于受出征前不祭祖先，不祀神灵。受自然不认同微子启的论调，烦躁地将一只酒尊摔到微子启跟前，浓烈的酒香呛得微子启满面羞红。比干看不下去，指责受目无尊长，听信谗言，有悖于成汤之德。受益怒，手已按在剑柄上。箕子赶紧出来劝和，缓解了君臣、叔侄之间剑拔弩张的紧张气氛。

“诏告全国，再次提升赋税。再通告各属国，全力支持东征。”

受余怒未消。

“民众、各国所承赋税已达极限，再提下去，恐生事端。”比干毫不客气地指出。

出乎意料，受对比干的话没有像往常那样一味地反感，而是若有所悟地沉默了。良久，始以一种怨怒阴冷的语气说：“东夷屡反，诱因在召。他的征人若不私通夷女，岂能授奄国薄族以口实？我要让召伯奭对东夷再反负全责，我要征取召地所有之财物，以充三征东夷之资费，再将其所有的成年人丁充为征人，充实到武庚军中。”

对于受的强暴无理，奭断然不能接受。他数次与受争辩，维护召族的正当利益。但处于外忧内患之中的受，早已丧失了最基本的人情公道，一味地倚仗自己的强权雄力，欺负压榨着召。

奭彻底看清了受的嘴脸。这么多年来，他对自己的客气、温和，甚至是尊重都是建立在利用之上。如今，随着受的胃口越来越大，小国召方已渐渐满足不了他的需求。饥饿使他丧失了耐心，战乱让他撕下了虚伪的面纱，他张开血盆大口虎视眈眈地扑向为他几乎倾尽一切的盟友睦邦。一千年后，召族再次站在了生死存亡的关头。

“下雨了，先到墅屋避避雨吧。”荇将一柄硕大的荷叶擎到奭的头顶上空。

奭没有动，依然站着，望着即将成熟的麦菽，望着悠闲吃草的牛羊，他的心里有一把刀在挥舞。

雨越下越大，荷叶无力地垂了下来，荇全身湿透，陪着同样全身湿透的奭站在风雨中。

“为了不再受到受的盘剥迫害，为了召族的长远发展，荇，我们走吧，带领族人，离开这里，离开这块养育了我们几百年的土地。”奭艰难而沉重地说着，泪水和着雨水在他脸上肆虐。

“可是我们能逃到哪里去？西有周，北有鬼，东是殷商，南为沼泽，我们无处可去啊。”荇悲伤地说。

“向南，一直向南。召之南，是深泽大川，荒山野林，但我们不必害怕。上天即允许召族存活在这个世上，就一定会给我们预备下适宜生存的地方。”奭不容置疑地说。迷茫从他脸上消退，信心重回他的胸膛。

大雨滂沱，河水暴涨。趁着夜色与山洪的掩护，奭带领族人悄无声息地离开了召地，进入到召南莽莽苍苍的大杻山中。当受再次派人到召地催逼贡赋时，却发现召地已是人去屋空，田园荒废。“天下是我殷商的天下，你姬奭纵有天大的本事也逃不出我的手心，总有一天我会找到你，灭你全族。”受气极败坏，咬牙切齿道。

大杻山因多杻树而名。杻树高大繁茂，木质细致坚硬，叶椭圆如心，开白花，果实深红色，味酸甜。刚进大杻山时，因杻果未熟，人们没有理会它。后来，随着天气一天天变凉，大杻山进入秋季，杻果便随着山中的各色果实成熟了，有人便把杻果采摘下来，用水煮了来吃，结果味道异常甘美，没有了酸涩，只觉绵润甘甜，甚是可口。

负责为族人探山开路的克，吃着荇煮的杻果，开心地说：“这里真好，我倒不愿走了呢。”

“真是目光短浅。现在是秋天，正是有吃有喝的季节，到了冬天，万木萧条，果尽叶落，再遇大雪封山，我们吃什么，以何御寒？”奭责备克道。

“我不过是随口一说，父亲何必认真？”克委屈地说。

“你看见他们在做什么吗？他们已被这漫山的红叶迷住了眼睛，被这累累的山果绊住了脚步，已经不想再往前走了。”奭指着前方正在搭建木屋的族人说。

“他们选择的地方向阳背风，地势平坦，在那里搭屋也无不可。”克不解地说。

“我们不过是这里的过客，没必要伐木砍树建造那样坚固的木屋。木屋造好，也许可以帮他们度过这个冬天，可明年、后年呢？他们的子孙后代呢？难道让他们重新回到茹毛饮血的时代吗？所以，我们必须尽快走出大山，找到一个平坦开阔、土地肥沃的地方，开荒种地，饲养禽畜，重新建立起我们的家园。”奭不容商量道。

克理解了父亲的心思，不用奭命令，主动说服了那些想在杻山定居的族人，协助父亲赶在春天到来之前，将族人带出了茫茫大杻山。

眼前是一望无际的大平原，不多的几座山丘点缀其间，让这块平坦的土地有了起伏，有了生气。奭从未来过这里，也从未听人说起这块大杻山下的平原，可不知为什么他对这里竟有种似曾相识的感觉。沿着一条似路非路、几乎被草掩盖的小径走去，草原深处似有城的痕迹。顺势踢踢，竟可捡到陶的残片和缺了边的砍砸石器。

对着太阳仔细端详辨认手中的陶片，再极目四望周边的环境，奭断定，若干年前，这里一定有人聚居。可他们为什么放弃了这里？是天灾还是人祸？奭猜想着，推测着，可答案始终在云遮雾罩间。没有谁能告诉他，哪怕透露点滴的信息。奭失望地叹气，无意间，目光触到一棵苍老的棠棣树。它看上去至少有上千岁，主干已经干裂，在它身上重新长出的枝丫有的已近合抱，身下更有子孙生息，绵延不绝，一直向远处传承下去。

就是这里了。奭的心一下踏实下来，竟有种回到家的感觉。

春天，在召南之地如火如荼般展开。

太姒在第一时间通过莘姒身边的寺人得知了召族落脚召南的消息，便把这个消息告诉了文王姬昌。姬昌叹道：“可叹一代召伯竟落得逃亡蛮夷的下场。”

“但这未必是坏事。召南之地水草丰美，土地肥沃，召族在那里重开荒拓土，重建家园，比在召地好了不知多少倍。”太姒有些羡慕地说。

“再好心里也不踏实，纣王迟早要探听到他们的下落。”此时，在姬昌的心目中，已把残义损善的“纣”和受画上了等号，“受”“纣”同义通用，便私下称受为纣王。自此，一代商王帝辛便以纣王之名闻名天下，垢病史册。

“是啊，国家再富庶，人口再兴旺，可毕竟是弱邦小国，怎经得纣王的追杀迫害？”太姒忧虑道。

“那我们就去帮帮他，毕竟周召睦邻多年，又同为姬姓，不管是出于道义还是亲情，我们都不能袖手旁观。”姬昌由衷地说。

“理是这个理，可你能行得通吗？大张旗鼓地支援召地，或者到纣王面前据理力争为召伯讨个公道，你以为这样做的结果是什么？”太姒诱导姬昌道。

“不仅帮不了召，反而连累于周。”姬昌自然明白这样做的结果。

“所以，我们只有利用这个机会，再烧一把火，让姬奭彻底走投无路。到时，我们暗地里给他以支援，打动他，然后说服其归周，周召共力，反商大事可成矣！”太姒老谋深算道。

姬昌一时也想不出好的计策，沉默良久，始对太姒投以赞许的目光。

采　　芣

立夏这天下了场雨，丰收在望，奭悬着的一颗心放下一半。落脚召南大半年，这块美丽富饶的土地渐渐复苏了召人心中的梦想。没有战争，没有纷扰，只有辛劳与汗水交织的安定与快乐。

然而，干旱却不期而至。太阳无情地炙烤着大地，河水断流，湖泊干涸，大片大片的水田出现了龟裂。

“克，鸡已叫，天将亮，赶快起床。”嫣推了推睡得正酣的丈夫。

克使劲睁开眼，朝窗户看了看，嘟囔道：“天还没亮，我再睡会儿。”说着，又倒头睡去。

嫣急了，一把将被子掀开，催促克道：“父亲早就带人下田了，你还要睡！”

克不得不起了身，可眼睛却还闭着，使劲睁也睁不开。这些日子天大旱，为了寻找水源，克随父亲走遍了召南无数的沟沟壑壑。昨天终于找到了一条水流量较大的溪水，奭才放众人回家睡了个囫囵睡。

“睡得正香，你便催命鬼似的唤我，到底何事？”克边穿衣服边问嫣。

“何事我倒不知，只是见父亲早早出门，你却睡着，才一再催你起床。”嫣说着，取出一件洗净的衣服，换下了克那件穿了多时、磨损严重、汗渍斑斑的布衣。

顾不上吃口早饭，克背起那把长柄石铲就出了门。昨天所找水源是条自西北而东南的溪水，水质清冽，水势平缓，贯穿整个召南。因水边多棠棣树，奭便将它称作棠溪。克沿着棠溪顺流而下，来到一道斜坡前。溪水经过斜坡，注入坡底的一个水潭。潭阔丈余，深不可测。奭决定从这里打开一个缺口，利用溪注潭中的冲压之力，将潭水渠引至田。

克小心翼翼地下到坡底，绕过一块巨大的青石板，果然看见父亲奭正和庸徒们一起，挥汗如雨地劳作着。克急忙上前，替下父亲，让他稍作休息。

看到克一大早地赶来，奭甚感欣慰，就坐到一边歇息去了。但他根本闲不下来，不是丈量开挖的地势，就是勘测渠沟的走向，反而比之前更加劳累。

半月后，渠修成。当哗哗的清水欢快而来时，人们奔走相告，欢呼雀跃。稻黍有救了，召人有救了！

"鄗伯，这里就是棠溪潭了。"随着话声，一位脸膛黑红、浓眉大眼的中年男子站在了潭边。曾经深幽的潭水明显减少，潭面较之石壁上的水印下降足有两拃。再往南看，一条宽阔的人工沟渠正把潭水引向另一个地方。

"原来有人截流，难怪棠溪之水到了我们那里，就剩下细弱一脉了。"随从模样的人叫道。

"这里何时有了人烟？"鄗伯问随行的其他人。

所有人都摇摇头。鄗伯猜测道："难道是召人回来了？"

"不是说召族在一夜之间突然消失了吗？连商王的大军都遍寻不见，怎么可能会躺在离朝歌并不遥远的地方？"有人提示鄗伯。

"也许这就叫出其不意吧，但关键的原因却是这里确实曾是召人的发祥地。"鄗伯颇有见地地说。

其实，鄗伯一族也是召人的后裔，召之南地同样是他们的发祥地。在他的内心深处，甘之战的记忆从未中断消失过。他从祖辈的口口相传中，找到了根，找到了"鄗"的来历。

千多年前，夏启独裁，中原各部族奋起反对。为此，居于甘水的有扈氏部族受到了残酷镇压，一场甘之战使其几欲灭族。但夏启并不满足，他要在中原大地进行一次大清洗，所有反对过他的部族都要付出血和生命的代价。就是在这次清洗中，世代居住生息在匽地的召人，不得不举族撤离，踏上了生死难卜的逃亡路。那是一个电闪雷鸣、风雨交加的黄昏，召人阖族逃到了大河南岸。河水暴涨，黄龙翻腾，轰鸣的水声让人望而却步。为了不拖累族众逃命，挤用仅有的几条渡河木舟，年事已高的召伯主动提出，带领部分年老体弱的族人留在河南岸，不再过河，拖住夏启追兵，掩护其他族人逃亡。

没有更好的选择，人们不得不按照召伯的命令，分为三部：一部渡过大河北上；一部沿河西去；剩下的一部和召伯沿着原路返回，阻挡夏启追兵。

不久，夏启追兵赶到，召伯一众全部被俘。看到年迈苍苍的召伯和其同样年迈体弱的族众，夏启大失所望，有种被捉弄的感觉，盛怒之下，挥刀杀了挡在族众最前的召伯，以泄心中恶气。然后，掉头离去。末了，又回过头，用沾着召伯鲜血的屠刀指着其他族众，说："谅你们也成不了气候，今天且不杀你们。但自此再不许离开此地，各自尽心，为我有夏耕种黍稷，也算为你们自己讨条生路。"

侥幸留下一条性命，但被俘的感觉比刀架在脖子上还难受。召伯死了，主力散了，召族的荣耀戛然而止。为了不让祖先蒙羞，活着的人们只有改"匽"为"鄢"，忍辱负重，悄无声息地存活在召东一隅。

"那么另两支召族结果怎么样？"有人问道。

"渡过大河的，一路北上，建起了晏国。沿河西去的则一直沿用旧称，发展壮大为召方。"鄢伯对召人的来龙去脉比别人更为关注和清楚。

"如果截流引水的真是被商王追击的召方，那么鄢、召同祖，我们正好可以相认。"另一人喜滋滋地设想。

"但愿如此。"鄢伯期冀道。

一行人边走边谈，沿着棠溪溯流而上，走过一道林木茂密的岗峦，眼前出现一片开阔平整、开辟出来不久的水田，禾苗青葱，长势喜人，几名一身泥水的农夫正引着清流灌溉。水源正是从棠溪而来。见状，一名和鄢伯一起来的人不由有些恼火，冲动之下也忘了鄗伯刚刚的猜想，冲上去，一把夺过克手中的石铲，摔在地上。奭和其他人都一愣，克却反应灵敏，飞快地捡起石铲，不容分说地向夺铲者砸去。对方躲避不及，被划破脸皮。克仍不罢休，再次举起石铲。奭一个箭步冲过去，挡在克与伤者之间。克收不住手，一铲砸在了父亲肩头，鲜血随之浸出衣衫。克急忙扔了石铲，去扶父亲，被奭推开。奭走到被克所伤之人跟前，满怀歉意地说："小子无礼，我会惩罚于他。让我看看你的伤口。"

"无大碍。是他鲁莽，先动的手，吃点亏能长记性。"鄗伯上前应承道。

茫茫大野，人烟稀少，能遇到同类，对于当时的人们来说，也是件不容易的事情。虽有小的纠纷在前，但在结成同盟共同抵抗猛兽侵袭、自然灾害，加强生存能力，获得更大利益面前，人们的戒心及自我意识相对淡薄，彼此的沟通交流因之而容易了许多。

"我族始到此地，落脚未稳。遇此大旱，也是心急如焚。小子出手伤人，还望体谅。"奭恳切道。

"可是姬召一族？"鄗伯直截了当地问道。

见鄗伯憨厚实诚，奭也不再刻意隐瞒，亮明了自己的身份。

鄗伯惊喜道："果然如我猜测，如此偏远之地，不是迫不得已，谁会举族迁入？不过，召人落脚此处，也是祖宗保佑，人归其所。"

"此话何意？"奭听出鄗伯的话外意思，却不甚明了，便追问了一句。

"此地乃召族发祥之地古匽，时隔千年，召人再次归来，难道不是祖宗护佑，上天旨意吗？"鄗伯感叹道。

"你怎么知道这些？"奭心头一喜，但还有一丝疑惑。

"我也是匽地召族之裔，为躲夏祸，改匽为鄗，传承千年，未忘召之本源。"鄗伯动情道。

"这么说，我们都是一家人？"奭激动不已。一向沉稳、人至中年的他，此时竟激动得泪光晶莹。长久以来口口相传的家族记忆，在鄗伯这里得到印证，他感到了前所未有的安慰和踏实。

在此后的两年中，由于与鄗的相认、和睦，召族得到了有力的帮助，很快在召南之地站稳脚跟，发展壮大起来。

胶鬲收到了来自周邑的密信，得知召伯奭带领族人在召南重新建起了家园，召族没有被征服，反而更加繁盛。内心深处，胶鬲对召族能有今天感到欣慰，但作为周人的内线，他得知恩图报，按照姬昌的意思做事为人。他理解姬昌的意图，无非是想利用商、召矛盾，达到拉拢召伯奭、共谋反商之大业的目的。

胶鬲把密信内容如实告知了纣王。纣王对胶鬲一向信任，二话不说，便要发兵攻打召南，以解长久郁积在心头的恶气。然而，东夷战事正紧，没有富余兵力可用，无奈只有抽调京畿戍守之兵，以胶鬲为师，联合属国郾，共图召南。

郾正是召族发祥地古匽之地，因商王武丁之妇妇妟被封于此而筑城，是谓郾城。妇妟本燕国之女，嫁武丁后，将妇好所生二女子妥、子媚抚养成人。商、召联姻，子妥、子媚同嫁于召伯。后因王位之争，受到迫害，妇妟携子祖庚沦落召地，受到召伯善待奉养。祖庚继王位，念其母妇妟劳苦功高，就将匽地封给妇妟，并筑城为郾城。妇妟就封郾城，大力发展当地生产，古匽地焕发出新的活力，成为商南重要的军事据点和交通咽喉。妇妟之后，其子女继承母业，继续经营郾国，掌管一方。历经数代，发展成为商的一个重要属国。

按照纣王的要求，郾国出兵八百，配合王师征伐逃往南方的召族。

又是一年告秋时，丰收在望，祈求神灵保佑、感恩祖宗庇护的告秋仪式正在举行。奭亲自捧起香酒，和族人一起，随着巫师的步伐节拍，至真至诚、毕恭毕敬地祭拜，礼赞。阳光明朗而温暖地照耀着大地，天空碧蓝，万里无云，召族最美丽的长发姑娘和最勇敢的健壮小伙，载歌载舞，欢呼对唱：

到哪里去采苹草？到南山下的溪水旁；
到哪里去采水藻？在那边有水的地方；
用何物来盛装？只有圆筐和方筐；

用何物来煮菜？要用有脚的锜和无脚的锅；

到哪里去祭祀？到那宗庙的天窗下；

谁来主持祭礼？有那斋戒的美貌姑娘。

“召伯奭，你的日子过得好不快活啊！”一个熟悉的声音惊悚响起，奭一下愣住，脖颈僵硬，不敢回头。此时此刻，他是多么希望听到的、看到的都是一个错觉。他闭了下眼，希望睁开时，眼前的一切还是告秋的样子。然而，他失望了，睁开眼时，首先看到的便是商王受那张阴冷、恐怖的脸和那双半眯着的眼。“这里真是个好地方，可它依然在我大商的势力范围之内。跑来跑去，还是没有跑出我的手心。”受仰天狂笑，惊得飞鸟仓皇而逃。

看来是逃不过了。奭稳定下情绪，转过身，面对曾经的盟友、如今的敌人，镇静自若道：“我与你共事不是一日两日了，你想要什么，需要什么，我心里自然清楚。拿去吧，田里的庄稼、坡上的牛羊、地下的珍宝，还有我的性命。只是求你，别掳我召人，屠我召族。他们历经磨难刚刚安定下来，他们为商付出了一切，包括生命。上天降命于商，是让商管理于人，造福于人，而不是让你贪得无厌、穷奢极欲地征伐，杀掳，奴役，占有。”

“这般时候，还不知死活地给我说这种话。不过，看在多年的交情上，我答应你的请求，不杀你的族人。你看你把召南之地经营得多么富庶，你看你的族人身体多么强健，所有这些正可补充我讨伐东夷之资费兵丁。”纣王别有用心地说。末了，话锋陡然一转，“可是我必须将你带走。记得几年前我把姬昌拘禁在羑里，你曾背着我偷偷前去探望。看来你对那里很感兴趣，那么我就满足你的心愿，让你到羑里住上半辈子，尽情享受清静孤独的滋味。姬昌没住上两年疯癫了，你若住上几十年会是何种模样？”

为了掠走更多的财物，在商南再建一座取之不尽的仓库，受破例没有惊扰召南民人，只带走了奭和他的兵卒。

回朝歌途中，路过鄢城，奭被囚于地室。夜深人静，在胶鬲的极力劝说下，纣王饮了大量的酒，陪两个绝色美人沉沉睡去。负责看守俘虏的郾君子乔不敢有丝毫大意，和士卒一起值守在地室门口。后半夜，人人困乏，子乔也感眼皮酸涩，便到屋内小睡一会儿。刚进门，身后紧跟着进来一人。子乔急回头，却见是神色紧张焦急的鄢伯。

“何事？”子乔问。

“放了召伯。”鄢伯开门见山。

“何出此言？”子乔惊讶。

“因为你、我、他都是召人之裔。”鄢伯简洁明了。

子乔沉吟，郾、鄢世代为邻，因为先祖同为召族的原因，关系和睦，互为帮衬。此次纣王兴师动众攻打召南，子乔并不情愿出兵，无奈国小力弱，不敢反抗，只得无奈顺从。对于召伯奭，他并不熟悉，可他对高祖母妇妟、祖父祖庚受到召伯善待的事情却耳熟能详，也尝想知恩图报，可一直没有机会。如今时机就在眼前，他不能再错过了。

鸡鸣头遍，地室门被悄无声息地推开，随之进来两个人。奭一眼认出是鄢伯和郾君。子乔二话不说，打开了奭身上的械具，鄢伯拉着奭就往外走。门外一人正等着。“快走，你的兵卒已在等你。记着，出了城门，一直往西，不远处，有人在接应。”夜色苍茫，奭看不清此人是谁，但听声音，却明显是胶鬲的。

奭心里顿时明白过来，可情势危急，容不得他说话，只有把感激之情暂放心中，带着兵卒急速而去。

天大亮，离开郾城二十多里。见后边并无纣王的追兵追来，奭始松了口气，放缓了速度。来到一条水流湍急的河边，奭正为怎样渡河犯愁，却见对面有人冲他抬手呼喊：“上游有桥，请从那里通过。”奭迟疑着走向上游，果见一座新搭的独木桥似是正等着他。小心通过，却愕然发现白发苍苍的姬昌正站在桥头，面带慈祥而神秘的笑容向他招手示意。姬昌身后，站着旦。见奭过桥，立马迎上来，亲热地说：“我和父亲在此等你数天，终于等到了你！”

奭豁然，原来他们就是接应之人。

鞠有黄华

一棵棠棣树孤零零地站在山坡上，叶已落光，只剩下满树的棠果，沉甸甸地挂在枝头。菊花开了，在棠棣树的身下蔓延，黄灿灿一片，一直开到山的那一边。

奭由旦陪伴，走在九月的周原。此时，姬昌已把都城从岐邑迁到丰邑，并建起了高大气派的宫室——丰宫。

“此处距岐邑不过十来里，是周原人口最多、土地最肥沃的一个地方。父亲将此处作为你的采邑，可见他对你的厚爱与器重。”旦边说边指点给奭看。

奭的脸上露出一丝笑容，不是因为土地的肥沃，而是那漫山遍野的菊花让他阴沉的心空透出了一缕阳光。入周数日，他受到了姬昌的恩宠礼遇，更感受到了旦亲兄弟般的情意。太姒和发，甚至子画和鲜都待他和气有礼，相敬如宾。可他的心却始终轻松不起来，被纣王迫害的悲愤，返召无望的伤痛，对家眷族人的挂牵，让他每日只能在忧心忡忡中度过。直到看到这深秋的菊花，嗅着这苦苦的清香，他才慢慢清醒振作起来。

“无须这么多的土地人口，只要能安顿下跟我入周的那些兵卒和族人即可。”望着眼前的遍地黄花，信心重回奭的心上。

“地方小了可不行，过些日子还有一些重要的人要来。”旦故作神秘道。

“何人?”奭果然惊讶。

“当然是你牵挂的人。”旦依然不肯道破。

“难道是莘姒他们?”奭急切地问。

“当然不止他们，还有荇及召南的部分百姓。”旦明确告诉道。

“他们现在哪里？千山万水，形势险恶，他们怎么能到得了周地?”奭忧虑道。

“父亲早已安排布置好,你大可放心,用不了多久,你们一家人就可在周原的召地上团圆了。”旦说着向那棵孤零的棠棣树走去,奭忽然感到它并不孤独。

十月初,姬昌以聚食的名义举行了一次会盟。聚食本是合族相聚、饮宴欢庆的聚会,一般在初冬季节举行。聚食之礼在周兴起之初,合族之人都会受到族长姬昌的邀请,踊跃参加。后来,随着人口的增多,合族聚食已不现实,姬昌只得根据实际情况,选定部分人员参加,聚食之礼渐趋小众化,精英化。

与往年一样,参加今年聚食的人员基本都是王室人员和各伍卒首脑。不同的是,姬昌又邀请了所有与周交好的邦邻近百人,聚食的规模与规格超过任何一次。

刚刚下过一场小雪,周原的雪夜寒冽而清澈。丰宫前的空地上,篝火熊熊,让天空的那弯冷月也感到了暖意。丰宫内筵席已经摆开,铜鼎内肉将煮熟,热气腾腾,香气扑鼻,许多人忍耐不住,情不自禁拿起了手边的刀匕。可主人没有发令,客人还没到齐,无奈只有强迫自己咽下馋涎,放下刀匕,耐心等候。

肉香更浓时,虞侯、芮君方急匆匆地赶来。至此,宾客到齐。姬昌命酋人斟酒,宴会准备开始,之前随意而坐、相互攀谈的宾客各自归位。位置是由太姒亲自设定的,以姬昌为主,自己为辅,宗室人员及到会嘉宾分列两侧。

奭的位置被安排在最下首一个不起眼的角落,按太姒的说法,奭叛商归周,纣王并不知其下落。今日若将真相大白于众人,难保不被纣王知晓。为了奭的安全,也为了避免给周带来麻烦,还是不公开奭的身份为好。来日方长,她一定会给他应有的名分。但目前只能先委屈他一下,不向与会人员介绍他。反正谁也不认识谁,也没有人在意坐在末位的是谁。

太姒的用意奭自然明白,她是怕他的劲头盖过了发和旦,甚至冲淡她在姬昌心目中的分量。她有这样的顾虑也是人之常情,奭淡然一笑,默默地坐在太姒给他设的位置上。

宴会开始,姬昌发表慷慨激昂的致辞,先感谢上天对周人的眷顾,祖宗对周族的庇护,再感谢各邻邦友国对周的拥护,然后便开始了对商纣无道的指责和抨击。众人对姬昌的言论深以为是,无不赞同。一时间,群情激愤,议论纷纷。

奭心潮澎湃,他真想站起来振臂高呼,与姬昌前后呼应,揭穿纣王的嘴脸,批判他的暴政。然而时机还不成熟,他不能随便说话,暴露身份,从而连累姬昌,影响他的计划。

按捺下纷扰的思绪,奭悄悄离开座位,走了出去。月亮还在,倦怠地挂在西边的天空。篝火依旧,但火势已不熊熊,仅能供周围的人们取暖。

奭被那种异于室内的静适气氛所吸引,便找了个空位坐了下去,身边是位瘦而不弱、目光炯炯的年轻男子。

"里边的酒和肉,都比外边的好,你怎么出来了?"男子疑惑地问奭。

"身体不适,出来透透气。"奭随口答道。

"我看是好酒喝多了,好肉吃腻了吧!"男子愤愤不平道。

奭一时不知怎么回答他,便不置可否地笑了笑。男子兀自抱怨:"我们千里迢迢从楚地赶到周邑,参加这次聚食,可姬昌竟然不让我们进入周宫,真是太不把我们当回事了。"

"不当回事又如何?谁叫我们地僻处远,国小民弱呢?"与年轻男子对面的一个高个子醉醺醺地说。

"你们来自哪里?怎么就国小民弱了?"奭接过醉酒高个子的话问年轻男子。

年轻男子的满腹牢骚被高个子男人勾起,正要发泄,见奭关切地询问,便一五一十地讲了起来。

年轻男子姓芈,名熊绎,来自遥远的楚地。熊绎的祖父鬻熊因学识渊博,曾为姬昌之师。熊绎的父亲早年也曾事姬昌,幼时的熊绎因为父辈的关系,在周地生活过。后来,鬻熊年迈去世,熊绎之父又早逝,熊绎便回了楚地,与周的联络相对少了起来。此次姬昌邀请与周交好方国参加聚食，熊绎便代表楚国应邀前来。可令他想不到的是，姬昌竟安排他在外围值守燎坛。

“早知如此，我便不来。”熊绎恨恨地仰头喝了一大口酒。

“未必是西伯之意。即使是他有意安排，也不必耿耿于怀。受人尊重，被人重视，不是靠力争，而要靠自身的实力。国富民强，有益于人，尊严和地位自然就会到来。”奭感慨道。

熊绎若有所思地望着奭，惊讶地问道：“你是谁？我怎么从未见过你？”

“我是谁不重要，重要的是我说的话是否有几分道理？”奭诚恳地问道。

“何止是有几分道理？而是十分地有道理。今晚我也是因祸得福，偶遇你这位高人？”熊绎由衷地说。

“哪里是高人？不过是有感而发，感同身受罢了。”奭叹道。

“难道你也有我这样的遭遇苦衷？”熊绎关切地问。

见他厚道实诚，奭也不再刻意隐瞒，对他简要说了自己的经历。熊绎一听，惊诧地瞪大了眼，打量着奭，不敢相信自己的耳朵和眼睛，感叹道：“我怎么也想不到，今晚在这里竟会不期而遇闻名天下的召伯奭。”

“不过一个背井离乡、有家难归的落魄之人，不值得羡慕。”奭黯然神伤道。

熊绎不再说什么，拿起放在地上的酒壶晃了晃，倒满一尊酒，捧给奭道：“一直认为自己小国弱民，挺不起胸，直不起腰。今天听你一番话，对比你我如今的境遇，我算是幸运的。国虽小，但我是自由的；民虽弱，可他们都是我的亲人兄弟。而你，声名显赫，功绩卓著，却落得孤身一人远走他邦。和你相比，我还有什么不知足的，有什么理由在此怨天尤人，自暴自弃？来，请饮下这尊酒，让它表达我对你的敬意与感激，也让它见证我们今晚开始的友谊。”

奭欣然接过，一饮而尽，然后，也学着熊绎的样子，给熊绎倒了一尊，熊绎也接过一饮而尽。酒让彼此的心里暖暖的，也更打开了他们的心扉。

“此次回去，我将带领族人，把荆山开辟出来。那可是一座宝山，治理好了，足以让我们富裕起来，过上好日子。”熊绎憧憬着，脸被火光映照得彤红。

“这是一个好主意，你一定会实现你的愿望。”奭赞同熊绎的想法，不禁流露出羡慕的表情。

“不然，你就随我到南方去，一来远离了纣王，二来也可帮楚人开国建园。”熊绎热切地说。

奭心里一动，尽管熊绎的提议不切实际，但却为他打开了一条新的思路。

冬天在残菊的苦香中迟延，那棵棠棣树的果实风干在了树梢。房子已建好，士卒也安置好，这块周原无名的土地成了召伯姬奭的归宿之地。

与熊绎偶遇产生的思想火花经过一段时间的思考沉淀，渐渐清晰，成熟，奭便向姬昌详细说了自己的想法。“如今，周之仁政天下皆知，周人实力与日俱增。然周之盟友除周西小国外，东、北、南并无建交。东，自不必说，有商雄踞，哪容他人染指；北有鬼方，剽悍强势，但现已被商征服，难以联络同盟。现唯有南方诸国，暂为商势力的空白区。此时我方若能捷足先涉，南巡广布周之仁政，南方诸国可成盟友，抗商力量将大幅增强。”

“不愧曾为一方之伯，见识眼光果然高出常人。召伯提议，当大力支持。”太姒抢在姬昌之前明确表态。

姬昌看看她，咽回了要说的话，以沉默表示对太姒的支持。多少年来，他已习惯太姒的强势，也甘愿做她身边的绿叶，默默地衬托她的红，她的艳，她的阴冷凌厉。但在内心深处，他依然是冷静而理智的，遇到核心问题，关键时刻，他还是要表达自己的看法。“南巡固然于周大有裨益，可山高水远，路途凶险。此去凶多吉少，不管是谁，如有闪失，让我于心何忍，于心何安？”姬昌忧戚地说。

“西伯过虑了，奭既首倡南巡，想必他心中已有数，谁可担此重任，自是非他莫属。”太姒巧妙地维护着她的利益。南巡虽意义重大，可她决不会让她的孩子去冒这个险。

奭自然听出了太姒的话外之意，不以为然道："从产生南巡想法那一刻起，我就把它当成自己义不容辞的责任，如让别人去，我也许就不会有此想法。"

太姒放下心来，再次表态要尽快找到莘姒她们，并将她们接迎到周，让奭在南巡前一家人团聚。

这时，高走了进来，上前拉着奭的手说："兄长，就让我随你一起南巡吧，我想出去开开眼，长长见识。"

"不，你年纪尚幼，我不会让你跟着我去冒险的。"奭断然拒绝道。

高不甘心，又转向姬昌哀求道："父亲，你和兄长说说，让我随他去吧。你看，我个子长得都和他一般高了。"

姬昌左右为难，从内心深处，他也想让高随奭南下，助奭一臂之力。可高毕竟年幼，吃不了长途跋涉之苦，将来如有闪失，他如何向高早逝的母亲交代？

"就让高去吧。你那么器重他，就给他个锻炼的机会，将来也好担当重任。"太姒别有用心地说。

高少不更事，自然不懂太姒的话外之音，还以为太姒向着他，便高兴地对姬昌说："你看，母亲都同意我去，你就别犹豫了，和奭兄说说，让他带我去吧！"

姬昌无奈，求助地望向奭。奭理解他的心情，便答应了高的请求。

出征在即，失散的亲人回来了。近半年的战乱灾难，让莘姒面容憔悴，形容消瘦。看见奭的那一刻，所有的思念与委屈奔涌而出，她扑倒在奭的肩头放声大哭。荇在一边默默地流泪，内心波涛汹涌，表面却风平浪静。

太姒劝慰莘姒不要伤心，在奭南巡的日子里，她会像对待亲生子女那样照顾她和荇。

"不，我不需要任何人的照顾，我要随奭南去。"荇坚决地说。

第二章　南国

小　薇

在高的记忆里，从周原到微地不过两天的路程。那还是在慢的情况下，如果骑马，走周微通道，不过半天的工夫。可这次，他随兄奭南巡，率百人，从丰邑出发，走了五天，却不见微国的踪影。

"难不成他们又迁徙了？"高疑惑道，不禁有些泄气。

"也许是你记错了微国所在的位置。"奭揣测道。

"不会的，我随旦兄多次到过微国。虽说是几年前的事了，但我记得很清楚，就是走的这条路。每次都是日升出发，日落而归，从未因路途遥远而在微国隔夜。"高对自己的记忆力充满自信。

"既然这样，我们再往前走走，也许翻过前边那座山就是微邑了。"奭说着率先向前走去。

高打起精神追了上去，百人队伍逶迤而行。

前方，一条溪流挡住了去路。水上无桥，水流湍急，两岸皆无渡津，奭只得命队伍就地休息，派人打探情况。

隐隐地，似有歌声从河对岸的密林中飘出。奭凝神聆听，果然是有人在唱歌。只是隔着河，隔着水声，那歌声时隐时现，若有若无。但奭依然听清了，那是一位年轻女子的歌声，纯净朴素，清澈如露：菁菁者莪，在彼中阿。既见君子，乐且有仪。菁菁者莪，在彼中沚。既见君子，我心则喜……

循着歌声，奭沿着溪岸向上游走去。高默默地跟着，虽然他没有听到歌声，但依然相信奭的判断，相信他有种天赐的听声鉴音能力。

歌声戛然而止，随着一声惊叫，一团物事从树上掉了下来，随之又如一枚风干的梅果，跌落水中。

"是个人！"身手矫捷的高来不及多想，纵身跳入水中，拉住了落水者。

由于被救及时，落水者没有受到伤害，只是受到惊吓，脸色发白，望着眼前两个陌生的男人，身子发抖，一句话也说不出来。

奭知道此刻任何的安慰都无济于事，甚至是适得其反，便和高知趣地离开了。刚走不远，便迎面碰上了前来寻找他们的荇。荇身体不适，正在休息。昏沉中似乎听到歌声，歌声有些耳熟，有种家乡的味道。荇不由精神一振，从昏沉中清醒过来。走出帐篷，四下看了看，却不见奭和高的身影。但她知道他们不会走远，便信步沿着河岸溯流而上，落水者的惊呼声她也听到了。虽然离得远，但空旷的山谷还是让她听得清清楚楚。她加快步伐，急匆匆寻声而走，却不想遇到了奭和高。

“荇，你来得正好，快去那边看看，有个落水的女子需要得到帮助。”高边说边指了指落水者所在的方向。

荇抬头望了望奭，奭点点头，证明高所言属实。

三人再次返回。然而到了现场却发现已是空无一人，只有那块大青石上水迹尚存，说明刚刚应有人坐过。

“她不会走远，应该就在附近。也许是对我们不放心，躲了起来。”荇猜测道。

“走就走了吧，我们也不图她道谢。”高不以为然地说。

“我们得找到她，深山老林里见到这样一个女子，你们不觉得蹊跷吗？”奭忧虑地说。

“这有何蹊跷？越是人迹罕至的地方，猎物就越多。在这里遇到个猎户家的女子也在情理之中。”高自以为是地推测道。

“可你看她像长期生活在这里的人吗？她唱歌的调子，衣服的款式，并无微地特色，反而与周人十分接近，这难道不值得我们探究一下吗？”奭盯着高问。

经奭这么一说，高倒想起来了，刚才那女子所穿衣裙正是周人崇尚的大红之色。只是由于长时间穿着、浆洗，红色几欲褪尽，已然成了土白色。只有腋下袖底红色残存，似在告诉人们这件衣服正是来自周地，并且是件嫁衣。

“如果真如奭兄所言，落水女子是周人，那我们无论如何得找到她问清情况。”高焦急地四处张望着，触目皆是密不透风的绿，那女子就像一枚小小的野果隐于枝叶间，让人不知从何找起。

“不用找了，她若有意躲藏起来，是不会让我们找到的。”荇边说边缓步走到一棵同大的山楸树下，手抚树干，仰望着如伞舒展的树冠，唱起了她最喜爱的那首歌：

菁菁者莪，在彼中阿。既见君子，乐且有仪。

菁菁者莪，在彼中沚。既见君子，我心则喜。

……

唱罢，荇临水而立，风吹起她素色的衣裙，如一朵盛开的白菊。四野俱寂，连鸟雀都屏息敛气，似是怕惊动了什么。

良久，高终是耐不住心性，叹道：“你的歌声恐她是听不到的，不然，早该出现了。”

奭的脸上同样满是失望，但他不会轻易放弃。尽管荇的歌声如此美妙动人，但如果判断错误，那女子并非周人，荇唱得再动听又有何用？而看她的样子，确是需要帮助。不管她是不是周人，在奭的眼里都是平等的。

“我们再找找看，也许她并未走远。”奭牵起荇的手，朝另一个方向走去。还没走几步，身后忽然响起了落水女子的歌声。三人急回头，在另一棵高大的楸树下，找到了唱歌人——落水女子小薇。

“既见君子，乐且有仪……既见君子，我心则喜……”小薇两颊绯红，目光晶亮，熟悉的乡音，打消了她对眼前人的陌生感与戒备心。望着如天神而降的同乡，小薇眼泪汪汪，欣喜的泪光中，倒映出了刚刚过去的那个上巳节的水边。然而随着故事的发展，小薇的无邪与天真渐渐被沉重与悲伤所代替。

那天，小薇穿了件堇色的长裙，折了一枝雪白的棠棣花。她不折桃花，不摘芍药，是因为白色的花朵更能把她的衣裙映衬得艳丽如霞。小薇的这个愿望实现了，所有从她身边经过的吉士，无不停下脚步，投她以木桃或琼琚。但她没有理睬他们，因为他们都不是小薇梦中的那个人。就这样，在上巳节的水边，小薇从早晨等到了黄昏，直到亚的出现，才结束了她的等待。可亚并不是专程来与小薇相遇的，他只是无意中路过。是小薇的堇衣白花吸引了他，让他情不自禁停住了脚步。而小薇已顾不了那么多，来不及和父母故土隆重的话别，就匆匆穿上红嫁衣，上了亚的牛车，跟着他回到了微地。不久，迫于生计，亚南下庸国，学制盐技艺，家中只剩下小薇和亚年老的母亲相依为命，艰辛度日。可小薇照样是幸福快乐的，亚在她心中，在她梦里，时刻拥抱着她，温暖着她。日子飞速而逝，转眼数月过去，亚的母亲已年满五十。那天，小薇精心为婆母做了长寿面，盛了满满一大碗给她端去。谁知婆母连看都不看一眼，只是低头哭泣。小薇莫名其妙，不知何处失礼，让婆婆生气。正惶惑不安时，来了两名官差，进屋便说该送婆婆进山了。小薇不知何意，愣愣地站着不动。那两人见状，便直言告诉她，说这是微地的规矩，人过五十，便老朽无用，与其活着浪费粮食，不如送进深山老林喂野兽。小薇惊愕万分，头晕目眩，就像被人当头打了一棍。可那两人并不在意她的反应，只是一个劲催亚的母亲赶快上路。亚母自知违抗无用，便顺从地换上送老衣，是她早就备好的，只是小薇从不在意。亚母被两个差人催逼着向外走去。小薇反应过来，上前拉住婆母，不让她走。

“她可是亚的亲生母亲啊，亚不在家，我就要替他照顾她，守护她。如果亚母在自己眼前丢失，亚回来，我有何面目见他？”说到此，小薇痛苦地低下头，叹息中充满了愧疚与自责。

“相信亚对自己国家的风俗十分熟悉。如果我没猜错的话，他在你们婚后不久即南下庸国，也许是想逃避遗弃母亲的残酷现实。你替他承担了这种痛苦，他怎么可能怨恨你？”荇劝导小薇道。

小薇抬起了头，脸上浮现出一丝轻松，但随即又被不解与愤恨所取代。“尊老养老是作为一个人最基本的道德。如果连生养自己的父母都能遗弃，那么人与禽兽何异？当年在周地，常常听人颂扬西伯的仁孝，从小到大我也懂得一些孝道。谁知，与周毗邻、与周友好的微地，竟会有此恶习。”

“这也是微地之所以称‘微’的原因。你看这个‘微’字，不就是一个披散着头发、拄着拐杖、独自艰难行走的老人吗？”高边说边随手折了根树枝，在地上写出了个“微”字（甲骨文）。

小薇惊奇地瞪大了眼，荇也是第一次听说这个典故，一时间，两个善良的女人，面面相觑，无言相对。

“你只说其一，不说其二，会让人产生歧义的。微地遗老习俗的形成，自有其特殊的原因。‘微’字似披发老人独自行走，不过是后人根据遗老风俗所附会，并非‘微’字本义。”奭提醒高道。

“有何原因？我却不知，你倒说来听听。”高如实说道。

“说来话长，早在夏时，微已建国。夏亡商兴，作为夏邦的微方成为殷商的打击征服对象。而微虽势单力薄，却不肯轻易臣服于商，与商展开了殊死搏斗。但小邦邑哪里是大邦商的对手？最终，微还是被商打败，望西而逃，一路逃到了今山西潞城一带。距离远了，但商、微之间的矛盾依然存在，战争仍然不断。到了商王廪辛，对微国的征讨更为严酷，不仅俘获了微国的重要首领，还将其用以祭神。战败的微人不得不再次西迁，为了逃脱敌人的追击，为了保存族群的实力，从那时开始，微人不得不将族中的老人遗弃，只保留青壮年和孩子，以保障逃跑的速度和种族的延续。”奭深入浅出地分析道。

“可我所了解的微人，并非你所说的历尽苦难。他们与我有周为邻，占据渭水南岸一大片肥沃土地，并受到我有周的庇护，国泰民安，安居乐业，根本无须再用遗老来减轻负担，保存实力了。”高并不赞同奭的分析。

“你所了解的不过是微人近十几年的状况，而遗老风俗却已存在数百年。用十几年来改变数百年，时间还远远不够。”奭客观地说。

“我看还是他们不想改。不过是微伯的一个命令而已。”高不以为然道。

“可微伯为何不颁布这个命令？”奭问高，也在问自己。十几年了，微方早已今非昔比，可他们为何还要遗老？

“不仅遗老，还要逃跑。离这儿不远，就是微方城邑。可在三年前，他们却再次迁徙了。走的时候连这条河上的桥也拆毁了，好像怕被人找到追上似的。”小薇接过话头道。

“这么说，你嫁到微地时，微方就已迁走了？”奭问。

小薇点点头，补充道：“向南迁了，离庸国很近，这也是亚去庸国谋生的原因。”

“那你怎么会在这里？”三人不约而同问小薇。

“为了亚母，我不能遗弃她。她不能在家养老，我就陪她在这深山老林里生活。那边山坳里还有亚家以前的窑洞，我和亚母就偷偷跑了回来，住在里边。”说到这儿，小薇忽然惊叫道：“只顾和你们说话，早过了饭时了，我得回去给亚母做饭了。”

“深山老林无法耕种，又都是女人，难以狩猎，你们吃什么啊？”荇问小薇。

“野菜、山果，饿不死。”小薇淡然地说。

“可这样的日子，何时才是个头啊？”荇叹道。

“早晚有一天亚会回来找到我们的。我不遗弃亚母，亚就一定不会遗弃我。”小薇信心十足地背起那捆打来的烧柴，向荇挥挥手离开了。

回到宿营地，派出探查路线的人已经回来，为奭带来好消息：沿河而下三五里，地势平缓，水浅河宽，可涉水过河。高立即整装待发，只等奭发号施令。而此时，奭却显得忧心忡忡，犹豫不决。荇看出奭的心思，要去找小薇，让她带着亚母随他们离开这里。奭点头赞许，但随即脸上又阴云密布。他知道，作为微人故邑，这一带的深山老林里被遗弃隐匿的老人肯定不止亚母。亚母需救助，那些老人也需要救助，他有责任有能力让那些老人重新回家。

夜幕降临，大山腹地一片沉寂。夏末的山风已有了凉意，鸥鸮的狞笑，更给山林罩上阴森恐怖气息。

计划天亮去找小薇，让她带路寻找这一带山里的老人。可奭已等不及，他知道黑夜是凶残的，尤其是对那些衰弱的生命更是毫不怜惜。他们必须马上行动，早一个时辰，也许就能留住一个生命。

高理解奭的心情，积极配合，自告奋勇带人进山搜寻。奭赞赏地拍拍高的肩膀，信任地把那支熊熊燃烧的火把交到他的手上。

第二天日落时分，高回来了，十几名骨瘦如柴、奄奄待毙的老人被带到奭的面前。望着他们蓬乱的白发、混浊的目光，奭心痛如绞。

亚母被高带去的人背了回来，小薇寸步不离地守在亚母身边。如果不是昨日被这些人救助，如果他们不是来自家乡周原，她无论如何不会把亚母交出去的。现在，亚母可以回家养老了，她也可以在家等亚回来了。

在第一批老人被救出后，根据他们提供的线索，奭又换了个宿营地，对周边一带再次进行搜寻，果然又发现了几名被遗弃的老人。但令人痛心的是，其中两名老人在人们找到之前刚刚咽气。奭只得把他们就地埋葬，将另外几名背负下山。

蓼　莪

再有一个月，微蒸就年满五十了。作为微方之长，微蒸比谁都清楚五十岁对他来说意味着什么，也比谁都清楚无数人的目光已经开始投向他的身上。他别无选择，他必须做好被遗弃的准备。普通百姓还可逃跑隐藏，侥幸保住性命，而他不能，那么多人都在看着他，他怎么好意思利用地位和权威为自己网开一面？“到了岁数，该去哪里就去哪里，把位置让给儿子，让他去挑这副重担吧。”微蒸自我劝慰着，心下稍安，只是禁不住地想流泪。

这时，长子斯急匆匆走了进来，给父亲带来周人已兵临城下的消息。乍闻之下，微蒸大吃一惊，但转念一想，感觉情况不像斯说得那样。当年，微人被商王打得落花流水，无处立锥，是西伯姬昌收留了他们，仰仗着周的庇护帮助，微人才得以安居渭水一隅，绵延生息。在微人心目中，相对于商的强势，周显得十分温和。微人初来时，周人不仅帮微人选址安居，还一次次帮微人抵抗外族的侵扰，而微也视周为盟主，听命贡奉于周。周、微二国相互帮衬，互利共存，名为两方，实为一邦。然而，随着微人的发展壮大，区区渭水之滨已满足不了需求，微人便开始南迁，以期得到更广阔自由的发展空间。与此同时，周人把精力全部投在与殷商的抗争中，对微人不再关注顾及。周、微的关系渐渐疏远，但旧情仍在，旧恩难忘，绝对不到兵戈相见的地步。如今，时隔数年，周人不期而至，虽让人摸不着头脑，但微蒸还是有把握，周人不会把微方作为敌人前来征伐。最大的可能是南迁这几年疏于联络，断绝贡奉，让西伯不高兴，派人前来催讨。

“斯，备车，随我到邑外迎接贵客。”微蒸命令长子道。

对父亲一向恭顺的斯，虽心内惶惑，却也不违拗父亲的成命，顺从地备好车，跟随父亲向邑外走去。

远远地，望见周军浩荡，甲旗鲜明。待走近，竟在队伍中意外发现数十名白发苍苍的老人。微蒸心下不由嘀咕，不知周人的葫芦里卖的什么药？忐忑间，车已到对方阵前，微蒸急令携仆停车，等不及车停稳，便迫不及待地站了起来。这时，拉车的母牛忽然想起自己的犊子还没跟过来，便回头呼唤。"哞"的一声，惊心动魄，撼得牛车跟着晃动。微蒸一脚刚着地，另只脚还在车上，车一动，失去平衡的身子就要摔倒。

奭眼疾手快，从马背上探身将微蒸拉住。

微蒸心里一暖，要跪下叩谢奭出手相救。奭急忙下马还礼道："微蒸何必如此！虽说我有周对微有恩，可我和高毕竟年轻。让年长我们许多的长者给我们下跪，于情于理不宜，更不符西伯尊老的意愿。"奭边说边搀扶起了微蒸，为他拂去身上的尘土。

微蒸大感意外，一时愣住，嗫嚅着不知说什么好。高为他打破窘态，简述了随奭南巡途经微地的原因。果然不是前来征讨微人的，微蒸心下始安，急忙大开邑门，迎接奭、高入城。

"先不急，我们这么多人，会给贵邑添许多麻烦。等妥善安置部分人后，再进城不迟。"奭一脸肃穆地说。

"我微地虽国小邦弱，但接待贵方的能力还是有的。"微蒸意会错奭的话意，一再表明态度。

奭没有过多给他解释，只是令人将所救老人悉数搀扶到他面前。微蒸惊愕不已，望着一个个风烛残年的老人，他似乎意识到了什么。

"他们怎么在这里？"微蒸有气无力地问。

"你认为他们应该在哪里？"高反问道。

微蒸无言以对，身子颤抖，斯急忙将父亲扶住。见状，奭也不忍过于苛责于他，只是要求他尽快对这些老人作出妥善安置。

微蒸没有拒绝，也没有答应，依然低着头，一言不发。

"难道你不想让他们回来？难道你没有长人心？"高实在看不下去，厉声指责微蒸道。

斯要为父亲辩解，被微蒸拦住。奭看出微蒸有难处，就让他如实说出，不要有所隐瞒。

见奭语气温和，真诚大度，微蒸这才开口说道："再过一个月我也五十了，也就是说，再有三十天我就和这些老人们一样被遗弃了。你们也看到了，我身体还好，精神尚可，但几十年传下来的规矩不能破。作为微蒸，我得带头遵守遗老风俗，起到表率作用。"

"明明是个陋规恶俗，你为何死守着不放？"高不解。

"减轻负担，保存实力。"微蒸言简意赅道。

"年迈之人负担能有几何？何况我们还一直帮助你们？"高紧追不舍。

"是的，正如你所言，周一直在帮微，但那都是很久以前的事了。公子深居简出，近些年的情况你又了解多少？你们的帮助早已变味为索取的理由。我们辛苦一年，大半收入都归了你们，剩下的仅够糊口。为了节省粮食，我们不得不重新捡起中断了好几年的遗老风俗，为的就是尽量凑齐给周的贡奉。这也是我们不辞而别的重要原因。"微蒸索性把实情全部说出。

原来如此！震惊之余，奭更感惭愧。在微人面前，周一直以强者的姿态出现，何时真正体察过微人的感受与反应？微人偷偷南迁，正是长期受到压抑、不堪重负的结果。这也于无形中损伤了周的影响力。要弥补这种局面，必须让微人切实感受到周的庇护恩惠，而不是目前这种报恩还债、诚惶诚恐、苦不敢言、仰人鼻息的生活。

"两邦交往，互惠互利，何必如此刻意？"奭叹道，心中涌起隐隐担忧。长此下去，受压抑一方不堪重负，恩怨转换，或逃或反，对周势必造成不良影响。而防止这种局面的出现，目前能做的唯有免除微人的贡赋，让微地百姓卸下沉重的负担，切实感受到周的庇护恩惠。想至此，奭当即表态派人归周，通报实情，让周恢复对微的帮扶，并将这些年接受的贡奉悉数退还。与此同时，奭还代表周与微结为战略盟友，微地若受到外族侵袭，周有义务和责任出兵援助，保护微人权益不受损害。

在微蒸的记忆中，周人做事一向诚信。他虽与召伯奭首次谋面，但凭着阅人无数的经验，他断定召伯奭所言一定会落到实处。微蒸如释重负，长出一口气，抬头望着那些形同枯槁的老人，他百感交集，自责愧疚，跪倒在老人们面前，长跪不起。

当晚，微蒸将官舍腾了出来，请召伯奭率队下榻。奭拒绝了微蒸的好意，自在邑外择地安营，将微蒸官舍让给了那些一时还回不了家的老人们。

微蒸自然听从召伯奭的安排，不仅让老人们吃上了可口的饭菜，睡上了软和的床铺，还要举办个隆重的仪式，让老人们风光体面有尊严地回家。同时，也向微人传达废除遗老习俗、提倡孝道的国策，并借此机会向所有被遗弃的老人表示最深沉的忏悔之情。

第二天，天气晴好。一大早，微蒸便命小薇带领十几名采女为老人们采集可口的食材。正是瓜果成熟的季节，山林间，田野里，随处可见青色的瓜、红色的果、金色的黍。她们先从山上采摘回李子、野葡萄，然后又从田里摘来葵菜和豆子。微蒸也不闲着，亲自和长子斯到河里打来鱼，连同小薇她们采摘的食材，为老人们烹饪出了一顿鲜美丰盛的午餐。

老人们早已换上了微蒸为他们准备的葛布新衣。脸上的污垢被洗去了，披散的白发被簪住了，干瘦枯槁的脸上有了一丝笑意，混浊空洞的目光不再一味暗淡，死亡的阴影从他们的身上渐渐退去。他们颤抖着手，端起微蒸敬奉的美味，热泪长流，恍若隔世。

小薇为亚母奉上了自己亲手煮的葵菜，软嫩清淡，正合亚母胃口。亚母一边品尝，一边忍不住落泪。小薇用衣袖轻轻为亚母拭去眼泪，而自己的眼泪却不由自主地流了出来。她又想起了亚，如果此刻亚在该有多好，亚母一定比现在更高兴。可是，她只能这样想想，远在异国他乡的亚怎么会在此时回来呢？眼看天色渐晚，飨宴就要结束，小薇的心再次焦虑不安起来：天黑了，天黑了，为何你还不回家？式微，式微，胡不归？式微，式微，胡不归？

没有人回答她，人们都在忙着各自的事。昨天，当召伯奭带着被遗弃的老人出现在微邑时，消息立刻传遍了微地。人们惊诧着、猜测着、观望着、议论着，不知到底发生了什么。随后，当得知周人救回了被遗弃的老人，并帮助微人废除遗老习俗时，人们无不拍手称道。那些刚刚遗弃了父母的子女，在得知父母可能被救回消息的第一时间，纷纷前来认领，要接老人回家。一时间，微蒸的衙署内挤满了人。人毕竟为人，不同禽兽，如果不是现实所迫，谁会把给了自己生命、抚育自己成人的亲生父母遗弃？

望着眼前的情景，听着小薇的歌声和亚母由此引起的叹息，奭感慨万端，不由叹道："哀哀父母，生我辛劳。哀哀父母，生我劳瘁。"

一声感叹，又勾起了苻的无限伤心事："无父何怙？无母何恃？出则衔恤，入则靡至。"

高也是至孝之人，因是庶出，其母付出了更多的艰辛才将他抚养成人。此情此景，让他不能不想到母亲，想起那个被他留在周原、孤独无依的女人。父兮生我，母兮鞠我。拊我畜我，长我育我，顾我复我，出入腹我。欲报之德。昊天罔极。高真情毕露，情绪激昂。

然而，对于那些曾遗弃了父母的微人来说，奭与高的诗就像一条条的皮鞭无情地抽打着他们的良心，唤醒着他们的良知。他们为曾经的行为感到痛心，面对死而复生的老人，他们深深地低下头，跪下身，深表忏悔之情：荒野里的抱娘蒿尚知终生不离娘身，而我就是那无情无义只顾自己感受的苦艾、牡蒿。可怜的父母啊，生我辛苦，积劳成疾，而我却不知回报，只知索取。瓶如父母罍是子，罍中无水瓶难汲，子不养亲尤为耻。一个人独活世上，孤苦无依何如死去？父兮生我，母兮鞠我。拊我畜我，长我育我，顾我复我，出入腹我，如今欲报父母恩，上天却不体谅我的心。山高高，风烈烈，人们都能养亲，我为何不能？人们都能尽孝，我怎么不能？

歌声引起在场者的共鸣，借此机会，微蒸颁布命令，废除遗老陋俗，大力提倡敬老。凡尽心赡养老人者，除得到官府的生活补助外，还可免除徭役，获封田地。反之，则要受到相应的处罚及道德的谴责。

“养老不仅是子女的义务，更是国家的责任。家有贫富之分，人有善恶之别，让生活在不同条件下的老人都能老有所养，老有所依，非国家负担不可。”奭告诫微蒸道。

“召伯教导极是！在下一定谨记遵行。从现在开始，我要把微地的所有老人集中奉养，让他们吃饱、穿暖、居安，晚年幸福。”微蒸诚恳地答道。

“你的想法很好，但以贵国的现状并不合适，老人们也不一定接受。让他们离开生活了大半辈子的家，离开与他们血肉相连不可分割的子孙，有几人能愿意？亲情的缺失有时比饥寒更让人痛苦。”奭深有感触地说。

“既然如此，那就让老人们在家生活，由子孙后代照顾起居，亲情抚慰，国家则按期给他们送去衣食、补助，以减轻子女的养老负担，避免因此而产生的怨老、厌老、弃老现象的出现。”微蒸考虑周到地说。

奭赞同地点点头，正要开口说话，高却抢先道：“你看他们恭请父母回家的姿势，双手高高举起，然后跪伏于地，那种磕头请安的样子就是一个‘孝’字啊！”

从微到孝，微国终于成为一个尊老养老行孝道的正常国家。

丹　　患

丹王一动不动地坐着，任由濮奴把丹砂往他的脸上、身上涂抹一遍又一遍。直到涂到七七四十九遍，全身上下只有眼白、眼珠、毛发以及腰间的草裙不是红色外，连牙齿都染成了红色。作为生活在丹峡一带的濮人首领，丹王喜欢这种鲜血一样的颜色，它给他动力，让他看到生命的颜色与希望。上天没有给濮人以肥沃的土地，也没有赐给他们高大威猛的躯体，且让他们的生存条件十分恶劣。但这并不是上天的本意，它的目的是要考验濮人的智慧和毅力。它在大山腹地、悬崖峭壁，在那些人类难以涉足的地方，放置了一种红色的石头。人类在得到这种石头的同时，也就得到了财富、美丽与在这里快乐生存下去的能力。

夕阳染红丹溪的水面时，丹王终于涂抹完毕，他站起身，接过濮奴捧着的羽冠戴在头上，一脸肃穆神圣地走出了丹穴。晚霞正照在丹穴洞口，为它涂抹上了一层神性的光芒。霞光里，十几个红色的濮徒手执打磨光滑的石兵器，严阵以待，只等候丹王的一声令下，便奔赴丹溪迎敌，拦截那群不明身份的不速之客，将他们远远赶离丹穴。但是，不管是驱离或是阻止，对于族众散居、没有君长的濮人来说，都是一件困难的事，尤其是面对这样一支庞大的百人之旅，势单力弱的濮人很清楚他们不可能战胜入侵者。但他们也不会因此不战而退，放弃家园，放弃倾注了几代濮人心血的丹穴。

丹穴是濮人的命脉、根基、未来，是一世丹王水曾发现的，也正因此，水曾被濮人推举为首领，是为一世丹王。在丹王的记忆里，似乎从未见一世丹王说过话，他一天到晚就陪伴着那块千年丹石。也许是和一世丹王在一块儿时间长了，丹石渐渐有了人的形状，一袭红衣，体态婀娜，像极了一世丹王去世的妻子。每当月明之夜，一世丹王就把他的石妻搬出丹穴，放在月光之下，为她沐浴，和她说话。

后来，不知谁走漏了风声，一世丹王和他石妻的故事就传到了商王耳中。商王派兵从一世丹王手中抢走了石妻。那天，正好是个月圆之夜，一世丹王和石妻正在丹穴外赏月，商王的大军突然间就到了。来不及躲避，来不及逃跑，一世丹王就那么眼睁睁地看着石妻被人绳捆索绑后抬上了车。车子绝尘而去，一世丹王哀叹一声，吐血而亡。与此同时，车上的石妻忽然崩裂了，粉身碎骨，化为砂粒。

一世丹王去世，擅长攀崖探洞的云木带领濮人继续寻找丹石。功夫不负有心人，上天让云木终于找到了一块巨大的丹石。虽只及一世丹王石妻的一半，但也可称得上是稀世珍宝了。云木也因此当上了二代丹王。

丹王已记不清自己是第几代丹王，但这并不影响他在族人中的地位和声望。因为他不仅发现了藏量惊人的丹穴，还进一步对丹石加工提炼，使它的用途越来越广，价值越来越高。不仅可祛病健身，还可治疗刀枪创伤。

随着需求量的激增，丹石之争愈演愈烈。西南蛮夷地区，丹石资源虽多有分布，但上天似乎更加偏爱丹溪一带，不仅量多，而且质好，常常成为濮人“左邻右舍”的争夺对象，战争随时爆发，抢夺无休无止。丹石，不仅没有让濮人过上安定的生活，反而使其深受战乱之害。为此，丹王深感忧虑，苦不堪言。这位总能带领濮人找到稀世珍宝的王，却不能为他的族众找到一条好出路。

如今，更加强大的敌人来了，丹王感到了前所未有的迷茫。他们是不能把倾注凝聚了世代濮人心血和智慧、希望和未来的丹穴拱手相让给侵略者，但他们又能以什么办法战胜敌人，保住丹穴呢？

唯一能做的也许只有将敌人引向别处，让他们找不到丹穴这一个办法了。考虑成熟，丹王挥了下手，十几个红色的身影忽然间消失在莽莽苍苍的丛林间。

眼前一道红光闪了一下便不见了。起初，奭以为是霞光反射，但紧接着又闪了一下。这次他大概看清楚了，不是霞光，而是一团红色的物体。与此同时，高也发现了异常，惊呼道："快看，前边的草丛里有人。"声音刚落，那人就不见了，只留下齐人深的白茅剧烈地摇晃着。

高要带人去追，被奭拦下。天色已晚，地形生疏，而对方明显是在挑衅引诱，如果此时前去追击，很容易落入对方圈套。目前最好的办法就是原地不动，安营扎寨，静观时机。

在一块三面环山、一面临水的平地，奭命人搭起了帐篷，每个帐篷前燃起一堆篝火。火上置釜，煮食谷黍。熊熊的篝火在山谷间连成一片，映红了半边天，驱散了寒冷，驱散了虫兽，也让躲在暗处偷窥的眼睛充满了恐惧。

天亮了，丹王失望地带人回到丹穴。庆幸的是，那支可怕的队伍似乎没有察觉到他们，既没有跟上来，也没有异常行动，而是起营拔寨，整装而发，乘船沿着昨天的线路继续向前走了。

他们究竟是什么人？仅仅是路过丹溪吗？难道他们没有听闻过丹穴石妻的故事？丹王百思不得其解。

正在这时，有濮徒惊慌来报，称东边的庸人又打过来了。

"刚给了他们一个穴口，怎么又来了？"丹王生气地问。

"他们说那个穴口石色浅，要我们给个深色穴。"濮徒喘着粗气说。

"再给只能给我们这个穴口了，这不是要断我们濮人的命脉吗？"丹王抬头望着丹穴深处，黑暗中，有星星般的光亮隐约闪烁。那是极品丹石发出的光芒。

"吹响号角，召集所有的族人，孩子、女人留守丹穴，其他人随我迎敌。"丹王发出命令。

濮徒吹响了号角，散居在丹穴附近的濮人闻声而动，迅速向丹王身边聚拢过来。

昨晚濮人的突然出现又悄无声息的消失，让奭立刻意识到已惊扰到了这块土地的主人。但兵强马壮，又有先进锋利的青铜武器，让奭稍感宽慰，但一直不敢放松高度的警惕。

一路风平浪静。雨季渐渐过去，江水慢慢在恢复着平静，两岸的草木有了沧桑的意味，尤显深沉厚重。只有白茅尚嫩，不知深浅地站在崖边，迎风起舞。栗子一身青刺，枣子红了半圈，木瓜性急，还未熟透，便追着风跳下高高的树梢，不幸摔在地上，摔出了一肚子油光水亮的黑籽。

离开微邑时，微蒸曾建议奭走水路。因长期乘车骑马，与水极少接近，高有种莫名的恐惧排斥，便不大赞同微蒸的建议。刚开始，奭顾及众人的感受，犹豫不决，但考虑到水路的平稳快捷，他便不再有所顾虑，果断决定乘船南下。在微蒸的大力支持下，十五条柏舟很快造好。高怀着新奇兴奋的心情，捷足先登，平生第一次坐上了船。考虑到周人不会驾舟，微蒸又挑选了十多名身体强健、技术娴熟的船夫随队南下。一路上，正是这些船夫的驾驶，船行平稳，安全快速，只几天的工夫，便进入了丹峡。

按照事先的行程安排，第二站便是濮地。然而濮人居住分散，又无族长，奭一时无法和他们取得联系，只有边走边打听，寻找并创造时机。终于，上天让他和濮人相遇，尽管只是个影子，且对他们充满了敌意，但奭相信，只要以诚相待，平等相待，濮人会欢迎接受他们的。奭知道，一个弱小方国，最能打动他们的，便是尊重，和强势一方的平起平坐。

日光无遮无拦倾泻而下，虽已初秋，照在身上依然热辣辣的。岸边的山崖被晒成了红色，像一堵难以逾越的墙，给又饥又渴的人们造成心理上的压抑，直接影响了船行的速度。见状，奭命队伍停了下来，上岸短暂休整。

女人总是拒绝不了植物的诱惑，不管是在多么险恶的环境中。趁着众人休息，苻独自朝一个山头走去，那里似乎有朵盛开的红色花朵，在日光的照射下，发着晶莹的光，似乎还有淡淡的香。苻实在看不出那是一朵什么花，忽略了季节，忽略了环境，只有一个简单的愿望，走近那朵花，得到那朵花。

终于爬上了山头，来到了那朵花跟前，苻伸手去摘，却发现那是一块红石头。荇不仅有些失望，但转念想到无意中捡到这样一块鲜红硕大的丹石，也是件可遇不可求的事，便又愉悦起来，将丹石抱在怀中下山而去。

这时，身后忽然传来一声人的惨叫声。荇不由停下脚步，回首张望，竟然看见一大群穿着黑色衣服的人，正在追赶十几名头戴羽冠、腰围草裙、四肢血红的人。其中一名红人受了伤，跑不快，被黑衣人追上一棍打倒在地。那声惨叫就是他发出的。

荇不敢再看下去，飞奔下山，向奭报告了看到的情景。根据荇的描述，奭当即判断，被追打的红人就是昨晚没看仔细的濮人，但黑衣人是谁，他却无法得知。但有一点是可以肯定的，黑、红之争必是因丹石而起。生活在这里的人们，能活下去已是不易，再这样你死我活地争斗，苦难的日子何日是个头？

"我们过去看看，必须制止争斗。"奭边说边往刚才荇到过的地方走去。荇紧跟其后，高带部分兵士随后而到。

争斗仍在继续。红人仍在前面拼命逃跑，黑衣人仍在后边不依不饶地追赶。不断有红人被追上打倒，惨叫声此起彼伏。跑在最前面首领模样的红人，眼睁睁看着自己的族众倒下死去，忽然大吼一声转过了身子，要向围上来的敌人跪下，祈求他们放过其他人，自己情愿以死换回剩下的几条性命。

"丹王，你不能死，我们把丹穴给他们吧。丹穴没有了，我们可以再找，而没有你，我们将再找不到丹穴，丹溪的濮人将再无活路。"一名鲜血淋淋的红人死命抱住丹王的腿，哀求道。

丹王痛苦地低下头。一名黑衣人走上来，踢开抱着丹王腿的红人说："想得倒好，你怎不问问我答不答应。丹穴我们要，你们这些人的命我们也要。这样以后大家都清净了，省得争来争去，搭上无数人的性命。"说着，黑衣人举起手中的刀向丹王砍去。然而，出乎意料的是，应声倒下的不是丹王，而是举刀砍向丹王的黑衣人。

所有人都愣住了，等反应过来，早已被高带的兵士团团围住。"我们不杀你们，只是不允许你们来抢别人的东西。"高对为首的黑衣人说。

黑衣人被眼前的阵势震慑得目瞪口呆，说不出话来。

“放他们走吧，在事情还没了解清楚以前，先不要难为他们。”奭让高放手，那些黑衣人见机立刻逃命而去，一眨眼便消失在了山林之间。

丹王一眼认出了奭。见他带兵救了自己，心中正感激，却见他又把敌人放归，联想到昨晚的骚扰，刚刚燃起的活命之火瞬间又熄灭了。这支来历不明的队伍，这群有着青铜武器的不速之客，他们难道会是来帮助濮人的？他们无非是为了丹穴，为了那些稀世珍宝，才将抢夺丹穴的庸人打败。想到这儿，丹王重新坠入绝望，瞪着血红的眼朝奭吼道：“杀了我吧，你们好去抢我的珍宝。”

“我们不杀你，也不抢你的那些珍宝。”奭温和地笑道。

“你以为就凭你这么一说，我就信了你吗？”丹王依旧暴怒。

“我想，很快你就会相信我的。”奭依然心平气和。

“我不信，不可能相信。”丹王大喊。

“我会让你相信的。”奭没有过多地解释，只是让人将受伤的丹王和他的族众送回他们居住的地方。

“你是想趁送我们的名义找到丹穴吧，不要枉费心机了。我就是死在这儿，也不会让你们送的。”丹王狐疑地盯着奭道。

“那好，你们走吧，我们回宿营地。”奭向丹王挥挥手，转身带着高及兵士离开了。

待奭走远，丹王才在濮徒的搀扶下，带着满身的伤痕回到了丹穴。

驺　虞

又一个黄昏降临，丹峡的风已有了明显的寒意。

“明日一早离开这里，按计划南行。所存粒食已不多，再在这儿驻扎下去，恐有饱腹之虞。”高忧心忡忡地说。

“白天的情景你也看到了，问题并未得到解决。我想在这儿多停留几天，调停纷争，解决丹患。”奭耐心地说。

“可那丹王并不领我们的情，他不会信任我们的。没有他的信任，我们如何去调停纷争？”高情绪激动地说。

“关键是我们并未真正给他解决问题。”奭简要说道。

“救了他的命不算吗？”高争辩道。

“在丹王心目中，他的命远远没有濮人的丹穴重要。这也看到了。”奭感慨道。

高不再说什么，对奭会意地笑了笑。

这时，帐外值守的兵士进来报告，说是在宿营地附近有人在张望，他们就追了过去，那人就迅速跑开了，有十几个。

“可看清来者何人？”高问。

“天黑，没十分看清，只隐约看到来人头上戴着羽毛冠。”兵士答道。

“一定是丹王的人。”奭肯定地判断。

“白天拒绝我们帮助，夜晚又来偷窥，他们究竟想干什么？”高疑惑道。

“这是他们扔下的东西。”兵士边说边提起手中的雉鸡给高看。很明显，雉鸡是被猎杀的，背羽间有新鲜的血迹不断渗出。

“他们是来感谢救命之恩的吗？就这一只雉鸡？”高嘲讽道。

“还有许多，都在外边。”兵士答道。

高快步来到帐外，果然看见无数的猎物摆了一地，足够吃上三五天。其中，还有四五只野彘，又肥又大，得三四个人才抬得动。

“他们不仅是感谢，而且还有请求。”奭拍了拍高的肩膀道。

高深以为是地向奭点点头。

庸伯震怒，作为西南诸国的第一大国，竟被四零五散无国可依的濮人打败，真乃奇耻大辱。多少年来，庸国凭借地大物博、人口众多，在西南蛮夷地区发挥着举足轻重的作用。无论是其东边的彭国、卢国，还是其西北部的巴国、褒国，还是附属于庸的麇、絛、鱼、夔等小国，对庸绝对是敬重有加，最起码不会当面让庸下不了台。可这次，濮人的反抗让庸在诸国中大失颜面，威风扫地。

“发兵五百，活捉丹王，让濮人世为庸奴。”庸伯咬牙切齿道。

从被救下那刻起，丹王就知道庸伯不会善罢甘休的。以前，只是为了争夺那点资源，这次，庸伯恐怕不会那么客气了，不仅要石头，更会要人头。

“吹响号角，召集族众。”丹王的声音低沉而悲伤。

“已经聚集在穴口，只等丹王下令。”濮徒答道。

丹王走出丹穴，眼前的情景让他大失所望。所有的族众，不过区区七八十人，其中一半以上是老人和孩子。真正能拿起武器的不过三十几人，而庸人这次居然发兵五百。

“看来这次只能放弃丹穴了。”丹王哀叹道。

“这么多年，上天一直在保佑着我们，让我们渡过一次又一次的难关。这次，它一定不会不管我们的。”一位白发苍苍、肤色黑红的濮叟劝慰丹王。

“大敌当前，可上天为何还是一言不发?”丹王绝望地仰望着黑沉沉的天空。

“上天已经在帮我们了，你看，他们就在那边。”濮叟指着丹穴前方的台地说。

顺着濮叟的指向望去，丹王惊奇地看到刚刚救了他性命的队伍正列队于台地上，已做好了战斗的准备。“他们是来支援我们的吗？他们怎么找到了这里？”丹王疑惑地问濮叟。

“是来帮我们守护丹穴的，是我以丹王的名义请他们来的。”濮叟毫不隐瞒地说。

“你了解他们的底细吗？如果他们趁火打劫，我们可就只有死路一条了。”丹王忧虑地说。

“凭我活了八十岁的阅历和这几日偷偷对他们的跟踪观察，他们不同于商王的军队，也不同于庸、巴之人，他们不是来侵略，也不是来抢我们的珍宝。”濮叟如实回道。

丹王一向信任濮叟，在濮叟的劝说下，走向台地，诚恳友善地向奭表达了谢意及请求。

奭答应了丹王的请求，并向丹王表明了身份及南巡的目的。丹王听后，彻底打消了心中的疑虑，按照奭的部署，积极配合，在丹穴四周拉起了一道坚固的守卫防线。

一道闪电划破天空的沉闷，大雨倾盆而下。电闪雷鸣中，庸人向丹穴步步逼近。借着闪电的光亮，他们惊惧地发现，丹穴的守护者不再是红肤的丹王和他的族众，而是那支强大的红衣甲士。

“师苏，我们又遭遇了那支来历不明的队伍。怎么办？是进还是退？”庸徒向首领师苏报告。

“他们有多少人？”师苏问。

“看样子不少于百人，加上丹王的人，不过二百人。”

“我们有五百，无须惧怕。”师苏下令进攻。

然而雨越下越大，山洪涨了起来，泥石流滑了下来，丹穴周边的沟满壑溢，轰隆的水声震耳欲聋，横冲直撞，像无数的猛兽向庸人包围过来，庸师苏急令收兵。此时，濮人若冲下来，庸人将无还手之力。上天的阻挠下，再多的兵力也将枉然。但命令已晚，有三分之一的庸兵接近丹穴，有部分被困在山洪中，还有一些被泥石流吞噬了性命。

隔着雨幕，奭看不清庸师苏的神态，但他能体会出庸师苏此刻的焦灼。与此同时，丹王长出一口气，感觉复仇的时机到了，便一跃而起，持戈冲向庸人。

奭一把将丹王拦住，和高带领兵士出阵，将那些丧失战斗力的庸人悉数带回，又将困在洪水泥石流中的庸兵营救出来。庸师苏见状，知道大势已去，只得带着剩余人马仓皇而去。一场激战，因为大雨就这样结束了。

被俘的庸兵自知与濮人结怨已深，今日落入敌手，必有一死。然而出乎意料的是，丹王没有杀他们，是被那支红衣军队的统帅阻止了。

"杀了他们何用？战争不是他们发动的，抢不抢夺丹穴也不是他们能决定的，他们是被驱使的。不要杀他们，将他们放回庸国吧。"奭恳切地劝说丹王。

"可是他们曾经杀过濮人，今天上天给了我报仇的机会，我决不能错过。"丹王两眼喷火，愤恨地说。

"你今天杀了这些庸人，会招致更大的仇恨，会给濮人带来更大的灾难。这次，上天让我们兵不血刃赢了战斗，那么下次呢？上天还会如此照顾偏爱吗？我有周之兵还会来帮你吗？"奭耐心劝解。

丹王陷入沉思，好一会儿才说："我不杀他们，难保庸伯不杀我们。"

"这也是我考虑的问题。我打算送俘虏回庸国，借机与庸伯谈判，促成庸、濮和睦相处，平等交易，让丹砂成为真正的珍宝，而不是祸患。"奭充满信心地说。

"如果庸伯能做到与濮人平等交易，我一定会作出让他满意的让步。"丹王明确表态。

祭祖的日子一天天临近，巴君突然改变了用巴人祭祀祖先的传统。几百年来，巴人总是用自己部族的活人祭祀祖先，这次，他巴君要别出心裁，不用巴人，改用濮人。商王活祭祀，常用奴隶活祭，而这些奴隶大多都是濮人。商王是王，他巴君也是一方之王。商王能用濮人活祭，他巴君也能用濮人活祭，这样才能显示出巴国的实力，和商王平等的傲气。如今的巴国早已不是百十年前被商王武丁之妇妇好征服的方国。殷商气数将尽,商王无力再对巴人任意征伐屠杀。没有了战争,巴人的生活一天天好起来,巴国也一天天强大起来。不再向商王唯命是从,不再把自己的珍宝资源无条件地贡奉给商王,这都是祖宗的庇荫,驺虞的福佑啊。

想到驺虞,巴君的眼前立即浮现出了祖先的形象。那是一只威风凛凛的白虎,是先祖廪君的化身。廪君作战勇猛顽强,战无不胜,所率巴人被称为"神兵"。后,"廪君死,魂魄为白虎,巴氏以虎饮人血,遂以人祠焉"(《后汉书》)。白虎遂成巴族永远的神祇,鼓舞着巴人,震慑着这块土地上其他氏族之人,使巴人在濮、宗、苴、共、奴、儴、夷、蜒及庸、彭、卢、巫等部族庞杂的环境中,披荆斩棘、自强不息,以勇猛善射、擅开矿藏开辟出了一方属于自己的领地。不仅唯此,巴人还充分利用土地肥沃的沿江河谷和冲积平坝地区,开辟成水田,种植稻谷黍稷,酿出甘醇美酒,过上了"川崖惟平,共稼见黍,旨酒嘉谷,可以养父。野惟阜丘,彼稷多有,嘉谷旨酒,可以养母",比同地区其他部族更为富庶安逸的生活。

"多带些嘉谷旨酒,换几个濮奴回来祭祖。"巴君吩咐下去。和庸伯不同,巴君对濮人是温和的,甚至在感情上有一份亲情在里边。因为在巴君看来,巴濮自古地域相连,族属相近,如果不是族称的区别,他们完全可以是一个部族。用濮人祭祖,不仅是藐视商王,还有族种接近的缘故。

巴徒按巴君的吩咐,带着嘉谷旨酒造访丹王。刚进入濮人聚居地,就看见一队红衣人马押着上百名俘虏向东而去。巴徒当即认为,是庸人打败了濮人,正将濮人俘虏带回庸国。如果半道将这些濮人俘虏劫走,岂不省了造访丹王之烦?巴徒将自己的想法告诉了随众,众人称可,悄无声息地跟了上去。

从丹穴到庸国有水路可通,奭便决定继续乘船沿江而下。

巴徒很快探听到了奭的计划,抢先一步赶到丹溪,将船底板抽掉,又不露痕迹地虚放在原地方。

奭率众登船,缓缓离岸。刚走不到一里,虚放的船底板就松掉了。人们纷纷落水,乱作一团。趁此机会,巴徒等跳入水中,凭着极好的水性，任意捕获着落水者，然后凫水将其拖离事发现场，带回巴国。

丹王听到消息，急速赶到水边，只见到处都是落汤鸡似的人，船已毁坏殆尽，弃在水里。奭还在，大部分人马也在，只是不见了高和荇及十多名庸俘。

“看样子应是巴人干的。”丹王判断道。

望了望浑身水湿、瑟瑟发抖、老老实实蹲在岸边的庸俘，奭赞同地点了点头。

彼茁者葭，壹发五豝，于嗟乎驺虞！

彼茁者蓬，壹发五豵，于嗟乎驺虞！

祭祀的队伍载歌载舞，簇拥着巴君缓缓向宗庙行进。队伍前方，是几十名精壮巴徒抬的牺牲祭品，分别是巴君一箭射杀的五只小兽和刚刚偷袭濮地抓获的活人。荇不在内，祭师见她瘦弱，便将她弃之不用。高则和几名部下以及那些健壮的庸俘一起成为今天活人祭的主要祭品。

巴人的宗庙建在山谷口，便于驺虞廪君接受供奉。庙不大，不过三间，东西走向。与众不同的是，庙宇前后皆开大门。北门用于巴君祭师摆放供品，顶礼膜拜；南门则专用于驺虞出入，享用供品。

其实，对于大多数巴人来说，驺虞只存在于传说和想象之中，现实中的驺虞很少有人见到，包括巴君。每年的祭祀，巴君把丰盛的祭品摆放好，跪拜一番就离开了。因为驺虞的行踪太过神秘，人们根本不知道它什么时候来，什么时候走，更不知道它到底住在哪里。人们只知道以血来祭祀它，用活人来表达对它崇高的敬意，祈求它的护佑。

起风了，天空渐渐阴暗下来，祭祀的人们不禁瞪大了眼，怀着期待而恐惧的心态目不转睛地看着宗庙。那里死一般的沉寂，只有被封了口发不出声的活人祭品急促而恐怖的呼吸声。

高睁大眼睛看着洞开的南门，恐惧已被彻底的绝望代替，不抱任何希望的同时，他竟有了种解脱的轻松。驺虞，你不过是只白虎而已，有何可恐？你的皮毛真的是白的吗？有没有杂毛？你是一只年轻的老虎？还是一只老老虎？如果你真的是廪君的化身，那么你应该有几百岁了吧？好几百岁的老虎一定是老得牙齿都脱落了，像我这般皮糙肉厚的祭品，你还能咬得动吗？驺虞，你快来啊，别把我放在这儿风干了你才来，那时，我可就不好吃了。高像在看一场完全与自己无关的祭祀大典，天真、可爱，置身事外。

“请巴君放了里边的人，我愿以身饲虎，换回他们！”奭突然出现。

巴君一时被奭的气势震慑，好一会儿才反应过来，“你、你、你是何人？胆敢在驺虞面前放肆？”

“我是他们的首领，也是他们的兄长。驺虞如有眼光，一定会喜欢享用我这种有战功的活人，而不是那些年纪尚轻没有寸功的人。”奭直视着巴君，两眼中凛然的寒光，让巴君恍如看到了驺虞的那双虎目。至于奭所说的其他话，巴君已从巴徒那里有所了解，相信他不是一般之徒。用他祭祀驺虞，肯定比用那些濮奴、庸徒更能讨祖宗的欢心。

想至此，巴君不再多说什么，挥挥手，示意把奭押进宗庙，将高及其他人放了出来，扔到远离宗庙的山坡上。

天越来越阴沉，阴森的风中，有了浓重的驺虞气息。人们屏息敛气，跪伏在地，颤抖着，祈祷着，想抬头看看他们的祖先，又怕看到那血腥的场面。复杂的情绪更为宗庙增加了怪异的气氛。

奭静静地坐着，等待着驺虞的出现。他已作好最坏的打算，被驺虞毫不客气地咬死吃掉，但他同时也做好了虎口脱险的准备。他相信自己有足够的勇气和体力与驺虞殊死一战。

忽然，一个白色的影子从南门闪了进来，奭一跃而起，跳到一边，那个白影随即跌落地上，原来是穿着白衣的荇。奭一把将她拉到怀中，随即又用力把她往北门处推。祭师也发现了荇，想去拉她出来，却隐隐听到了驺虞的声息。人们慌忙把北门关上，以不能亵渎神灵的理由，将祖先远远地关在宗庙里边。

“荇，你这是何苦？我冒险进来，就是为了那些无辜的生命，可你却让我的举动失去了意义。”奭又疼又怜地抱怨道。

“别说话，听，驺虞来了。让它先吃我，别看我瘦，也能让它吃饱。”荇边说边快速从奭的怀中挣脱，挡在奭前。

驺虞真的来了，虎视眈眈，虎气生生，宗庙外的所有人都能清楚地听到它的声息。奭暗暗运气，紧握着那把随身携带的短戈。如果驺虞靠近，他将以戈相刺，保护荇，维护生命的尊严。因为此刻的驺虞就是一只吃人的猛兽，而不是祖先。因为祖先是保护子孙福寿绵长的，而不是嗜血的屠杀。

似乎听到了奭的心声，驺虞走到奭面前抬头看了看，便低下头走开了，径直向那五只肥美新鲜的小兽走去。气息未绝的小兽，伤口兀自淌着血。那味道实在太诱人了，驺虞上去就是一大口，撕下一块肥肉，津津有味地吃了起来。接着是第二只、第三只，当吃到第四只时，驺虞再也吃不下去了，舔净嘴边的血迹，拖着沉重的身体，席地而卧，打起了盹。

奭长出一口气，放松了紧绷的神经。这时，驺虞醒了，再次抬头看着奭，眼睛半眯，目光里竟有种不好意思的意味。也许是为自己刚才的贪食，驺虞很快又低下了头，慢悠悠地朝外走去。出了门，又回过头朝奭看了看，算是告别，便大步流星地走了。

春　祭

驺虞归山，以一声动人心魄的啸声宣告了此次祭祀活动的圆满结束。

巴君迫不及待地让祭师打开宗庙北门，率众进入，他要亲眼看看那位颇有先人廪君风范的人现在是副什么模样。

厚重的木门被推开，日光随之照射进来。奭完好无损地坐在那里，旁边依偎着一身白衣的荇。他们神态自然，目光平和，在祭品的血腥中超然物外，随意洒脱，似乎接受祭祀的是他们，而不是威武勇猛的驺虞；似乎他们是来接受驺虞祭拜的，而不是他们作为祭品祭拜驺虞。

巴君被眼前的景象所震撼，恍惚间，又看到了先人廪君，不由跪伏于地，顶礼膜拜。

奭急忙将巴君扶住，如实相告，自己是来自岐周的召伯姬奭。巴君将信将疑，他知道召族曾为殷商西吏，召伯姬奭之名他也曾有所耳闻，可威名赫赫的召伯怎么成了驺虞的祭品？他们不远千里来到这西南蛮夷之地是何目的？巴君想不通，而他的族众对此也是概莫能知。

“让我来告诉你们其中的原因吧。”随着话声，丹王出现在巴君面前，在他的身后，高率部众凛然有序地列队于那里。

丹王的讲述解除了巴君心中的疑惑，想想自己因一己之私，差点误了召伯性命，巴君不由感到羞愧。尤其是当听到召伯为施文王仁政，南下蛮夷之地，为反无道商纣枕戈待旦，出生入死时，敬佩之情更是油然而生。巴国自从被商王武丁之妻妇好率大军征讨打败后，百多年间，每年都要向商王朝纳贡服役。沉重的负担严重影响了巴国的发展。巴君曾试图改变这一现状，多次与殷商王朝交涉，不缴或少缴贡赋。但均被拒绝，且招致了更为严厉的打击。无奈，只得忍气吞声，委曲求全，年复一年忍受着商王朝的歧视、压榨和征讨。尽管近些年来，由于商王帝辛把军事重点放在了东夷，对巴国的压服稍有减缓，但也轻松不到哪里去。巴君曾无数次想奋起反抗，脱离殷商，但无奈国小邦弱，实力有限，只有把愤怒怨气埋在心里，等待时机。现在，召伯姬奭南国巡行，来到巴濮之地，正是反抗殷商的绝好时机。而且就召伯本人来看，他的威武和先君廪君又是如此相似。难道召伯是先君廪君派来拯救巴人的吗？巴君对联周反商充满了信心和希望。

在巴君的盛情之下，奭应邀率部进入巴邑，并接受了巴君的馈赠，一把脊薄刃宽形似柳叶的巴剑，一盒具有神奇医药疗效的丹砂。但让奭感到最重要最珍贵的却是最普通、日常生活最不能离开的巴盐。一路走来，奭常常为将士们饭食缺盐无味而发愁。现在好了，因祸得福，遇到巴人，一切问题都迎刃而解了。

秋风吹红了盐水两岸的栌叶，雄壮威武的大山顿时明艳妩媚起来。山谷中，薄雾轻绕，与炼砂炉的清烟香味悱恻缠绵，更为大山平添了一段神秘妖娆。

巴君邀奭随他去参观巴国的丹砂炼制坊。濮人擅采石，巴人善炼砂，巴濮地区，巴君拥有最大的丹砂炼制作坊。这也是巴国能立国、巴君位置稳固的根本原因。

可在巴君内心深处，他对巴国国君的位置并无多大兴趣，他更想到丹砂炼制坊做一名首领，亲手挑选丹石，亲自烧炉，亲眼看着丹砂由粗粝变精细，由浅红变深红，由砂粒变水银，再由水银还砂粒，一分为二，二再合一的神奇变化过程。可是，多少年过去了，他的这个愿望始终没有实现，他是巴君，只有享受丹砂成品的权利，却没有劳身费神炼制丹砂的义务。无奈之下，他只有把对丹砂的喜爱转移到对丹砂的使用上。从头到脚，从内到外，丹砂与他形影不离，相伴朝夕。他用丹砂染红的布帛做衣，他用丹砂涂抹唇颊，他用丹砂粉饰门窗墙壁，他用丹砂驱除惊悸医治病疾，他用丹砂安身立命强国富民。丹砂为他带来了权力、地位、财富，也让他饱受猜测与困扰。他是巴人心目中称职的国君，却不具备巴人心目中先人廪君那样的国君形象。他不高大，也不威武，甚至女人气十足。但这并不影响他执政决策，兵戎祭祀。只有把国家治理好了，让人们过上好日子，国君的兴趣爱好，形象气质并不重要。

初见巴君，奭也曾在心里暗暗称奇，但随着时间的推移，交往的深入，奭被他的气度能力所折服，心中的一丝疑虑也随之打消，彼此也成了志趣相投的好友。

时间在不知不觉中溜走，猛抬头，已是红叶欲燃。前边还有很长的路要走，不能再在巴君的嫣红妩媚中逗留了。

“再过几天就入冬了。如果天降大雪，路断流绝，我们就走不了了。”奭再次提出离开的请求。这已经不知是第几次了，此前每次一说到这儿，巴君总会将话题转移。奭知道他是在挽留，他不想让他走。

“你以为这里是你们中原地区？下大雪？长这么大我还没见过大雪是什么样子。”巴君淡淡地说。

“即使不下雪，我也该走了。还有很多事在等着我。”奭的语气神态已经带着恳求的意味了。

巴君没有回答他，指着面前的盐水说：“这就是盐水，巴盐就是取自此水。至于怎么汲水晒盐，相信你并不陌生。但盐水神女的故事，也许你没听说过。”说到这儿，巴君停了下来，凄迷而伤感地望着远方。

“很早以前我就听过盐水神女和廪君的故事，这不仅是盐水神女的故事，也是廪君的故事。”奭答道。

“你是否感到我就是那盐水神女？”巴君回过头望着奭。

“你不是盐水神女，是巴人之神。”奭由衷答道。

巴君对奭的回答感到失望，但又不好说什么，只有哀怨纠结地看了他一眼，默默地走了。

奭跟了上去，两人一语不发，来到了炼丹坊。一进入坊区，巴君又恢复了常态，把刚才的不快抛到了云霄之外，带着奭上上下下地察看，前前后后地介绍，事无巨细，如数家珍。

一批上好的丹石被抬进炼坊。巴君像看到宝贝一样，两眼放光，快步走了过去，抓起一块，对着日光端详起来。末了，递给奭，让他也看看，说是里边有个飞虫，盐水神女变的。他要把这块丹石雕琢成飞虫的样子，赠送给奭，让它永远陪伴着他。

至此，奭终于豁然开朗，巴君就是那盐水神女啊！

晚上回到巴邑，奭对荇说了对巴君的判断。

“她是个女子，她误把我当成廪君了。”奭叹道。

“我早就看出来了，只是空口无凭，才没和你说。”荇的心里五味杂陈，说不清是担忧还是嫉妒。

“我们得想办法早些离开，不能陷得太深。”奭忧伤的眼神暴露了内心的真实。

“你是担心自己，还是担心她？”荇的心中，巴君已是女人。

“说不清，大概都有吧。”一向果断的奭此时却有些迷茫了。

“既然这样，那我们还是早些离开吧，免得越陷越深。”荇冷静而惆怅地说。

“可是，现在是冬天……”话刚说到这儿，高进来了。听到荇说离开，奭在犹豫，他干脆果断地说：“等冬天过去再走吧，现在我们有二百多人，装备粮草，要不是巴君，我们连吃饭都要成问题了。”

“我们不是百人吗，怎么是二百多人？”荇惊讶地问。

“微蒸给我们的十几名船夫，我们在濮地俘虏的近百名庸俘，不是二百多人是多少？”高一五一十地计数给荇听。

荇不再说什么，叹了口气，默默起身，出门而去。高不明就里，目询奭，奭淡淡地笑笑，欲言又止。正在这时，荇又回来了，手里捧着一件白色的葛布长衫。奭一眼认出是巴君的。前些日子，巴君随口说了句奭的葛布衫耐穿，不似丝绸，经不得磨损撕扯。荇为感巴君对南巡队伍的真诚款待，便开始教巴奴织女采葛，纺丝，织布。一个月下来，竟织了十几匹。荇便用颜色纯净、面料柔软的葛布为巴君缝制长衫。其时，因不确信巴君是女人，荇便把衣衫做得稍为宽大一些。现在来看，应该做得更合身才好，因为没有几个女人喜欢宽袍大袖遮盖了自己的腰身曲线，纵巴君也不例外。但拆了再做显得太过刻意，巴君未必喜欢。就这样将错就错吧，只要诚心一片，一切都好。

“刚刚做好，你给巴君送去吧。”荇把葛衣交给奭。奭抖开看看，又折叠起来，一时没了主意。

高在旁边似是看出了些门道，就给奭找台阶下：“这么多嘴吃着人家的，喝着人家的，我们早就该略表谢意了。”说着便把奭往门外推。

想想也是遵从内心的指示，奭不再犹豫，抱紧葛衣向巴君寝宫走去。前边不远处，一个小巧的身影一闪不见了，随之听见巴君寝宫的门被推开又轻轻关上。

巴君的声音从热气腾腾的水雾中传出：“来了吗？”

“来了，已到门外。”那个小巧的身影答道。

“他早就应该来了。”巴君叹息着从水雾中起身。每晚，她都要在寝宫泡泡温水。那水是从地下涌出的，在她房间一角，正好因地制宜修建了一个沐浴池。巴君本就唇红肤白，只是囿于要扮男子国君，不得不刻意遮盖一些，以免引起别人的猜测指点。只有到了晚上，她才能恢复本来的面目，脱去男儿装扮，散开乌云般的长发，沉浸在温泉中，做一个多情香甜的女儿梦。

“去开门，他来了。”巴君吩咐小巧身影。小巧身影飞跑着去开门，门外果然站着主人所说的那个他。

“有事吗？”巴君坐在池边，侍女替她擦拭着身上的水珠。

“荇给你做了件葛布衫，让我送来。”隔着纱帘，奭隐约看到里边的身影。

“拿进来吧，正好可以穿。”巴君欣喜地说。

奭答应着，把衣服给了一个侍女。侍女送进去给巴君穿上，来不及系带子，穿鞋子，她便那么随心所欲、无拘无束地出现在了奭的面前。“盐水神女回来了！”奭在心里惊呼。

巴君从奭的目光中听到了惊呼，却故意问道：“你是不是觉得我穿这件葛衣极丑？”

“不丑，很美，像盐水神女。”奭真诚地赞道。

“不，我就是盐水神女。不，我不是盐水神女，我是胭。”巴君天真烂漫的样子像极了十六七岁的少女。尽管时光在她身上轧过了二十多年，但却没有留下太多的印痕，使她看起来依然清纯，依然美丽动人。

“胭？是你的名字吗？”奭敏锐地捕捉到了那个美好的字眼。

“是的，我是胭，巴女胭。”巴君瞬间变成了巴胭。

“巴胭，巴胭，可你却是朵只能在夜间怒放的红色花朵。”奭情不自禁地走近胭，爱怜地看着她。

“如果你留下来，我就一直当我的胭。不只是在夜间，白天照样怒放。”胭直视着奭，毫不犹豫地说。

“我为什么要留下来？我是谁？”奭一时恍惚起来。

“你是廪君，即使你将来把箭射向青绸。”胭决绝地说。

“我不会把箭对准我爱的人。”奭动情地说。

“因为你是巴君。”胭靠近奭，再靠近。

“不，我不是巴君，永远都不是。我是召伯。”奭不由往后退，理智让他显得怯懦起来。

“不管你是谁，廪君也好，召伯也罢，反正我要当胭，哪怕只能是夜间。”胭逼视着奭，直到把他逼到无处可退的地方。

“我必须要走了。”一声春雷在天空炸响，惊醒了大地，也惊醒了奭。

“如果你走，我就以身饲虎，他可是驺虞呢！”胭开玩笑似的说。

“哪有用国君活祭的？况且你又不是不知道你是胭。”奭并不把胭说的话当回事。

“那就不妨走着看。”胭平静地说完这句话就走了。天亮了，她只得回到巴君的躯壳中。她很清楚，胭可以留住奭，但国君无论如何是留不住召伯的。但她是胭，她不能没有奭。如果奭走了，胭还有必要存在吗？如果没有遇见他也就算了，让他永远在梦中，永远抓不住，永远有盼头，可他却出现了，让她抓住了。两个人迅速地不管不顾地让生命之树盘根错节长在了一起，那个人走了，只能把她带走，留下半条命的她还有活头吗？

奭整装待发，巴君为他送行。望着奭远去的背影，巴君落下一串泪珠，从国君的躯壳中走出，还原为胭，白衣乌发，雪肤丹唇，迎着惊诧、愤怒、痛心的目光走上了春祭之台。五只肥美的小兽虽死犹生，依旧睁着恐惧的眼睛。那么丑陋，那么恶心，真是有辱驺虞的尊严。胭一只接一只把它们全部从北门扔了出去，只让自己一人等待驺虞的到来。没有人敢阻拦她，也没有谁能阻拦住她。胭渴盼着，等待着。终于，廪君白色的身影出现了，越来越近，越来越清晰，已经触摸到了它尖利而坚硬的牙齿了，胭欣喜地扑了过去，就像扑入爱人的怀抱。

鹊　巢

奭还未走远，内心的不舍与痛楚踌躇着他的脚步。身后传来驺虞的长啸，惬意满足，却让人听得心惊肉跳，毛骨悚然。

奭从未如此惊惧过，就连被劫持到巴国被送上祭台，面对血盆大口的驺虞他也泰然自若。何故今日听到并不陌生的一声虎啸而不由冷汗透背？

“春祭该结束了吧？”奭问荇，也似在问自己。

“如果举行，这个时辰是该结束了。你没听到驺虞的长啸？那是享用活人后舒坦的叫声。”荇有气无力地说着。

“可我已对她说过，必须废除活人祭，她是答应的。”奭肯定地说。

“答应你的是巴君还是胭？胭还说过她要以身饲虎呢！”荇提醒奭道。

奭的心不由紧揪起来，胸口憋闷，似要炸裂。“她不过是赌气，不会当真的。”奭脸色苍白无力地安慰自己。这时，胭身边那个小巧的身影突然出现面前，奭惊喜地抬起头向她身后望去，可除了小巧的身影他什么也没看到。

“小巧，怎么你一个人来？主人呢？”荇随口给胭的贴身侍女起了个名，替奭向她打听道。

“她随驺虞去了。”小巧低下头，泪如泉涌，打湿了地下一片砂土，殷红如血，刺目痛心。

奭忽然间看见天塌了下来，地陷了进去，日月无光，星辰飞旋，他被一只无形的大手抓起，扔进了无底的暗洞。

不知什么时候，眼前出现了一丝光亮，奭睁开眼，发现已经到了庸国地界。桃花正开，棠棣如雪，茶树换上了一袭嫩绿的新装，庸国的春天比巴地更多一分明朗与妖娆。

“放我下来吧，我能行走。”奭边说边从抬铺上坐起身。一路扶抬的荇知道拗不过他，就让人停了下来。

奭试着走了走，力量与信心跟着回来，半个多月的昏迷损伤了他的身体，但摧垮不了他的意志，他活过来了，将盐水神女与廪君的故事深深地珍藏心底，他一如从前，依旧是那个从周原出发南下巡行的召伯姬奭。

早春正午的日光明媚而温暖，但对于长途跋涉的人来说，却显得过于热烈。汗水浸湿了衣衫，干渴与饥饿相伴而来，士气随之低落。高传令下去，就地扎营休整。在奭昏迷这段时间，高代奭带队治兵。处事稳妥严谨，执法有度公正，颇有奭的风范。

“这段日子你辛苦了！”奭夸赞高道。

“这有什么辛苦的？带着这么一支浩荡的队伍威风神气还来不及，怎么会感到辛苦？”高爽朗地笑道，眉宇间跳荡着年少的纯真与热望。

奭心中一热，拉起高的手，两兄弟并肩而坐，同饮一碗水。

隐约听到人马杂沓、车轮轧轧的声音。循声望去，一支白色的队伍出现在视野，渐行渐近，原来是支婚嫁队伍。荇放下手中的针线，拉起小巧跑到婚嫁队伍必经的路边，翘首张望。女人总是对嫁娶之事比男人更关注一些。

“虽为嫁娶，何故车辆如此之多，且舆服为白？”奭在心里暗自思忖。

“如此大的排场，不是王家也是国君。”荇慨叹道。

荇的话让奭豁然开朗，百辆迎送，白色为崇，必定是商王归女了。想到此，奭不由心中一惊，赶紧招呼荇和小巧往后退，他和高也急忙转过身，避免被认出。帝辛多疑，如果有人认出召伯姬奭，将其率百人南巡之事告知于他，后果不堪设想。

高并未领会奭的真实意思，误以为奭回避嫁娶队伍是怕引起心中的伤痛，便不以为然地站着未动，依旧大模大样地看热闹似的打量着这支壮观的队伍。

忽然，他惊喜地睁大了眼，因为他在送亲队伍中看到了熟悉的人。说熟悉，他不过是见过两次，但他知道此人底细，身在殷商心在周，是西伯安插在帝辛身边的卧底。他就是胶鬲。当年胶鬲在朝歌混迹于奴隶牛马之流，空有才艺不得施展。西伯朝歌进贡，发现了他并委以重任，让其潜伏在帝辛身边，探听帝辛一举一动，及时密告于西伯，为西伯反商提供了不可或缺的帮助。胶鬲感恩于西伯的知遇之恩，西伯感激于胶鬲的忠诚可靠，二人虽年龄悬殊、地位有别，但他们的交往却长期依存，历久弥新。

"奭兄，快看，那人我认得，是胶鬲。"高指着胶鬲刚刚过去的背影叫道。

对于胶鬲之名，奭也不陌生，知他是帝辛的倚重信赖之辈，却不知他是西伯的眼线卧底。现在听高说认识他，不觉感到狐疑，便盯着高看。高倒坦率无忌，炫耀似的说："胶鬲经常悄悄到周邑，向西伯密告帝辛的动静。刚开始他们交谈还不让我听，后来熟悉了，我也长大了，西伯便让我和诸位兄长一起听胶鬲密告，讨论商量怎么对抗帝辛。"

奭恍然大悟，此前许多的疑问此刻都找到了答案。帝辛身边有费仲、胶鬲这样的佞臣细作，西伯身边有姜尚、胶鬲这样的贤人能士，殷商的天下怎能太平无虞？

正感慨间，高已唤住了胶鬲，整个婚嫁队伍随即停下。对于在偏远的西南蛮夷地区见到高，胶鬲并不意外。西伯早在召伯南巡之前已与他知会了这个计划，他此番南下庸国送亲，一半为商，一半为周，准确地说应是假商济周，利用一切机会，为周巡南国创造条件。如果说有意外的话，那就是能在庸地遇到召伯，免去了他们之间诸多联络会合的麻烦。

"高，和你在一起的就是大名鼎鼎的召伯了？"胶鬲坐在车中探出头，明知故问道。

奭从感慨中醒来，自知有些失态，便赶紧上前一步，向胶鬲施礼问候。与此同时，不知何故，他的心情颇为复杂，这直接影响了他对胶鬲的态度。诚然，胶鬲冒着生命危险潜伏在帝辛身边，一心一意帮助西伯，可敬可赞；但帝辛是拿他当心腹，甚至是亲人看待的啊，而胶鬲却利用帝辛的信任，无情地践踏着出卖着他们的情分，难道这就是所谓的忠义吗？

“召伯此番南巡功莫大焉，鬲愿助一臂之力。”胶鬲坐回车中，车子徐徐启动。

“奭不胜感激！”奭向胶鬲道谢。不管怎么说，这是一个结交庸伯的机会。不然，数月前为救丹王大败庸兵，为守丹穴俘虏近百的恩怨还真不好解决。

庸伯并没有因为今天是自己的大喜日子而兴奋，更多的还是无奈和抵触。帝辛大兴土木，建城池，修鹿台，庸国的人力、资源几乎被征用殆尽。如果不是凭着地广物多，冶铜、制盐、炼丹、作茶，庸国估计早就被灭国了。苦苦支撑这么多年，也算帝辛有点良心，放缓和减轻了对庸的盘剥掠夺，甚至还以和亲来笼络人心。但一个有着殷商王室血统的弱女子怎能抵他庸国万千民夫的智慧血汗？抵他无数青铜丹砂檀木盐茶？可抵不了又能如何？他庸伯纵有伏虎擒龙之能又岂是帝辛的对手？只有忍了吧，认了吧，把翻身的希望权且寄托在上天身上吧！

“商王的送亲队伍已到庸郊。”守卫庸都的阪徒（守卫关卡的兵士）来报。

“随我迎接。”庸伯有气无力地传下命令。

夕阳为这场盛大的婚礼涂抹上金碧辉煌的底色。百辆婚车浩浩荡荡进入气势恢宏建筑精美的庸都。迎亲者的歌声响彻熏风沉醉的夜空：

维鹊有巢，维鸠居之。之子于归，百两御之。
维鹊有巢，维鸠方之。之子于归，百两将之。
维鹊有巢，维鸠盈之。之子于归，百两成之。

“喜鹊筑好巢，斑鸠来住它。女子要出嫁，百车迎娶她。”小巧依旧沉浸在迎亲歌舞的旋律中，一路不停地哼唱着，陶醉着。

奭和高作为送亲人，随胶鬲参加庸伯的婚宴。苻不喜欢热闹嘈杂的场面，那样的场合也不需要她，她便带着小巧悄悄出了寓所，信步在庸都城内游走。成排的民居，宽阔的街道，热闹的集市，庸都看起来似乎比丰邑还要繁华。尤其是建筑，石墙青瓦，漆门雕窗，屋脊上陶制的小兽做工精致，生动形象，别有一番风格。再看那砖头柱础，虽非栋梁，但依然被工匠雕刻出各种图案，美观大方，朴实自然，不过是一个毫不起眼的细节，却充分展示了当地建筑水平的高超。

新妇子媫被一层又一层的嫁衣裹成了一尊冰雕雪人，连面孔都被白纱遮得严严实实。无声，无色，无味，冷冷地坐在庸伯身边，冷冷地看着眼前的一切。离得最近的自然是庸伯了，这个年过半百、体态臃肿的男人是这场盛典的主角，但他并不开心，他的笑是程式化的，是堆砌在脸上无奈的苦笑；庸伯右手坐着的是胶鬲。以前总听兄王帝辛说起这个人，能得到疑心极大兄王的充分器重与信赖，可见此人非同一般。但从外表上看，胶鬲似乎显得极其普通，瘦削、苍白、文弱，如果不是目光中常常无意间流露出直逼人心的寒光，他就是一个市井百姓中毫不起眼的一员；胶鬲之下，是位正值壮年的陌生男子，身材伟岸，气度不凡，但却一副心事重重的样子。而与他紧挨的那位年轻人却显得十分快乐，俊朗的眉目间闪烁跳动着无忧无虑、机警敏锐。在送亲者对面就座的，必然是庸伯的属下了。他们或胖或瘦，或高或矮，或黑或白，但在子媫眼中，所有的面孔都是一个样，没有个性，没有特点，甚至连说话的腔调都让人分不出彼此。

子媫感到无比的乏味困倦，厚重的嫁衣压得她喘不过气，汗水不停地往下淌，浸湿了面纱，浸透了衣背，让她如坐针毡，摇摇欲坠，马上就要晕倒了。她求救地望向胶鬲，此时此刻，离他最近的唯有胶鬲这一位亲人了。可胶鬲从不看她一眼，好像他们从来就不认识，毫无关系似的。他的眼中只有庸伯，不停地向庸伯敬酒，说着虚伪的恭贺之语，代表帝辛答应着不可能实现的条件，觥筹交错，推杯换盏，没完没了，天昏地暗。子婠再也坚持不下去了，连续多日的缺食少水、舟车劳顿让她心慌气短、头晕目眩。呼吸越来越急促，胸口越来越憋闷，死亡仿佛就在眼前。不！我不能死！求生的本能让子婠拼尽力气站起身，一把扯下了面纱，揪掉了紧箍在头上的金冠。乌云般的长发随之倾泻下来，艳若桃李、冷若冰霜的容颜暴露无遗。

庸伯顿时愣住，举着酒盅的手僵在半空，好一阵才收了回来。顾不上放稳酒盅，来不及咽下口中的食物，急回身，一把将子婠抱过来，放置在腿上，亲手调羹喂食。

胶鬲长叹一声，回天乏术，只有一杯接一杯地饮酒，掩饰发泄着内心的失望与无奈。按帝辛的意思，为了更多地从庸地攫取资源，征用民夫，也为了安抚笼络庸伯，帝辛便效仿祖父帝乙归妹于周，决定将自己的异母姊妹嫁给庸伯。但胶鬲很清楚，庸伯是不会接受帝辛归妹的，他一直认为这不过是帝辛压迫统治庸的一种手段。但是庸伯又不敢直接拒绝，只有私下里抱怨一下，发泄发泄不满。鉴于庸伯对商的态度，胶鬲认为可以争取争取，为西伯姬昌发展南方军事同盟创造有利条件，便给庸伯出主意，让他像当年西伯迎娶帝乙之妹那样，明应暗拒，先给足帝辛面子，风风光光地迎娶，然后随便将新妇送个地方，任其生死。到时，帝辛若问起，话就可由他庸伯随意说了。至于是否因联姻而与商友善亲近，主动权也完全在庸一方。

庸伯感觉胶鬲说得有道理，便虚以应付，答应了这桩婚姻。为了拉拢庸伯，胶鬲请求帝辛让他送亲。帝辛一向倚重信任胶鬲，便不顾宗族亲戚反对，以一个外姓人充任了送亲大使。送亲途中，为防庸伯贪图子婠美色，改变主意，对帝辛感恩戴德，胶鬲找出种种理由给子婠多穿了几套婚服，还以庸国风俗为由，让子婠蒙上面纱，说是新妇在婚礼大典不能露面，不能让新郎看见。出了朝歌的子婠，不过是一只任人宰割的羔羊，生死由命了。

也是天意，被裹得严严实实的子婠在生死攸关之际的任性一扯，将胶鬲的计划全盘打乱。正如胶鬲所料，庸伯霎时便被子婠的美色倾倒，他做梦都想不到，商王帝辛居然给他送来了一个如此绝色美女。一时间，庸伯对商所有的反感抵触顿消，累积了几十年的怨气全被抛到了九霄云外。

胶鬲试着挽回败局，但一切都为时已晚，庸伯抱着子媗心花怒放地去后宫了。临走不忘感激胶鬲这位大媒，嘱人备厚礼，早早送胶鬲回朝歌复命。

胶鬲自知多说无益，只得苦笑着叹息着离开庸宫。奭与高也没有了留下的理由，只得随胶鬲一起离开，另作他图。

“把在濮地俘虏的近百庸俘送还庸伯。明日送走胶鬲，我们直接去彭国，等时机成熟再回来。”奭与高谋划着。

“也只能这样了。庸伯抱得美人归，兴致正浓，估计那点反商情绪早被美色冲得无影无踪了。何况我们还两次帮着丹王打败他们？”高一边慨叹，一边将近百名庸俘召集起来，下达了放归他们的命令。

没有出现欢欣鼓舞的场景，绝大部分的庸俘似乎对回家显得并不积极，甚至是有些不情愿回家。

高大感意外，问奭怎么办。是继续收留编入队伍，还是强行驱离？

奭想了想，唤来一名能代表多数人意见的庸俘询问情况。那名庸俘据实回答，说他们犹豫不决，不知道是回家好，还是跟着召伯好。奭深感意外，追问那名庸俘，怎么会有此心态。庸俘张张嘴，前后左右看了看，才吞吞吐吐地说出了原因。因为贪婪的庸伯总是垂涎别人的东西，经常发动战争。自恃人口众多，国力强盛，把那些小国弱邻不放在眼里。想抢就抢，想夺就夺，害得他们这些庸国的平民百姓也不得安生，时常被强行征兵，外出打仗。在濮地被俘后，他们跟随周军去到巴国，又回到庸国，近半年来，他们有事可做，有饭可吃，像从周原来的兵士一样受到尊重，彼此和睦相处，不再像牛羊奴隶一样被四处驱赶屠杀。如今，他们回到了自己的国家，就要见到分别已久的妻儿老小、父母兄弟，可他们却有家不敢回，有地不能耕，因为他们害怕被俘而受到庸伯的惩罚，害怕再被驱赶着走向战场，掠夺拼杀。

“我们愿跟随召伯南巡！”那名被奭问话的庸俘大声说道。

“可是我们现在的处境也不好，没有落脚之地，没有生活来源，所带物资十分有限，你们跟着我只有受苦的份儿。还是回家吧，妻儿老小都盼着你们回去呢！”奭动情地劝说着。

庸俘纷纷低下头，思虑着，犹豫着。

“其实，召伯完全可以先在庸地安顿下来，晒盐，炼制丹砂，开矿冶金，采茶。你们来自中原，有手艺，任何一种都可让你们生活无虞。”一名瘦小利落的庸俘说道。

奭眼前一亮，但随即又黯淡下来。庸国是地大物博，资源丰富，但一支外来的军队，不得到主人的允许，私自开挖乱采，与侵略何异？

“召伯不必苦恼，小薇和她的丈夫亚或许可以帮到忙。”随着话音，荇出现在奭的面前，紧随其后的有小薇、亚，还有小巧。

奭惊喜而疑惑地看着小薇。小薇急忙推推亚，亚使劲地点点头，以此来证明小薇的话是对的。

“亚在庸国最大的盐田晒盐，因手艺高超，为人实诚，受到了庸伯长子公子貅的赏识。而小薇心灵手巧，采制的茶，更是受到了公子貅的喜爱。夫妻二人因此在庸国有了小家，虽清贫，却安乐，小日子倒也过得有滋有味。”荇既羡慕又欣慰，引得奭跟着频频点头，连声称道。

“小薇怎么找到了这里？”高不解道。

荇一五一十把偶遇小薇，小薇作茶的事述说一遍，听得高不断称奇。末了，荇从小薇背的竹篓里取出一包包茶分发给众人。一边分，一边告诉奭，小薇听说他们今天要走，就连夜炒制了百包茶叶，让众人带着，以备不时之需。

“如果真能见到公子貅，与他合作，我们就暂且不走了，这些茶还是还给小薇，一个人做这么多，真是难为她了。”奭心疼地说。

“只要召伯喜欢，小薇再累都高兴。”小薇甜甜地笑道。

庸　戈

烈日下的盐田反射着银色的光芒，远远望去，如一块块镜子，映照着青山蓝天插花戴云，梳妆打扮。

公子貅轻车简从来盐田察看，喜人的景象让他神采飞扬，情绪高涨。虽贵为公子，庸伯之后庸国的执掌人，但公子貅依然保持着勤勉务实的做派，与追求享乐安于现状的庸伯大相径庭。在很多人的经验中，常常是父勇子懦，父强子弱；父亲兢兢业业，儿子不思进取；父亲创下基业，儿子一朝败净。但在庸伯和公子貅这对父子身上，人们的惯性思维被打破，父与子常有的形象倒了个个儿，显得甚是与众不同。但尽管如此，因为庸伯的康健，对权力的留恋，公子貅虽年过三十，依然只能在公子的位置上坐着。但他并不着急，只要家国安宁，国富民强，他做公子又有何妨？

"今年又是一个丰收年，亚，你的功劳最大，我要奖赏你。"公子貅冲着正在盐田察看指导盐工劳作的亚大声喊道。

亚急忙直起身，向公子貅迎去。本来，今天亚可以在家休息一天，但考虑到所应召伯之事，他便又早早地来了盐田。正好公子貅也来了，他也是前几日刚来过，按常规，他在半月后收盐时才会再来。可今日他却又来了，似乎知道亚有事要求他。

"今日天气炎热，公子怎么又到盐田来？"亚恭身问候。

"出来透透气。"公子貅随口答之。

"这是小人之妻炒做的茶，请公子品尝。"亚趁机奉上小薇精心制作的茶。

公子貅最喜小薇制的茶，欣然接过，放在鼻下贪婪地嗅着。末了，说道："庸国可开个茶作坊，由你妻管理可好？"

"拙妻只可在家小打小闹，不堪大用。公子若真有心经营增收，不妨采铜挖金，烧铸冶炼。”亚直起身提高声音道。

“看不出，你还懂冶炼经营之事？”公子貅对亚刮目相看。庸国不缺金铜，铜绿花随处可见。在它们俏丽的身下，往往埋藏着珍贵的铜金，那可是制作兵器、铸鼎定天下的原料。可是，由于多年来只顾与濮人争抢丹砂，经营盐田，竟然疏忽了铜金，以致宝藏深埋，国贫兵弊。不意今日一个小小盐田作人，竟提起了国计民生之事，让公子貅心头一亮。但青铜冶炼技艺高难，庸人没有能担此重任的。

“公子可听闻过召伯姬奭？他率百人南巡，途径庸国。他愿与公子合作，帮庸人开矿冶铜。”亚揣摩着公子貅的神态心思道。

公子貅没有说什么，沉吟良久，忽道：“召伯何处？带我去见！”

胶鬲失算返回朝歌，奭与他在不意而逢的庸郊话别。

“帝辛虽无道，殷商气数将尽，但未来的反商之路依然充满困难险阻。”胶鬲有些泄气地说。

“只要走的是条正道，再艰险又如何？”奭坦然道。

“不过，总体大势对周还是有利的。帝辛大肆对东夷用兵，朝歌一半以上的兵力被充实到东方前线。长此下去，朝歌疏于戍守，帝辛顾东难顾西，西伯可要抓住时机。”谈至此，胶鬲的情绪明显好转。

“但以周目前的实力来看，还远远不是朝歌一半兵力的对手。所以还要养精蓄锐，发展同盟。”不管何时，奭总能保持客观冷静的判断、分析。

“如此说来，召伯是要继续南巡了？”胶鬲问道。

“是的，南方诸国多多益善，庸国，重中之重，不可或缺。”奭坚定地说。

“可庸伯现在这种状态，几乎没有可能将他拉到抗商的路上来。”胶鬲失望地说。

“机会应该还是会有的。”奭充满信心道。

“但愿如此。时候不早了，我该上路了。”胶鬲登车离去。

“一路保重！”望着尘土飞扬中胶鬲干瘦佝偻的背影，奭忽然感到此前有点误解胶鬲，虽然他利用、出卖了帝辛对他的信任情意，但对待那些无道无德违背人性的人来说，他们不配拥有忠诚与真情。

“召伯，公子貅来见。”送别胶鬲，奭调转马头往回走。没走多远，便迎面碰上了亚。亚的身后是位身材中等、目光炯炯的男子。想必就是公子貅了。

奭下马与公子貅相见。公子貅已从亚那里了解到了奭的一切，语气神态间自是充满景仰与敬佩。而奭对公子貅同样看重，所以一见面，二人就直奔主题，就合力开采庸山铜矿、冶金铸炼达成一致协议。

五月的庸山，依旧沉默肃穆，表情凝重。草木都不喜欢这里，逃避着这里，在庸山对面、背后、左右相邻的山坡上挤得密不透风。而那些来不及或者根本就不想逃的花草，疏疏落落地长在发绿的石头间，长年累月，亘古未变，黄锈上身，花朵渐蓝。

“快看，那边！”随着高的惊呼，奭发现前边不远的一个山坳里开着一大片蓝紫的花。

“找到了，我们找到铜矿了。”奭欣喜若狂，回过头朝正在往山上吃力攀爬的公子貅喊道。由于连日奔波、跋山涉水地寻找矿藏，公子貅体力不支，病倒了。头痛，胸闷，发热无汗，连小便都排泄不利了。奭劝他休息几天，等身体痊愈再进山。可公子貅已等不及，开采铜矿，铸造铜器，是他多年的愿望。然由于诸多干扰限制，使他迟迟难以实现自己的梦想。为此，他食不甘味，忧心忡忡。他反对父亲庸伯贪得无厌的恃强凌弱，与濮人争夺丹矿盐田。因为庸地的矿藏极其丰富，不仅有盐有茶有丹砂，更有其他地区缺乏的铜矿。如今，上天为他派来了召伯奭，他岂能不抓住这个机会大干一番？

“快扶我上去，我要看看那是一种什么样的花。”公子貅唤来两个健壮侍卫，一边一个搀扶着他攀上山顶。奭接过公子貅，指着那一片蓝紫花告诉他，有此花，下必有铜。

公子貅惊奇地睁大了眼，看看花，再看看奭，两腿一软坐到了地上。爽没有去扶他，径直向那片花地走去，采了一把花回来，嘱咐随从煎汤给公子貅服用。公子貅大呼："这真是一种神奇的花，不仅帮我们找到了铜矿，还能治病。"

几天后，服用了铜花汤的公子貅病体痊愈，与爽各自带着人马在庸郊会合，进驻庸铜山。沉寂千万年的大山深处，铜花怒放，炉火熊熊，照红了西南蛮夷地区的天空。

七月流火，暑气渐减，体态臃肿的庸伯渐感呼吸顺畅了些。在庸宫憋闷了一个夏天，虽有子媲这个冰美人朝夕相伴，但时间久了，还是有些腻烦，所以还没等天真正凉快，就迫不及待要出去透气。自然要带着子媲，离了她，他一刻都受不了。

"要去你去吧，我不想出去。"子媲懒懒地说。

"为何？庸都比朝歌并不差。"庸伯不解地问。

"不是嫌弃城陋邑小，而是受不了国人的指指点点，议论纷纷。"子媲委屈地说。

"指点什么？议论什么？"庸伯瞪大眼，粗声大气地问。

"将我比苏妲己，惑君误国。"子媲愤恨而道。

"大胆，谁再敢胡说，看我不取了他的项上人头。"庸伯怒道。

"可此人的项上人头，恐怕你是取不得的。"子媲故意卖了个关子。

"此人头大还是头硬，为何忧我取不得？"庸伯不服气道。

"公—子—貅。"子媲提高声音一字一顿道。

"公子貅？"庸伯大感意外，一时愣在那里。过了一会儿，始缓过劲儿来。

"我怎么说的？你能取得了吗？"子媲冷笑道。

"不是取不了，而是不能取。"庸伯阴沉着脸道。

"结果有区别吗？"子媲反诘道。

庸伯张张嘴，不知该怎么向子媲解释。好半天才嗫嚅道："公子貅何故将你比苏妲己？"

"雄才大略的庸伯，连自己的儿子都管不了。他为何这样诽谤于我,你唤他来问问不就清楚了?”子媔别有用心地将庸伯的注意引向三月未归的公子貅。

庸伯果然发现,好长时间没见到长子貅了。“他去哪儿了? 发生什么事了? 堂堂的庸国公子居然消失得无影无踪,这真是天下奇闻。”庸伯又惊又怒追问子媔。

子媔故意将脸扭向一边,故作神秘地向外张望了一眼,像是怕人偷听去似的。然后坐到庸伯怀中,凑到庸伯耳边悄声说道:“到庸山开采铜矿去了,听说已经铸出了许多兵器,你不可不防啊。”

“这是好事,我为何要防自己的儿子?”庸伯不解道。

“他这是要拥兵自重,取而代父啊。”子媔进一步挑唆道。

“不可能。貅自幼温顺,我又对他极为偏爱。庸伯之位非他莫属,他何苦冒天下之大不韪篡权夺位?”庸伯对公子貅依然充满信心。

“可他今年已三十有半,而你还如此康健。他总是公子貅公子貅地被人叫着,他能不羞愧着急吗?”子媔合情合理地分析道。

庸伯心里一沉,将子媔从怀中推开,站起身焦虑地在铺着紫檀木的地板上踱来踱去。忽然,他停了下来,一改忧虑焦灼神态,笑眯眯地说:“子媔,你真的多心了,公子貅决不会对我下手,他铸那些兵器是有别的用处。”

“何用? 攻打濮人,抢夺丹矿,有必要用青铜兵器吗? 难道是对抗我大邑商?”子媔担心地说。

“还真让你说对了。曾经我们因不堪忍受帝辛的压榨,而萌生了反商的念头,但苦于兵器落后,没敢轻举妄动。貅对此耿耿于怀,多年来,一直寻找铜矿,潜心学习冶炼,要让庸国拥有青铜兵器。但都没成功,现在突然听你说他竟然找到了铜矿,造出了兵器,真是让我又惊又喜。但我向你保证,有我在,他即使造出再多的青铜兵器,也不会威胁到大邑商。”庸伯劝慰开导子媔。

“你对公子貅放心,可他若被别人利用,你又如何掌控得了?”子媔毫不放松对庸伯的蛊惑。

“何人利用他?”庸伯脸色大变。

“召伯姬奭。”子媓明确无误地告诉庸伯。

“召方乃商西雄族，召伯何以到了庸国，唆使利用公子貅？”庸伯越发糊涂。

“召伯姬奭与西伯姬昌同族，因触怒帝辛，被迫入周，成为姬昌反商的砥柱力量。姬昌反商已是路人皆知，帝辛没有伐周，只因东夷用兵，分身乏术。姬奭正是利用这个时机，以施文王仁政之名，巡行南国，目的便是发展军事同盟，为姬昌反商创造条件。”子媓侃侃而道。

目光短浅的庸伯被子媓的一番话说服，为了讨得子媓的欢心，即刻派人前往庸山传公子貅回宫见他。

已是天亮时分，为了亲眼看见第一把青铜庸戈的诞生，公子貅和奭、高彻夜未眠，一眼不眨地守候在炼炉前。东方露出了鱼肚白，开炉的时间一点一滴逼近。公子貅不由攥紧了拳头，目不转睛地盯着炉门，唯恐眨眼之间错过了那最精彩的瞬间。奭过来拍拍公子貅的肩膀，劝他放松心情，上天从不辜负有心人的。

天空朝霞灿烂，红日将出。炉工打开了炉门，小心翼翼地取出了那把通红透亮的铜戈。扑脸的热浪，激动的心情，如果不是奭在旁边挡着，公子貅早就伸手去握了。时间似乎停滞了下来，铜液似乎再也凝固不住，公子貅焦急地等待着，期待着。终于，到了淬火环节，炉工将渐渐变冷变硬的铜戈放入水中。“滋”的一声，白雾腾空而起，经久不息。白雾散去，铜戈被从水中捞出。接着，磨刃，抛光，饰柄，一把锋利无比、闪着寒光的庸戈诞生了。

公子貅喜极而泣，眼泪滴在戈上，敲打出了清脆悦耳的声响。

奭长舒一口气，三个月的付出，不仅为下一步巡行打下了物质基础，更收获了公子貅的信任和友情，同时也促使庸国走上了富国强兵的发展之路。

“庸伯有令，公子貅即刻回都听命。”庸使的传唤声让公子貅从庸戈诞生的激动喜悦中惊醒，与此同时，心中莫名其妙地涌起一种不祥之感。离开庸都三个多月，他一次都未回去看过父亲。他应该过得很好吧，有那个冰冷的美人相伴，这个夏天他一定凉爽快活。但不管怎么说，他还是自己的父亲，他有责任和义务及时问安抚慰。可这三个多月，找矿、开采、冶炼、铸造，一环紧扣一环，让他连歇息的空闲都没有，更别说翻山越岭、长途跋涉回去看望亲人了。可他所做的这一切，不是为了自己，而是为了庸国，为了父亲，为了他们多年来共同的一个心愿。

想至此，公子貅心内稍安，与奭、高一一告别，绝尘而去。自然，那把庸戈他是必要带上的。

“你还知道回来？这三个多月到底去了哪里？”一见面，庸伯阴沉着脸喝责道。

“想必父亲也听说了，我与人在庸山开矿冶炼，颇有收获。实在太忙，没顾上回来看望父亲，望父亲体谅。”公子貅赶紧跪到庸伯面前，向父亲请罪。

“颇有收获？看来外边的传言没错啊。”庸伯话里有话道。可公子貅并没往别处想，听父亲这样说，急忙让人将带回的几件专门为父亲铸造的酒器用具拿了出来，捧给父亲看。见父亲并不满意，又把那把庸戈拿出，以此证明他的收获，讨父亲的欢心。

看见那把庸戈，庸伯眼前一亮，惊喜地拿在手中，仔细端详验看，对公子貅的态度一度好转，不仅命人给公子貅端茶递酒，还和蔼可亲地安慰夸赞儿子。

“公子貅果然能干，这样锋利的铜戈都能铸造出来。”子婳虚情假意地夸道。

“和你们大邑商的兵器相比，我这把铜戈差远了。”公子貅嘴里客套着，心里却洋洋得意。

“是和我们的差远了，不过在庸地使用还是很管用的。”子婳诡媚地笑道。

“此话何意？”公子貅眉头紧拧，厌恶地瞪了子婳一眼。

“我听人说，公子三月未归，是想培育自己的势力，以便早一天登上庸伯之位。”子婳信口开河刺激公子貅道。

“你这是造谣。告诉我谁说的？我这就去找他问个清楚。”公子貅生气地拍案而起。

“看来不是空穴来风啊，公子发这样大的火，难道是心虚吗？”子媿继续煽风点火，挑拨离间。

“再胡说，我就杀了你！”公子貅被子媿激怒，一把从庸伯手中夺过铜戈向子媿刺去。

子媿迅速躲到庸伯背后，公子貅追了过去，庸伯伸手去挡，公子貅一戈刺出，正中庸伯胸口。

“看来子媿说得没错啊。”庸伯悲哀地看了一眼公子貅倒地而亡。

“你给我父亲说了些什么？”公子貅一把揪起被庸伯压在身下的子媿，用戈指着她的脖子咬牙切齿地问道。

“我能对他说些什么？他何曾相信过我说的话？”子媿冷冷地说，语气神态没有丝毫的畏惧。这让公子貅更加怒不可遏，挥戈向她刺去。

“公子，此女不可杀！”随着话声，奭和高同时出现，将公子貅手中的戈夺下。

公子貅瞪着血红的眼大叫，一定要杀子媿为父报仇。奭极力劝阻他：“你已失手杀父，铸成大错。再杀子媿，必将招来商王帝辛的打击报复。到时，庸国百姓遭受屠戮，庸国国力遭受重创，公子貅将为一时快意恩仇，犯下更加严重，甚至是致命的第二个错误。”

公子貅大哭，放过了子媿。

几天后，公子貅继位，成为庸伯貅。他不仅继承了父亲的权力、地位，还继承了父亲的财富、女人。

子媿再成新妇，以商女的特殊身份，重新出现在新一代庸伯——貅的身边。

又是一年栌叶红。整整一年过去了，每当夜深人静，盐水神女还是要走进奭的梦中。还有驺虞，时而清晰，时而模糊，时而温顺神圣，时而血盆大口。自然还有胭，面若桃花，唇如朱砂，隔着氤氲汤浴水雾的身影若隐若现。胭，你要去哪儿？怎不说一声就走？胭，等等我，等等我，胭——

一声惊叫，驱散了所有的虚虚实实，也带走了全部的睡意。奭起身，坐在无边的暗夜里。窗子在哪里，怎么到处都是黑夜的颜色？月亮呢？星星呢？灯盏呢？篝火呢？奭摸索着去寻找。忽感身子晃了晃，还头晕，接着又晃了晃，幅度比上次大了许多，差点让他摔倒。难道是大地翻身？奭随即被自己的猜测吓出一身冷汗，与此同时，又一阵晃动袭来，奭不再犹豫，冲出屋门大喊："地动了，地动了，快起来——"响起一阵凌乱急促的杂沓声，随之地动山摇，房塌屋倒，哭喊声四起，随即又被淹没在无边的黑夜里。

太阳没有如期升起，大雨接替了它。两个时辰后，庸都被淹没，没有在大水之前逃出庸都的人畜，都漂浮在水面被洪水带走了。侥幸逃出的人，聚集在城北的台地上，哀哀恸哭，哭声震天。

高点了点所带队伍人数，逃生者不过八十来人，也就是说，有三十多兄弟离开了队伍，离开了他们，生死未卜，凶多吉少。如果按计划启程前往彭国，今晚就可逃过这一劫。可奭不忍看庸伯貅新任后的忙乱与紧张，经不住挽留，一再推迟着动身时间，结果就推迟到了明日。可明日还没到来，大地动却来了，那么多鲜活的生命瞬间被吞噬，那么多的房屋霎时被毁坏，上天何其无情，神灵何其残忍！高无声地流着泪，为那三十多名兄弟，更为庸国众多的百姓。

奭将高揽到怀中，安慰着他。苻与小巧相互扶携着坐在一块石头上，她们的衣服已经湿透，雨水顺着头发流淌，脸色苍白，瑟瑟发抖。奭看着，心中一阵阵痛楚，可他却无力保护她们，为他们遮风避雨。

庸伯貅带着他的民众也逃到了台地。他没有放弃子姽，将她从断墙碎砾下救了出来，和其他人一样被带到台地上保护安顿。

"都怨我，因一些细枝末节的琐事影响了你的行程，不然，此时你们应该在彭邑了，也不会遇到这场地动。"找到奭，庸伯貅的第一句话就是自责。

“这是天意，庸伯不必自责。我们还是多考虑考虑怎么救助民众，减少灾害损失吧。”奭宽慰庸伯貅道。

庸伯貅感激地点点头。

上天还是眷顾庸国百姓的，此次地动并不十分强烈，大雨只下到午后就停止了。人们纷纷从台地返回庸都。大多房屋还在，尽管东倒西歪，墙裂顶陷，但修葺一番还可赖以存身。只是大水带来的淤泥甚是难以清理，许多人家忙活到半夜，才为一家老小清理出一小块立足之地。

“此处地势低凹，处于河道下方，如遇洪水，常被淹没，况方圆不过数里，满足不了人口增长的需求。我的意思是，另觅新处，新建庸都。不知召伯意下如何？”庸伯貅征询奭的意见。

“此法可行！如若需要，我愿堪舆选址，为庸伯、庸国百姓选个好地方。”奭赞同道。

这天，天气晴好，奭由庸伯貅带路，在庸都郊野四处勘测，最后将新址定在了地动之夜人们避难的台地上。这是一块不可多得的好地方，位于山顶，却地面开阔平坦，方圆十几里，可居住地是旧城的两倍。不仅如此，该台地高出河道近百仞，任河水再怎么暴涨，也难以涨到台地上。

新址选定，庸伯貅紧接着选了个吉日破土动工。庸国不缺能工巧匠，筑城建屋对他们来说实在不是件难事。与此同时，奭结合中原建筑习惯，扬长避短，因地制宜，为新城规划出了更为合理的格局，未足三月，一个新颖气派、方便实用的新庸都出现在新址上。因其依地势而建，呈方形，被称为方城，其山也因城而名方城山。

老　彭

近午时分，终于进入平缓地段，彘的心随之略为放松，饥饿感便不失时机地前来骚扰。彘不胜其烦，便随手拿起不知何时小巧为他备的紫萝饼吃了起来。饼不知何时制作，已经变冷，但却依然软和香甜，吃了一块根本压不住馋虫，便又吃了一块，还是不够，欲把第三块吃了，记起高和他一样也长时间没进食了，就把第三块又放了进去，用意念转移着饥饿感，回味唇齿间的余香，向前追去。高真是年轻啊，一路上总是一马领先，往往把他这位统帅落在后边。想到这儿，彘在心里欣慰地笑了。紫萝饼让他回味无穷，一路上的风风雨雨、兄弟同行，更值得让他回味无穷。

马似乎也有些疲惫，不像往日疾快。彘也不忍心催它，只好任它随意而行，让高再饿一程了。其实，一路颠簸，一路劳心，彘更累。不仅累，而且饿，尤其是刚才，若不是小巧备的紫萝饼，他都不知道该怎样度过饭前这段漫长而煎熬的时光。现在好了，二块饼下肚，精神体力都得到恢复。不过，还得再等一小会儿，体能精力才能完全恢复，到时他就该与高好好商谈下一步的打算。前日离开庸都，一路沿堵河而下前往彭国，再有两天就到彭邑了，可他还没考虑好拜访彭伯的策略。

路随河走，崎岖蜿蜒。路边草木葱茏，鸟语花香。但最能让人眼前一亮的，当属繁花似锦、攀崖附树的紫藤。淡雅的清香，明艳的色彩，醉了人的眼，也醉了人的心。彘贪婪地深吸一口气，紫藤花的香气不绝于缕，扑面而来。他微闭上眼，专注于那淡雅的香气，陶醉在无边的春色之中。忽然，腹部隐约痛了一下，只一下，很轻，很短，来得快，去得也快，让人无法将它当回事。然而，没过多大时候，刚刚过去的疼痛又回过头来。这次很明显，持续不断，逐步加重，同时还伴有头晕、恶心。奭立即意识到自己可能是中食物之毒了。他急忙解下随身携带的葛布小包，那里面装的是小薇炒制的庸茶，最能解食物之毒。当年神农氏尝百草，一天中七十二次毒，都是喝茶水解的毒。他从昨天到现在只食了小巧做的麦饼，如果所食有毒，就是那三块麦饼的原因。和神农氏相比，这三块麦饼实在微不足道，喝了茶水必能解得了。很快就要到安营地了，到时再泡水喝不迟。奭自我安慰着，坚持着，但一阵紧似一阵的疼痛让他不得不俯身在马背上，痛苦地闭上眼，任由坐骑把他带往任何地方。

前边一处背山面水的开阔台地，适宜安营扎寨。高回过头，指给奭看，却发现奭趴在马背上，一动不动，没有反应。高大惊，勒马跳下，急去扶奭，却发现他已是双目紧闭，两手冰凉。试了试鼻息，已是气若游丝。

“奭兄，你这是怎么了？”高抱着奭焦急地呼唤道。

奭依旧无声无息，如死了一般。高大哭，惊慌失措。

荇和小巧慌忙跑了过来，见状，顿时吓得变颜失色，一句话都说不出，只是又急又怕地哭。

随行的长者近前察看了奭的状况，当场断定奭为食物中毒，并立即取过奭腰间的茶包，冲泡出一碗浓厚的茶汤给奭喂下。不到半个时辰，奭的气息有所恢复，冰凉的双手稍稍温和，生命停下了离去的脚步回过头来，可他依然双目紧闭，口不能言。

“以最快的速度赶往彭邑，请彭医救治召伯。”高果断下令。

“不必到彭邑，现在即可就医。”随着话声，一位鹤发童颜、精神矍铄的老人出现在众人面前。无法判断他的年龄，从其白发苍眉上看，至少已到耄耋之年；但从他炯炯有神的目光、矫健轻快的步伐上推测，他最多也就四五十岁。

高喜出望外，要给老者行跪拜大礼。老者摆手阻止了他，不用人搭手，轻松自如地卸下了背上的竹篓。那里边装满了各种各样的草药，杜仲、桔梗、金钗、灵芝、江边一碗水、七叶一枝花，尽是珍贵之品。

放下药篓，老人随手从发间取出一根木簪，点扎奭的穴位，为他打通脉络，疏散气血。慢慢地，奭紧闭的双眼睁开了，还打了一个哈欠，像刚刚睡醒一般。

高长舒一口气，再谢老人救命之恩。老人淡淡笑道："不过缓解了症状，体内毒物还需排除，尚需时日调理。先别急着言谢，等彻底痊愈再谢不迟。"老者背上药篓就要离去。

高急拦道："接下来该如何调理？我们到哪里去找你？"

老人沉吟了一下，回过头说道："到彭邑，就说找一个采药老者，便可找到我。"

"总得有个名号吧？不然我们如何找得到你。"高追问道。

"如果非要名号，就说找老彭即可。"说完，采药老者头也不回健步如飞地走了。

"老彭！"高默念着，将奭扶到营帐内躺下。

荇将小巧唤到一个僻静地方，盘问紫萝饼的事。

"饼是我做的。这几天，我看粒食紧缺，召伯和众人一样吃糠咽菜，心里不忍，就悄悄地给他做了紫萝饼，谁知会出现这样的事。"小巧难过地直掉眼泪。

"紫萝饼何物所做？"荇一边替小巧擦拭眼泪一边问道。

"麦粉、紫藤花，还放了我在路边采的蜂蜜。"小巧如实答道。

"紫藤花？你怎么能放紫藤花？那可是有毒的。"荇惊道。

"可在我们巴国，春天的紫藤花是可以吃的。"小巧小声说道。

"可这里是彭国，水土不一样，花性可能就会变，不能随随便便采食野地里的食物。"荇提醒叮嘱小巧道。

小巧眼里噙着泪，使劲儿地点了点头，记下了荇的叮咛。

由于奭的身体虚弱，路上不宜太过颠簸，直到第二天暮色四合时，才来到彭邑。还未向守邑人亮明身份，一个阪徒模样的人就走了过来，朝奭施礼道："彭伯交代，让我等在此迎候召伯一行，不知乘上之人可是召伯？"

"正是姬奭。彭伯怎知奭的行踪？"奭纳闷道。

“昨日彭伯上山采药，路遇召伯食物中毒，曾做简单医治。”阪徒解释道。

“这么说那位采药老者便是彭伯了？”奭惊叹道。

阪徒点头称是。

“可他交代我们到了彭邑要找老彭，可知这老彭是何方高人？”高急不可待地问。

“老彭就是彭伯。在我们彭国，彭伯是最年长的人，也是唯一会采药治病、健体养生的人。所以我们都尊称他为老彭。”阪徒一边走，一边热情地介绍。

“彭伯居然就是老彭？敢问他高寿？”高兴致盎然地问道。

“我也说不准，反正一百岁是肯定有的。”阪徒自豪地说。

“一百岁！”众人闻听，无不惊诧地睁大了眼。

阪徒带领奭一行从彭邑穿过，径直往邑南的神农山走去。神农山为当年神农氏尝百草之地，方圆数百里，莽莽苍苍，绵延无边。山上药草遍布，泉溪奔涌，更不乏飞禽走兽、珍花异木。因为地处偏远，人迹罕至，这里的空气异常清新，水质异常清冽。尤其汤泉，随处可见，带着地层深处的热量，汩汩流淌，为这座雄壮冷峻的大山平添了无限润泽与温馨。

在一处微风涟漪、青碧如玉的潭水边，阪徒停了下来，指着对岸壁立千仞的赭红崖壁对奭说：“彭伯就在那里等着你。”顺着阪徒的指向，隐约可见半崖处有个石洞，一位白发飘飘的人正站在洞口向这边眺望，正是彭伯。

“无路无桥，我们怎么过去？”高疑惑地问。

“只召伯一人过去，其他人随我回邑休息。这是彭伯的安排。”阪徒答道。

“即使只召伯一人过去，也得有路有桥啊。”高仍然不解。

“到时你便会知道。”阪徒边说边随手采了片叶子，放在唇边吹响。哨声中，一叶竹排顺水漂然而下，在众人所站的岸边停了下来。划排者，依然是位白发苍苍、精神矍铄的老人。因为有彭伯在前，众人不敢按常规判断这位老人的年龄，但根据彭国的一般情况，这位老人的年龄没有百岁，也离百岁不远。

阪徒请奭乘排。高不放心，要跟着去，被阪徒客气挡住。奭一人上了竹排，划排老人用力划了下竹篙，竹排便如离弦的箭一样，眨眼工夫便驶到了崖边。此时，奭才看清，通往石洞的是在崖壁上凿出的几十个脚窝，踏着这些脚窝，并紧抓身边的藤条，才可顺利抵达石洞。虽然身体还尚虚弱，但奭还是凭借自己的体力攀登上了石洞。

老彭满意地朝奭点头示意，将奭带往石洞深处。洞里没有一丝光亮，黑暗中，传来“嘀嗒、嘀嗒”的水声，清脆悦耳，诱人前行。

不知走了多长时间，一缕光亮刺破了黑暗。奭抬头望去，眼前出现了蓝天丽日，古木巨石。

“就是这里了。”彭伯站在亮光里，对奭说。

“这是石洞出口，在山顶上。在这里可朝迎旭日，晚送夕阳，听风沐雨，观星望月。”彭伯朗声说道。语气里充满了对这里一石一木的感情。

“彭伯是要帮我调息排毒的，可是就在此地？”奭有点不解地问。

“是啊，难道还有比这里更合适的地方吗？”彭伯反问道。

“可这里除了风月、木石，并未见到他物。”奭依旧不解。

“这就足够了。世间还有比日月之华、风雨之精更好的灵丹妙药吗？”彭伯意味深长地说。

奭若有所悟，进而便渐渐明白了彭伯的苦心意图。

时间在一方洞天中流淌。每天晨起，奭便随老彭面东而坐，吐故纳新。迎着初升之日，吸进清新之气，吐出陈腐秽气。随后，导引行气，激发活力。长年的修炼，老彭已总结出了一套完善的肢体运动与呼吸吐纳相配合之术。或伸屈，或俯身，或行卧，或倚立，或踯躅，或徐步，或吟或息，神态祥和，节奏适度。自摩自捏伸缩手足间，劳除烦去，气血充盈，精神旺盛，病疾不侵。

不知不觉中，月余过去，奭明显感到心怡神宁、精力旺盛，仿佛逝去的岁月又回过头来。身轻如燕，健步如飞，连脸色都跟着红润了许多。南巡的风霜不见了，心中的伤痛抚平了，紫萝饼的毒素彻底排除了，奭脱胎换骨般出现在了众人面前。

“彭伯，你也教教我等，我们也想驻颜有术，长生不老。”高惊喜于奭的恢复，便请求彭伯也授他以道。

“哪里有驻颜之术，不过是对身体多加保养调理而已。”彭伯淡淡笑道。

“可你看奭兄，跟你在洞天福地中生活这段时间，完全变了一个人似的。”高不依不饶。

“这应与他个人的脾性心态有关，不是人人都能达到这般境界的。”彭伯耐心劝说道。

“那你看我能否达到奭兄的境界？”高兴致不减。

“所谓养生，即养护生命、生存、生长之意。恬淡虚无，真气从之，精神内守，病安从来。故养生重在养心，培养自身的精、气、神。心若浮躁，急功近利，或心胸狭隘，怨嗔妒恨，虽有方术，也不能达到病疾不侵、延年益寿之目的。”彭伯侃侃而谈。

“这对于我来说不是难事，奭兄最了解我了，我是那种心胸狭隘之人吗？”高转而问奭道。

“知你莫过于为兄我了。如果说你心胸狭隘，那么天下则无豁达大度之人了。”奭拉起高的手，由衷地赞道。

“但这不过是其一，有了好心态、好方法，还得有好环境。比如清净的饮用水，清新的空气，清淡的食物，这些都是养生的重要条件。”彭伯畅所欲言，将自己的心得感悟毫不保留地传授出来。

“原来如此。”高感慨不已，不由联想起这些日子在彭邑的所见所闻，感触最深的是彭人的谦恭有礼。每次走在街道上，与人相对而行，对方总是面对微笑，不亢不卑，几乎没见到有人吵骂，更别说厮打了。偶尔发生争执，也会有德高望重的老人过来劝解，公正处理。一方水土养一方人，彭人长寿，不仅在于其活了八百岁先祖彭祖的导引之术，也在于彭地这方上天赐予的风水宝地，更在于彭人清心恬淡、与世无争的心态性情。

卢 重 环

卢重环是一只犬的名字。至于为什么叫这样一个名,还得问它的主人。可它的主人是谁,叫什么,依然没有人知道。只知那是一位十六七岁的美丽少女,彭国人,跟着父母住在彭氏宗庙外,守庙,摆放供品,侍奉彭人的先祖。但她做得更多的,便是到郊野采割包茅,拿回家,给父母用于缩酒,提供给彭伯,祭祀天地祖先。偶尔采割较多,父母还会专挑叶鞘来提炼香料。那可真是一种奇异的香,不仅让人胃口大开,还让人格外渴望爱情,倍受对异性思念的煎熬。每当这时,卢重环的主人就会偷偷地溜出家门,飞奔到经常去的那片包茅地,与她的情人幽会。

卢重环自然要跟着她,不仅仅是因为她是它的主人,还因为它对她的情人、那个来自卢国猎人的嫉妒与怀恨。它与主人从小一块儿长大,朝夕相处七八年,形影不离,如影随形,与主人,亲如姐弟,主人有什么好吃的,要分它一份;主人要去什么地方,不管是哪里,都要带着它;主人有什么心里话,不和她的父母说,却抱着它的脖子向它倾诉,那一刻,卢重环觉得自己不是一只犬,而是一个人,一个不善言辞,甚至有点内向,但忠诚勇敢、敢为主人上刀山下火海不要性命的男人。可是主人却移情别恋了,爱上了那个据说是卢国最善伏虎的猎人。

其实,伏虎有什么了不得,它卢重环也能在主人遇到危险时,与大老虎不惜一战。可老虎似乎都爱生活在卢国。彭国也有,但极少见到。可能卢国的生态环境更适宜老虎生存吧,卢重环常常这样猜想。不过,这样也好,彭国人生活得更安宁,也不用冒着极大的生命危险杀死老虎,取其虎皮、虎胆、虎骨向商王进贡了。可这样一来,它卢重环就缺少了与猎人争宠的机会,无虎可咬,无虎可战，让它眼睁睁地丧失了在主人心目中的作用与地位，眼睁睁地看着那位卢猎人后来者居上取代了它。它怨卢猎人破坏了它与主人间纯真的感情，更恨他在野外，在散发着令人眩晕香气的包茅地里，将主人的衣服一件一件脱去，压在她洁白如玉的身上，疯狂地亲吻，猛烈地动作。

第一次看到这种场景，卢重环还吠叫着往上冲，要把主人从卢猎人的身下救出。可主人并不喜欢它在旁边看着，随手捡起一块石头向它砸去，正中它的脑门，疼得它惨叫一声跑开了。后来，遇到这种事情，它就不再在旁边看着了，不是怕主人呵斥它、打它，而是怕惊扰了主人做爱，惹她不痛快。但主人出门幽会，它还是要跟着她的。因为在见到那个卢猎人之前的那段路程，以及事后返回，它还是要护送她的。毕竟荒郊野外，那样一个美丽的少女，潜在的危险实在太多了。所以，它就远远地跟在她身后，远远地看着她。在她享受爱情的幸福时刻，它就在不远处捕一只田鼠，逮一只小雉，作为礼物送给她。可她总是对它送的礼物不屑一顾，甚至还要嘲笑一通。这也难怪，卢猎人每次送给她的不是肥壮的麋子，就是漂亮的小鹿，还用包茅仔细地裹着，又美味又好看。主人将卢猎人的礼物带回家，往往能得到她父母的夸奖。

可不知为什么，主人始终不肯对父母说出卢猎人，老是说野物是在野外捡到的。后来，时间长了，卢重环才知道，主人是不敢说出卢猎人，因为她怕父母的指责与阻挠。父母只她一个孩子，一心一意要招个上门女婿，既可与女儿相伴终生，帮扶照顾女儿；到老时，女儿也可为他们养老送终。如没有合适的，最起码也得找个彭人，决不能让女儿远嫁高飞，尤其是去那个虎患成灾的卢国。

有时，为解心头之恨，报复一下那个卢猎人，卢重环曾想告知主人的父母实情，可语言不通，它只能是冲着那两位白发苍苍、耳聋眼花的老人吠叫几声。叫得轻了，没人搭理它，叫得重了，人们嫌聒噪，就毫不客气地撵它走。无奈，它只好保持缄默，像什么事都没发生一样。

这天，天已擦黑，卢重环却看见它的主人趁父母外出未归，又要出门去幽会卢猎人。与往日不同的是，这次主人的脸上没有兴奋的红晕，取而代之的是忧伤和泪光。还收拾了一个小包袱背着，像是要出远门的样子。卢重环心里一惊，急忙跑到主人跟前，抬起头望着她，希望她能告诉它实情。可她什么也没说，只是抱着它的脖子亲了亲，然后头也不回地走了。卢重环赶紧去追，主人却回过头朝它呼喝，意思是让它不要跟，赶紧回去。卢重环不听，继续朝主人跑去。主人站住，捡了一根树枝，作势要打它。卢重环无奈，只得停下脚步，坐在地上，哀伤地望着主人。

主人走了，孤独的身影消失在暮色苍茫中。卢重环依然不能放心，就嗅着主人的气味，远远地跟着她。到了包茅地，卢重环果然嗅到了卢猎人已等在那里。只是这次两人见面只拥抱了一下，没有像往常那样做爱，卢猎人就牵着主人的手，飞快地向前边的树林走去。卢重环知道，穿过树林就是卢国的地界了，主人一定是要跟卢猎人私奔到卢国去了。想到这儿，它发疯似的追了上去。它得去阻止主人。如果实在阻止不了，它就跟主人走。她走到哪里，它就跟到哪里，哪怕主人的身边还有那个讨厌的卢猎人。

然而，卢重环最终没能追上主人。那个卢猎人带着她，在山林里很快就不见了踪影。主人的气味越来越淡，越来越缥缈，卢重环不得不放弃追寻，垂头丧气、失魂落魄地往回走。刚走到包茅地，就见一群人打着火把，吵吵嚷嚷地跑了过来。卢重环嗅出了主人父母的气息，便慌忙迎了过去。

看见卢重环，主人的父母喜出望外，抱着它的脖子，抚摸着它的长毛，连声催问女儿的下落。尽管他们很清楚卢重环口不能言，但它绝对能听懂他们的话。可卢重环的表现太让他们失望了，只是低着头，不发一声，像个做错事的孩子，任由大人责骂。其实它心里很清楚，即使向他们表明主人的去向，他们也追不回她了。倒不如赶快回去，向老彭说明情况，让他派人找回主人。老彭一定会把这件事当作重要事情来做的。平时，国人患病，无论男女老幼，无论善恶美丑，只要是他的子民，他都会悉心医治，手到病除，不让病疾夺去任何一个人的性命，极力维护着彭人的数量。现在，一个大活人丢失了，这就意味着彭国的人口将减少一人。对此，老彭肯定不会坐视不管的。

可是，主人的父母只顾哭天抢地，打骂卢重环，根本没想到去向老彭求助。时间一点点过去，卢重环心如火焚，情急之下，顾不得许多，头一低，从站在自己跟前的主人母亲的胯下钻过，一路狂奔，向邑里跑去。人们愣了一下，随即醒悟过来，呼喝着，追赶着，紧跟在卢重环身后。

此时，已是半夜，脚步声、犬吠声、呼喝声、哭骂声，混作一片，惊醒了刚刚入睡的奭。他起身开门探看，只见一群人在追赶一只长毛犬。那犬跑得气喘吁吁，随时都有被追上的危险。它边跑边左右打探，似乎要找个能钻进去的地方，逃避那群人的追赶。可是它失望了，所有人家的门都紧闭着，整条街只有一扇门开着，还有人站着把守。怎么办？进不进？卢重环问自己，又回头看了看追赶者。眼看就要追上来了，它只得心一横，从奭的腿边挤了过去。

追赶者随后而到，与卢重环只差了几步速度。因为是处宅院，人们不敢横冲直撞，只得站在门外等着卢重环出来。

"半夜三更，何故追赶一只犬？"奭问道。

有人张口答对，却忽然发现好像没有理由。就推了推另一个人，让他回答。那人也是吭哧半天，说不出个囫囵话来。这时，借着明朗的月光，有人认出了奭，便将卢重环主人失踪之事说了一遍。

"主人失踪，不赶紧寻找，却追赶一只犬，这不是贻误时机吗？"奭语气沉重地说。

"谁说不是？可凭我们的力量，是无论如何不能把人找回来的。"卢重环主人的父亲带着哭腔说。

"既然这样，何不向官府报告？"奭问道。

众人心头一亮，直到此时，他们才想到求助，也似乎明白了卢重环何以拼命地往邑里跑，往老彭墅屋方向跑。它是不是要告诉老彭它的主人失踪了，让老彭派人寻找呢？

"多谢贵人指点，我们这就去求见老彭。"卢重环主人之母说着转身就走。

“时候不早，你们且回去歇息。我这就去见老彭，和他商量找人之事。”奭阻拦道。

“那就有劳召伯了！”卢重环主人父母欲跪谢，被奭拦住。老两口相互搀扶着和众人一起回家去了。卢重环从门里出来，朝着主人父母吠了两声。老两口回过头向它挥挥手，意思是说，已经知道冤枉了它，不强求它跟随他们回家。要是想留在召伯身边就留下吧。

卢重环明白了主人父母的心思，就又叫了两声回应。奭被它的忠诚和善良感动，便抚摸着它的长毛夸赞它。卢重环高兴地围着奭转了两圈。一边欢快地摇尾，一边亲昵地用身子蹭奭的腿。

奭随即去见彭伯，卢重环悄悄地跟在他身后。奭感知到卢重环的尾随，就回头招呼它。卢重环便兴高采烈地跟了上去。

然而没走多远，奭忽然想到，此刻去见彭伯，必然影响他的歇息。清修养生最忌讳的就是被打断数十年甚至是上百年自然形成的生活作息规律。彭伯虽修行颇深，但这般时候去惊醒他，对他的身体也是个伤害。

正犹豫不决时，阪徒带着一队人过来了。原来彭伯也被人声犬吠声惊醒，问清情况后，就命阪徒即刻带人出邑寻人。不想，半路上遇到了奭。两人互通情况后，就将各自的力量合二为一，组成了一支庞大的搜寻队，在卢重环的带领下出邑寻人。

天亮时分，奭带领搜寻队伍来到了卢重环彻底失去主人气味的地方。它焦躁地跑来跑去，希望能为搜寻队找到一些有用的东西。

前边有一条河，河水翻着白色的浪花。主人是不是过河去了？卢重环推测着，果断地跳入河中，向对岸游去。真是上天不负有心犬，卢重环在一根荆条上发现了一条布巾。它急忙跑过去嗅了嗅，果然带着主人的气息。是主人落下的！卢重环欣喜若狂，将布巾叼到奭跟前。

奭明白了卢重环的意思，立即下令过河寻找。

与此同时，卢国国君妫鲛也带着人马往河边赶来。和奭一样，妫鲛也是来寻人的。寻的不是别人，正是和卢重环主人一起私奔的卢猎人。

卢猎人是卢国的捕虎高手，也是国君妫鲛最为倚重、信赖之人。因为卢猎人的存在，卢国的虎患减缓，向商王进贡不再沉重不堪。为此，妫鲛多次要给卢猎人授职命官，但都被卢猎人拒绝。他不想做官，也不想要那么多的钱财，他只想和心爱的人在一起。可心爱的人在哪里？眼看已错过青春韶华，心爱的人依然没有出现。直到有一天，卢猎人射中了一只麇。那麇带着箭拼命地跑，跑到一片包茅地里才倒地。卢猎人急忙追过去，捡拾猎物，却发现包茅丛中卢重环主人正惊慌失措地望着他。那是怎样的一双眼睛，清澈如水，明净如月，只是因为害怕，被蒙上了一层泪光。正是这层泪光，深深地触动了卢猎人的心，他再也挪不动脚步，抱起卢重环主人走向包茅深处。卢重环主人没有抗拒，只挣扎了几下，便被卢猎人征服了。似乎她就是在这里等他的。

对于卢猎人的行止，妫鲛早已派人打探得一清二楚。但他没有对任何人说，只要卢猎人每次能按时回到卢国，不耽误捕虎，就给他私生活的自由。可令妫鲛没想到是，这次，卢猎人居然没按时回来，派去跟踪的人回来报告，说是卢猎人带着那个彭国女子逃跑了。当时，他们也想进行阻拦，但天黑林密，一转眼便不见了卢猎人的踪迹。

根据跟踪人的报告，妫鲛认为，卢猎人很有可能潜藏在彭国，说不定就在那名彭女家中。于是，他便亲自带着人马前往彭国找人，同时还带了一份贵重的聘礼，打算找到卢猎人后，就向彭女父母提亲下聘，将彭女迎娶回卢国。

然而，刚到卢、彭界河，妫鲛就碰上了同样是寻人的奭。对于奭的样貌，妫鲛从未见过，但对于奭的召伯称号，妫鲛并不陌生，且还探听到了召伯南巡及在诸国的作为。当得知奭中毒在彭国接受彭伯治疗时，他还打算亲到彭国一会召伯。不料，还未成行，就先出了卢猎人与彭女私奔之事。不过这样也好，促使妫鲛及早动身前往卢国,既可寻找卢猎人,也可趁机拜会召伯。

望着迎面走来的由国君妫鲛亲率的浩荡队伍,阪徒习惯性地绷紧神经,命众人做好迎战的准备。

“无须如此警戒。无缘无故,又无约战,对方侵袭的可能性应该不大。”奭劝阻阪徒道。

“召伯有所不知,那妫鲛嗜杀好斗,与卢近邻的几个小国常常不明不白遭受他的侵扰。卢国虎多,卢君如虎,我们不得不防啊。”阪徒心有余悸地说。

“尽管如此,我们也不能先入为主地把对方以敌对待。先观其动静,待他走近,再作决定。”奭坚持自己的观点。

阪徒不再争辩,命兵士收起弓箭,听候召伯指令。

“戍邑守卡的阪徒,今日怎么跑到这里来了?”一见面,妫鲛便用生硬的语气问道。

阪徒脸色陡变,正要辩驳,被奭拦住。

“彭国有女失踪,阪徒奉彭伯之命寻找。也是事出有因,非有其他意图。”奭心平气和道。

“原来如此。”妫鲛口气缓和下来,接着主动说明来意。

“卢君爱民如子,一个卢猎人能让国君如此重视,也是他的福分与荣耀。”奭随意而真诚地说。

妫鲛的脸色由阴转晴,顺着奭的话叹道:“卢国饱受虎害,若不是卢猎人,那些恶虎还不知要猖狂到何种地步。”

“据我所知,卢国之害,恶虎只是其一,最根本的应该还是商王贪婪的榨取吧?”奭犀利地指出道。

“你怎么知道得这样清楚?”妫鲛疑惑地问。

“这位就是召伯,想必卢君是听说过他的。”阪徒自豪地挑明了奭的身份。

妫鲛诧异地张大了嘴,惊喜地打量着奭,有点不敢相信自己的眼睛和耳朵。

卢重环迫不及待地跑到妫鲛面前,摇尾讨好,期盼他尽快与召伯合力,尽快找到卢猎人。那样,它也就能见到它的主人了。

齐　眉

一大早，妫鲛便来见爽，告诉他，有人亲眼见到卢猎人带着那名彭国女子沿江而上，逃往髳国去了。

“看来他是下决心要逃离卢国的。我待他一向不薄，在他心目中，我的赏识与恩赐难道就不抵彭国那位女子吗？”妫鲛伤感地说。

“关关雎鸠，在河之洲。窈窕少女，君子好逑。”荇在一旁轻声吟唱，她想以此代替爽对妫鲛的劝慰。

听到荇的吟唱，妫鲛若有所悟地叹了口气，但随即又忧心忡忡地说：“如果不把他找回来，先不说卢人遭受恶虎的侵扰，仅商王的贡赋我就难以完成啊。”

“不知卢君可否想过，如果有一天猎人老了，打不动老虎了，卢国该怎么办？”爽问道。

“这我倒没想过，我想的只是找回他，卢国再多出些像他那样的卢猎人。”妫鲛如实说道。

“猎人只能是权宜之计，只有摆脱殷商无休止的压榨才是一条根本出路。”爽深思熟虑道。

“可我一个弱小方国，如何能摆脱商王的控制。”妫鲛灰心丧气地说。

“仅你一人与商王抗衡，自然是以卵击石，但诸国联合起来，就有了摧枯拉朽的强大力量。”爽简明扼要地说道。

“可联合诸国也不是一件容易的事，召伯对此比我更清楚。”妫鲛悲观地说。

“从目前看，似乎还没有哪个方国明确表态反商抗殷，但我相信他们已经把这件事当作值得考虑的事来考虑了。此番南巡，我对所到之国有了一定的了解，只要时机成熟、条件充分，摆脱殷商统治剥削不是件不可能的事。”奭充满信心地说。

“这么说，那个猎人我就不用找了。如果没有了商王的盘剥，那些虎制品也用不了那么多，只防御恶虎侵扰即可。”妫鲛如释重负地说。

“那位卢猎人还是要找回来。毕竟卢国虎多，他依然可为你所用，保护一方百姓。再者，他既能捕虎，想必也可制敌。将来有事，或许可用。”奭客观分析道。

妫鲛不觉心头一亮，但随即又愁眉苦脸地说：“此去髳国路途艰险，先不说远近，仅溯江而上，就让人望而却步啊。”

“髳国是我南巡必经之地，我可趁此机会，继续寻找猎人。”奭向妫鲛承诺。

妫鲛转忧为喜，对召伯自是感激不尽。不仅为他们备足了粒食，还伐木做舟，派出熟悉江道水路的船夫随行。

进入深秋的江水消瘦了许多，温柔了许多。尽管如此，但逆流而上的阻力丝毫没有减少。风顺水平时，行进的速度尚可差强人意。遇到顶头风时，就只有靠岸避风，耐心等待了。但这都不算什么困难，最难的当属激流行进。由于水流湍急，逆水而上，仅凭船夫摆渡，是无论如何不能前行的。此时，就需人力拉纤了。所有人都下了船，包括奭和高，留在船上的除了荇和小巧，就是船夫和个别体弱不适者。

秋日正午的阳光依然火辣，照射在赤裸的肌肤上微微有些刺疼。汗水从脸上淌下，顺着脖子流向胸膛，跌落地上。鞋子也被汗水浸透，滑腻腻地裹在脚上，冲减着脚底的力量。奭索性将它脱了去，直接让脚踩在沙石上，一步一个脚印，一步一个石窝，顶着烈日，稳步向前。

这已是南巡的第三个秋天了。第一个秋天，他遇到了胭，巴国给他留下了终生难忘的记忆，也给他留下了无法抹去的伤痛；第二个秋天，他到了庸国，地动谋杀，天灾人祸，庆幸的是，灾难最终被战胜，庸国建起了他们举世罕见的方城；第三个秋天，他在江上拉纤，要去那个垂发齐眉的神秘方国。日光如此热烈，江水被秋叶染红了大半，前行的路上充满了艰难险阻，他有些迷茫，有些失望，也想扔下肩头勒进肌肉的纤绳，可那样，他就轻松了吗？他就快乐了吗？不，那样他会更迷茫，更痛苦。奭让自己的心在重压之下稍微放纵了一下，就赶紧让它复归了原位。

不忍听奭沉重惊心的脚步声，秋之神女黯然离去，只为那群挣扎在逆流之上的人留下了满山红叶。雨来了，雾也来了，明媚艳丽的峡江顿时失去了色彩。浸骨透衣的寒凉让荇病倒了，也让高病倒了。剧烈长久的咳嗽疼痛，让他们痛苦不堪，气息奄奄。小巧倒安然无恙，甚至还有几分喜欢这样的天气。奭除了极度劳累，身体倒也没有异常。他很清楚，这得益于老彭的悉心调理和导引之术。如果没有遇到老彭，他的身体如何经得起千锤百炼，风雨洗礼？恐怕连命都没有了。

但是，奭的坚强乐观，还是不能抵御恶劣天气对其他人的侵袭。随着荇与高的病倒，先后又有二十几人病倒。病症大致一样，不仅危及生命，更易摧毁信心与希望。

“奭兄，我们回去吧。这么多的兄弟得不到治疗，如果万一挺不过去，我们怎么对得起他们和天天盼着他们回去的妻儿老小。”高孱弱无力地劝道。

“从这儿回程，一路顺水，一天的工夫就可到达卢国。”一名来自卢国的船夫说道。

“那么从这里到髳国还需几天？”奭问那名船夫。

“这我就不清楚了，我还没到过髳国。”船夫如实答道。

“可据我观察，这里的水势已趋平和，水面也更开阔。一路上，我们经过了那么多的激流险滩，离髳国应该不会太远。”奭推测道。

“召伯所言极是。”随着一个熟悉的声音，一位体形健壮的男子出现在岸边，在他身后，还有二十多名他的同伴。

众人循声望去，意外发现那人居然是在庸国地动时失踪的周伍长。

在周伍长的指引下，船队很快找到津口，奭率众登岸，与周伍长等人相聚。顾不上叙说失散后的种种，奭急让周伍长找来当地巫人，为高等人治病。髳国巫医药方独创，医术神奇，只一次，便让高等人的病情大有起色，咯血制止，疼痛消失，并开始恢复饮食。

奭紧揪的心放松下来，一边照顾病人，一边迫不及待地问起周伍长失散后的详细情况。原来，庸国大地动那天夜里，周伍长等二十六人，慌乱中跑错了方向，奭率众往东南避难，他们却是一直向西南。等天亮时发现跑错了方向，大山密林中已经找不到返回的路径，无奈只有凭着感觉往前走。然而整整一个冬天，他们都没有走出大山。渴饮山泉，打猎果腹，夜宿山洞，二十六个人就这样熬过了严寒，迎来了春天。可春天依然没有让他们找到出路，他们仍然只能凭着感觉不停地走，直到有一天遇到髳国猎人，他们才得以从大山里走出，来到髳邑，在江边渡口以拉纤搬运赖以糊口。

“既然已到髳国，又知水路可通中原，你们为何不先行回家？在这里受这般苦难。”奭心疼地埋怨道。

“在巴国时，便听召伯说过要来髳国，所以我们就在这里等你。”周伍长如实说道。

“如果我来不了了，你们岂不是白等一场？”奭叹道。

“不会白等，因为召伯说过的话从未落空过。”周伍长憨厚地笑道。

“比我早到了大半年，对髳国的风土人情可有了解？”奭随意问道。

“在这里大多时间都在江边做工，风土人情了解不多，就知髳人的医术甚是了得，再就是他们的年轻人都十分漂亮。尤其是十五六岁的少年，垂发齐眉，衬托得眼睛更大更明亮，更加唇红齿白，惹人爱怜。”周伍长嘿嘿笑道。

“垂发齐眉的少年？看你外表憨厚老实，心倒还细。”奭不仅被周伍长朴实有趣的话逗乐。

“就是那个样子，头发乌亮，齐齐地剪成这样。”担心奭误解自己是在开玩笑，周伍长便指着自己的眉毛，比画着说。

“反正我想象不出你形容的样子。”奭故意逗他。

“召伯若不信，明早可随我到渡口，我们正好要送一批垂发齐眉的少年去中原。”周伍长急道。

“多少个？去哪里？你说详细些。”奭脸色陡变，追问道。

“二十八个，去朝歌，听说是卖到那里的。其他的我就不清楚了。”周伍长尽量想给奭提供一些信息。

“明早带我去江边。”奭不容置疑地命令道。

第二天，是个雨雾天气。这是髳地常有的天气，不是雨便是雾，没有雨也有雾。湿腻腻的雾气，一年四季难以散去。夏天，虽遮天蔽日，却让人更感褥热暑闷；冬天，虽吸风化雨，却让人尤觉湿冷。但对于髳地的草木来说，这样的气候无疑是得天独厚的，让它们营养充足、水分丰沛，生长得格外繁茂，以至有人将这里称作草木天堂。“茂”“髳”同音，髳国之名由此而得，也未可知。

但人非草木，湿热、湿冷，一年四季云笼雾罩，都不让人喜欢，可雾气却对髳人充满柔情，尤其是少男少女，不仅赐予他们明澈乌亮的大眼睛，还给了他们白皙如玉的皮肤。乌发粉颊，配上一双水灵灵的大眼睛，垂发齐眉的少年，俘惑了多少怀春少女的心！

“召伯你看，他们来了。”周伍长小声说道。奭顺着他的指向望去，迷蒙的浓雾中，浮现出一队黍禾般的青葱身影。他们嬉笑着，打闹着，一如平时的欢快，完全不去想，也想不出他们就要被当作奴隶、玩物卖到遥远的地方。此时此刻，对于他们来说，未知的一切才更具诱惑力，他们渴望着、憧憬着那个遥远的地方。

“儿啊，你给我回来。你要是去了，我就去死。”一声凄厉的哭喊划破重雾，揪起了所有人的心。

“要死就去死，江在前边，你去跳啊。”一个粗暴的声音厉声喝道。

凄厉的声音化作撕心裂肺的痛哭，向江边快速飘移。

“娘——”少年的哭喊声，但很快被人截断。

“快，拦住她。”奭话音未落，周伍长便将那名欲投江的绝望妇人拦了下来。呵斥她的人、呼喊她的人一起围了上来。那名喊她“娘”的垂发齐眉少年被她的举止吓坏了，抱着她呜呜大哭。那个粗暴的声音没有再响起，换作心疼、纠结、无奈的眼神看着她。

“让孩子跟娘回家吧，他还小，不能与娘分开。”奭上前劝说那个复杂痛苦眼神的中年男子。

“何人如此嚣张，胆敢在这里指手画脚？”中年男子的声音再次粗暴起来。

“我就是要在这里说话，不仅要说话，还要阻止你们这种愚蠢的行为。”奭直视着中年男子大声说道。

中年男子被激怒，抽出腰间的石刀就要砍奭，被奭躲过，反手抓住了他的刀柄。中年男子更加恼怒，使劲将石刀抽回，再次砍向奭，被周伍长出其不意地用长棍击落。中年男子咆哮着命令随从围攻奭和周伍长。奭不以为然地笑道：“要想拼杀，我想你不是我的对手，你的随从也不是我的随从的对手，你的石刀更不是我的青铜长剑的对手。”说着，奭抽出剑向中年男子刺去，中年男子惊叫一声向后退去，盯着距他不过四指的剑尖惊愕不已。“你到底想要什么？”他颤抖着声音问。

“我什么都不要，只要你放了这些少年，让他们各回其家。”奭抖了抖长剑，那剑即刻发出了一种惊心动魄的“嗡嗡”声。

“你把剑放下，什么都好说。”中年男子赶紧答应。

奭收回了剑，中年男子长出一口气，转身对另外一名中年男子说道：“把他们都放了吧，让齐眉随他娘回家吧。”

人群一片欢呼。那些孩子们虽因丧失了去远方的机会，但父母的呼唤还是让他们顺从地回了头。

望着渐渐远去的人群，中年男人回过头问奭：“你们可是来自中原？为何要阻止我们选送少年？”

“如果我没猜错的话，你就是髳君了。刚才多有得罪，还望海涵！”奭向中年男子深深施礼道。

“既知我是髳君，还让我如此不堪，你到底何人？”髳君见奭道歉，立时又恼怒起来。

“髳君息怒，适才出此下策，也是为你考虑。一来避免了你与儿子骨肉分离，二来也混淆了商王视听，让他误以为你是被挟持才不得不放归了这批贡品，从而不再责备迁怒于你。”奭条分缕析道。

见奭说得在理，髳君怒气渐消，但依然疑惑不解。“你为何对此事如此关注？你到底是谁？”他一再追问。

“如果你真想知道我是谁，那么我就告诉你，我是来自岐周、一路南巡到髳国的召伯姬奭。”奭很随意地自我介绍道。

髳君茫然地摇摇头，因为地处偏远，消息闭塞，他并未听说过奭，但周他还是知道一些。“既从周来，又称召伯，难怪有如此实力。”髳君感慨道。

“正是你我素不相识，所以刚才我才对你以剑相逼。因为依你的个性，一个陌生的外地人是不会被你理睬的。”奭如实相告。

“也多亏你当机立断，不然我的齐眉和那些孩子就有苦受了。”髳君懊悔道。

“母亲，召伯为何要阻止父亲将我们送往朝歌？”齐眉忽闪着无邪的大眼睛，不解地问道。

“那里是个邪恶污浊的地方，你们到了那里不仅身体会受到伤害，纯洁的心灵也会被扭曲弄脏。”母亲心有余悸地答道。

“既然这样，父亲为何还要让我们去那里？难道我不是他亲生的儿子？”齐眉更加不解。

“你当然是你父亲亲生的儿子，他也是被迫无奈啊！”母亲伤感地说。

“是商王吗？我们为什么要怕他？”齐眉愤怒地握紧了拳头。

“唉，有什么办法呢？他们有锋利的青铜兵器、有强壮的作战兵士、有凶猛的大象兵团。我们有什么呢？只有他们要什么给什么了。”母亲伤心地叹息道。

“召伯很厉害吗？他为何不怕商王？”齐眉充满敬佩地问。

“是很厉害，但现在他还打不过商王。所以就来联合我们这些方国，把欺负压榨我们、不把我们当人看的商王打败。”母亲充满憧憬地说。

“太好了，我要跟着召伯去打商王。”齐眉说着就往外跑，被母亲一把拉住：“召伯已经在去往蜀国的路上了。”

齐眉只好站住，不甘心地问："那他还回来吗？"

"我也不知道。不过我听你父亲说，他与召伯已约好，一起去打商王。到时，你要是再长高长壮些，我就让你也去。"母亲安慰齐眉道。

齐眉顿时喜笑颜开，抱着母亲欢快地笑了起来。

蜀 道 难

路越来越难走，到后来竟至无路可走。高烦躁地去抓面前的一丛灌木，要把它折断来发泄心中的怨气。不料，那枝细若手指的灌木竟然十分坚硬，折了几折都没把它折断。高报复似的将它使劲往下拉，眼看枝叶已触地，它还是没有一点折的意思。高松手，它便迅速地弹了回去，恢复了原状，还朝着高摇头晃身，十分嚣张的样子。高气恼，抽出佩剑，挥剑向它斩去。本想一剑就将它斩断，谁知斩了四五下才将它斩断。

“这路难走，连这丑陋的灌木也跟我们过不去。”高狠狠地将斩下的那根枝条扔在地上。

“我来看看，谁在跟十四弟过不去?”奭走过来安慰高，无意间瞥见了被高扔在地上的枝条，就捡了起来。果然如高所说，是根丑陋的枝条。树皮粗糙，布满刀刻般的皱纹，每隔半尺就有一个结节像竹子，却远没有竹的笔直挺拔。令人惊奇的是，此木每节都有竖行的纹路，且均为六道六棱。从断口处揭掉外皮，可见木质黄褐，细密光滑。用手弯之，弹力如藤，难以断折。再看高所斩之处，斜茬锋利似刀刃。奭以手试之，竟被割出了一道血口。可见木质之坚硬。

“好木！可助我们一臂之力!”奭啧啧称奇，如获至宝。

高惊讶地看着奭，不知他又有何新奇想法。

奭唤来几名随行工匠，令他们砍伐可做拄杖之枝，去皮刻把，每人一支。

“奭兄是要为众人做拄杖吗？这种木材能行吗?”高疑惑道。

“此木应是椐木，椐木是否适宜做拄杖为我所用，少时便见分晓。”奭把握十足地说。

果然时候不大，第一根木拄杖便做了出来。高先行试拄，握之温度适宜，提之轻重正好，坚硬如铁，弹韧如藤，拄其行走，如添腿脚。“还是奭兄有眼力！这根就归我用了。”高一扫此前的烦躁阴郁，重新露出了笑容。

百根木杖很快做好，前进的步伐顿时加快，方向感也随之越来越清晰。尽管蜀道依然艰险，但众人的心中却透进了一线亮光。

夜宿大山腹地，望着满天的星辰，奭辗转反侧，无法入眠。与世隔绝的蜀人，你们到底躲藏在哪里？难道你们就不想看看外边的世界？

“呜——哇——”一种非虫非兽的奇怪叫声传来，奭警觉地坐起了身。高也被惊醒，睁开眼仔细听辨，声音却在断断续续中消失了。

“或许是种我们没听说过的野兽叫声。我们有火堆，再凶猛的野兽也不敢来。”高在安慰奭，也在安慰自己。

奭重新躺下，奇怪的叫声又响了起来，还夹杂了多种说不清道不明的怪叫，或尖细凄厉，或阴森恐怖，总之，全是那种让人头冒冷汗、毛骨悚然的声音。

“我倒要去看看，是什么人在装神弄鬼？”高揭被而起。

“你说得对，是人。野兽虫鸟不会叫出这样的声音。”奭按住高，劝道：“看来我们是被人盯上了。此时，他们在暗处，我们在明处。只要他们不过来，我们就不能出去。万一中了埋伏，后果不堪设想。”

正如奭所料，由于天黑路险，不知敌方底细，怪叫者只是以声吓唬威胁，并不见靠近袭击。

终于，天亮了，叫声也消失了。奭深呼一口气，带人开始了新一天的艰难跋涉。由于天气晴好，方位易辨，这天他们行进了比往日更多的路程，在落日之前，选择了一块相对平缓开阔的台地作为宿营地。台地南边，有条清澈的溪流，洗尘濯缨，淘米做饭，把昨天夜间怪声带来的侵扰全部抛到了脑后。

晚饭后，奭让高安排岗哨，加强巡逻。昨晚在山中，草深林密，目标隐蔽。今晚在开阔地带，又是月圆之夜，目标暴露，极易引起敌人的袭击。

“不然，我们另找隐蔽些的宿营地?”奭征询高的意见。

“加强防备即可，众人都累得要命，让他们早点休息吧。”高不以为然地说

奭环顾四周，见众人疲惫不堪的样子，心一软也就不再多说什么。

晚上，望着一弯将圆的明月，奭丝毫不敢大意。然而，等到月亮西沉，也没有听到令人恐怖的声音。可能是山中猎户围猎赶兽的声音吧。奭推测着，心也跟着放松下来，不知不觉就进入了梦乡。

一声惨叫把所有人惊醒。奭跑出帐外，发现一名值夜兵士扔了手中武器，一边跑一边哭，哭着哭着又大笑不止。他是被吓疯了。四五个兵士去安抚他，却被他挣开。再上去几个人，虽勉强将他控制住，却无法让他清醒过来。整整一晚，他就那样哭喊不停，口里喊着怕，身体一直发抖，没等到天亮，竟喷血而亡。看着他死后依然惊恐万状、极度痛苦的表情，奭的心被深深地刺痛。

“迅速撤离，决不能再有这样的伤亡。”奭沉痛命令。

但不管撤到那里，夜晚总是要宿营。为此，奭把选择每晚的宿营地作为自己的首要任务来完成。宁愿后退或绕行，他都不能把营地扎在哪怕有一点点可疑的地方。同时，严密布防，提高警戒程度。

连续三天无事，既没了怪叫声，也没有发生兵士被吓死的事情。但奭依然不能放松警惕，时刻观察着周围各种各样的情况。到第六天，奭终于支撑不住了，高也是困得眼都睁不开。将诸事安排妥当，奭和高先后进入帐篷休息。似乎敌人就在他们身边，当奭刚刚躺下，还没来得及闭上眼，兵士的惨叫声再次响起。这次，不止一个，听声音至少在三个以上。其症状与第一个兵士无异，因极度恐惧瞬时失心疯狂。

奭为受惊者服用巴君所赠丹砂镇静。然而还没等药物起效，

更可怕的事情发生了。随着一声鸱枭的怪笑,天空忽然飘来一块黑云,吞噬了月亮。阴风骤起,飞沙走石。所有人开始惶恐不安,刚刚被强制服下丹砂的兵士再次发作,恐怖的惨叫声冲破了人们自我控制的底线,过半兵士开始惊惧狂叫,甚至昏厥倒地。

奭立即召集未被传染的兵士,安慰他们,鼓励他们,并让他们给患者服用丹砂。这时,对面山梁上出现了一团奇形怪状的黑影,时而分散,时而合体,变幻着不同的形状向他们逼来。很显然,怪叫声发自那团黑影,吓死兵士也肯定是它们所为。恐惧的情绪更加猛烈地爆发了,就连那些给患者服食丹砂的兵士也惊慌失措起来,抛开患者,各自奔逃,乱作一团。高大声喊叫着,追逐着,命令着,气喘吁吁,声嘶力竭,但没有人能听到他的命令。巴奴与荇抱作一团,瑟瑟发抖,面如土色。

奭绝望了,崩溃了,平生第一次痛哭失声,责问上天。上天冷漠无语,无动于衷,只有那恐怖鬼魅的黑影渐逼渐近。已经能听到它们沙沙的脚步声了,已经能看清它们大概的形状了,它们不是一团,而是由数十个个体组成。它们有头有身有四肢,像人,却头大如箩,面目狰狞;似兽,却在直立行走,步调一致。它们似乎很在意它们的队列、姿势、动作,每走一步便会稍作停顿,在领头者或声音或手势的指挥下,调整队形,变换动作,改变叫声,并喷火吐烟,以壮声势,营造骇人诡异、神秘莫测的气氛。

火光刺痛了奭的眼,更让他的心霎时间亮了起来,镇定下来。鬼怕火,兽怕火,神灵不用火,能喷火用火的只能是人了。是人,就不怕!奭一跃而起,大喝一声,挥动青铜长剑向黑团刺去。高与没有受到惊吓的兵士,听到奭的声音,立即跑了过来,与奭合力反击。黑团停止逼近,挥舞长袖,将奭等团团围在中间,吼叫狞笑,拍手跺脚,刺耳的噪音让人头晕眼花,手无寸力。但他们并不使用武器,尽管他们的手中也有。他们好像只是要用恐怖之法阻止陌生的人进入他们的领地,并远远地将其驱离。

奭忽然明白,计上心来,大喊一声:“高,快跑,我们再不来这里了!”

对方显然听懂了奭的话，逼迫之势稍缓。趁机，奭拉着高，带领众人逃出了黑团怪圈，率众迅速撤退。

黑团追赶了一阵，见敌人逃远，又丧失了大半战斗力，便不再追赶，消失在了莽莽山林之间。

“那些商人可被吓跑？”蜀王鱼凫最信任的大巫师氏朱问。

“不仅被吓跑，还伤亡了一些人。”弓鱼叹道，作为蜀国的军事统帅，他被氏朱派去实施这样一次军事行动感到有些难过。可他不得不听命于氏朱，因为在蜀国，神权往往凌驾于王权之上，就连母亲、神圣而伟大的蜀王鱼凫很多时候也要遵从氏朱的神谕。

“你应该乘胜追击，赶尽杀绝，让他们再也不敢踏入蜀地半步，连想一想的心都不能有。”氏朱恨恨而道。六百年前，商汤把夏王桀赶出夏都（今河南洛阳二里头），流放南巢（今成都一带）。夏亡商代。带着大量精美青铜器的夏后氏，几经波折，历尽艰辛，在广阔富饶、四面环山的南巢落下了脚，扎下了根，重新建起了夏都。可商王依然没有放过夏后氏，先后两次伐蜀。如果不是蜀道凶险，地处偏远，蜀夏之族恐再遭涂炭。如今，商人又来侵犯，岂能让他全尸而还！

“可他们看起来不像商王的军队，也不像是来侵略我们。”弓鱼回忆道。

“不管是不是商人，我们不欢迎陌生人。”氏朱偏执地说。鱼凫王已近暮年，如果再把她的龙玺骗到手，那么，不久的将来，他氏朱可就是集神权、王权于一身的新蜀王了。现在，关键时刻，他可不想让陌生人干扰到自己。

“蜀地再怎么富饶，也得与外界沟通交流。照此故步自封，只能是被上天抛弃，逐步衰落。”弓鱼忧心忡忡地劝道。

可氏朱正醉心于即将到手的王位，根本就听不进弓鱼的话，便转移话题道：“鲝人的盐可到？”

“鲝盐今年天灾绝收，我们只有购买巴盐了。”弓鱼如实说道。

“不管鲝盐巴盐，必须及时足量送到。”氏朱不容置疑地说。

“因今年只巴人送盐，少了许多争执纠纷。我这支被母亲委任为调解鲝巴盐争的军队可是清闲了不少。”弓鱼随口说道。

“那就再催问催问，让巴人抓紧时间运盐过来。”氐朱心急地说。

“最多两天就到。”弓鱼说完，起身离去。

撤退到江边，无路可退，又见敌人没有追赶上来，众人始松口气。奭令就地安营，治疗伤者。从未遇到过这样的伤者，没有一点外伤，伤处全在心里，看不见，摸不到，只有用心感触。也许胭预料到会有这样的伤痛，才给了奭大量的丹砂，让他今日不至束手无策，坐以待毙。

“看，江上有船队，巴人的运盐船队。”巴奴突然跳了起来，像看到阔别多年的亲人一样，惊喜地喊道。离开巴国两年来，她无时无刻不在思念故乡，思念亲人，也无时无刻不渴望回到家乡，回到亲人身旁。可巴君不在了，父母也不在了，她即使回到家乡也是孤苦伶仃，无依无靠。所以，她留了下来，一心一意跟着待他如亲人的荇、奭，还有高。

“你怎么知道那是巴人的船队?”荇疑问道。

“就是我们巴人的船队，不信我们过去看清楚。”巴奴不由分说拉着荇向江边跑去。

巴奴站在陡峭的悬崖上，用乡音和船队打招呼，向他们求救。

船队缓缓靠岸，落日余晖染红了江水。

夜 祭

迎着江面徐徐吹来的轻风，盐船主人和巴奴攀谈起来。

“你怎么和那些人在一起？”盐人奇怪地问。

“我是个孤儿，四处流浪，被他们收留，就一直跟着他们。”巴奴惹人爱怜地说。

“可怜！他们对你好吗？”心软的盐人同情地问。

“不好我会一直跟着他们？”巴奴反问道。

“那是，看样子他们都不坏。尤其是那个头人，是个诚实可信之人。”盐人感叹道。

“你很有眼力啊！”巴奴有意但真诚地赞叹道。

“可他们从哪里来？怎么落到这般田地？”盐人疑惑地问。

“听口音应是中原人。他们说要到蜀国去找营生，结果半路遇到邪祟，受到惊吓，被困在这里。”巴奴一本正经地说。

“去蜀国找营生？遇到邪祟？真是不知天高地厚！”盐人摇头叹息道。

“去蜀国怎么了？难道蜀国去不得？可你怎么为他们送盐？”巴奴眨巴着大眼，追问道。

“不是一句两句话说得完的，反正到时你们就知道了。”盐人神秘兮兮地说。

巴奴不由紧张起来，想打探一番，又怕惹盐人烦，前功尽弃，只得闭口不言。

两天后，盐船顺利抵达渡口，可这里离蜀都还有几十里的山路，二三十条盐船上的盐完全要凭人力背到蜀都。以往，盐人都是在当地雇佣脚夫背盐，费用是贩运一次盐所得利润的四成。也就是说，辛辛苦苦、历尽艰险把盐送到蜀都，挣的钱有近一半给了脚夫。这次运气不错，遇到了这群免费背盐的人。他们别无所求，只要搭乘他的盐船到蜀都。这对盐人来说根本不在话下，三十条盐船，每条多搭两三个人轻而易举。尽管为此他要多付出些干粮，但这和雇佣脚夫相比，简直不值一提。

奭要求所有人要听从盐人的指挥，不得随意抬头、说话，尽可能多地背盐，不能让盐人认为他们不实诚，更不能为他招来麻烦。

三十条盐船，每条船上的盐都像小山一样，奭和众人一样，在一年中最冷的季节，赤裸着上身，赤裸着双脚，背负沉重的盐袋，一趟又一趟地来往于渡口与蜀都之间。终于赶在天黑之前，船上的盐全部被送到指定地点，通过蜀盐徒的验收。盐人感激奭及众人的帮忙，便利用自己对蜀都熟悉的便利，为他们找到了合适的落脚地。那是一处位于城南的破败但嘈杂的院落，数十间土墙瓦顶的房屋，被改作逆旅驿店，住满了形形色色的外地人，但很少有中原人。除了奭所率百人，大多是巴人、氐羌人，还有来自遥远南方的夷人。他们高鼻深目，卷发褐肤，有着与华夏人种迥异的长相。

由于过度劳累，那晚奭睡得并不踏实，不停地做梦。梦中奇奇怪怪、似曾相识又完全陌生的人和事，让他不知身在何处，此为何乡。好不容易熬到天色微亮，奭索性起床，把那些亦真亦幻的梦境抛开，独自一人出了驿店，沿着驿旁的一条小路信步走去。经过一片开阔的稻田，爬上一座不大的山丘，眼前出现了一条似曾相识的大水，水自西北而向东南流去。由于地势平坦，水面宽阔，水流十分平缓。不疾不徐，自由舒展，像一匹绿绸平铺在一望无际的平原上。红霞满天，空气清新，顺着水流的方向远眺，一座庞大神秘的城池浮现在眼前。那就是蜀都了，为了来到这里，要经过多少的艰辛与磨难啊。奭感慨万千，心潮澎湃，泪水悄悄溢出，朦胧了双眼。他情不自禁地张开双臂，仰天长啸。喊出心中的喜悦激动，喊出对上天大地的感恩，喊出一路走来的辛酸，喊出对未来的憧憬迷茫。

喊过，心里空旷许多，头脑清醒许多，所有的梦魇与迷茫全都消散，只留下一份轻松的心情，让奭充分享受着这难得的惬意时光，欣赏着草的曼舞、鸟的清唱，水的流淌。

这时，一个轻盈的身影出现在奭的视野，像个精灵似的，无声无息地行走在水边。那是晨起汲水的女子，长裙，陶罐，乌发垂腰，与身边静静的河水，构成了一幅绝妙的图画。这样的图画，奭经常看到，尤其小时候在召地，在与召地毗邻的雒邑，这样的场景屡见不鲜，却深深地烙在了他的心间。

忽然一声惊叫，打断了奭无边的遐思。循声望去，原来是那汲水的女子摔倒了。陶罐滚落一旁，长裙湿了半截，还沾上了草叶泥土。她伤心地哭了起来，嘤嘤的哭声让奭不忍坐视不理，他快步从山丘上下来，向那女子走了过去。

见有人来，汲水女子停止了哭泣，慌乱地去捡她的陶罐，以掩饰摔倒的窘态。奭并不直视她，只是弯腰替她捡起陶罐，径自到水边汲了满满一罐的水放在她面前。汲水女子朝他感激地笑笑，俯身去拎水罐，却因水汲得太满，试了几试都没拎起。奭意识到水汲得过多，超出了汲水女子的承受能力，便要帮她倒出一些。汲水女子慌忙拦道："别倒！你帮我把它放到我肩头即可。"

"这么多，你背得动吗？"奭疑惑道。

"往日汲水总汲不满，回去总要受到指责。这次正好，可少受一次责骂。"汲水女子倔强地说。

"既这样，我送你回去吧。水不同别的物件，不可放下歇息。如此沉重，一路上不歇息是不行的。"奭说着便把水罐提了起来往前走。

汲水女子脸上露出快乐的微笑，跟在奭身后，一路小跑地跟着却还是有点跟不上奭的步伐。

"这里有个岔路口，该走哪边？"奭站住，回头问汲水女子。

"邻着雒水这边。"汲水女子边说边指了指刚刚汲水的大河。

"雒水？你说这是雒水？"奭惊奇不已地瞪大了眼睛。

"是雒水。我们这儿的人都这样叫，我没给你说错。"汲水女子为奭强烈的反应所疑惑，不知他为何对雒水这个名字这样惊诧。

"我的家乡也有雒水，没想到这里也有雒水。"奭由惊讶而感慨。在他的印象中，中国之中有雒水，为大河支流，其他地方，他从未听说过有雒水。

“那你的家乡有雒城吗?”汲水女子随口问道。

“当然有,就在雒水之边。不过现在不叫雒城,叫雒邑了。”奭有些伤感地说。

“我们这儿的还叫雒城。”汲水女子有些得意地说。城为大,邑为小,同样建在雒水之边的城池,规模还是有差距的。

“雒城? 在哪里?”奭更加惊异。

“就是我们现在所在的这座城啊。”汲水女子向南指着那座红日普照、庞大神秘的城池不无得意地说。

奭几乎不敢相信自己的耳朵。但汲水女子就那么真实地站在眼前,清澈如珠的声音在耳边脆响,让你无法回避,不容置疑。

“真是一座伟大的城啊!”奭激动地感叹。

“是啊,方圆百里,人口众多,天下应该没有如此大的城了。”汲水女子自豪地说。

奭由衷地点头赞同,不由把目光再次投向这座煌煌大城。依雒水而建,东、南、西三边皆筑高大城墙。北边则以雒水为堑,拉起一道易守难攻的天然屏障。与代代口传的夏都雒城格局惊人一致,如出一辙。难道是夏桀? 当年商汤把他流放南巢,是否就是这里? 是否故土难忘,他便将雒水、夏都雒城之名一并带了过来?

奭浮想联翩,思接千古,细细地打量、审视着这座庞大神秘的古城。

夜幕降临,盛大的祭祀仪式徐徐拉开帷幕。宗坊前开阔的台地上,早已燃起了熊熊篝火,照亮了半个雒城,一座城由此沸腾起来。氐朱将馨香的五谷酒浇倒在火上,酒助火势,焰高十丈,向上天传达着蜀人的愿望,向大地渗透着夏人的谢意。

辫发垂肩、腰插短杖、头戴日冠、苎麻青衣的弓鱼紧紧跟随着母亲鱼凫王桑乌,扶持着她,保护着她。虽然她的手中有金杖可倚,但金杖怎比血脉亲情温暖有力?

鱼凫王桑乌的确老了,虽戴着青铜面具,可满头的白发显得格外醒目，但她的神采精神依然不减，目光有神，步态稳健；头发依然被精心地梳编成发辫，攒至头顶，挽作一个高高的椎髻，威严但不失俏丽。她穿着一件左衽的青色丝衣，上面绣着龙、云、人面、“回”字的图案。袖口窄小，长身细腰，更显穿者身形轻盈利落。与众不同的是，蜀人长衣的前后衣襟长短不齐。前身短，仅及下体；后身长，可达小腿，且呈燕尾。乍看上去，犹如一只轻灵的鸟雀，或一只展翅翱翔的鹰；腰带自然是黄金铸制的。作为一代蜀王，鱼凫王桑乌的腰带上要镌刻辫发的人头、鱼、鸟、羽箭图案。这与她手中的金杖图案有所不同。金杖上是四根羽箭平行穿射两颗鱼头。分别是箭头穿入两鱼的头部，箭尾穿射两只展翅的飞鸟。而腰带上的图案都各为一个。

鱼凫王桑乌走上祭坛，仰望先王大禹王高大的青铜塑像。大禹王手中拿着治水之具，目视前方，义无反顾。大禹王身后，是高大雄伟的神殿，面前是三口盛满雒水的巨型四足青铜方鼎。鼎下燔火旺烧，鼎内沸水翻腾，氏朱先将活人之血涂抹在鼎沿，然后将牛、羊、猪三牺牲放入烹煮。伴随着牺牲的香气四溢，祭祀仪式正式开始。氏朱戴上凸目青铜面具，操牛尾投足以歌，群巫遂歌声四起，皆着青袍长衣戴巨头、凸眼、獠牙、长舌面具。硕大的头套面具，几乎占据了身体的一半。远远望去，魅影幢幢，阴森可怖，犹如一团巨大可怕的黑团。

“原来就是他们！”高恍然大悟。

“是，但又不全是，那晚的黑团、歌舞与现在这团无法媲美。那时，他们是可怖的鬼魅，现在他们是娱神的群巫。”奭感叹道。此时，他与高带领挑选出来的三十名兵士，正站在祭坛不远的地方等待时机，以便加入到祭祀活动中，为赢得鱼凫王的接纳创造条件。从雒水、雒城之名到手握治水之具的大禹王，奭内心已确信，至少鱼凫王所代表的蜀族就是六百年前流放到南巢的夏人之后。虽然沧海桑田，斗转星移，但祖先永远不会变，大禹王形象永远活在夏后氏的心间。“雅”本“夏”，同音同义，他要以夏乐雅舞向大禹王致敬，唤起夏后氏的记忆，得到鱼凫王的认同与接纳。

尽管如此，召、蜀同为夏人华族，但为安全起见，奭还是准备了蜀人常见的青铜面具，换上了由荇临时裁缝的红色苎麻礼服。洗去风霜尘土，将头发簪至头顶，再配以佩剑黑靴，三十二名文雅威武、娱神更能娱人的红衣巫祝出现在祭祀现场。

一队羌人巫祝，手舞足蹈，歌声震天地走向祭坛。共祭的时候到了，无论是蜀山氏、夏后氏，还是有缗氏、氐羌氏，一起向大禹王朝拜，一起向他们共同的祖先黄帝献上最丰盛的太牢祭品。

奭率队跟了上去，荇带乐手选择好位置，摆放乐架，将钟鼓挂在上面，并装饰上五彩的羽毛。大鼓小鼓安放好，其他乐器也摆放到位，只等奭率队登场，乐队便开始以乐伴奏。

共祭结束，群巫退下，就在大巫师氐朱即将宣布送神的最后时刻，奭率队上场了，荇随之令人击石拊磬，钟鼓齐鸣。众乐交响发出洪亮的声响，激荡人心，和谐美妙。伴着激越清亮的乐声，奭与众人持剑而舞，遂草木、奋五谷、敬天常、达帝功，庄重典雅，矫健热烈，如一股强劲而清新的烈风，吸引了所有人的目光。现场顿时静了下来，只有熊熊燃烧的燔火发出噼啪有力的声响。

氐朱首先从惊诧中醒悟过来，随即命弓鱼强力驱逐，被鱼凫王桑乌拦住。虽为大巫师，但在现实权力实施公开隆重场合，他还是要尊重鱼凫王的旨意。

舞乐由激昂高亢渐趋舒缓肃穆。歌声遂起，浑厚低沉，气势恢宏。鱼凫王桑乌从未见过如此祝祀舞乐，但那气势，那歌唱，都令她似曾相识。她依稀记得在她很小的时候，随从鱼凫先王祭祀大禹王时有过相似的场景舞乐。可不知从什么时候开始，那种场景消失了，消失得无影无踪。可在内心深处，她始终记得它们，怀念它们，希望有一天，那样的场景出现在眼前，哪怕是梦中也好。也许是大禹王圣明、怜悯、体察到她内心的热望，便在这盛大的祭祀仪式上为她特意从天而降了这群红衣巫祝，为她唱响了那样一支煌煌巨诗。

生　　命

在世代鱼凫王居住的辉煌宫殿里，鱼凫王桑乌召见了奭。

卸去青铜面具的鱼凫王桑乌，神态安详，目光柔和，望着坐在对面的奭，感慨而欣慰地说："多少年了，我一直在寻找一种声音，一种属于夏后氏的声音。现在，这种声音我找到了，那就是召伯你为我们带来的雅乐。"

"这雅乐不仅属于周人，也属于蜀人。"奭谦虚而真诚地答道。

"可是，数百年来，我们被这高山大川阻止了脚步，被这肥沃富饶的土地陶醉了心灵，雅乐早已远离了我们。"鱼凫王桑乌有些伤感地叹道。

"只要鱼凫王没有忘记，哪怕只是依稀如梦，哪怕只是直觉幻影，它就不会离去。"奭安慰鱼凫王桑乌道。

"召伯所言极是，如今它的确是回来了。只是我们分别太久，彼此已经疏远遗忘了。"鱼凫王桑乌依然有些伤感。

"那就让我来唤回那不该遗忘的记忆吧。"奭说着，起身向殿外走去。弓鱼也随即跟了他一起出去。鱼凫王桑乌不知他们要做什么，就耐心地等待着。

一阵悠扬的乐声传来，似乎是专门来邀请鱼凫王桑乌的，不容她迟疑，不容她拒绝，就那么亲切自然地牵着她的心，把她牵到了门口。眼前的情景让她大吃一惊，更让她回不了头。前方几步远就是她的坐榻，弓鱼正站在那里朝她微微笑着。看他的意思，他那里应是最佳的观赏位置。鱼凫王桑乌不再犹豫，大步走了过去。

天空晴朗，洁净如洗，太阳如轮，普照大地。三百舞乐，红衣欲燃，随着当当的钟声、咚咚的鼓点、清越的磬音、悠扬的管乐，翩翩起舞，吟诵歌唱。

“这就是我要寻找的声音，流淌在我们血脉里的雅乐。”鱼凫王桑乌激动地说。

“为了排演这场舞乐，召伯可是没少花费心血。你看，那红色的舞衣全部由召伯他们缝制，那些乐器也是由他们准备，真是难为他们了。”弓鱼赞叹道。

“那么这三百舞乐，也是他们的人？”鱼凫王桑乌立即警觉起来。

“母亲多虑了，他们不过近百人，其他的都是我们蜀人乐师舞人。今天能达到如此效果，也是召伯他们教导有方，带领我们蜀人舞乐夜以继日习练的结果。”弓鱼如实说道。

“尽管我们对周人还不太了解，但冲着这雅乐，冲着召伯的真诚与智慧，我们还是要积极主动，以诚相待与周交往。这件事就由你全面负责，事关蜀国大业，可要仔细认真了。”鱼凫王桑乌充满信任地望着弓鱼。

弓鱼郑重地答应了母亲。

“氏朱的神木可铸好？”鱼凫王桑乌突然问道。

“大概再有两三日便可完工。”弓鱼答道。

“神木铸好，便以此乐舞祝贺。”鱼凫王桑乌充满憧憬地说。

氏朱跪在刚刚铸成的神木下，仰望着高大的树身、精巧美丽的花果、栩栩如生的太阳神鸟，眼泪如雒水般流淌。无数个不眠之夜，他孤独地守候炼炉前，为的就是能在第一时间看到凝聚了他无数心血与智慧的神木。现在，他终于看到了神木，就在他眼前，那么近，那么真实，他的心因激动而要跳出胸腔，他的血因兴奋而奔流汹涌。他想笑，想哭，想大喊大叫，想疯狂奔跑，但任何一种做法，都无法表达他此刻的心情。他只有匍匐在神树脚下，久久、久久地凝视着它，仰望着它……

“神木铸成，大巫师劳苦功高！”不知何时，弓鱼出现在身后。

氏朱抬起头，顾不上拭去眼角的泪花，动情地说：“这是上天对蜀族的垂爱，也是大禹王对我辈的护佑。”

弓鱼点头称是，将氏朱从地上搀扶起来。“这段时间大巫师受苦了，来，我送你回家。”

“我要和神木一起回宗庙，我要以最隆重的仪式，把神木敬献给大禹王。”氏朱不容置疑地说。

“神木自然要敬献给大禹王，仪式乐舞鱼凫王已经安排好。”弓鱼如实说道。

“不劳鱼凫王费心，这是巫师的事，我要按蜀族的习惯敬献神木，不会让那些来路不明的人染指，以免他们亵渎了神灵。”氏朱已经猜到鱼凫王的打算，当即强硬回绝。国家大事，在祀与戎。作为大巫师，他拥有绝对的祭祀权力。

弓鱼不再说什么，默默地看着氏朱将两棵神木全部搬运到宗庙。

“他要以神木祭祀大禹王，就随他去吧。我知道他的心思，无非就是要在蜀人心目中树立他的威望，让人们渐渐淡忘我鱼凫王桑乌。”鱼凫王桑乌轻轻叹道。

“到时，他不仅拥有至高无上的神权，还拥有统治万民的王权。那他可就真成了名副其实的蜀王了。”弓鱼忧心忡忡地说。

“无妨，我们有大禹王的龙玺。只要龙玺在，我就是蜀王，任谁都无法取代。”鱼凫王桑乌镇定自若地说。

弓鱼放下心来，如释重负地舒了口气。

“但我们还是不能大意。你看，我的头发已全白，眼睛也有些昏花，还常常打瞌睡。这可不行，要是有人想拿走我们的龙玺，我连保护它的力气都没有。”鱼凫王桑乌忧伤地说。

“母亲神采奕奕，身体康健，龙玺在你手里是最安全不过的。”弓鱼赶紧安慰母亲道。

“可我毕竟老了，已经走在追寻先王的路上。龙玺沉重，我不想带着它赶路。所以，从现在起，你就替我，替蜀人保护龙玺吧！”鱼凫王桑乌期待地望着弓鱼。

“我会以生命保护母亲，保护龙玺。”弓鱼激动地说。

鱼凫王桑乌欣慰地点点头，起身拉着弓鱼进了密室。打开坚固的铜柜，拉开正中的抽屉，拿出那个髹漆红盒，鱼凫王桑乌从发髻间取出一根金簪，插进了锁孔。铜锁应声而开，而里面竟然空无一物。

巴奴喜滋滋地跑来，对正坐在灯下刺绣的荇炫耀道："猜猜我这是我何宝贝？"

"连自己都不识得，哪里还称得宝贝？"荇头也不抬道。尽管在召时，荇被召伯奭任命为管理桑麻纺织的典妇功，但蜀地的丝绸刺绣还是让她大吃一惊，叹为观止。于是，她便向奭说了自己的想法，向蜀织高手学习丝织刺绣。奭向鱼凫王桑乌转达了荇的要求，鱼凫王桑乌慷慨应允，就派了两名自己最看重的织娘绣女去教荇。荇自然十分珍惜这难得的机会，学得十分用功，一点时间都不想浪费。

"就是自己认不得，才请教见多识广的你，可你连头也不抬。"巴奴失望地叹道。

荇无奈，只得停下手中针线，接过了巴奴所说的宝贝。原来是块玉，方柱形，高三寸，上半身雕饰着龙，底端横截面刻有似字非字、似图非图的图案。尽管认不出，但荇还是觉得这不是一块寻常之玉。"哪里来的？"她盯着巴奴问道。

"来给我们教习刺绣的蜀女落下的。"巴奴如实答道。

"一个普通的绣女何以有如此宝贝？"荇疑惑道。

"你也认为它是宝贝了？"巴奴笑嘻嘻地说。

荇没理巴奴，喃喃自语道："她可是鱼凫王最喜欢的绣女。"

"是啊，鱼凫王的王袍便服都是出自她手，可见鱼凫王对她的喜爱，所以就赏赐她这个宝贝。"巴奴自以为是地说。

"鱼凫王再喜欢她，也不可能赏赐给她这样的。"荇肯定地说。

"不就是块玉吗？鱼凫王那里多的是。"巴奴不以为然道。

"你看这下面的图案，一般的玉上有吗？"荇指给巴奴看。

巴奴瞧了瞧，忽然笑道："这样的图案，雕刻在玉上会让人觉得难为情。"

“怎么倒难为情了？不懂就别胡乱猜测。”苻皱眉道。

“好，我给你讲一讲，你看是不是这个意思。”巴奴不服气地拿过玉柱，凑近灯光，辨认道：“你看这第一图，是不是一男一女紧紧地搂抱在一起？”

“是啊，经你这么一说，倒真像是那回事。”苻若有所悟地点点头。

“第二图，只有一女，腰粗腹鼓，是不是怀孕了？”巴女得意地说。

“你说的是那么回事。”苻陷入沉思。

“哪回事啊？你倒说清楚点。”巴奴不满苻的吞吞吐吐。

“就是一男一女有那事后，女人就怀孕了。如果所猜没错的话，那么第三图应是女人生孩子了。”苻说着又从巴奴手中拿过玉柱，仔细辨认，果然图中所画正是一女两腿岔开，有团物事从两腿间掉落出来。

“按此顺序，第四图就是三个人了，两个大人，一个孩子。”巴奴不甘示弱，把第四图，也是最后一图的意思说了出来。

苻深以为是，但总觉这样的解释未免太俗气，就琢磨了一下，给这四幅图分别命名为：相爱，孕育，生产，成长，总名“生命”。

巴奴拍手叫好，苻更是自我陶醉，一时间，两人忘了针线，也忘了追究这个“生命”的来历。

鱼凫王桑乌形容枯槁地斜靠在王位上。满头白发依然梳着高高的椎髻，依然穿着绣有人头、龙、云图案的青色丝衣，依然束着金腰带，手握金杖，可她眼中的神采已不见，暗淡、浑浊、空洞、茫然，龙玺的丢失，已让她的生命即将走向终点。

弓鱼痛心地站在母亲身边，试图用自己健壮有力的胳臂扶起母亲，让她尽快恢复自信，像以前那样端正威严地坐在王位上。可他所有的努力都是徒然，母亲的元气已经消散，外部任何的力量都不能将她扶起。

众臣见状，纷纷进言，要求桑乌退出鱼凫王王位，传与弓鱼。

“这也是我今日召集众臣的重要原因。我，鱼凫王桑乌，年岁已高，身体欠安。遵从上天和先王的旨意，我要把王位传与弓鱼。从即刻起，他就是我蜀族鱼凫王朝的新王，鱼凫王弓鱼。”桑乌用尽最后的力气宣布道。

众臣伏地叩拜，赞同鱼凫王桑乌最后的决定，拜谢她在位数十年给蜀族作出的贡献，感激她在暮年明智的退位，将王位传给英明的鱼凫王弓鱼。

“既然把王位传与新王，那就请把龙玺也一并传给弓鱼。”大殿里骤然响起大巫师氏朱阴冷的声音。

众人跟着附和。

“龙玺自然是要传与弓鱼的。只是今日匆忙，一时找不到密室的金钥。三日内，待找到钥匙，打开铜柜，便将龙玺交给他。”说完，鱼凫王桑乌已经是气喘吁吁，筋疲力尽了。

弓鱼心疼地望着母亲，快步上前要扶母亲去休息。

“慢！新旧交接还未完成，谁也不能离开。”氏朱起身阻拦道。

“母亲说过，今日无法取出龙玺。”弓鱼提醒氏朱道。

“没有龙玺，你就没有资格继位。”氏朱冷冷地说。

“那就再等几日，我们会找到钥匙。可现在母亲累了，我要送她回去休息。”弓鱼强调道。

“一向康健的鱼凫王怎么突然间就成这个样子了？难道遇到了大事？”氏朱纠缠道。

“不过是身体欠安，大巫师不必随意猜测。”弓鱼边说边推开氏朱往前走。

“我看不是身体欠安，也不是钥匙找不到，如此推托，恐怕是龙玺不见了吧？”氏朱阴险地大叫道。

众人惊骇，一齐将目光射向鱼凫王母子。

鱼凫王桑乌停下脚步，转身，面向众人，以一贯沉稳大气的语气说道：“三天后，若拿不出龙玺，我愿以死谢罪。”

“那又如何？鱼凫王的王位没有龙玺，如何传承？你不认为仅以口头宣布蜀人会答应吗？”氏朱步步紧逼。

“那就不传弓鱼，让蜀人重新选择自己的王。”鱼凫王桑乌说完，头也不回地走了。

“那我们就拭目以待。”氏朱冷笑道。

迟迟没有鱼凫王桑乌为神木举行祭祀盛典的消息，奭决定去探听一下。刚出驿馆，就迎面碰上了匆匆而来的弓鱼。

“召伯，出大事了。龙玺不见了。”一见面，弓鱼就迫不及待地拉着奭返回驿馆，把刚刚在王宫朝会上发生的事情说给奭听。

“是否被人盗窃？”奭提醒弓鱼道。

“不可能，密室、铜柜、漆盒、大大小小的门锁都完好无损。”弓鱼肯定地说。

“这么说，龙玺本来就没放在盒子里。”奭断言。

“不可能。龙玺一直由母亲保管，平时出入收取，都是母亲亲自去做，连最贴身的侍女都不假手。她怎么会把龙玺随意放置呢？”弓鱼肯定地说。

“万一疏忽了呢？何况她如此高龄之人？”奭进一步推测道。

“母亲心思缜密，记忆力强，不会疏忽的。”弓鱼继续否定。

“我说的是万一！”奭再次强调。

“没有万一，我了解我的母亲。”弓鱼有点急躁，声音不由提高。

“何事值得二位如此针究？”荇听到声音，急忙前来探看。

“龙玺不见了。”奭语气沉重地告诉荇。

荇一时没听明白，就随口又问了一句：“什么样的龙玺，怎么不见的？”

“玉质，长柱形，雕有爬龙。”弓鱼边说边比画。

“是不是底端还刻有四幅图案？”荇忽然想起巴奴拿给她看的宝贝。

“正是，但那不是图案，是我们蜀人古老的文字。”弓鱼惊喜地看着荇。

“你说那是文字就算是吧，反正我也看不懂。”荇羞涩地说。

“怎么，你见到龙玺了？”奭惊讶地问。

“不知道是不是龙玺，可感觉和你们说得很相似。要不让巴奴拿来看看?”荇征询奭及弓鱼的意思。

“很好,叫巴奴。”奭与弓鱼异口同声道。

听着荇上楼的脚步声、推门声,弓鱼的心被一只无形的大手紧紧地揪了起来。然而,就在这时,传来荇的惊叫声:“巴奴不见了,她的一切都不见了……”

禹之玺

太阳终于落了山，黑夜就要来临。巴奴从藏身的角落钻出，背着一个小包裹，飞快地向城南江水码头跑去。暮色越来越浓，不用担心被人认出，巴奴放缓了脚步，将包裹结头再次紧了紧，趁着夜色，快步而去。

昨晚，她与荇在灯下辨识宝贝后，两人都没把这件事放在心上。因为感觉玉质剔透，做工精美，巴奴就把它当作一个玩意儿，随手拿着去歇息了。荇因为还要苦练蜀绣技法，就一个人继续在灯下飞针走线。忽然，巴奴被隔壁的开门声惊醒。那间房子是鱼凫王桑乌派来的两名绣女的专用教习房。白天，荇、巴奴及随行的绣工跟着两名绣女就在那个房间学习针黹。天晚，结束一天的任务，众人各回各位，那间房就空了下来。因为里边没有什么物事，一般都不上锁，门大多数时候都是虚掩着。

这么晚了，谁还去那里？巴奴心里想着，便起了身，蹑手蹑脚地走到那间发出异响的房间门口。果然有人！借着淡淡的月光，巴奴惊讶地发现，屋里那人竟是那两个绣娘中性格内向的那位。只见她趴在地上，仔细地摸索着，像是在找什么重要东西。难道无意间捡到的那个宝贝是她落下的？可她为何不直接找我问询，非要在这三更半夜，像个贼似的寻找？一定是有什么见不得人的秘密。巴奴一边揣测，一边悄悄进了屋。绣娘忽见有人进来，黑暗中照样眼疾手快，一下便将巴奴打倒，捂住了她的嘴，压在地上。巴奴身不能动，口不能言，只有听她摆布。“不许出声，小心我杀了你。”绣娘晃了晃手中的刀。巴奴赶紧点头答应。绣娘松开了她，逼她趴在地上帮她找东西。

“让我找，总得告诉我是什么吧？”巴奴小声说道。

“一块玉，方柱形，一摸就能摸出来。”绣娘慌里慌张地说。

巴奴已猜出，绣娘要找的就是她无意中捡到的宝贝。从绣娘言行举止中可以看出，这绝非平常之物。

“一块玉有什么了不起，值得你半夜来找？”巴奴装作不经意地问道。

“那是鱼凫王的命，没有它，鱼凫王连命都难保，何况王位？反过来说，谁要是得到它，那他就是鱼凫王。”为了让巴奴用心帮她找，绣娘就实话实说。

“为何不早说？我见到有人捡到，明天我替你讨了回来。”巴奴半真半假地骗绣娘道。

“当真？你不会骗我吧？”绣娘又惊又疑地问。

“骗你对我有什么好处？连鱼凫王的龙玺都能偷走的人，我怎么能骗得了？”巴奴刻意恭维道，以取得绣娘信任，赶快将她推走。

“谁说是我偷的？有神灵在天上看着，我不会去偷的。”绣娘认真地说。

“那你怎么拿到手的？”巴奴顺着绣娘的话问道。

“鱼凫王隔一段都会把龙玺取出来看看，看后即随手放回。可前天晚上，不知怎么睡着了，就忘了把龙玺放回。”绣娘如实说道。

“所以你就把它拿走了。可你一个绣娘，要龙玺何用？”巴奴不解道。

“对我当然没用，可对大巫师有用。他一直对我很好，曾对我说过，最大的愿望是得到龙玺。我把龙玺给他，也算是报了他的恩。”绣娘动情地说。

这时，荇回来了。走到巴奴和绣娘趴着的房间，见门开了个缝，就顺手关了一下。荇离开后，巴奴以很快巡夜兵士就会过来查看为由，将绣娘吓走，然后，装作刚上了茅房的样子，回到卧室。由于天色太晚，荇也没过多注意她，就上床歇息了。第二天，荇起床时，巴奴还在睡，荇以为她不舒服，就没叫她。直到弓鱼来，与奭谈论龙玺之事，她才想起巴奴。而此时，巴奴早已藏身在某个角落，急切地盼着太阳下山。

“必须尽快找到她，一来验证她所持之物是否为龙玺，二来保护她免遭他人毒手。相信，此时此刻，寻找龙玺的不仅仅我们这些人。”奭忧心如焚地说。

“可雒城方圆近百里，人口数十万，她若有意躲藏，我们很难找到她的。”弓鱼焦虑地说。

“此时，她肯定还在城内，躲在某个角落，天黑后，也许会出来。”荇推测道。

“那她出来后，会去哪里？”奭问道。

“最大的可能会去城南江水渡，搭乘盐船回巴国。”荇极有把握地说。

“有这种可能。她跟我们在一起两年多，一次也没回过家乡，思乡之情在所难免。”奭心情复杂地叹道。

“不仅是思乡，好像还有愿望未了。前些日子，她还说过有个心愿一定要实现。我问她是何心愿，她只笑了笑，什么都没说。”荇回忆道。

据此，奭更加确信，巴奴是要回乡了，而回家之路，她肯定会选择搭乘盐船，顺江而下。因为这是一条虽有风险，但快捷易行之路。

“以她的行走速度，子时左右可能会到达盐渡。我们现在就出发，一边寻找，一边赶往渡口拦截。”奭吩咐道。

两名绣娘按时出现在门口，荇告诉她们，巴奴不见了，他们要去寻找，这两日就不习针黹了。

绣娘知趣退出。其中昨晚潜入驿馆那名，对另一名撒了个谎，便匆匆离去。她一路小跑，来到宗庙，把鱼凫王桑乌遗落龙玺，被她捡到，欲送给大巫师，却不慎又丢失，被巴奴捡去的经过，一五一十告诉给氏朱。

“果然是丢失了龙玺。今日朝会，桑乌宣告传位弓鱼，我要求她拿出龙玺，他们母子却吞吞吐吐，说什么钥匙找不到，要我给他们三日时间，原来是这么回事啊。”氏朱得意而阴冷地哈哈大笑道。

“可鱼凫王如果知道是我拿走了龙玺，一定会杀了我的。”绣女恐惧地望着氏朱。

“怎么是你拿的？是那个叫巴奴的女子偷走的。现在，我们就去找她，把龙玺夺回来，再杀了她灭口，这事就与你没有任何的干系了。”氏朱安慰绣女道。

巴奴如履平地地行走在刚进雒城时走过的那条坎坷盐道上。自小在巴地的崇山峻岭间长大，巴奴走山路的能力常常让那些来自中原的兵士自叹弗如。她虽然身形瘦小，可小有小的优势，穿行在茂密丛林间，轻快，灵巧，犹如一只枝头跳跃的鸟雀。

半个月亮一直跟着她，这让她既感动又惶恐。夜路难行，有月相伴，自然是再好不过；可这样很容易暴露自己，让那些怀着各自目的的人寻找或追捕到她。可月亮就是月亮，它不会因人的意志来改变自己的轨道。巴奴失望地站住，抬头看着月亮，不知该对它说什么好。

“就是她，巴奴。”绣娘的声音。

“快，抓住她！”一个阴冷的男人声音。

巴奴本能地拔腿就跑，可没跑两步，就被两个黑袍巫侍抓住，拎到了大巫师氏朱面前。

“搜，看龙玺在没在她身上。”氏朱喝令绣娘。

绣娘上前，夺过巴奴的包裹，解开，龙玺赫然其间。

待奭及弓鱼带人赶到时，氏朱刚刚离去，尚能听到杂沓的脚步声。而巴奴躺在地上，已没有了气息，只有头上的血兀自往外冒。身上的包裹也不见了踪影。天地间，半个月亮，满山江风，用谁也听不懂的语言，诉说着刚刚发生的一幕。

“巴奴一定是被人劫持了。”奭语气沉重地说。

“难道还有其他人知道巴奴可能带着龙玺？”高问弓鱼。

弓鱼茫然地摇摇头。

三天后，鱼凫王桑乌自然拿不出龙玺。出乎意外的是，氏朱居然没有问起，只是一门心思地筹备向大禹王敬献神树的典礼。鱼凫王桑乌暗松一口气，心存侥幸地以为氏朱专心于神树，便淡忘了龙玺之事。

献树盛典如期举行。为此，氏朱专门又在神殿前搭建了高大的祭台，以摆放两棵通天神树。根据两树的造型和寓意，氏朱将其命名为日树和月树。其中，日树通高一丈二，枝叶三层，每层三枝，枝上有花有果，或上翘，或下垂。上翘树枝的花果上，皆铸立鸟，九枝九鸟，形态相同。树侧，铸悬龙，马面龙头朝下，龙尾向上，援树而下；龙身呈辫索状，剑状羽翅，与树浑然一体，意趣天成。

两树底座皆为圆环状。其中日树底座上饰云气纹，其上为三山相连状。树干接铸于山顶正中，干直，树根外露，树丫与果托下又分别铸以火轮；而月树底座，象征树根的三条斜撑之上，各跪有一人，双手前伸，各捧花果。枝头有一长一短叶片包裹的花蕾，其后套有小圆环。与日树不同的是，月树枝条的主体外张且上翘，鸟非站立状，而是歇息在枝头花蕾的叶片上。

"真是别出心裁，巧夺天工啊！"奭由衷赞叹。

"这有何难？奭兄若喜欢，等回去，我也给你铸两棵。"年轻气盛的高不以为然道。

"青铜铸造自古对我们来说不是难事，不仅禹制九鼎，历代商王更是造出了不胜枚举、气度非凡的铜器。可要造出如此精致、细巧的神树，对我们来说，也决非一件易事。"奭认真地说。

"这倒是事实。尽管我们的青铜冶炼技法发达，但能否造出如此铜件，还真是难说。"高叹道。

按照氏朱的安排，典礼在一项一项地进行着。然而不管是规模还是形式，看上去并不是在祭祀先祖，倒像是王的登基盛典。这自然是氏朱把龙玺拿到手的缘故。

鱼凫王桑乌依惯例，仍然与氏朱并肩而坐。但整个典礼，都是氏朱的主演，他一手遮天，不可一世，根本没有把鱼凫王桑乌放在眼里。弓鱼忍无可忍，几次要与氏朱理论，但都被母亲拦住。没有了龙玺的母亲只是一个衰老的女人，胆量、勇气、神采、气度，一切都不复存在。她开始变得懦弱、胆小，变得对弓鱼极度地依赖。不让弓鱼说话，怕招致氏朱的斥责；不让弓鱼离开她半步，怕氏朱一口将她吃掉。她什么都怕，甚至头顶明晃晃的日光、眼前舞乐狰狞的面具，都让她心惊肉跳，唏嘘不已。

神树敬献结束，氏朱迫不及待地登上高高的祭台，拿出龙玺举向空中，大声说道："承蒙上天厚受，赐我以龙玺。从此，我不仅是蜀族的大巫师，还是蜀国的鱼凫王。因为，我的手上，就是代代鱼凫王相传、万千民众所敬仰的龙玺。"

日光照射，龙玺发出耀眼的光芒，似在佐证氏朱的话。

人们被这突然出现的龙玺所震惊，熙攘喧闹的人群顿时安静下来，纷纷向龙玺投去灼热的目光。

氏朱信心大增，提高声音道："作为蜀人，你们都知道，谁拥有了龙玺，谁就是无可争辩的鱼凫王。那么，现在龙玺归我所有，我就是真正的鱼凫王。众大臣，子民们，赶快跪下朝拜你们的新王吧！"

随着氏朱的煽动，不明真相的人们纷纷下跪，但更多的还是持怀疑态度，龙玺都是由前王所授，现在怎么突然到了氏朱手中？

氏朱嗅到人群中的怀疑抵触情绪，便语气一转，威吓道："上天在看着你们，先王在监督着你们，不容你们犹豫，不许你们置疑。快快匍在地，跪在我的脚下，顶礼膜拜你们的新王吧！如再犹豫质疑，上天会降下灾难处罚你们的。"

天空突然阴沉下来，抵触的人们心里一惊，以为氏朱的话要应验，便急忙跪下，顶礼膜拜。连鱼凫王桑乌最依赖倚重的大臣也开始动摇，左顾右盼后，双腿一软跪了下来。他们可以质疑人，但绝对不能质疑上天，怀疑祖先啊。

高焦急地望着奭，弓鱼也远远地向奭投来急切的目光。

"走，我们去揭穿氏朱得到龙玺的真相。"奭大步向祭台走去，高紧跟其后。

"请问大巫师，你能把你得到龙玺的经过如实告诉我们吗？"奭大声问道。

沉浸在对神灵敬畏中的人们，被这突如其来的质问声惊动，纷纷抬头望向奭。

“哪里来的狂徒，在这里亵渎神灵，快把他赶走。”氏朱恼怒地叫道。

“他是我的贵客，谁敢近前，我就杀了他。”弓鱼急忙上前，挡在奭的面前。武士、巫侍一见弓鱼，只得后退。

奭继续质问氏朱：“作为大巫师，应该清楚持有龙玺的程式。你这样不明不白地得到，难道不怕世人说你是偷盗而来的吗？”

“不许胡说！神灵在上，龙玺绝非所窃。”氏朱气急败坏地喊道。

“既非所窃，也非鱼凫王所授，难道是骗来的？”奭步步紧逼。

氏朱怒不可遏，挥舞着手中的金杖，却不知如何回答。

鱼凫王桑乌的倚重之臣师苏在召伯姬奭对氏朱的质问中看出了些眉目，他率先站了出来，问氏朱道：“大巫师怎么不回答召伯所问？龙玺从何而来，还望如实说清，除去我等心中疑惑。”

其他大臣见有人带头，便跟着附和，纷纷质问氏朱。

“是我送给大巫师的。”绣娘突然出现，奋不顾身替氏朱辩解。

“你怎么拿到的龙玺？”鱼凫王桑乌逼视着绣娘，浑浊的目光突然亮了亮。

“是我趁你不注意把它拿走了，然后就给了大巫师。”绣娘胆怯地低下头，颤抖着声音小声答道。

“真的是你送给大巫师的吗？他什么都没做？”荇逼视着绣娘问道。

“我，我把龙玺弄丢了，是大巫师从捡到者手中抢走的。”绣娘不得不说出实情。

“说来说去，龙玺还是你抢夺而来的。”大臣师苏毫不客气地指责氏朱道。

“可如果不是我及时阻拦，龙玺现在还找不回来呢。”氏朱为自己辩护。

“大巫师找回龙玺自然有功，可你应该把它奉还给鱼凫王，由她作出传授与谁的决定，而不是由你欺蒙国人，自据为王。”师苏气愤地说。

氏朱无言以对。

“还不快把龙玺交还鱼凫王?”众臣齐声喝道。

氏朱无奈,只得把龙玺还给鱼凫王桑乌。

桑乌接过,郑重地交在弓鱼手上。

乌云散去。祭台上的日月神树在太阳的照射下,发出耀眼的金色光芒。九鸟展翅,悬龙矫健,上天对这个神秘的国度充满了偏爱。

出　　蜀

春天的脚步，唤醒了沉睡的巴奴。她睁开眼，看见荇坐在她身边，正飞针走线地绣着一朵一朵的花。那是一块草绿的丝绸，荇在上面绣着白的、红的、紫的、黄的各色花朵，一片春天的原野在她的手上铺展、蔓延、绚烂。

“真好看！”巴奴由衷地赞叹道。

“有什么好看的，你又不是没见过。”荇随口答道。说过，感觉哪里有点不对劲，就停了针线，下意识地去看巴奴，却意外发现她正笑眯眯地望着自己。

“你醒了？睡了这么久，该醒过来了。”荇抱着巴奴泪如雨下。

“我睡了很久吗？”巴奴吃惊地问。

“是啊，足足有两个月呢。”荇提醒她道。

“两个多月，我可真能睡。”巴奴一边说一边爬起身四下寻找着什么。

“找你的宝贝吗？不用找了，它已回到主人身边了。”荇将这段时间发生的一切讲给巴奴听。

“可我认为的宝贝和你们所说的龙玺根本就不是一回事。”巴奴委屈得眼泪汪汪地说。

“有何区别？不都是那块方玉吗？”荇不解。

“你们都认为龙玺就是权力、王位，而在我看来，它教给我的就是好好过日子。”巴奴认真地说。

“好好过日子？”荇更加不解。

“那天晚上，我们在灯下把那块玉起名‘生命’。从相爱到孕育，从生产到成长，每幅图都让我充满憧憬。我忽然想到，人这一辈子不就是要经历这些吗？不就是要过图中所说的日子吗？”巴奴忽闪着大眼睛说。

“是啊,你说得没错。”荇赞同道。

“所以,我也要过那样的日子。”巴奴坦诚地说。

“你要过那样的日子更没错,可你为何还要将龙玺带走?”荇疑惑道。

“带着它,那样的生活随时和我在一起。不管愿望能不能实现,我的心里总有个寄托。”巴奴幽幽地说着。

夜幕下,氐朱焦躁不安地在神树下走来走去。那天晚上太过匆忙,只顾抢了龙玺就走,没有细看巴奴是否死亡。现在可好,她活过来了,而他谋玺害命的丑闻立刻就会随着她的苏醒传遍雒城,传遍蜀地,甚至传遍天下。

氐朱自认为他不是贪婪的人,他垂涎龙玺不过是想集神权、王权于一身,那样他就可以更有力地捍卫蜀人的一切,包括生活方式与灵魂,不受外来者的干扰改变。从蚕丛氏到鱼凫氏,蜀国六百年,凭借上天赐予的这方风水宝地,繁衍生息,兴旺发达,创造出了灿烂无比的文明文化。回头看看这雄伟壮丽的神殿,那传神逼真的先王铜像,这美丽绝伦的通天神树,那金光灿灿的太阳火轮,一切的一切,都属于蜀人,不容别人染指,不许他人占用。作为大巫师,必须要不惜代价,甚至付出生命去保护它的纯正与圣洁。

可是,衰老的鱼凫王桑乌居然把那样一群来路不明、歪门邪道的人奉为上宾,妄图用他们所谓的雅乐祭祀众神。卸掉青铜面具的蜀人还是蜀人吗?脱掉青袍的蜀人还是青神的后裔吗?别以为先人在天上,听不见,看不到,嗅不出,他们都长着千里眼、顺风耳。世人的一举一动,甚至心想做梦,他们都知道得一清二楚。他氐朱从未欺骗过上天,蒙蔽过先人,不做丝毫对不起良心的事。即使这次轻而易举地将龙玺拿到手,也不是他的过错,最起码他是被动的。千不该万不该,面对龙玺的诱惑,他竟不择手段谋害人命,强抢龙玺。虽然事情做得神不知鬼不觉,可神鬼真能不知吗?它们不说,是因为还未到时候,时候一到,什么都隐瞒不住。

氏朱痛苦地抱着神树，瘫坐在地上。

一道闪电划破无边的夜空，霹雳炸响，震耳欲聋，整个雒城跟着晃动。电光沿着神树，宛如一条长蛇，迅速地游进氏朱肉体。来不及多想，氏朱便被那股强大的热流融化、凝固。

第二天，人们惊恐地发现，大巫师氏朱死在了神树旁边，成了一截黑焦木炭。

一切恢复了平静。

鱼凫王桑乌在睡梦中悄悄离开了雒城，当人们发现时，她已走得很远很远了。

干旱接踵而至，雒水急剧憔悴下去，到六月，有几处已经断流。

鱼凫王弓鱼亲自登上祭台，接受着太阳神的考验，为蜀人祈求上天降雨，解除焦渴。然而，上天似乎还不太熟悉这位新鱼凫王，对他的诚心还抱着一丝质疑，只在天空放了几块乌云替他稍稍投下一片阴凉，一线希望，便到别处去普降甘霖去了。

鱼凫王弓鱼难过地晕倒地祭台上，被群巫七手八脚地抬了下来。

“目前这种情景，叫我们如何忍心离开？”奭叹道。

“可我们南巡已整整四年，再不回去恐要误了父亲大事。”高忧虑地说。

“是啊，四年了，西伯一定在等我们了。”奭遥望北方惭愧地说。

“那就向鱼凫王辞行吧，毕竟我们的事也很重要。”高劝道。

奭点点头，换上礼服去见鱼凫王弓鱼。

街上死寂一片，这个有着数十万人口的繁华都城，被太阳炙烤得了无生气，奄奄一息。路边街角一棵老槐树的树荫下，聚集了几十个人，男女老幼皆围着那口老井，争抢最后一口混浊的井水。

“奭兄，我们去向鱼凫王辞行，不能在这儿耽误时间。”高提醒望着那群争水人出神的奭道。

“回去吧，回去再说。”奭回过神来，调转马头，快步离去。

“为什么？你不打算回国了？”高追上奭不解地问。

“你都看到了,这种情景我们能一走了之?”奭沉重地说。

“可不走,我们又有什么办法?”高无奈地说。

“帮他们寻找新的水源。”奭坚定地说。

“要能找到,鱼凫王就找了。他难道不比我们熟悉蜀地的地情?”高不悦地说。

“新旧交替之际,千头万绪。又逢此大旱,他恐一时难以顾及。”奭劝解高道。

“可我们上哪里寻找水源?”高语气缓和下来。

“雒城地势平坦,地下水应不会太深,打井应是目前最快最有效的办法。”奭充满信心地说。

太阳变本加厉地炙烤着大地。奭的脊背也被灼掉了一层皮。高和他一样,皮肤黝黑,满面尘灰,愈显牙齿洁白如玉。

“今天已是第五天了,再打不出水,我们就得换地方了。”高焦急地说。

“不能频繁换地方,也许再多打一尺,水就出来了呢。”奭鼓励高道。

“别说一尺,再打一丈能出水我就谢天谢地了。”高用胳膊擦拭着脸上的汗水叹道。

“无须打那么多,你看,这土都带湿气了。”奭抓起一把土在手中捏搓着,又嗅了嗅,惊喜地让高看。

高接过,仔细地搓捏着,渐渐地一丝笑意浮现脸上。

“召伯辛苦,弓鱼无以为报,只有给诸位送些饭食汤水略表谢意!”不知什么时候,鱼凫王弓鱼来到了工地上。他的身体依然虚弱,脸色苍白,嘴唇干裂,说话的声音沙哑无力。

“天这么热,鱼凫王身体还没恢复,怎么到这里来了?”奭急忙转身,接过鱼凫王弓鱼端来的水。

“召伯为我蜀地百姓,受此酷暑烈日,我岂能躲在一边乘凉?”鱼凫王弓鱼感叹道。

“但愿上天怜悯蜀地百姓干渴之苦,早日降下甘霖。”奭举起水碗向天祷告。

“祈求先王保佑，赐我们以地下涌泉。”鱼凫王弓鱼跪地祈求。

上天无语，大地沉默。

“出水了！出水了！我们打出水了！”一名兵士激动地大喊。

众人循声跑去，果然看见一皿混浊的新水被从井里拉出。鱼凫王弓鱼激动不已，上前把水皿抱在怀中，热泪盈眶地说：“这是我蜀地百姓的活命之水啊。第一口，必让召伯先尝。”说着，将亲手盛的半碗新水，怀着感恩之心捧给奭。

奭推辞不过，便接过尝了一口。出乎意料，水是咸的，像放了盐。奭不由皱了下眉，鱼凫王弓鱼见状，急忙将碗从奭手中端过，喝了一大口，又涩又咸的味道让他当即喷吐出来。众人惊骇，面面相觑，不知那水到底怎么了？

高接过鱼凫王手中的水皿，直接就着皿沿儿品尝，尽管此时水经过沉淀有所清澈，但咸涩之味不减，且越往皿器底部，味道越重。高失望地要将皿器里的水倒掉，奭急忙将他拦住，抱过水皿使劲晃了晃，水再次混浊起来，他第二次喝了一口，咸味比第一次更重。

“这是何水？怎么有此怪味？”鱼凫王弓鱼对水不陌生，却对如此咸涩井水尝所未尝，闻所未闻。

奭没有回答他，依然在品咂着。忽然，他的脸上浮现出一丝笑意，笑意缓缓荡漾开来，变成了开怀大笑。“鱼凫王，上天早就给蜀地赐下宝藏，可我们直到今天才找到。”

“什么宝藏？就是这水吗？”鱼凫王迷茫道。

“正是。从此，蜀地也可自己制盐了。”奭明确答道。

“你是说，用此水制盐？”鱼凫王弓鱼依然有些想不通。

“是的，这是含盐之水。把水从井下汲出，放在日下曝晒，待水分晒干，剩下的便是洁白纯净的可食之盐了。”奭详细解说道。

鱼凫王弓鱼恍然大悟，再次将水皿抱在怀中欣喜若狂地看了又看，尝了又尝。

这时，忽然起风了，越刮越大，越刮越猛，刮来了乌云，刮来了雷声，不可一世的太阳不得不躲在云层背后。

“要下雨了，我知道上天不会抛弃蜀人的。你看，给我们送来了盐，又解除了干旱。”鱼凫王弓鱼像个孩子似的开心大笑。

大雨倾泻而下。

“这回，我们该走了吧？”高望着奭问道。

“是的，该走了！”奭笑笑道。

“原路返回？”鱼凫王弓鱼问道。

“不，走金牛褒斜道。”奭出乎众人所料地说。

“金牛褒斜道？那是一条凶险无比、危机四伏的山道。”鱼凫王弓鱼吃惊地说。

“正因为是条险道，我们才要走。因为我们走过之后，它就可能不是险道了。”奭平静地说。

“到时，蜀与外界也多了一条联络通道。”鱼凫王弓鱼感叹道。

“周蜀往来更有捷径可走。”高欣然补充道。

雨过天晴，帮鱼凫王弓鱼晒出第一批盐，奭率队伍离开蜀地，终于踏上了归程。

鱼凫王弓鱼派出五百兵丁护送奭归周，并为他修筑出蜀道路。

“这条金牛道开辟使用年代不会少吧？”走在开凿在悬崖峭壁上的石栈道上，自小在平原台地上生活的高，不禁心里紧张。

“至少几百年了吧，没有这么长时间的修筑使用，不会有我们现在看到的这个样子。”奭推测道。

身后传来了荇的声音：“巴奴，你和他们一起先走吧，别管我。”

“怎么说这样的话？我就是走不了，也不会丢下你不管的！来，抓住我的手。”巴奴劝解道。

“我是不想连累你，连累众人。”荇气喘吁吁地说。

“不许再说连累的话。”奭回过头等荇跟上来，便携扶着她一起走。

一段栈道走完，接着进入谷地，沿水而上。水流蜿蜒曲折，但水边地势平缓。路随山走，逶迤向前，行走起来，比悬在半空的石栈道不知安全易行多少倍。可这样的道路，毕竟是少数，大部分路段不是开凿在陡峭崖壁上，就是搭建在深不见底的深渊上。而令人惊叹的是，无论如何险峻的地方，总有前人的踪迹。他们攀缘而上，迂回前进，留下标志，留下印记，为后来者指引着方向，开辟出路径。

在一条水流湍急的河边，队伍停了下来。走在前边的蜀兵前来报告，说是要在水上搭桥，请召伯稍事等候。奭令众人就地扎营，与高带精壮之士辅助蜀兵搭桥。可蜀兵并不需要帮助，只两天的工夫，便在水上拉起了一座藤索桥。桥面铺设木排，桥两侧有护栏可扶，人走在上面，虽有晃荡，但只要站稳抓牢，安全通过没有任何问题。

顺利过河，众人欢欣鼓舞。而此时，蜀兵却因护送任务完成就要撤回了。望着眼前依然雄峻的山岭，奭不禁有些担忧。前路莫知，等待他们的会是什么样的艰难险阻！

山中的红叶渐渐多了起来，冬天的脚步越来越近。开凿石梯，修筑栈道，搭建藤索桥，奭一天都不敢耽误，他必须赶在大雪之前走出大山，回到周原，否则后果不堪设想，这里也许就是他和众人的葬身之地。然而，上天似乎有意在考验他的毅力和智慧，将一座高不可攀的石山挡在了他的面前。与任何开凿过的石山不同，这座石山的石质异常坚硬，斧凿锤砸几乎在它身上起不到任何作用。而绕行更不可能，石山东不见首，西不见尾，如一堵插入云天的石墙横亘眼前。连续十几天，奭派人寻找绕行之路，结果都是无功而返。

天一天比一天冷。长途跋涉，又让众人的衣服破烂不堪，不仅难以保暖，连遮体都是捉襟见肘。

奭已连续两天没有合眼，他不相信自己会被困住，他决不能放弃越过这座石山的信念。他让所有人都依山扎营，将寒冷的北风阻挡。他命人把篝火一添再添，让熊熊的火光点亮暗夜，驱散人们内心的绝望。

烈火温暖着人心，也炙烤着山体。忽然间，奭心头一亮，取来冷水，猛地泼在那块被火烤得发烫的山石上。随着一声巨大的淬炼之声，一股白烟腾起。烟过处，山石崩裂，纷然坠地。

第三章　牧野洋洋

回到丰邑

西风烈烈，周原千里。

姬昌徘徊在生命的尽头，迟迟不肯迈出那一步。他在等一个人，只要看到那个人安然归来，他便可无所挂念地走了。可他为何还不回来？难道他不想回来了？难道他遇到了不测回不来了？难道……姬昌不敢想下去，泪水随之溢出眼角。

“不要再想他了，四年了，要回来早该回来了。”太姒冷冷地说。

“母亲不要这样说，不然父亲更伤心了。”姬发边哀求太姒，边为父亲擦去眼角的泪水。

“母亲、王兄，我这就再去打探一番，看有没有消息。”一直站在父亲身边的旦，说着就要往外走。

姬昌一把拉住他，使劲儿睁开眼，哀求道：“带上我，我要去城外迎接奭的归来！”

“天这么冷，况且也无奭的消息，你怎好去迎接他？”旦劝道。

“他回来了，就在邑外。快，快带我去，不然他找不到我们这里。”姬昌抓住旦的手不放，挣扎着要起身。

太姒看拗他不过，只好同意。旦急忙为父亲穿上厚实的衣服，与武王发二人左右搀扶，将姬昌扶到车上。

冬日的丰邑，一片安宁祥和。收获了庄稼、猎物的人们，从周原各个地方赶来，带着自己劳获的物品去交换自己没有的物品。老人们穿着厚实的棉衣，更增加了行走的不便，但他们乐于被暖和束缚，迈着缓慢悠闲的步子，寻找着避风向阳的墙根。

明净的空气中弥漫着酒醴的香气，看来今年又是一个丰收年啊，姬昌不由神情一振，过去的一幕幕清晰地浮现在眼前……

那一年，风调雨顺，周原的庄稼大丰。

那一年，上天用他明亮的慧眼，观照天地四方，洞察人世间的疾苦灾殃，发现殷商这个国家人神共怨，就把信任的目光投向姬昌，让他称王拯救饱受殷商欺压的民众。姬昌顺时应势，自称文王，把周原重新收拾整理。清除杂树，去掉枯木，将灌木草丛仔细修剪，让周地面貌焕然一新，大为改观。这时，与周毗邻，出自阮、共的密须国，对周进行了大肆侵犯，气焰极为嚣张。不仅占领了周的高山，还陈兵丘陵，霸占了周人的水泉。对此，姬昌勃然大怒，整顿军队，历勇抵抗，痛击敌人猖狂侵扰。“陟我高冈，无矢我陵。我陵我阿，我饮我泉，我泉我池，度其鲜原。”

那一年，姬昌戡黎。黎遂亡。

那一年，姬昌开始报复曾陷害他被羑有里七年的崇侯虎，攻打崇国，扫除反商路上的最后一个障碍。

那一年，国富民强，拥有天下三分之二的周人，已经不满足偏居在周原一隅，在文王姬昌的带领下，建起了坚固厚实的城墙、高大壮丽的宫殿、宽阔平坦的街道、整齐俨然的房屋。将都城从岐下迁到了东边的丰邑。新城不仅更加安全舒适，还设置了专门用于贸易交换的集市，人们不用出远门便可以物易物，满足各种生活需求。

那一年，欲在丰邑建灵台。筹划营建之初，百姓听闻，有感文王仁德，不召自来，仅用短短数天时间，便将灵台建成。随后，姬昌命将在朝歌蒙冤而死的长子伯邑考、商容、梅伯等忠烈之臣及为了周族壮烈死去的将士之名刻其上，安抚亡灵，祭祀忠魂。灵台是姬昌执行上天旨意的决策台，他在这里研易演卦，观测天象，制定历律，与民施教、祭祀占卜、会盟接见，国之大事，每一项重大决定都要在这里作出。

那一年，又在灵台附近辟草莽，建灵囿。灵囿内沼泽密布，龟鱼跃动，草木茂盛，麋鹿成群。姬昌亲教百姓栽种莲藕于灵沼，百姓可自由出入灵囿渔猎。

那一年，在灵囿内设辟雍，建太学，教人习礼……

那一年，那一年……发生的事情太多，姬昌已大多记不起。他的头发全白了，他的腰身也弯了，他将王位传给了次子姬发，以武为号，希望他能用武力推翻殷商，建立周朝。现在，万事俱备，只等奭南巡归来，带回强大的军事联盟。可如今四年过去，奭却杳无音信，莫知归期。尽管他像信任发、旦那样信任奭，尽管他比谁都了解奭所拥有的智慧与胆识，可毕竟四年啊，一千二百多个日日夜夜，他看不到他，听不到他，他就像他手中的风筝断了线，飘出了他的视野。“奭，你还会回来吗？你还能想起我吗？”姬昌悲伤地念叨着，期盼着。

夕阳如血，将丰邑涂上一层周人最喜爱、崇拜的红色。

那样坚不可摧的石山，在烈火与冷水的轮番作用下，终于被打开了缺口。

“照这样下去，不出三天，隧道即可贯通。”高兴奋地说。

“也许用不了三天。你听，凿石的声音越来越空旷了。”奭将耳朵贴在石壁上静静地聆听着，捕捉着。

“是啊，仿佛一锤下去，便可将石壁砸穿。”高欢欣鼓舞地说。随着话音落地，只听“嗵”的一声巨响，一道亮光随之射进了黑暗的隧道。

“打通了！打通了！”人们高声欢呼，喜极而泣。

走出隧道，再翻过几道山岭，跨过几条河流，岐山就在眼前。那一刻，奭忽然感觉身上没有了一点力气，腿脚发软，不再听使唤。他真想不管不顾地躺在地上，躺在冬日的干枯软和的草堆上，躺在冬日明净的阳光里，什么也不想，长长地、沉沉地睡上一觉。可是，前面还有一段路要走，他不能就此停下，他必须一鼓作气，带着和他同样欣喜同样疲惫至极的兄弟们踏上那块阔别四年的土地。

然而，面前的一切让奭始料不及。他怀疑自己迷路了，明明是记忆中的方位，却找不到原来的物事。连人也不知去了哪里，只剩一些断墙颓垣，悲哀凄苦地默默回忆着过去。

“就是这里啊，难道四年就让我忘了回家的路？”高满心的希望化作灰烬。

“我坚信我们没记错，一定是发生了重大事情。”奭拍拍高的肩膀安慰他道。

“不管发生什么，总要留个人等着我们，告诉我们啊。”高伤心地叹道。

“他们怎知我们几时回来？也许他们一直在等我们，刚刚才离开。”奭宽慰高道。

“接下来我们怎么办？”高迷茫地问。

“寻找他们，追寻他们。”奭坚定地说。

“旦，没有人把我们迁到丰邑的消息传送给奭吧？”姬昌侧身问道。

“没有。”旦如实答道。

“是啊，山高路远，他在哪里，谁也不知道，怎么给他传送消息。”姬昌无可奈何地自我安慰着。

“他们会不会回到岐下？因为他们是从那里出发的。”旦提醒姬昌道。

“即刻去岐下。”姬昌神情一振。

“可现在天色已不早，父亲如何经得住一路的风寒？何况我们并不能确定他们今日回来。”旦劝阻道。

“谁说不能确定？我正是接到上天的旨意，才出城迎接奭的。”姬昌执拗地说。尽管已九十七岁高龄，病入膏肓，衰弱不堪，可他的脾气却越来越倔强。

“确定，确定，父亲确定的事情，一定是能确定的。”旦赶紧改口，不使姬昌生气。

姬昌这才缓和下脸色，长长地舒了口气，似乎要将所有的疲惫、无力从身上驱散。夕阳照在他的脸上，把他的白发染成了金色，散发着一种神性的光芒。

“旦、发、散宜生，快看，你们快看，对面山坡上……”姬昌忽地坐直身子，睁大眼睛，惊异地叫道。

顺着姬昌手指的方向，旦、发及所有人发现，夕阳余晖里，一群相互搀扶、手拄木杖的人正步履蹒跚地向他们走来。

“是奭,是奭,一定是奭回来了。走在他旁边的不是高吗?”姬昌激动得声音都变了。旦理解父亲的心情,便将他扶下车,迎着那群人走去。

两群人相向而行,尽管步伐缓慢,但中间的距离依旧在缩短。终于,彼此都看清了对方。姬昌几乎不敢相信自己的眼睛,这群衣衫褴褛、满面尘灰、瘦骨嶙峋、发如蓬草的人就是那支南巡的队伍吗?那个走在前边、满面沧桑、须发蓬乱的人就是召伯姬奭吗?他的十四子姬高去哪儿?难道没回来?姬昌极力搜寻着,辨认着。

高看到了父亲的目光,听到了父亲的心声,大叫一声“父亲”,跪倒在地。姬昌张开怀抱,将奭与高搂进怀中,老泪纵横,白发舞动。

将　出

姬昌去世。

姬发决定完成父亲遗愿，对商出兵。

太姒征求奭的意见。

"先在雒邑观兵，以探朝歌虚实。如果没有把握取胜，我们即刻撤回，养精蓄锐，另择时机；如果朝歌果然虚空，我们就趁机用兵，一举攻入。"奭提议道。

"这倒不失为一个稳妥策略。"太姒点头赞道。

"不过，到时如果适宜用兵，我们的兵力还不十分充足。"姬发忧虑道。

"难道发兄忘了奭兄南巡之事了吗？"旦提醒道。

姬发恍然醒悟，但随即又愁眉苦脸地说："南方诸国路途遥远，等他们赶到雒邑，不知要到何年何月？何况只传书过去，他们是否听信？"

"发兄多虑了。此去南国，可走栈道，可通水路，即使最远的蜀地，也因我们南巡归来、贯通了褒斜之道而不再山水阻隔。此时若传书诸国，不过三两月，他们便能赶到雒邑。至于诸国是否愿意会盟，发兄完全不必担忧。只要见到我姬奭书信，他们一定会践诺守信而来。"奭信心十足地说。

"那就好！事不宜迟，还望召伯即刻修书，传信诸国，让他们务必明年二月赶往雒邑，会盟观兵。"太姒吩咐奭道，接着，又把旦唤到跟前，殷切叮咛道："旦，你辅助武王筹备观兵诸事，责任重大，万不可有所疏忽。"

新的一年很快来到。派往西南诸国的信使陆续返回。看到诸国如约赴会的回复承诺，奭对会盟成功更加充满信心。而发与旦也加紧了准备，并择定二月初旬率兵奔赴雒邑。武王九年的春天，对于周原和雒邑来说，注定是个不同寻常的春天。

雒邑，一个位于大河之南、雒水之北的城邑，早在夏朝，这一带便是夏都斟寻所在地。商汤灭夏，在此又建起西亳城，使用二百多年后北迁，一代帝都被闲置，沦为洛水之边的一个城邑。最后的夏王逃亡南巢，早期的商王偏爱北方，雒邑城中没有了王，也没有了鼎，只留下普通大众守着这方沃土，接受着大河洛水的浇灌滋润，充当着殷商西拒的一道屏障——西南而北去的河渡。

二月春风吹皱了雒水，也吹散了河面薄冰。比起周原的厚重朴实，雒邑的郊野更多了分轻盈灵动。玄鸟在麦田上空自由自在地飞舞，呢喃之声惊醒了一棵老杏树，它睁开惺忪的睡眼，为自己戴上一树白里透粉的花朵。

“就是这里了。”在雒邑郊野实地考察数日后，奭终于找到了满意的地方。那是一块位于大河南岸、北距雒邑二三十里的开阔地带。既可布兵演练，又避免惊扰雒邑百姓。

“召伯眼光独具，考虑周全，将此处作为会盟之地，再合适不过。”旦赞同道。

暮色中，一个熟悉的身影渐渐浮现。奭睁大眼，使劲儿地辨认着。终于，那个身影来到了跟前，是卢重环。

“想不到你也能来！”奭惊喜地俯下身去抚摸卢重环。卢重环仰起脸，看了看奭，便回头看着身后的人。那人身背弓箭，皮肤黝黑，猎人模样。他便是与卢重环主人私奔的卢猎人。两年前，他与卢重环主人、那个美丽多情的彭国女子，离开彭国后，本打算远走高飞，找一个谁也不认识的地方隐居下来，过不被打扰的安宁日子。但没走多远，卢重环的主人便有了身孕，卢猎人便在卢国最南边的深山里找了个山洞住了下来。那天，奭率众帮彭、卢两国寻人，只差一步便到了卢重环主人居住的洞口。但山高林密，地势险峻，奭不得不返回，继续向另一个方向寻去。而卢重环却凭着上天赐予的敏锐嗅觉，嗅到了主人的气味，连跟众人打个招呼都顾不上，就一溜烟地钻进密林，不见了踪影。所有人都以为卢重环走失了，只好惋惜着离开。

与主人久别重逢，让卢重环欣喜不已。卢猎人、卢重环主人、卢猎人与卢重环主人所生的儿子，还有卢重环，他们组成了一个四口之家，快乐地生活在大山深处，直到有一天，卢国国君狩猎，无意中撞见了卢猎人，这个四口之家才回到了人群聚集之地。而卢猎人也因为当年召伯姬奭对卢侯的劝说，被卢侯委以重任，成为卢国兵士首领。

“能带卢重环来的一定是其主人卢猎人了？”奭明白卢重环的意思，便直起身向卢重环回头看着的卢猎人问道。

“在下正是卢猎人。你是谁？怎么认得卢重环？”卢猎人疑惑地看着奭，语气警觉生硬地问道。

“我便是两年前南巡、跟着卢重环寻找过你们夫妻的召伯姬奭。”奭随和自然地答道。

卢猎人一惊，赶紧跪下谢罪道：“小人有眼无珠，冒犯了召伯，请召伯降罪。”

奭急忙将卢猎人扶起，亲切温和地说：“初次见面，问问名号，人之常情，何谈冒犯？赶紧起来，这一路走来一定是吃了不少苦。”

卢猎人起身，发自内心地感叹道：“召伯果然如卢君所说，待人一视同仁，和蔼可亲，是我们这些小人庶民的保护神啊。”

“卢猎人言重了，快别这样说。”奭打断卢猎人的赞叹，继而问道：“但不知卢君几时能到？”

“卢君已在路上，距我不过三五天的路程。我这就给他传信，就说已在雒邑见到召伯，请他放心大胆赴盟。”卢猎人实话实说道。

“这么说你们是有意分开前来的？为何这样做？”奭不解道。

“不瞒召伯，西南诸国因与岐周素无往来，彼此并不了解，所以不能不存着戒心。此番雒邑会盟，若不是召伯您的信函，我们是不会应约的。”卢猎人如实说道。

正在这时，卢重环忽然朝着来时路吠叫起来。

“是否又有客人到了？”奭急命人点起火把探看迎接。果然不出所料，白发如雪、脸色红润的彭伯在阪徒率兵护拥随从之下，正从容走来。

奭迎上去，与彭伯相见。

“你在这里，我就放心了。”一见面，彭伯便如是说道，可见他和大多人一样，对第一次与周会盟心中没有十足的把握，也缺乏高度的信任。如果不是奭南巡打下的基础，雒邑会盟也许他们不会参加。

“我也是这样考虑。如果到了雒邑，不见召伯，我便当即返回。”随着话音，庸公貅出现在众人面前。他比两年前沉稳了许多，眉目间开始隐隐流露出霸气。那把青铜戈被他握在手中，配以华服骏骑，显示出的不仅是他个人的风度，更显示出庸国的富庶和强大。出乎意料的是，他竟然带着家眷宠妇。那名宠妇不是别人，正是当年被他视为红颜祸水的子媲。经历了父子两代的爱恨情仇，子媲变了，被庸公貅的爱情改变成了一个普通人家的女子。抛却了大邦之子虚无的高贵荣耀，忘却了被作为驯服笼络人心的工具的苦恼，子媲开始聆听内心的声音，开始寻找那个作为真正女人的子媲。上天可怜她，让她找到了沦丧在王权与战争重轭下的子媲，并复苏了她的灵魂，得到了庸公貅的爱情。从此，她便只做庸公貅的女人，和他朝朝暮暮厮守在一起，直到地老天荒。其他的，一切皆与她无关！

随着卢、彭、庸等西南诸国抵雒，其他接到邀约的方国也陆续到达。至二月中旬，已有上百个方国先后赴约。奭将情况及时反馈给姬发，姬发与周公姬旦随即率大军赶往雒邑。与之同时，一些并未接到周约的方国，在闻悉会盟盛况后，也不约而同纷纷前来。一时间，天下八百诸侯相聚雒邑，共举反商大旗。

然而，出乎奭意外的是，蜀王弓鱼却迟迟不见动静。

“蜀地最远，弓鱼又是第一次来中原，估计来得会晚些。”苻看出奭的忧虑，安慰他道。

“我倒不是担心他来得晚，反而希望他此番会盟先不要前来。”奭出乎意料地答道。

“却是为何？”荇吃惊地望着奭。

“弓鱼继位不过年余，千头万绪，等着他去做的事太多。况且大巫师氏朱又突遭不测，人心惶惶，局势不稳。此时，弓鱼离开，若有人趁机作乱，岂不坏了蜀国大事？”奭顾虑重重地说。

“你所担忧不无道理，可弓鱼的能力，你我已亲眼所见。相信他这段时间已把国事安置妥当。放心吧，他不会有事，蜀国也不会有事。”荇劝慰道。

“许是我多虑了，不过此番会盟，有天下八百诸侯赴约，弓鱼来与不来都不影响大局。我看是否给他加急传书，劝他不要来参加此次会盟？”奭一时拿不定主意。

“恐怕他此刻已在路上。再说了，武王、周公若知你阻止弓鱼会盟，会不会对你产生看法？”荇担心道。

“他们会理解的，立国不易。我们总不能为了自己而连累损害他人利益。”奭正色道。

“话虽这样说，但真正能做到的又有几人？”荇叹道。

正是花开的季节，红的桃花、白的棠棣花把中原的春天打扮得格外娇艳。缓马穿行在花海中，连续数月翻山越岭、长途跋涉的艰辛与疲惫悄然离去。两个多月前，弓鱼接到奭的信简，告知他雒邑会盟之事。尽管奭在信中只是告知，并未明确要求他率兵赴盟，但弓鱼还是二话不说，将一切事务交代给太宰，便率军上路了。当年，奭在蜀国，为了鱼凫王朝的安稳，为了蜀国百姓的生存，付出了那么多。如今，奭所在的岐周有事，他弓鱼岂能袖手旁观，置之不理？

正午的日光，暖暖地照在身上，让人昏昏欲睡。将士们由于急于行军，从早上到现在，只吃过一次饭。此时已是饥肠辘辘，微有怨言。弓鱼见状，便下令就地歇息，生火做饭。

“何人挡在路上？让我等后来者如何通过？”一声不满的喝叫把弓鱼从恍惚中唤醒。扭头看去，一队西南装饰的人马已经近在咫尺。为首的是名浓眉虎目的中年男子，紧跟在他身旁的是个十几岁的少年，垂发齐眉，清秀俊朗。再往后，是他们所率的队伍，不过二三十人，与弓鱼的百余之伍相比，无论人数气势均不可同日而语。

弓鱼深呼一口气，振作起精神，把那朵不知来自何处、又去往何地的卷耳（一种葡科植物）紧紧地压在心深之处，使她不来干扰自己，影响自己的正常判断。

“可是前来会盟？”弓鱼躬身探问。

“你是何人？”来者充满戒心地反问。

“蜀之鱼凫王弓鱼。”弓鱼毫不隐瞒地答道。

“鱼凫王弓鱼？”对方始疑后喜地惊叫道。

“正是鄙人。”弓鱼谦称道，随手指了指身后那支庞大浩荡的队伍。

来人急忙从马上跳下，朝弓鱼施礼道：“鄙人髳国侯弋，久闻鱼凫王弓鱼之名。今日一见，果然不凡！”

“原来是髳侯，幸会！”弓鱼还礼道。

蜀、髳两支队伍结伴而行，浩浩荡荡前往雒邑。

“你我最远，路上走了两个多月，不知能否赶上会盟？”髳侯担心道。

“只要我们能来，日期倒是其次。相信他们会体谅我们路途遥远的苦衷。”弓鱼道。

“是啊，长途跋涉，吃尽了苦头。你看，我儿子都瘦了一大圈。”髳侯看着齐眉心疼地抱怨道。

“清瘦一些，倒更显精神抖擞。”弓鱼笑道。

“这也是我此行的主要目的。借机让儿子历练历练，开开眼界，长长见识。”髳侯坦率地说。

“为髳国培养一代雄才大略的国君。”弓鱼接着髳侯的话道。

“可我们那样一个僻远狭小之地，雄才大略又有何用？如果真想施展才能，还得有贵国那样一方沃土。”髳侯无限羡慕地说。

“小国有小国的不足，大国有大国的难处。治理国家，确实不是一件容易的事。”弓鱼叹道。

髳侯赞同地点点头，继而转移话题，问道：“鱼凫王刚才何以独自站在路上？”

弓鱼没料到髳侯会这样问，一时不知该怎么回答，便随口说道：“看见了一样从未见过的花草，感觉新奇，便停下观看一番。”

“中原自来花多人美，鱼凫王难道只看见了花草而没遇见美人？”髳侯调侃道。

“看见又如何？徒留遗憾，徒增烦恼。”弓鱼哀叹道。

“有何可烦的？中原，不过如此。我就不信，堂堂鱼凫王找不到一名喜爱的美人？”髳侯劝慰道。

“美人可遇而不可求，如果刻意地去寻找，恐怕永远也找不到。”弓鱼伤感地说。

“那咱就去寻找你刚刚遇到的美人。”髳侯顺着弓鱼的话说道。

“我倒真有这个打算。会盟结束后，先不回国，就在此地寻找她。”弓鱼深情地说。

“美人重要，江山更重要。你不回去，那么大的一个蜀国怎么办？”髳侯信以为真道。

“不要了，谁想当蜀王谁就去当吧。”弓鱼开玩笑道。

“谁想当就去当？那可是蜀王啊！”髳侯惊叹道。一个可怕的念头随之划过脑海。

会　盟

雒邑的春天，随着会盟各国的到来走向高潮。

子拓帮着奭在河南岸堆起了会盟台。台高数丈，四周开阔。北有大河阻隔，南有山岭屏障，东、西皆为密林。台在其中，隐蔽性极强，如果不是事先得知，一般情况下，是很难被察觉发现的。

姬发对此极为满意，选定日期，率诸盟国登台盟约。

那是一个晴好的天气，桃花已略显疲惫，可依然为会盟红艳着。天空蓝得连一丝云彩也没有，让春光一览无余，尽显明媚。姬发披上了那件由邑姜亲手缝制的大红氅裘，威风热烈，高贵神圣，在旦、奭、姜尚、散宜生等重臣的陪同下，登上高高的会盟台，慷慨陈词道："我的祖先对上天功德无量，因此上天命我先王灭掉殷商，拯救万民。不幸先王已逝，将重任托付于我。为实现先王遗志，我背负着先王木主(灵牌)，不远千里从丰邑来到雒邑，为的就是与诸位相聚于此，会盟于此，齐心协力，共举反商大旗，建起属于我们共有的乐土。"

众人欢呼，拥护武王。旦不失时机，将周人历代功绩歌唱。会盟在歌颂中达到高潮，进入歃血环节，酉人捧出浓烈的黍酒，从姬发开始，参与会盟者依次将腕血滴入酒中。酒色由浅渐深，由稀渐稠，直至血腥冲散了酒香，殷红融化了清冽，那碗血酒才重新回到姬发手上。他高举酒碗，跪拜上天，答谢后土，率先饮下第一口歃血之酒……

血酒饮下，盟誓发过，所有人的情绪都被点燃。姬发无法控制内心的激动、压抑灭商的热望，扔去酒盏，拔出佩剑，振臂高呼，乘兴发出了渡河命令。他要向大邑商宣战，他要让那座雄踞中原六百年的殷商江山，改旗易帜，血红染遍。

“发兄,不可!”旦一个箭步上前,按下姬发举起的佩剑。

“难道你怕了不成?”姬发被兜头泼了一盆冷水,疑惑而有些愠恼地问道。

“此次仅是会盟,各方准备并不充足,且敌情未详,如何敢贸然行动?”旦指着那些甲饰鲜明、旗帜鲜艳的盟军说道。

“可他们带来的都是自己的精锐之军,以一挡百,能力非常,何言准备不足?”姬发大声辩驳道。

“精锐并不等于主力,即便是主力,贸然进军,也是用兵大忌。”奭上前帮着旦耐心劝解道。

“召伯的意思是,我们的联军根本就是一群乌合之众?”姬发生气地将矛头转向奭。

“发兄误会召伯了。”旦急忙劝解姬发。

“我误会了? 难道不是我所理解的? 此次会盟,我知他的功劳。如果没有他四年的南巡,如果没有他事先到雒邑打探,创造条件,我们的会盟不可能成功。可这些也不能是他随意违背我的意愿的理由啊?”姬发伤心地说。

奭在一边静静地听着姬发的抱怨,一言不发。他知道此时此刻任何的解释都只能是火上浇油。雒侯子拓望了望奭,担心地小声叹道:“如果武王执意用兵,估计也是有去无还。到时,我和雒邑也就彻底完了。”

“你且放心,发兄的脾性我了解,眼下不过是气头上。况且有旦劝解,他很快会冷静下来的。”奭安慰子拓道。

“我看叔旦倒是个冷静客观之人。”子拓把期待的目光转向旦。

此时,在旦的劝解下,姬发的怒气渐渐平息下来。他回过头,拉着奭的手,不无歉意地说:“适才也是我一时心急,话说过了头,奭弟万不可介意。”

“发兄言重了! 其实也怨我思虑不周,没有顾及发兄的感受。我们不远千里,扶着文王的木主,从岐下来雒邑,为的就是让文王亲眼看到我们的志向与行动,以慰他平生夙愿。而我只考虑到用兵一层,没有设身处地站在发兄的立场考虑,还望发兄谅解。”奭诚恳地向姬发恭揖道。

姬发急拦阻，正要开口，旦却插话道："小小言语误会，不提了，就让它过去吧。眼下我们还得抓紧计较一下怎么做，总不能让那么多人干等着吧？"

"但听旦弟一言。"发、奭异口同声道。话一出口，两人不觉惊奇，相视一笑。

"既然两位兄长看起，旦就承让了。综合两位兄长的意见，我认为可渡河，但不用兵，仅做一次军事演习。"旦折中道。

"如此甚好。但必须严加防范，抵岸即回。"奭强调道。

姬发点点头，重新举起佩剑，下达渡河命令。

八百诸侯齐声响应，奋勇向前。一时间，千舟竞发，浊浪滔天。风，不再微醺；云，不再轻白；日头犹豫了一下，赶紧收敛，黯淡。

"天怎么突然阴沉了？"姬发心里一惊，问道。

"也许是先王在暗示我们，凡事不可操之过急？"旦推测道。

"且稳住，再静观片刻，如果天仍不放晴，我们就得收兵。"奭镇定道。

与此同时，发似乎也感到了异常，但血液正在燃烧的他，很快忽略了这种感觉，剑指北方，情绪高涨，率领大军，直冲对岸。风大怕什么？天阴有何惧？从十几岁起他便跟随父亲东征西伐，冲锋陷阵。何等的恶战没有经历过？何种的惊险没有目睹过？攻打密须，戡黎伐崇，哪一次不是生死之争？哪一回不是死里逃生？如今，父亲不在了，他接替了父亲，既要运筹帷幄，又要身先士卒。他是王，也是将。但在内心深处，尤其是面对攻伐，面对厮杀，他更倾向自己是一名冲在最前的将士。他喜欢听刀戈相撞的声音，喜欢看血流成河、人头落地的瞬间。因为只有在那种场合下，他才能找到自我，恢复自信，体会到作为一名战神的强大与荣耀。

风越来越大，浪越来越高，天越来越阴沉，酒劲越来越小，部分盟兵开始滋生观望情绪。

"不是说会盟吗？怎么观起了兵？"走惯了山路，深谙打猎伏虎之道的卢猎人不禁心慌，害怕地问卢君。卢君对此也极不习惯，但船行河中，他又能奈其何？

浪湿氅裘，风浸体肌，让姬发沸腾的血液渐渐冷静下来。抬头望望天空，举目眺望远方，他感到了隐隐的不祥。

“旦、旦，快快灼龟问贞。”姬发焦急地唤道。话音刚落，只听“啪”的一声，一条硕大的白鱼跳上船，在姬发面前挣扎翻腾。

“何用灼龟？上天已经明言。”旦一脸肃穆地说。

这时，一道红光从空中掠过，像一团燃烧的火，穿云破雾，直直下坠。

“旦、旦，快来看，火鸟，火鸟！”姬发惊骇地睁大眼，大声喊道。

众人急围过来，果然看到一只火红的大鸟，瞪着一双绿宝石的眼，左顾右盼，似在寻觅什么。

“当年在朝歌，听闻王受曾猎获一只神禽。观此禽，倒和那只十分相似。”奭回忆道。

“召伯这么一说，我倒想起来了，王受的那只神禽我见过一次，和此禽一模一样。”子拓惊奇道。

“他的禽鸟怎么飞到我的船上，莫非他已来了？”姬发惊恐地说。

“发兄不必担忧。你看此禽身缚红绸，腿绑骨甲，说不定是给我们送信来了。”奭边说边将胶鬲绑在神禽腿上的密信解了下来。细看，上面只数字：王疑，欲兵，速退。

“果然是胶鬲传信，发兄，赶快撤退，不然就来不及了。”奭急切道。

“是啊，发兄。伐商兴周不在一时，我们回去吧。”旦劝道。

“天阴大风，白鱼跳船。如今又来了这么一只如火燃烧的禽鸟。胶鬲之言不能不信，回去，静待时机。”姬发仰天长叹。

易　暴

时隔一年，时机成熟，姬发正式踏上反商之路。于一月二十六日，率战车三百乘、虎贲三千人，以及数万步兵，出兵伐纣。

与此同时，接到通知的西南诸国等周之盟国，已行进在通往雒邑的路上。按约定，他们要在一个月后与周军在上次观兵的盟津会合，组成联军，同伐暴商。

盟军陆续到达。除了西南八国外，还有周的近邻虞、芮、登、渑、载、宫、衣、舆、盂、沁等方国。他们都曾为商的属国，但最终都因纣的压榨而脱离商的管辖，转而投向志同道合的周，成为周伐商的重要力量。

又过两日，联军全部抵达盟津，至此，伐商总兵力近十万。大部分方国由国君亲自上阵，率领的都是精锐之师。弓鱼自不甘落后，不仅带来了蜀国主力，还把雒城戍军调动了一半，以充实加强联军力量。彭伯倒没来，也没派大批人马，但他却送来了足量的药材，以备联军不时之需。值得一提的是，巴国也来了，由新任巴君、胭的兄弟率队，为联军再添一股不同寻常的力量。

姬发彻底放弃不自信，在姜尚、散宜生等贤臣谋士及奭、旦、高等众兄弟的辅佐下，率领十万大军，开赴朝歌。

从盟津到朝歌，要途经牧野。牧野距离朝歌不过百多里路程，是朝歌的重要门户，也是朝歌通往南方的交通要道。地理、战略位置极其重要。为此，帝辛将这里视为京畿重地，辟为巡猎区域，不仅常常巡行狩猎，还派驻重兵防守。然而，近年来，由于东夷兵急，帝辛不得不一次次将戍守牧野之兵调往前线，致使牧野防守兵力逐年下降，到牧野之战这年，已不足正常的四成，且军心涣散，形同虚设。

这让姬发的进军显得格外顺利。然而，出于战略家的考虑，身为太师的姜尚还是让队伍停了下来，没有贸然进攻，而是在距牧野三里开外的安全地带驻扎下来，打探敌情，布阵编队。直到第二天凌晨，天将亮时，才拉开战斗的帷幕。

东方刚刚露出鱼肚白，空旷的牧野一片静寂。三百辆战车，在晨光熹微中一字排开。车上，全身铠甲、头戴铜盔的武士挽弓执戈，威风凛凛；车边，一手持剑、一手握盾的骑兵，目视前方；车后，步兵方阵，整齐划一。每名兵士手中，都有一支长戈或丈矛，齐刷刷地高举着，在一望无际的原野上，擎出一片密不透风的森林。

太阳就要升起，朝霞染红了半边天空。沐浴着灿烂的霞光，姬发身披红色大氅，头戴雉尾羽冠，左手持黄钺，右手秉白牦令旗，走上高高的指挥台，面朝来自四面八方的盟友联军，激动地感慨道："我们来自遥远的西土，我的友邦的国君及执事大臣们，司徒、司马、司空、亚旅、师氏，千夫长、百夫长们，以及庸、蜀、羌、髳、微、卢、彭、濮等国的人们，举起你们的戈，握紧你们的盾，拿好你们的矛，我要发布誓词了。"

"诺！"数万将士声如雷动，惊天动地。随着一阵排山倒海般的声响，所有的戈举了起来，所有的矛竖了起来，所有的盾牌排列齐整，映照着红日朝霞，发射着耀眼的光芒。

"拿剑来，我要亲手取了姬发人头！"受怒不可遏。

早在姬发盟津渡河时，受便接到了前方急报。但他根本就不当回事。两年前，比干不是说姬发在雒邑与天下八百诸侯歃血会盟吗？结果呢？还不是捕风捉影，虚惊一场，还连累胶鬲白跑一趟。这次又说他来了，恰在主力大军开往东夷、朝歌空虚的节骨眼上。这是不是别有用心的人造谣生事，惑乱人心呢？受怀疑着，幻想着。正在这时，传来了姬发已到牧野的消息。紧随其后，牧野阪徒也惊慌失措地跑了回来。受的怀疑与幻想终于被彻底打破，在严峻的现实面前，他不得不相信盟津观兵确实发生过，比干没有欺骗他，萁子也没有欺骗他。那么，欺骗他的只有一个人，就是他最信任的胶鬲。然而，此时的胶鬲却在眼前消失了。受大叫一声，颓然倒地。但步步逼近的敌人，不容他悲哀或暴怒，摆在他面前的只剩一条路，那就是迎战。

受迅速恢复常态，召集众臣商议对策。而此时，朝堂之上除了沉闷压抑的气氛，就是那惶惶的人心了。受忍无可忍，拔出长剑，逐个指着逼问。妲己在旁看不下去，主动说道："我倒有个想法，不知可否？"

"讲！"受回过头惊喜地看着妲己。

"传命四方属国，让他们速来勤王。"妲己道。

"时间紧迫，路途遥远，已经来不及。"受断然否定。

"那就以退为进。不妨先离开朝歌，到东夷与主力会合，再回过头反击姬发。"妲己继续出主意。

"你让我弃城而逃？不可能！"受恨恨地捏碎了一只玉杯。

妲己无趣地低了头，退坐一旁，再不作声。其他人更是噤若寒蝉，屏息敛气。

受困兽一样，无视众人的存在，兀自彷徨徘徊，发怒咆哮。

忽然，他停了下来，咬牙切齿道："姬发孺子，不过西岐农夫，我就不信他能掀起多大的浪。"说毕，吩咐下去，要求以最快的速度将朝歌城内近二十万的俘虏和奴隶武装起来，由自己亲率留守朝歌的虎贲精锐，押送这支庞大的奴隶军，奔赴牧野战场。他要乘姬发立足未稳之际，速战速决，一举将其击溃。因为受比谁都知道自己的战斗力。他没有与姬发抗衡的战车，没有能杀惯战的将士，就连他那独一无二的大象军，都被他派到了东夷。他唯有凭借兵士的数量去冲一冲，赌一把，保住自己的天命。

太阳当空，高悬在受与姬发头顶。在距一箭之遥的地方，双方同时停了下来，同时被对方的阵势所震撼。

受没有想到，一直以来被他蔑视欺压的周人，居然拥有如此一支装备先进精良的军队。尤其是在他眼中不值一提的姬发，竟然能召集起那么多的诸侯，组成盟军，同仇敌忾。

姬发没有想到，将主力全部派往东夷的受，一夜之间，还能武装起这样一支庞大的队伍。尽管无法判断他们的战斗力，但在人数上，姬发知道，那是远远超过己方的。他不由倒吸一口冷气，暗自庆幸上次盟津观兵，胶鬲及时送到情报，不然，后果不堪设想。与此同时，他身后的将士也看到了商军的阵势，矛戈如林，旌旗蔽日，无数的兵士就像荒野之上的杂草，密密麻麻，连成一片，将无边无际的牧野遮盖了大半。

刚刚被姬发的誓词点燃的信心与勇气，悄然松动。队伍中响起一阵观望不安的窸窣之声，甚至那些迫于大势、勉强出兵的盟军已开始东张西望，打探退路。

姬发第一时间察觉到形势的微妙反转，当机立断，决定先把战斗打响，抢占先机，赢得心理上的优势。他回转身，朝着他的将士与盟友高呼道："维予侯兴，上帝临汝，无贰尔心！"

旦不失时机地重复强调道："勇士们，为了我们共同的利益，勇往直前！上帝正在看着你们，千万不要改变主意！如果谁想改变主意，畏缩不前，他必定要受到严厉的惩罚。"

恩威并施下，队伍瞬时又安静肃整如故，士气再次得到鼓舞。姜尚见状，就要下令擂响进攻的战鼓。

"太师，且慢！"奭急拦道。

"召伯有话请讲。"姜尚收起手中的令旗。

"商军数量是我方数倍，倘若我们就此冲杀过去，一旦陷入重重包围之中，便难以脱身了。"奭顾虑道。

"召伯所虑极是。依你之意，我们怎么做才稳妥有利？"姜尚问道。

"巴人善歌，蜀人善舞，我们就以巴蜀歌舞打前阵。"奭答道。

"歌舞上阵？"姜尚诧异地望着奭。

"正是，如果运用得当，歌舞照样退雄兵。"奭将南巡时遭遇蜀巫歌舞惊吓之事简要述说了一遍。

姜尚大为惊奇，同意了奭的计划。

受严阵以待，只等姬发攻来，他便率领千军万马掩杀过去，以绝对的人数优势，一口将姬发吞掉。至少，让他不能再往前走。

然而，出乎意料的是，天近中午，姬发仍在原地犹豫，甚至开始缓慢后退。难道他怕了？受心里又惊又喜，恨不能立即追杀过去，砍了姬发人头。但他克制住了冲动，让发热的头脑冷静下来。姬发踟蹰不前，他何尝敢轻举妄动？

太阳偏西，姬发停止了后退，下令就地休整。

受不由松了口气。将近一天的僵持，让他疲惫不堪。但他丝毫不敢放松警惕，他知道，夜色是敌人最好的掩护。果然，天刚黑下来，姬发便再次缓缓逼近。受再次严阵以待，只等敌人近前，便杀他个片甲不留。

然而，再次出乎受意料，姬发突然停止了前进。随之，一阵诡异的声音响了起来。时而高，进而低，时而如凄厉的哭声，时而如恐怖的狞笑。受一时愣怔，不知对方究竟要干什么？渐渐地，杂乱的声音有了节奏旋律，可清晰地听出是人的歌唱了。但那歌声凄凉、悲伤，明明一个游子，孤独无助地怅望家乡，思念家人。受的兵士不是俘虏，便是奴隶，哪个不是与亲人生离死别，相聚无望？歌声唱进了他们的耳中，更唱进了他们的心中。士气在歌声中悄然低落，怨气在歌声中迅速上升。

“把耳朵捂上，不许听！”受急下命令。但黑夜给了奴隶们胆量，命令在夜幕中被撞得支离破碎，变得苍白无力。无奈，受只得下令撤退，让距离隔断干扰。但那声音好像附在了身上，紧紧地跟着，死死地缠着，慢慢地又变回之前的凄厉恐怖之声。此时，夜深人静，恐惧与疲惫，让受的眼睛出现了幻觉，远处的山、近处的树、身边的石变成了一只只巨大的怪兽，张牙舞爪地扑来。受不由惊叫了一声，但他随即又镇定下来，严密观察着敌人的动向。而他的那些兵士远没有他那么强大的意志力、自制力，胆怯与怨恨让他们畏缩不前，乱作一团。受大怒，杀了数百名兵士以儆效尤。但收效甚微，恐惧继续像瘟疫一样在军中肆虐。

正在这时，一团团奇形怪状的物事，不知从哪里冒了出来，在恐怖怪异声音的伴随下，步步逼近。受瞪大眼望去，除了怪团的大致轮廓，什么也分辨不清，这更增加了恐怖的感觉。受从乘坐的戎路车上站起，冲着打前阵的兵士吼道："冲上去，杀死它们！"

打前阵的兵士从未见过如此怪异恐怖物事，推推搡搡，不肯上前。受大怒，驾车冲到前边，手起剑落，又无数个生命瞬间凋落。但鲜血与惨叫声并未阻止怪团行进。近了，越来越近了，那非人非兽的身体，那青面獠牙的面孔，那令人毛骨悚然的声音……受惊骇地跌坐在车上。与此同时，前阵的兵士爆发出了比怪异声音更恐怖的惨叫声，潮水般的往后退。受极力阻拦，但排山倒海的人流几乎将他的戎路车撞碎。

时机成熟，姜尚亲率三百战车，冲入惊魂未定的敌阵。伴随着黎明的到来，趟开了一条血路。奭率三千轻吕虎贲紧随其后。太阳升起，又是一个晴朗的天气。洋洋牧野，剑光闪烁，"檀车煌煌，驷马彭彭"。冒着商军密集的箭雨，姜尚与奭各率其部，相互配合，如入无人之地。

受不得不再次后退。姬发不失时机，挥舞令旗，擂起战鼓，精锐主力开始了全面冲锋。商军全线溃退，霎时间，牧野之上，血肉横飞，血流漂杵。

受见大势已去，不得不仓皇而逃。

甲子日这天的旭日，默默地记下了这一幕；另一个记下这一幕的却是利。战争过后，由于作战勇敢，利受到了武王的奖赏，他用武王赏赐的铜料，铸造了一个铜簋，并将牧野之战全过程记录其上，以示荣耀。无意中，为中国考古史留下了一个利簋，也为中国历史留下了一段信史。

夕阳西下的时候，受丢盔弃甲，扔下他华贵的戎路车，狼狈不堪地逃回了朝歌。然而，还没等他逃回桐宫，姬发的大军便已攻破了南城门。受只得从北门仓皇出逃，一路狂奔，躲进了鹿台。这是受为储藏他无数珍宝财物而专门修建的一座离宫。平时，只要有空，他便会带着妲己来这里。白天饮酒作乐，夜晚便躲进密室，以数财宝为乐。妲己就坐在身边，帮着他数，珠光、宝气、美人，受深深地陶醉了。

然而，转眼间，一切都消失了。妲己不知身在何处，这些珠宝很快就要沦落在姬发之手。不，我不会让他享用这些珍宝。他已夺了我的江山，但他不能拥有我的珍宝。我要带着它们一起走，到祖宗神灵面前炫耀一番。想至此，受忽然有些想笑。他便由着性子，在这阴森的宫殿里大笑。笑着笑着，喉咙已紧，泪水便如决堤的河，汹涌奔流起来。受感到了前所未有的畅快，几十年攒下的眼泪，在那一刻，全部得到了释放。

“我知道你会来这里的，我等你几天了。”消失多日的胶鬲忽然出现。

受一把揪住他，瞪着血红的眼，要把他撕吃了似的：“你骗了我一辈子，到最后，还想来骗我吗？”

“你已经没有什么可骗了，关键是我不想再骗你了。毕竟，这么多年，你待我不薄，到我该还恩的时候了。”胶鬲不紧不慢地说着。

“还恩？你怎么还我几十年对你的信任？”受愤恨不已。

“命，我把命还给你。”胶鬲说着，从袖中抽出一柄短剑，插进自己胸口。

“我对你几十年的信任，就换你一条命。值？还是不值？”受自问道。

没有人回答他。

太阳走完了一天的路，就要落下了。受知道，姬发很快会找到这里，这是他最后的时刻了。姬发不会放过他，他也不会向姬发低头。他要赶在他来之前，结束自己的生命。他将能穿戴在身上的珠宝全部穿戴上，将不能穿戴的堆放在身旁。然后，把珍藏多年的美酒佳酿全部砸碎，让它们肆意挥发流淌，将整座宫殿充斥浸淫。一切准备就绪，受坐在珍宝堆中央，擦燃火石。带着浓烈酒香，人随火焰腾空而起，霎时将鹿台包裹吞噬。

熊熊大火中，六百年的殷商王朝灰飞烟灭，永不复返。

麦 秀 歌

“轰隆”一声，天塌了，密密麻麻的巨石劈头盖脸地砸来。萁子大叫一声，清醒过来。原来是梦！他苦笑着拭去额头的冷汗，重新躺下，无边的黑暗立即赶过来，将他再次淹没。

已经连续三天，只要一闭上眼，萁子的脑海就要浮现天塌地陷之类的场景。刚开始，他以为是自己忧思过度、神思恍惚出现的幻觉。但随着次数的不断增加，他忽然意识到，这不是梦，而是现实，预兆着朝歌必有大事发生。他向监视看管他的爪牙哀求，放他回朝歌去看看。不管结果如何，他都会按时返回，决不连累他人。然而，没有一个爪牙愿意冒此风险，萁子的想法永远只能是个想法。

辗转反侧中，天色渐亮，萁子悄悄起了床，走出囚室。远处的青山连绵起伏，在淡蓝雾岚的衬托下，更显冷峻神秘。原野里，已有若有若无的绿意，辛夷花的清香幽幽传来，让他情不自禁地迈开了步子。然而，没走几步，他便走到了悬崖边。无路可循，自然也无梯可踏，可供他行走活动的，唯有这个方圆不足三丈、四面临渊的土台。

萁子哀叹着退回，回到囚室，拿出书简，继续撰写心血之作《洪范》。早在几年前，萁子便已向受提出过治理国家必须遵循的大法，但没得到受的重视。不仅如此，还受到受的猜疑和冷嘲热讽。萁子心寒，便暂时放弃了著述，直到这次被囚，才又重新拾了起来。凄风苦雨的日子，因此多了一丝光亮与希望。

太阳又将结束一天的奔走，腰酸背痛的萁子直起身，揉了揉昏花酸涩的眼，一天中第二次走出囚室，独自徘徊在他的禁地。暮色从四面八方赶来，昨晚的梦境在苍茫中浮现。天塌了，地陷了！天塌了，地陷了……萁子遥望北方，喃喃自语。

“是的，殷商的天塌了，朝歌的地陷了。”奭突然出现。

箕子惊骇地瞪大了眼。不是因为奭的突然出现，而是被奭带来的消息所击中。他一眼不眨地看着奭，仿佛从未见过他。“你是谁？你怎么在这里？我讨厌你，你给我赶紧走开。”箕子突然爆发，使劲地去推奭。

“你知道我是谁，你也不讨厌我，你不过是讨厌我给你带来的消息。”奭任由箕子失去理智地推搡责骂。

“是你把殷商的天打塌下来的吧？是你攻陷我的朝歌的吧？你个无情无义的小人，看我今天不杀了你！”奭的忍耐更激怒了箕子，他飞快地拔出奭腰间的轻吕，就要刺向敌人。高在旁边，眼疾手快，一把抓住箕子的手，趁势将他推倒。箕子重重地摔倒在地，轻吕也随之从他手中摔出。

“高弟怎么如此莽撞？”奭急忙去搀扶箕子。

“这一摔，把我摔醒了。”疼痛冲淡了的箕子的躁狂，也让他渐渐清醒。

“跟我回去吧？再没人把你囚禁在这里了。”奭搀扶着箕子回到囚室。高急忙找来烛火点燃。

“回哪里？朝歌吗？我还能回去吗？”箕子伤感地说。

“当然能回去，朝歌永远是你的家。”奭真诚地劝说。

“朝歌，朝歌。”箕子自语着，陷入沉思，神态目光中流露的全是对朝歌的留恋与渴望。“可我不会回去的，我情愿死在这里，也不愿做周臣。”忽然间，箕子收回迷离的目光，以不容置疑的口气说道。

“我理解你的心情。可不管是殷商，还是姬周，改变的只是称号，不变的仍然是那个天下，那些百姓。天下大治，百姓才能安宁。如今，商亡周替，百废待兴，天下与百姓都需要您这样的人去治理，武王更需要你这样的贤臣去辅佐。难道你会因为改朝换代，名号不同而置天下百姓于不顾吗？”奭情真意切地劝说着。

箕子长叹一声，未语泪先流。好一阵，心绪才平静下来，起身取出压在枕下的竹简。借着微弱的灯光，奭首先看到了“洪范”二字。“这是我认为治理国家必须遵循的几条大法,也许对你们有点用处。”箕子边说边将竹简展开。奭仔细看去,大法共九条,分别是:初一曰五行,次二曰敬用五事,次三曰农用八政,次四曰协用五纪,次五曰建用皇极,次六曰义用三德,次七曰明用稽疑,次八曰念用庶征,次九曰向用五福、威用六极。

“太师之意,奭大致可知,但一些虽言简意赅,但精辟深奥之处,尚不能完全理解。还望太师不吝赐教,指点一二。”奭谦虚道。

“当初受若有你一半眼光、胸怀,殷商也不致这么快就走向末路。丧失天命,鹿台自焚,也是他咎由自取,自作自受,怨不得旁人。”箕子叹息道。叹罢,将烛火再次剔亮,逐字逐句地讲解分析起来:

> 其一,五行。水、火、木、金、土乃天地之道。身为人君,必要遵循水润下作咸,火炎上作苦,木曲直作酸,金从革作辛,土作甘稼穑之性,然后加以利用,造福于民。其二,五事。貌、言、视、听、思乃为人之道。为人处世,态度要恭谨严肃,说话要和顺真诚。要耳聪目明,善辨是非,思虑通达。如此便可谋事成功,达到圣明。其三,八政。所谓八政即民食、财货、祭祀、建筑、教育、司法、接待宾客、治理军务。此乃治民之道。其四,五纪。讲求的是和岁、月、日、星辰、历数协调一致。其五,皇极。要求为王者,要树立崇高的威信,建立合适的遴选官员制度,制订合理的赏罚标准。其六,治理民众要以德为本,刚柔相济。其七,判断决定既要探询上天的旨意,又要参照卿士、众民和自己的意见。其八,随时观察气候变化,对年景和收成作出准确判断。其九,以“福”劝人向善,用“难”阻人从恶。

随着箕子的讲解,东方露出了鱼肚白。暗夜就要过去,黎明就要到来,箕子走到窗前,看了看欲晓的天空,长啸一声,释放所有的困倦和压抑,一身轻松地回到案前,将《洪范》卷扎好,交到奭的手上。“你把它带回去吧,如果对你们治理天下有所帮助,也算我心血没有白费。”

奭接过，感激地望着萁子，再次恳请他回归朝歌。

“朝歌我还是要回去的，那里毕竟是我的生养之地，更是殷商列祖列宗的长眠之地。我要回去祭拜他们，向他们告个别，从此天各一方，再无相见之日了。”萁子伤感地说着，眼角泪光闪闪。

“太师此话何意？何谓告别，再无相见之日？”奭不解道。

萁子凄然地笑了笑，转而指着东方的天空，充满憧憬地说道：“你看，在那遥远的东方，风和日丽，春光明媚，那里一定是个好去处。”

奭愕然，问道：“太师的意思是要离开中国，远走他乡？”

“我想我能重新开创出属于我自己的一方乐土。”萁子一扫以来的忧郁萎靡。

几天后，萁子随奭回到了朝歌，眼前的景象让他几近崩溃。宫室倾圮，生灵涂炭，随处可见血腥与暴力的狰狞面孔。

麦秀渐渐兮，禾黍油油。

彼狡童兮，不与我好兮！

带着无尽的伤痛，萁子按照既定的计划，悄悄离开了朝歌。随他离开的，还有他的家人及景如松、琴应、南宫修、康侯、鲁启等一大批殷商贵族、遗老故旧。他们向着太阳升起的地方一直朝前走，将故国家园彻底抛在身后，留给周朝。

青　骐

暮霭沉沉，朝歌城如一艘巨船，漂浮在苍茫无边的大海上。

青骐兴奋起来，蹄下生风，踏起阵阵尘雾。小戎车随着它的步伐，开始颠簸。微子启赶紧抓住车扶手，极力保持着身子的平稳。一路上，青骐都走得四平八稳，疾徐有度，省却了车夫许多劳累，遇到平缓宽阔路况，他还可以抱着鞭子假寐一会儿。谁知到了这朝歌郊外，故国已近在眼前，青骐竟急迫起来。

车夫自然感觉到了青骐的兴奋，挺了挺身，欲勒缰绳。忽然想起应先看看主人的意思，便回过头朝车里望了望，主人微子启除了用力抓紧扶手外，倒也没有其他异常，相反脸上竟流露出少见的悦色。车夫放下心来，松松地挽着缰绳，任由青骐意气风发地驰骋。

已经清晰地看到那熟悉的城楼了，青骐开始放缓步伐。这是它多年形成的习惯，为的是停车时不致戛然而止，影响主人的坐车舒适度。尤其这次，不仅是坐车舒适度的问题，更要顾忌到主人的心情。国破城在，宗庙破败，兄弟死的死、走的走，像盘沙子，散落一地。青骐看到，身为长子的主人，从惊闻朝歌失陷的那一刻起，就不再说话，不再睡眠。他一次次赤足披发、发疯似的冲出府邸，要回朝歌，一次次被家人哭喊阻拦，强行拉回。后来，他便不再跑了，也不再说话，他知道一切都是徒劳，除了眼睁睁地看着天翻地覆，他只剩下了面对与接受，以及听天由命。

那些天，主人总是一个人把自己关在屋子里，从不外出。车夫闲得发慌，就一遍又一遍擦拭小戎车，连车轮都擦得起明发亮。青骐更是烦闷，可它从不表现出来，有时实在忍不住了，就在厩棚里嘶鸣两声，尥几下蹶子。它不想节外生枝，给主人招致额外的烦恼。他的绝望，他的悲伤，他的痛苦，谁能理解？谁会在意？世间之仇，莫过国仇；世间之恨，莫过家恨。主人所受的可是一般人都承受不了的国仇家恨啊。

青骐一路走，一路想，不知不觉已到了城门口。一阵浓烈而陌生的气息扑面而来，有记忆深处草原与牛羊混合的膻味，有山川河流潮汐阴雨杂糅的腥味，更有土地庄稼畜粪人汗交织的气味。青骐忍不住打了个喷嚏。车夫赶紧拉住缰绳，喊着“吁——”，指令青骐停步。可这里的确不是个停车的好所在，极易看见城头飘扬的大红凤鸟旗帜，那是周人的骄傲，更是商人的耻辱。虽然主人早已调整好心态，可还是不让他这么近、这么清晰地看到那些红色旗帜为好。往昔归来，走到城门口，首先映入眼帘的便是那一面面迎风招展的白色玄鸟旗。如今红白相易，红旗高入云端，白旗沦落尘埃，睹物思情，任谁也免不了心痛。

想到这儿，青骐便自作主张地往后退了退。车夫一惊，赶紧阻止，但为时已晚，小戎车在青骐的反作用力下，急速后退，直到撞上一棵大树。

“该死的畜牲！”车夫恼怒地跳下车，拢住青骐，恨恨地骂道。

微子启从车内探出身子，一边揉搓着被撞得发红的额头，一边责骂车夫：“青骐死了，你替它做畜牲？”

车夫自知言失，不该骂青骐，犯了主人的讳，便急忙跪下向微子启认错。

微子启叹道：“如今我等国破家亡，无所凭依。青骐也是我们的一口人，以后且记不得打骂与它。走吧，天色不早，赶紧进城。”

车夫急忙起身，牵着青骐缓缓向城门口走去。

城门就要关闭，守城兵士加快着检查速度。很快轮到了青骐，不用车夫发号施令，它便主动向前挪动了一步，不偏不倚地在守城兵士面前站定。“天哪，这可真是一匹好马。”一名羌人兵士惊叹着去摸青骐。青骐厌恶地往后退，那兵士伸手一把推开车夫，将缰绳抢在手中，使劲地往前拉青骐。青骐受痛不过，只得又朝前走了两步。

“马好，车也好，这大概就是小戎车了。”另一名头领模样，操着浓重西土口音的兵士边说边踢了踢车轮。

“各位，天色不早，在下有急事要进城，还请给个方便，让在下一行过去。”微子启恼怒于守城兵士不例行检查，反而对他的车马评头论足，耽误时候，但他又不敢发作，只得按下怒火，掀起车帘，探出身，向那个头领模样的守城兵士求告。

那兵士盯着微子启看了看，见他面容憔悴，头发散乱，一副弱不禁风的样子，却坐着如此华贵车驾，不由觉得纳罕，便嘲弄他道：“我当车里坐的是那位权贵，原来是个病夫。急着进城看病吧？那好，我就给你行个方便，让你即刻就进城，但车马必须留下。”

“没有了车马，老夫寸步难行啊。”微子启哀求道。

“让他背你。”那兵士一把拉过车夫，将他推到微子启跟前。

“他只会驾车，岂会背人？”微子启争辩道。

“谁说他不会背人？不信你下来让他背背看。”那兵士说着便将微子启往车下拉。

望着他手中血迹未干的短戈，微子启只得顺从地下了车。

“快走，再不走就关城门了。”那兵士呵斥道。

微子启无奈，只得在车夫的搀扶下，步履蹒跚地往城里走去。

青骐静静地看着这一切，一副漠不关心的样子。那群强行截留了它和小戎车的兵士围着它们又叫又跳。在朝歌烧杀抢掠数月，他们终于抢到了比珠宝更珍贵的财物。

微子启一步三回头，远远地落在了进城人群的后边。关门兵士不停地催逼着他，他不得不加快着步伐。终于，他的背影消失在门内，两扇厚重的城门开始缓缓关闭，沉重刺耳的声音，让青骐心惊肉跳，更激发了它强大的能量。它猛地跳起，像一道黑色闪电，直插城门而去。所有人都猝不及防，等他们醒悟过来采取措施时，青骐已驾着小戎车，消失在了朝歌城内的夜幕里。

“青骐——青骐——我在这里！”微子启循着那道黑光，追寻着，呼喊着。

青骐什么也听不到，它的耳边只有凌厉的风声，小戎车飞速转动的“轧轧”声，以及路人的惊呼声和捉拿它的虎贲兵士的喊杀声。

渐渐地，声音小了下来，青骐知道，它把那些人和马全部甩在了后边，心里不免一阵得意，脚步随之慢了下来。这时，一支熊熊燃烧的火把从后边追了上来，不偏不倚，正中小戎车。青骐大骇，跳了起来，试图将火把抖下去。可那火把鬼魂附体一般，上蹿下跳，左右滚动，有几次已经被颠到车厢外，但不知怎么又跳了回来，借着风势，报复似的燃烧，顷刻间便将小戎车变作了一个硕大的火球。

青骐惊惧失措，只是本能地逃窜。漆黑沉重的朝歌城内，它拉着燃烧的小戎车，流星一般划过黑暗的夜空。

忽然，眼前出现一片开阔地。数十个营帐，山丘坟茔般连作一片。帐前，篝火渐熄，人困马疲。青骐感到了前所未有的困倦，它不顾一切地冲了过去，一头扎进其中的一座营帐。营帐随之被引燃，火光冲天，又殃及周边营帐。一时间，火借风势，十几座营帐陷入一片火海。

小戎车终于支撑不住，散了架，青骐无奈，只得打消歇息的念头，独自冲出火海，站在一边，悲哀而又好笑地看着乱作一团的人们扑救大火。"我们的华丽巍峨的宫殿城池被你们这些侵略者烧毁，我今天无意中引燃你们十几座营帐，也算是替主人出了口恶气。"青骐得意地想着。

一阵困意袭上心头，青骐抑制不住地躺卧倒地，合上了眼。此时，天边露出了一抹青白，太阳就要出来了。大火也被扑灭，浓烟转淡，与早晨的雾岚混合，死气沉沉地笼罩在营地上空。

"就是这个畜生！我亲眼看见它昨晚拉着一辆着火的车冲进了羌伯的营帐。"一名羌人兵士指着青骐大声说道。

青骐被吵醒，睁开眼，四下看了看。围着它的人可真不少，穿着奇形怪状，说话乌里哇啦，大概他们就是主人所说的、帮着周姬发打商王的南方八国联军了。想到这里，青骐不觉起了兴致，摇头摆尾，打响鼻，尥蹶子，炫耀实力，威慑敌人。果然，围观者被青骐的气势所慑，纷纷后退，不敢靠近。

青骐不免得意，放松警惕，竟再次卧下，旁若无人地打起盹来。

它实在太累了，一夜的狂奔，让它身软气虚，能驾着着火的小戎车冲进营帐也是个奇迹。如今，天已大亮，梦已醒来，它只剩下了伤痛和疲惫。它要好好休息休息，积蓄力量，冲出重围，去寻找主人，与他会合。

趁着青骐喘息之机，众兵士一拥而上，用事先备好的绳索将它套牢，绑在木桩上，以便行刑宰杀。

青骐没有挣扎，它知道那是徒劳的。他们既然捉住了它，就不会让它轻易脱逃。它只有顺从就范的选择，唯此，也许可少受些那些人的侮辱与鞭笞。战场上，那些两条腿的兵士远不如四条腿的它。但眼下，它只能成为他们的俘虏，任由他们处置。想到这里，青骐的心不由疼痛起来，泪水溢满了眼眶。但它不是害怕，不管他们是用刀刺，或是用火烧，它都不会感到畏惧。让它难过的是，与主人厮守十几年，临死竟见不上一面。主人，你在哪里？相见只能来世了！青骐伤心地仰天悲鸣，泪水随之流出，打湿了它脚下的一片土地。

“是青骐的声音！”微子启顿时来了精神，跌跌撞撞地一路飞奔，来到了青骐跟前。他一把抱住青骐的脖子，哀哀痛哭。

姬发一脸不悦地走出营帐。昨夜，听闻八国营帐被烧，他心里先是一惊，继而却涌上一种轻松。战争已过去，胜败已分明，朝歌城已容纳不下那么多的外来者。可那些远道而来的盟友，不知是贪图朝歌的繁华，还是等着要分那一杯羹，竟然丝毫没有离去的意思。姬发又不好开口明说，怕落下过河拆桥的恶名。正苦恼间，却发生了火烧军营的事故。真乃天助！姬发在心里暗暗盘算着。

“肇事者可曾寻到？”姬发不热不冷地问。

“禀告王兄，已经寻到，肇事者是匹黑马。”旦据实答道。

“是吗？有人对我说，昨晚之火乃神龙所吐，一匹凡马，岂能夜闯军营，引发大火？”姬发直视着旦。

机敏的旦立即听懂了发的意思，沉吟片刻，接着姬发的话答道：“是啊，昨夜南营大火确是神龙所为，上天在晓喻八国，是时候撤兵归国了。"

"既如此,那就即刻向八国传达神谕,让他们及早拔营起程,离开朝歌。"姬发说着,把目光投向鲜:"鲜弟,你就代兄走一遭,送八国之兵离开吧。"

鲜难得被委以重任,得令便要行动。

"且慢,我有话说。"奭拦住了鲜,转而向姬发道:"伐商之初,是我与八国联络,邀约会盟。如今事成,想让他们及早撤离,还是由我向他们明说吧,大可不必杜撰神龙吐火事件,多费周章。"

姬发心思被揭穿,本应尴尬,但转念想到奭也是为他解除顾虑,也就爽快地答应了下来。

"不过我还有一些想法,还望王兄周全。"奭请求道。

"说来听听!"姬发狐疑地望着奭。

"王兄可记得雒邑会盟时,说过将来事成要在雒邑建都的话?"奭提示道。

"当然记得!安顿下朝歌,下一步我们就要建设雒邑了。"姬发雄心勃发。

"建筑新城,离不开能工巧匠。而鄘人善筑,天下闻名,王兄何不借此机会,留下鄘公人马,以建雒邑?"奭道。

姬发闻言,恍然大悟,立即答应了奭的请求。接着奭又说出了另一个打算,在朝歌东北一带,辟出土地,让一直居无定所的濮人定居下来,成为周的属国。至于鄘人,雒邑建成后,可自由选择去留。如若留下,可与濮人比邻,同为周之属国。

姬发一一应允。

奭领命而去,直奔南营。

微子启抱着青骐正大放悲声,对奭的到来既没察觉,也不在意。青骐死了,他的腿脚也就失去了。一个没腿没脚、寸步难行的人,活着也是一具行尸走肉,与死人何异?倒不如与青骐一起去了,到了阴间也好做个伴。

"如此好马,杀了确实可惜。"奭惋惜地说。

听到奭的话,微子启停止哭泣,哀叹道:"都是我的罪过,就让我替它去死吧。”

“事情的来龙去脉我已查清，守城兵士有错在先，你们不必担责，快快起来，带着你的马回去吧。”奭温和地说。

微子启惊讶地张大了嘴，缓缓抬头，撩起遮盖在脸上的乱发，打量着奭。与之同时，奭也认出了微子启。

“微子！”奭唤道，伸手去扶微子启。

“召伯？”微子启再次老泪纵横。

猗　猗

经过四年的积蓄，绿竹猗猗的生命力在这个春天喷薄而发。先是鼓腹尖顶的笋，被春风春雨点燃、炸裂，抽出柔弱娇嫩的枝叶，然后以每天尺余的速度，不管不顾地疯长，直至长身数丈独秀于林才放缓脚步，骄傲地昂首挺胸，接受阳光风雨的检阅。

猗猗的出类拔萃很快引起了和它生活在同一块土地上人类的注意。这是一个喜竹、爱竹、用竹，以竹为名、以竹为图腾的族群。数百口男女老幼生活在一望无际的竹林里，日出而作，日暮而入，繁衍生息，代代相传，在商朝中晚期，形成了一个独一无二的竹国。在这个国家，房屋是由竹子搭建，器具是由竹子编制，刀箭是用竹子斫削，食物更是由竹笋来唱主角。竹，无处不在，无所不能，是竹国的衣食父母，更是他们的精神支撑。他们视竹为神灵，每年都要选取一棵祭祀供奉，顶礼膜拜，祈求竹神的恩赐与庇佑。始生柔弱、盛而至美的猗猗就这样以绝对优势走上了竹人的神坛。春天，她换上那件绿色长裙，在和煦的春风里，用清澈悲悯的目光，俯视匍匐在她脚下的子民；夏日，她会擎起一把大伞，为那些蝼蚁一般的生命，遮挡酷烈的日光。

然而，平和安宁的日子在冬天即将过去的时候被改变了。商王的妻子妇好，统率一万三千大军征讨四方。弱小如竹国、神秘如鬼方的无数方国城邑，统统被归入殷商的版图。这样也好，只要按照商王的要求缴纳贡赋，便能得到强有力的保护，再也没有了外族侵扰的烦恼。日子不仅恢复到从前的模样，还受到了商王的嘉奖赏赐。为保荣耀长久，国君把最美丽的小女儿送给商王为妇。这名美丽的女子小名猗猗，和绿竹猗猗同名。只是进了桐宫，她便不能再用小名，按王宫的规矩，竹女猗猗便成了王妇猗猗。后来，有好事者引经据典,认为“猗”字单用不雅,便去“犭”添“女”,成了妇婍。婍,容貌好之意,这倒符合作为一名王妇对于名称的要求。

妇婍赢得了商王的欢心,也为母国赢得了发展壮大的机遇。到商朝晚期,小小竹邑已扩大数倍,成为殷都朝歌的一道坚固屏障,也成为雄心与野心兼具的商纣王的有力臂膀。其中,在商对召方的征伐中,竹国是支重要的力量,且战功赫赫。他们不仅帮助纣王镇压征服召人,还把俘虏的召人,当作牺牲祭品摆上祭台,炫耀战功,祭祀先人。时隔多年,绿竹猗猗仍清晰地记得活祭的血腥场面。她不忍目睹,又无法逃避,只得借助风的威力掩饰着内心的痛苦。那些嗜血的人是会遭到报应的!她猛烈地摇动着枝叶,试图把自己的预言传递出去。然而,一切都是徒劳。人的兽性一旦被激发,人将比兽更可怕。

绿竹猗猗在无尽的煎熬中,一天天衰老。上天留给我的时日不多了。这样也好,免得杀戮在我眼前再次上演,她在心里默默祈祷着。但上天并未顾及她的感受,就在她发出祈愿不久后的一个黎明,报复性的杀戮开始了。周人的军队在牧野大捷,攻下朝歌之后进军竹邑。面对从天而降的强大敌人,竹邑火速向朝歌发出求救信号。而此时,纣王已在鹿台自焚,武庚更是生死难卜,朝歌已在周人掌控之下,没有谁能让大邑商起死回生,更没人在意小邑竹的生死存亡。

血流成河,染红了猗猗身下的土地,也溅污了猗猗的绿裙翠衫。从此,世间再没有了竹邑,却长出了血泪浸染的斑竹、紫竹。

春天就要过去的时候,猗猗被作为战利品运送到了朝歌周人的营帐。此时,她已不是一棵竹子,而是和众多的同类一起,被削制成一支支尖利的竹箭,一捆捆地堆放在周人的兵器库。

和猗猗一起作为战利品的还有竹邑所有的财物,包括制作竹制品的能工巧匠和一百多名竹族的男女老幼,他们作为俘虏,都将被竹邑特产的竹箭戳瞎右眼,由“人”变成“民”,成为周人永世的奴隶。

一想到此,猗猗的心便如刀割般难受。虽然她的身体已不存在，可她的精气神还在，记忆还在，她无法容忍自己被异族操控，成为戕害竹人的工具。她情愿被无情地折断，或者扔进火中焚毁，也不愿沾染一点点竹人的血迹。她祈求着上天，让她逃离这里，回到被抢掠一空的竹地，回到原身，为供养她、膜拜她的竹人，尽到自己应有的责任。

“吱呀”一声，门开了，进来两个周人的兵士。猗猗收回纷乱的思绪，紧张地观望着。只见那两个兵士径直走了过来，抬起猗猗委身其间的那捆竹箭就走。不一会儿，来到一个长满杂草的场地，猗猗它们被粗暴地扔在地上，其中一个兵士还恶声怨道：死沉死沉的，累死老子了。猗猗不觉好笑，如此愚蠢的兵士怎么能上得了战场。这时，一阵熟悉的气味传来，猗猗循味望去，看见被俘的一百多竹人，被绳子绑着手，串成一队，由周人兵士牵拉着驱赶着正往这边走来。与此同时，另有几个兵士也解开了捆绑猗猗它们的绳索，各自抽出一支，摩挲着，打量着，似乎庆幸用到如此上乘的竹箭，好省却他们的一些气力。

一个细皮嫩肉的少年，首当其冲被选中。他有着一双黑亮清澈的大眼睛，站在他的对面，你甚至可以看到他瞳孔里的自己。可是，现在，这双美丽眼睛中的一只，要被尖利的竹箭穿透，让它失明，让它丑陋，让它永远留下卑贱的标记。

少年也看到了恶魔正一步步向自己逼来，他本能地后退，躲避，可他的手被死死地绑着，他无处可逃，无处可退，他恐惧地瞪大了眼，浑身战栗，口里发出凄惨的“啊啊”声。而行刑兵士似乎什么也没看到，什么也没听到，一把抓住少年的头发，强迫他仰起脸，然后，举起竹箭，就要往他的眼上扎。

“住手！”随着一声断喝，奭高大的身躯挡在了行刑兵士和被行刑少年之间。

行刑兵士一愣，竹箭脱手掉在地上。当他看清挡在面前的人是召伯时，更是惶惑不安，急忙退下。其他行刑兵士见此情形，纷纷后退，垂手而立，不知所措。

监刑台上的鲜见状走了过来。“奭兄，何故阻止兵士行刑？”他疑惑不解地问。

“都说纣王残暴，可他却能听进劝阻，废除此刑。天下皆知周人仁义，却还实施如此残酷刑罚。这与先王的仁政不是背道而驰吗？”奭痛心地说道。

“我自然知道如今对待俘虏极少用刺目为奴之法，但竹国不同他国，我是请示王兄，得到允准才实施此法的。”鲜有些委屈地解释。

“有何不同？”这回轮到奭不解了。

“还不是因为奭兄……”鲜吞吞吐吐地说半句，留半句。

“难道王兄要以此替我讨还十几年前的部族仇恨？”奭猜度道。

“正是。奭兄不觉得这是个好机会吗？”鲜反问道。

“确实是个好机会。这个主意是你给王兄出的吧？”奭皱着眉头问鲜。

“是我先提出的，还得到旦的赞同。”鲜不无得意地说。

“真是糊涂啊！岂能拿这些无辜百姓的眼睛报我私仇？竹人助纣为虐，攻我召方，杀我族人，固然可恨。但那是战争，战争过去了，一切也就过去了。何况冤有头，债有主，让这些手无寸铁的百姓为那场战争还债，公平吗？仁义吗？”奭质问着鲜。

鲜一时愣住，嗫嚅着，不知如何答对。

“放了他们，给他们衣食、田地，让他们存活下来。天下大势已定，从此他们便是周的子民。”奭边说边解开了少年手上的绳子。鲜也不再坚持自己的主张，命令兵士为那一百多名竹人俘虏松绑。

毒　药

天气越来越暖和，所有的花都开了。

这天早晨，大病初愈的姬发早早起床，收拾妥当，准备去围猎。他要借此活动活动筋骨，恢复病前的身体状态，还要以此来稳定人心，让大众看到他一如既往的雄姿。

然而，还未等他动身，营帐外却传来一阵高过一阵的呼声：请武王复武庚之政！请武王复武庚之政！

姬发疾步走出营帐，只见上百名殷人老者跪在营前，齐声高喊。姬发请他们起身，到帐里叙话。其中为首的老者说道："武王好意，我们这些老朽之人心领了。我等所求之事，并不复杂，不必入帐，请武王当场答复。"

"既如此，那就请说明来意吧。"见众人心齐意坚，姬发也不勉强他们。

"请武王复武庚之政！自古以来，灭国不灭族。商王死了，商朝亡了，可我们这些殷商的族人还在。我们离不开祖辈相居的地方，改不了世代相袭的习俗，还让武庚代管我们这些殷之遗民，俾守商之祖祀吧！"为首老者老泪纵横，言辞恳切。其他人随声附和，泣不成声。一时间，哭声一片，令人不忍。

"我姬发不是无心之人，从进入朝歌那天起，我就已开始思虑你们所求之事。但事关重大，关乎社稷，容我慎重考虑。三天后，必给答复。"姬发掷地有声地答道。

请愿之人散去。姬发召集奭、旦、姜尚、闳夭、南宫适、散宜生等人商议他们所请之事。

对于让武庚复政，众人并无异议，一致认为，将武庚封为殷侯，从而使殷畿一带成为周的属国，实现殷人治殷是目前最好的选择。

但前提是必须保障殷地安全，坚决不能出现周军前脚走、殷人后脚反的局面。

“这就要求我们，必须留下一支可靠的队伍，驻扎在殷畿，监管武庚。”旦审时度势道。

“看来也只有如此了。派谁合适呢？”姬发凝眉思忖道。

“那就让鲜留下吧，没有比他更合适的人了。”旦极力推荐。

“万万不可。那武庚极其阴险狡诈，恐鲜不是他的对手。”奭急忙提醒道。

“再狡诈，也不过是亡国之君，还能掀起多大风浪？”姬发不以为然地说。

“如果只鲜一人不足以让王兄放心，那就让五弟度、八弟处各守一方，与鲜形成‘三监’，兄弟齐心协力，共同监管武庚。”旦详细说道。

“如此甚好！正合我意！”姬发点头赞许，并与众人商议，改朝歌为殷邑。封鲜于管，处于霍，度于蔡，在殷邑南、北、东建起“三监”。

尽管部署周密，但考虑到武庚的复杂性和鲜的偏执单纯，奭一再向姬发申明，不赞成鲜封管，而是极力推荐姬高为管邑之长。

“我一向认为召伯大公无私，没想到在这件事上却存了私心。”南宫适出其不意地说。

奭一愣，但随即明白了南宫适的意思。他坦然说道：“南宫是否以为我要拉拢高，培植自己的势力？”

“这还用说吗？谁人不知高随你南巡诸国，视你为同胞尊长？如今大事已成，你借机为高谋位，也在情理之中。但你也应考虑其他人的感受啊！”南宫适由指出转为指责。

“既然你也认为高有才干，为何不能任人唯贤？”奭反问道。

南宫适恼怒，站起身辩解。姬发急忙将其拦住，劝他道：“南宫多心了，召伯的德行我最清楚，如果连他都要怀疑，恐这世上再没有我可信任倚重的人了。”

南宫适这才缓和下脸色，一言不发地重新坐下。

旦接过姬发的话，劝慰奭道："高的才能有目共睹，但王兄既然信任鲜，就一定有他的道理。你我还是尊重王兄的决定，接受既定的事实吧。"

"这将为邶城的治理安全埋下重大隐患。"奭仍不肯退让。

"召伯的心思我理解，然凡事都讲究个次序。鲜为兄，高为弟，长幼有序，最好还是不要乱了祖宗定下的规矩。"姬发劝解奭道。

"祖宗的规矩要遵守，但更应根据实际情况。规矩可改，覆水难收。"奭据理力争。

"你说得有道理，但决定刚刚作出，不便随即更改。暂时先这样安排，过段时间再酌情调整吧。"姬发说完，便以身体不适为由，起身欲走。

奭急忙阻拦，请求姬发再听他一言。姬发只得耐下性子，重新坐好。奭退而求其次道："如果一定要让鲜驻卫，那就请把微子启分封出邶城，将他和武庚分开，分散他们的力量。"

"奭兄这个建议好，我赞同。把微子启分封到宋，恢复他的爵位，也算是对他持器奔周的回报。同时，让他远离朝歌，也能削弱武庚的力量，避免以后叔侄合力，对周不利。"旦深谋远虑道。

姬发见奭与旦说得在理，便答应了他们的请求。

一切安置停当，到了罢兵西归的时候了。此时，已进入三月，距攻入朝歌、纣王帝辛自焚，只有三十来天。这是天翻地覆的三十天，也是彻底改变了商、周两个国家命运的三十天，更是影响中华民族至今并且继续影响下去的三十天。

"奭，可卜测西归时辰了。"姬发长长地呼了口气，似要把心中所有的块垒吐出。此刻，他正站在高耸入云的摘星楼上，俯瞰着夕阳下昨日的朝歌、今朝的邶城。倦鸟归林，市声渐小，暮色的浸染，让这座辉煌的城市迅速衰老，气势骤减，流露出前所未有的慈祥安宁。

"是啊，该回家了，待我灼龟问卜。"奭说着便要下楼取龟甲。

"不急，晚上回到营帐再卜不迟。你我先议议西归时，如何安排行程。"姬发拦阻道。

“王兄有何打算？愿闻其详。”奭问道。

“按说原路返回最省时日，但此时已非昔时，不仅人马剧增，还有大批的俘虏、大量的物资，来时之路恐难以承载，需再选路径。”姬发忧虑道。

“那就取道雒邑，殷洛孔道，平坦宽阔，路况良好，即便于行军，又利于运送。”奭建议道。

姬发心头一亮，拍手称道：“如此甚好！雒邑位居邶城、镐京之中，西归途中，还可在那里作短暂驻扎休整。”

“说到雒邑，我倒有个想法。”奭欲言又止。

“说来听听，在我面前，还有不能说的话吗？”姬发疑惑道。

“不是不能说，只是我也有顾虑。”奭如实答道。

“把顾虑打消，无论如何，我都不会责怪于你。”姬发期待地望着奭。

“其实，把那么多的殷人带回镐京未必是好事，人口增多，负担也水涨船高。不如迁往雒邑，让他们远离故土，既防止与武庚勾连一起，反周情绪死灰复燃，又对开发繁盛雒邑大有裨益。”奭详细说道。

“雒邑人口剧增，需要大量兵力驻守。镐京六师，恐无力分担如此沉重任务。”姬发忧虑道。

“何须分六师之力？王兄难道忘了接收的殷人八师？”奭提醒姬发道。

“你的意思是他们进驻雒邑？以殷人之师还治殷人？”姬发问道。

“正是，不知王兄意下如何？”

“极好！以后镐京六师称西六师，雒邑八师就称殷八师。”姬发兴奋得拊掌称好。

天气晴好，宜出行。鸡叫三遍，人马行装便已准备妥当。尤其西岐兵士，更是归心似箭。

东方渐渐发亮，可以望见对面的人脸了，姬发才下达了启程的命令。顿时,马嘶车轧,尘土飞扬,一个明净如水的清晨就这样被打碎搅混。尽管如此,兴奋的情绪还是抑制不住流淌出来,跟随这支前不见首、后不见尾的凯旋之师,浩浩荡荡地涌出邶城,涌向雒邑。

姬发依旧乘戎车,走在队伍正中,前边是旦统率的殷八师。所谓的八师,总人数并不比六师多,可毕竟曾是大邑商的主要力量,雄风不减,气势犹在。即使这样,旦还是顺利地从心里征服了他们,成为他们的最高长官。

“看来,旦还是可堪大用之材。”姬发望着尚着殷人以白为主色调兵服的殷八师,暗自思忖。

守卫在姬发前后左右的自然是姜尚的主力军。善于谋略、擅长布阵的姜尚,白发银须,神采凝重,将姬发护卫得滴水不漏,又不影响他前行。可见是费了一番心思。散宜生、闳夭等一干贤士强将各自乘车,随从在姬发之后。奭则率领着他的召军,断后压阵。

“如果没有奭和他的召军,反商大业不知何时才成。”姬发感叹着,扭头回望。除了尘土飞扬中那支长长的队伍,他什么也看不清。

“王兄,请驻足,有事禀报。”身后忽然传来奭的呼叫声,随之一匹白马追了上来。

姬发急令停车,疑惑地望望奭,又望望白马皎皎。

“殷邑发生春瘟,已有上百人死亡。情势危急,不知王兄如何打算?”奭急切地说。

“难道殷地以前就没发生过春瘟?”散宜生走了过来。

“当然发生过,不过这次尤其严重。”奭忧心忡忡地说。

“有何严重？该怎么治就怎么治,难道忘了药方不成?”散宜生冷冷地说。

“药方倒没忘,只是我们带走了殷人的能工巧匠,还有他们的艺伎医巫,如今的邶城与当时的朝歌已不可同日而语。”奭耐心地解释。

“那就先留下部分医人,待瘟疫过去,再迁他们去雒邑吧。”姬发慨然说道。

“仅此恐不足以阻止疫情，我要带领一队人马，帮殷人抵抗疫情。”奭请求道。

“殷邑不是有武庚吗？”散宜生不解地质问。

“武庚是武庚，武王是武王。如今天下已是周的天下，殷邑百姓也是周的百姓，王兄难道不在乎周民的死活吗？”奭直视着姬发质问道。

“有理。那你就返回殷邑，我和旦率大部先走，在雒邑等你会合。”姬发一向尊重奭的建议。听完奭的话，略作沉吟，便答应了下来。

三月的殷地，春色宜人。最让人心旷神怡的便是郊野树梢那丛丛簇簇、点点片片的绿。玄鸟呢喃，舞于大田。看多了杀伐征战，它已不在乎天命在谁的手中。殷人、周人都是上天的孩子，只要他们不受伤害，不被屠戮，这世间便是安好的世间。飞篷刚起梃儿，顶端的花骨朵饱胀沉重，压在透明空心纤细脆弱的身子上，被风吹得摇头晃脑，憨态可掬。偶尔有几株开放，零零星星的，像暗夜里的星星坠落在草地上。芣苢长得最是旺盛，这种能让女子多生子的植物，每年都是渴望瓜瓞绵绵的人们的最爱。

“医师，你看，今年的飞篷长得真旺盛，不采就可惜了。”医人丑夫指着一片绿油油、翠生生、开着小黄花的飞篷唤道。他是一名疾医，在治疗痟首疾方面有着丰富的经验。

“飞篷可凉血解毒，倒是可缓解眼下肆虐的春瘟，对痟首疾也有一定作用，但仅此一种远远不够，还得多寻辛苦之毒药，方能化解此场瘟疫。”被丑夫称作医师的女医辛回过头，接过刚采挖的一棵长叶肥厚的飞篷耐心地解释道。

女医辛是桐宫的众医之长，执掌医之政令，聚毒药以供食医、疾医、疡医所用。所谓毒药即药之辛苦者，但辛苦者，未必一定是毒药，如细辛、苦参，虽辛苦而无毒。而有毒者多辛苦，如巴豆、狼牙之类。不辛苦又无毒者，主要有人参、芎䓖等。

不仅掌管药物，凡遇国人生病，创伤，患上秃顶、皮肤病之类的传染恶疾，女医辛还要安排不同的医人分而治之。疾病者付疾医，疡病者付疡医。之外还有食医、兽医等。疾医知疾不知疡，疡医知疡不知疾。医各有能，各治其病，包括自己手下的三十多名医人的性情特长，女医辛心里都有一本账，清清楚楚，毫不含糊。加之自身医术高明，医者仁心，行医近四十年，因她而起的医疗事故未出现一起。无论庶民百姓，还是王公贵族，在疾病面前一律平等，在女医辛眼中一视同仁。纣王帝辛性情虽暴烈，但对女医辛却尊崇有礼，不仅任命她为医师，还为她专门盖了府邸。但这座宽敞的宅院，却被女医辛改成了收治形形色色病人的医院。除坐诊，大多时间，女医辛都不在家，不是在桐宫履职，便是到野外采挖、研发药材。周人攻打朝歌那段时间，她带着十几名医人正外出采药。回来后，才发现国亡了，王死了，许多医术精湛的医人被周人掳走了，就连她的医院，也被焚烧了。幸运的是，她逃脱了周人的掳掠，在医院的断壁残垣间，拾掇出一个安身之处，勉强住了下来。好不容易等到战争过去，侵略者罢兵，春瘟却来了。春瘟并不可怕，几乎每年春季都要发生，只是爆发的规模、烈度有大有小、有强有弱而已。但今年，因为战乱的原因，死伤无数，尸体腐败，天气又干旱高温，疡疾肆虐，瘟疫横行，饱受战争之苦的殷人，面临着灭国灭种的危险。

女医辛无法在她破败但却舒适的医院里等下去，她带着仅剩的十三名医人，再次踏上了采挖毒药之路。

正午的阳光，晒得草木都垂了头，人也跟着无精打采。本就皮肤黝黑的丑夫，此时看上去更丑了。脸上黑油油的，唇却干得起了白皮。一双黑豆似的小眼睛，几乎眯成了一条线，看不到一点光彩。

"就地歇息。把刚采的甘草、竹叶一起煮水喝。"女医辛终于发话。丑夫慌不迭地跑去附近的一处泉池取水。

然而，足足半个时辰过去，却不见丑夫回来。女医辛不免心里起急，准备打发另名医人去催促。这时，丑夫却慌里慌张地回来了，边跑边喊："不好了，不好了，周人又回来了！"

女医辛喝住他道："别乱说，周人刚走，怎么会回来？"

"我看得清清楚楚，确是周人，他们也在寻挖药材，是不是也得春瘟了？"丑夫推测道。

"春瘟？他们人多，一传十，十传百，后果不堪设想。"女医辛叹道。

"这就是报应，谁叫他们杀了我们那么多人。"丑夫幸灾乐祸地说。

"谈何报应不报应的，不管是谁，患病就要得到医治。"女医辛叹了口气说道。

"医师难道要为那些周人医病？"丑夫明知故问。

女医辛没有理会他，回头吩咐其他医人，整理好物品，随她去给患病的周人医病。

丑夫了解女医辛的脾气，知道劝阻无用，便知趣地重新背起水囊，和众医人一起，随女医辛向周人营地奔去。

为了预防春瘟，进城前，奭决定在城外暂时休整，趁机采挖些飞篷苗、甘草、板蓝根、竹叶之类的，煮水给兵士服用。因为人手不够，负责采挖的伍长就临时抽调了几十名他营兵士。结果，有人就误采了商陆草，且是红根者。商陆本无毒，嫩茎叶可供蔬食。根可入药，以白根肥大者为佳，可治水肿、通二便、散治喉痹等症。但红根却极毒，仅能外用，主治痈肿疮毒。

而这一切，奭一无所知，还监促兵士尽快服用。最后，他也服了一大碗。尽管身体强健，但有备无患，免得有个万一，误了大事。

女医辛见到奭时，奭正脸色苍白，痛苦不堪地在各营察看。女医辛自报家门，说明来意。奭没有怀疑她，他比谁都懂得医者之心。女医辛查看了药渣，发现了商陆红根。"幸亏量不大，还可解救。"女医辛如实说道。随即，她令所有医人将随身携带的解毒药丸悉数取出，化入水中，令中毒者服下。

症状得以缓解。

"医师神手，奭感激不尽。"奭向女医辛道谢。

“医者本分,何用道谢?”女医辛平静地说。

“不知医师以何解毒?”奭惊叹于女医辛的高明医道。

“以毒解毒。所谓毒不过苦辛而已,并不害人,真正的毒药,不是药毒,而是人心毒。”说着,女医辛便要离去。

“医师高见,奭深受启示! 还请医师不吝赐教。”奭恳请道。

“春瘟肆虐,辛无心多说,不敢在此逗留,还望召伯见谅!”女医辛向奭挥手告别。

“奭正为春瘟而来。既如此,不妨一起进城,联手驱除瘟神。”奭言辞恳切。女医辛的脸上泛起春天般的明净。

第四章　宅兹中国

古　堆

雨猛成锥，在老古堆的身上肆意地划拉着。

这哪里是下雨，分明是下锥子，老古堆在心里哀叹着。它真的是老了，和人类的衰老一样，不仅躯体缩小，连精气神也跟着涣散。苍穹之下，荒野之上，它瑟缩作一团，孤苦伶仃地蹲坐在那里，任由雨锥风剔，一层层地揭去自己的生命。

世代安居在老古堆身上的杂草，见老古堆大势将去，便露出了随风倒的本性。能走则走，不能走的对风雨极尽献媚之能事。卑躬屈膝，匍匐在地，说着令人肉麻的话。但风雨并不吃这一套，我行我素，麻木不仁，风助雨势，雨借风威，将天地搅得魂不守舍，一团混乱。老古堆更觉心寒，索性闭上眼，听凭上天的安排。作为一个存在于世六百多岁的黄土堆，除了目睹、经历、承受，它别无选择。

这是老古堆有生以来遇到的第三场大雨。

下第一场大雨时，老古堆所在的这个地方还叫斟鄩。那时的老古堆是个黄土夯筑的平台。善武的夏桀常常左手操翳，右手操环，身佩玉璜，效仿他的先祖夏启在台上跳天穆之野。妹喜在台下观看，冷冷的，一言不发。这让桀以为自己跳得不好，不能讨妹喜欢心，于是便更加卖力。许多次，桀在跳跃腾挪时，把老古堆的脸都踢破了，疼得老古堆龇牙咧嘴，倒吸冷气。与此同时，桀踏起的尘土，呛得妹喜直咳嗽，不停地挥舞着手中那把白羽扇，掩面避退。但她并不远离，反而一面摇扇，驱赶灰尘，一面娇声假嗔，王好勇武，恐大禹王也有所不及。听此，桀越发性起，吼声如雷，惊天动地；腾空一跃，状若猛禽；轰然落地，重如巨石。

这可苦了老古堆，它的面容被毁，脏腑被损，若不是身旁那棵老甘棠树紧紧护着,恐怕它早已坍塌了。幸好,没有骨骼。不然,一定会从身体里发出咯咯吱吱、劈劈啪啪令人恐怖的断裂声。如果让脾气不好的桀听到,他一定会以为是呻吟声、抗议声,这会让他更加暴怒。到时,无论是谁,只有死路一条。老古堆太了解桀的脾气了,除了妺喜,任何人都不敢忤逆他,除非你活腻了。

老古堆年复一年、日复一日地忍受着。也不抱任何希望,它知道自己生来就是让人踩在脚底,成人之美的。

老古堆能忍,可商汤不能忍,那些对夏桀宠信妺喜、荒淫无道心怀怨愤的夏部族不能忍。那天晚上,电闪雷鸣,大雨倾盆,整个斟鄩陷入茫茫泽国,就连干涸数月的伊、雒二水顷刻间也暴涨起来,恢复到大禹王治水前的模样。

趁着天怒,商汤联合有施氏、岷山氏、末喜氏等部族,将桀赶下了王位。看在大禹王的份上,商汤没有将夏姒之族赶尽杀绝,也没过分难为桀,只是将他流放南巢,远远驱离斟鄩,并允他离开时,带上残存的部族和所有的彝器。

桀不甘失败,却回天乏力,只得接受了上天的安排。临行前,他端着一尊秫酒,来到老古堆跟前。一句话也不说,只是望着老古堆默默流泪。末了,将尊里的杜康酒悉数倾洒在老古堆身上。

那味道实在神奇美妙,老古堆感到一阵快乐的眩晕。这让它瞬时又回到了百十年前。那时,老古堆不过是流水冲积而成的一个荒野土堆,身上长满了蒺藜蒌蒿。那些杂草长短不一,乱七八糟,把老古堆长成了一颗有着乱蓬蓬头发的硕大头颅。不用临水映照,老古堆也知道自己是多么丑陋怪异。好在,还有那些野花,红的,黄的,白的,紫的,星辰一样开在杂草间,为老古堆平添了些许妩媚,还为它引来了一位牧羊的少年。

那少年眉清目秀,一看就知非穷苦人家的孩子。可从他的衣着饭食上判断,他也绝非富贵子弟。他衣衫破烂,脚上的草履只剩几根系带,也就是说,所谓的履无非是几根干草将脚缠绑而已。不过,少年每天用于带饭的那个黑陶罐倒不错,从质地、做工、花色上判断,应该有些年头了,且不是一般人家用的物器。难道是他偷来的？老古堆盯着少年的黑陶罐，暗自揣猜。但很快，它便为自己产生这样一个怪念头而羞愧，少年连好心人赠送的许多好东西都不要，会去偷窃一个饭罐？老古堆开始喜欢上这位牧羊的少年，向他展示友好，为他提供一片柔软如毯、开满野花的草地，供他用饭休憩。

对于老古堆的慈爱善良，少年心领神会。每天，他赶着羊群放牧，总是先到老古堆那里报到，和老古堆打个招呼，把饭罐挂在老甘棠树上，然后才赶着羊群向草场深处走去。但走得再远，也没走出过老古堆的视野。老古堆无声地望着少年的背影，目光柔和，像母亲，又像父亲，怜爱着他，心疼着他，守候着他。

可是这天，少年却没有按时回来。直到夕阳西下，他才疲惫地赶着羊群回到老古堆身边。那些羊个个吃得圆滚滚的，一脸的惬意，对着老古堆炫耀而娇气地“咩咩”。而少年却憔悴不堪，嘴唇起着白皮，看见饭罐眼里竟放射出绿光。老古堆知道，他是饥渴到极点了。

少年迫不及待地扒开草丛中的陶罐，掀开盖在上面当罐盖的陶片，一股浓烈的馊味钻了出来。老古堆猜想，一定是时间过长，粒食腐败了。但少年已顾不上那么多，伸手从罐中掏出一把熟秫，大口大口地吃起来。

看着少年狼吞虎咽的样子，老古堆一阵莫名地感动，感觉馊食发出的气味也不那么难闻了，甚至有种独特的香气。与此同时，少年也忽然停了下来，端详着手中秫粒，搓捻着，嗅闻着，好像从没见过这种粒食似的。

夕阳“咕咚”一声，掉进了雒水，少年回过神来，不禁为自己的走神失态哑然失笑。然后，将手上粘的秫粒舔净，将早已空无一物的陶罐举起，口朝下，对着自己的眼睛使劲地晃。随之，几滴饭食残汁探头探脑地爬上罐沿，少年伸出舌头，将它们悉数舔去，才心满意足地起身离去。羊群迅速围拢在少年身边，簇拥着它，缓缓向城内移动。

第二天，少年按时赶着羊群来到老古堆这里。与以往不同的是，他没有把饭罐放在草丛中，而是挂在了老甘棠树的浓密枝叶下。第一次，他把饭罐挂上去，临了临了，又回来取下，摘了一把青嫩的甘棠叶和果实，放了进去。然后，重新将盖盖严实，挂到树上，才赶着羊群离去。

目睹这一切，老古堆的心隐隐作痛，它心疼地想，这孩子大概是口中过于寡淡，才想出这么个办法。可他哪里知道，没成熟的甘棠果不仅不能为食物增味，其酸涩青苦还会败了食物原本的清香。

可老古堆的心事，少年是无从知晓的。他甩着羊鞭，哼着小曲，愉快地向远方走去。老古堆无奈地望着他的背影，只能默默地期盼着他早点收工，回来吃饭。

然而，令老古堆没有想到是，少年不仅没在天黑之前回来，而且第二天依然没回来。第三天、第四天……一个月过去、两个月过去，少年始终没有露面。老甘棠的叶子开始发黄，秋风一吹，纷纷坠落，渐渐就只剩下那些褐红的果实，一串串地挂满枝头，茫然地相对无言，等待着，坚守着。

终于，在甘棠果熟透的季节，少年回来了。他的个头明显长高，目光也更坚毅。不同的是，他的身边不再有羊群，而是多了一高一矮两个庖丁。

原来，这少年不是别人，正是被后羿夺权失国的夏王太康的孙子，后来又复国成为一代夏王的少康。但此时，他的身份是有虞氏部族最低级的一个庖徒。几个月前，一直和母亲隐姓埋名、在斟鄩以牧羊为生的少康，被当权的寒浞识破了身份。寒浞要对夏姒王族斩草除根，少康便投奔有虞氏部族寻求庇护。避难期间，少康凭才智当上了一名庖徒。虽然级别低，可他善于思考钻研，做出的饭食总能引来一片好评。但他不满足于此，开始琢磨起了新的饮食。无意中，想起了那次在老古堆前食用发馊熟秫的滋味，不由心中一动，便带着两名庖丁做伴，悄悄潜回斟鄩，寻找挂在老甘棠树上的饭罐。

那只黑陶罐依然完好无损地挂在树上，没有了枝叶的遮掩，远远望去，活脱一个野蜂巢。少康小心翼翼地将它取下，抱在手中，轻轻地摇了摇,里面竟然发出了泠泠水音。少康为之一愣,明明是煮熟的秫粒,这么长时间,风刮日晒,水分早应流失,为何竟有水音?难道是那些叶果的作用?少康猜度着打开罐盖,随之,一股美妙的清香扑鼻而来。试探着抿了一小口,立时血脉贲张,暖流奔涌,全身都要沸腾了。“这就是酒!这就是酒!”少康欣喜若狂,抱着陶罐,飞奔而去。

老古堆望向老甘棠:老家伙,这酒有你的功劳。依我看,起个名字叫杜康吧。

老甘棠眉开眼笑,摇晃着枝叶,回敬道:不愧厮守几百年,连我杕杜的小名都知道。

后来,少康在无意中酿出的那罐加了甘棠果的酒的基础上,悉心揣摩,反复研究,终于发现了自然发酵的原理,并不断改进,形成了一套完善的酿酒工艺。所酿之酒果真就叫杜康,正应了老古堆的那句话。

再后来,少康中兴,孔甲乱政,直到履癸继位,成为暴桀,老古堆就再没嗅到过当初牧羊少年黑陶罐里散发出的那种馨香。如果这次不是天降大雨,夏姒亡国,桀不可能把美酒倾倒给它,让它过了把瘾。

可是老古堆并不喜欢这种感觉,它宁愿永远枯燥乏味,无情无趣,也不愿品尝这终结有夏一朝的诀别酒。它想多句嘴,告诉桀当年那个牧羊少年的故事,但桀根本就领会不到老古堆的意思。他把尊中的酒倾倒完毕,便扔掉酒尊,头也不回地走了。

车载肩扛的大量青铜彝器,明显加重着这支逃亡队伍的负担。怨声载道,还有女子嘤嘤的哭声。是妹喜,她不想离开斟鄩,离开她的部族和亲人。桀烦躁恼怒,但又不忍过分责罚她,便放低身段劝道:我们不过是去南巢避避难,早晚是要回来的。你看,老古堆、老甘棠,它们都不走,有它们在,就有我们的中国在!

然而,夏桀一去无返,再也没有回到中国。

老古堆经历有生以来第二场大雨时,已是商朝的中丁时期。此时,它已改名亳台,是商王祭祀的一个重要场所。但它距商朝新建的都邑还有相当距离。因为那场大雨，将夏都淹得不成样子，商汤赶走夏桀后，就在斟鄩附近，雒水之畔，重新找了个地方，建起新都西亳，以避亡国之都的晦气。

就这样，二百多年又过去了，老古堆又减损瘦小了一圈。一场场的风雨，磨去了它的棱角，销蚀着它庞大的躯体，使它由方渐圆，由高渐矮。而风雨仍然不肯放过它，年复一年讨债似的催逼着它往生命的尽头奔跑。它越来越胆小，越来越衰弱。它死死地抓住蔓草纤如发丝的细脚，哀求它不要盲目追随雨的步伐，不要被风的谎言欺骗，在这片古老的荒原上，它的土层最为深沃，它可以竭尽全力，让草们在它身上衣食无忧，安居乐业，帮它守护着它的生命。它不能死去，它忘不了夏桀离开时的肝肠寸断。它不仅是个黄土堆，它还是中国。

然而，这场雨实在是太大了。田地被淹，房倒屋塌，无数生命在混浊的大水中挣扎、呼号，中丁感到了前所未有的恐惧。迁都！迁都！迁都！迁都！他仓皇逃到桐宫最高处，歇斯底里地喊叫。于是，在一个雨歇水退的日子，中丁抓住时机，迫不及待地离开了西亳。一路北上，在一个叫“嚣”的地方安顿下来，西亳全然被他抛在了脑后。之后，商人又把他们的都城迁到相、庇、奄等地，直到中晚期迁殷，总算安定下来。

老古堆经历的第三场大雨就是这场锥子雨了。此时的它，完全没有了“台”的痕迹，就是一堆黄土。不过，它的身体还算结实。当一般的黄土堆在雨水的浸泡中纷纷投降，为洪水的混浊添色助澜时，老古堆选择了坚持，不肯随波逐流，更不肯交出自己的身体，哪怕一小块也不行。

“快看！那边有块台地，咱们先到那里避避吧。”一声人类的惊呼，吓了老古堆一跳。循声望去，一群泥浆人正向它这边走来。为首的那人老古堆见过，好像在十几年前。其时，周文王姬昌被商纣王囚禁在羑里，就是这个人一次次地路过这里去探望。当然，有时是一群人，带着大批财宝和美女去贿赂商王，以期营救出姬昌。他们往往会在老古堆这里歇脚，从他们的谈话中，老古堆得知为首的这个泥浆人名奭，人们尊称他为召伯。而他却不大称呼别人的尊号，很多时候就是直呼其名，叫得最多的是“旦”。旦是个儒雅俊美的男子，每见奭唤自己名字，总是面带微笑、温和有礼地回应，奭兄有何吩咐？奭兄有何高见？

这次怎么没见到旦？老古堆有些纳罕。

似是专为解答老古堆心中的疑问，一个十一二岁的少年走到奭跟前，拉着他坐在老古堆脚下，忧虑忡忡地说，天下大雨，父王的告祖大典不知能否如期举行？

“诵儿越来越懂事，会考虑家国大事了。”奭爱抚地拍了拍少年的肩膀。老古堆这才知道，原来问话的少年是周王姬发的长子。半月前，周王姬发瞻雒，越戏、稚氏、盂涂氏、卑、夹、登、渑、宫，郁方、鹿方、盂方等共计十一方国要来雒邑拜会新王。顾虑到方国众多，聚齐尚需时日，怕耽搁了行程，姬发决定不接受各方国朝拜。召伯奭理解姬发的心情，劝他先接受归服方国朝拜再回镐京告祭先人。旦与散宜生、闳夭、姜尚等人也主张姬发推迟归期，接见各国诸侯。那天，就在老古堆上，姬发以周王的名义，天下盟主的身份，举行了第一次宴集。姬发穿着红色大氅，足登黄色皮靴，腰系赤色韨膝，看上去华贵威武。各国诸侯审时度势，纷纷去白换红，就连旌旗配饰，也多以红色为主。一时间，暮春的雒邑，涌动着红色的浪潮。

“会考虑又如何？父王还不是对叔旦言听计从？明明想在雒邑宅兹中国，却禁不住叔旦的劝说，还是回西岐去了。”姬诵的语气中兑含着埋怨的意味。

“旦的想法自有他的道理，毕竟西岐才是姬周的发祥之地，先王列公都在家里等着，若是在雒邑举行告成大典，他们看不到怎么办？”奭宽慰姬诵道。

“那么，父王还会过来建雒邑吗？”姬诵担心地问。

“一定会，不仅你父王会过来，叔旦也会过来。说不定太姒也要跟来。”奭肯定地说。

“太姒也会来雒邑？她来干什么？”姬诵“霍”地站了起来，逼视着奭，目光中充斥着不解与怨恨。

奭随之也站起身，拉起姬诵，登上老古堆最高处。无边的风雨中，大批的受灾人口正向这边转移。

“这么多灾民怎么安置？灾情过后，偌大的雒邑该如何营建？别以为我们新修一座城池，重建一些宫殿就是一个新的国家了。若无智慧的头脑、博大的胸怀，一切都是空想。”奭脸色凝重地说。

姬诵若有所悟，但仍心有不甘：“其实，我的母亲邑姜也很能干，有她协助父王营建雒邑就足够了。”

“将来就不仅是营建雒邑这一件事了。治国、安邦、经天下，哪件事都是事关万民苍生的大事啊。”奭语重心长地说。

“这些道理我都明白，可我就是不愿见到祖母。到时，雒邑建成，你和我就留在这里，镐京就让父王他们居住吧。”姬诵天真地说。

奭苦笑着正要劝说姬诵，有人来报，说是雒邑东南俘虏区进水，房屋坍塌，殷八师全部陷入水中，随时有被淹没的危险。

“全体迁入新建营舍，与周师待遇平等。”奭果断命令。

姬诵吃惊地望着奭，想阻止，又找不出理由，吞吞吐吐半天也没说出一句囫囵话，最后只好转移话题，抬头望向天空，这雨势似乎减弱了不少，天赶紧晴起来吧！

老古堆心里暗自发笑，真是个有趣的少年。

皎　皎

皎皎回头望了望来时路，已经被全部淹没在了菽的绿涛中。七月的菽，还有荏菽，贪婪地吸吮着雨水和光热，疯狂地生长，把战争的创伤和记忆抹得一干二净。这才是真正的息偃戎师！皎皎暗暗在想。

三个月前，一岁半的皎皎跟着母亲如雪、一匹美丽高贵的母马，从朝歌来到了雒邑。与它们一路同行的还有浩浩荡荡的殷八师。

一路上，皎皎都很开心。一会儿跑在母亲的前边，蹭着母亲的缰绳撒娇，一会儿故意落在母亲的后边，惹母亲焦急地"咴咴"呼唤。偶尔，眼前飞过一只花蝴蝶，它还要追着它嬉戏一番。这是它来到这个世上的第一次远行，对远方的渴望和对万事万物的新奇，让它一刻都消停不下来。

可是，它分明能感触到母亲的痛苦和悲伤。皎皎清晰地记得，母亲在出朝歌城时不停地回望，咴咴鸣叫，泪水涟涟，惹得无数人马跟着它伤感。压抑低沉的哭声，如闷雷从天边滚来，眼看就要炸响了，却被一阵大风刮了去。事后，皎皎才听说，那阵风是被一个叫奭的周人唤来的。人怎么可以叫来风？皎皎不解地问母亲。母亲摇摇头，一言不发。此时，它们来到雒邑已一个多月。来自殷地的人马基本被安置下来。皎皎和母亲有了新的厩棚，尽管不如朝歌，但也算安适，关键是厩棚四周都是庄稼地。息偃戎师后，那个能呼风唤雨的周人奭，迅速在这里开荒种地，围圈牧场，把一大片荒芜之地变成了沃土良田。

母亲再不用出生入死驰骋沙场，也不用卑躬屈膝忍辱负重地驾辕拉车了。它被放养起来，由专门的牧人照顾。吃精细的草料，饮洁净的清水，鬃发飘飘，毛色亮润，越来越像个王妇了。

跟着这样一位美丽高贵、受人尊重的母亲，皎皎从小受到了其他小伙伴想都不敢想的优渥待遇。它可以跟随母亲四处闲走，也可以独自跑到附近的庄稼地里，挑拣最爱吃的嫩叶青苗。比如，这块荏菽田，是皎皎最爱光顾的地方。每次来到这里，它都要吃个饱，还要在田边柔软的草地上打个滚，学着母亲的样子，咴咴地唱上两句。可它的声音实在不悦耳，常常惊得草丛中的鹌鹑扑棱棱地跑，样子滑稽又可爱。

然而，这样的好日子很快就过去了。随着菽的长高、变老，皎皎不得不以藿代苗。可藿的口感与苗差得实在太远，不仅硬、扎嘴，还苦涩，常常让皎皎陷入不食饥饿、食之难受的两难抉择之中。

烈日当空，成熟的穋泛着诱人的金黄，次第倒伏在锋利的石镰下。

穋真是急性子，比邻田的重晚种两个月，却比重早熟了一个月还多。同为谷类，穋与重的脾气大为不同。重安静细致，有耐心，必要经过春雨滋润，夏雨浇灌，秋雨淬炼，始得圆满。秀出的谷穗长且粗实，谷粒饱满，香味十足。而穋就不一样了，像个无拘无束、不服管教的野丫头。随便一块田地，只要把它放上去，只要有风有雨有光照，它便会使出所有的气力，生根发芽，抽枝长叶，不管不顾地生长，直到早早地抢在重成熟之前，成为人类饱腹活命的粒食，才算完成使命。

不过，由于生长期短，穋的滋味就与重差了许多。但在战乱灾荒之年，穋还是受到了重用。息偃戎师后，望着田里慢慢悠悠的重，再看看身后比重还多的人马，奭感到了前所未有的压力。他首先想到了穋，就在重的周边，开垦出了大片的田地，种上了大量的穋。穋很争气，不负众望，抢在饥荒发生之前，欢天喜地地成熟了。

奭松了一口气，告祭上苍，告慰先祖，带着诵，坐镇穋田，身体力行，与百姓一起经受着烈日的考验，体尝着收获的快乐。

“从小到大，何曾受过这般辛苦？”诵直起疼得折了似的腰，放下石镰，抬头看了看万里无云的碧空，又望望一眼望不到尽头的穋垅，哀叹一声，烦躁地脱下厚重的深衣，扔在脚下。

奭听到动静，回过头，见状，弯腰将诵的深衣捡起，劝他重新穿上。

“不穿，能把人捂死，还缠手缠脚。”诵执拗地别过脸。

“日头毒热，会将皮肤灼伤。”奭耐心劝说。

“最好灼死，免得受此苦楚。”诵任性地拒绝。

奭了解诵的脾气，虽少年心性，却偏执异常。可他却不会由着他任性，将深衣抖开，强行给诵披上。

诵一把扯下，再次扔了出去。

奭脸色一下黑了下来，怒火在心头一窜一窜的。刚要发火，猛然间发现诵脸色发白，目光呆滞，脸上的汗珠菽粒般大，不由吓了一跳，急忙扶住诵，心疼地说："看来你是中暑了，不然，我送你回去吧？"

“你先到树荫下歇息片刻。看你脸色发白，就不必强撑了。”奭心疼地替诵拭去脸上的汗水。

“不必，我到田边树下休息片刻即可。”十一岁的诵有着强烈的自尊心，尤其反感因自己体弱多病被他人同情怜惜。哪怕是他的家人、亲人，甚至是最崇敬信赖的叔奭。

这是一棵浓荫匝地的老甘棠树。树下，有块光滑平整的青石，正好可供卧躺。诵迫不及待地爬了上去，立时，丝丝清凉围了过来，透过衣衫，直沁心脾。诵长长地舒了口气，随之，身上所有的不适开始松动，消散，只一会儿工夫，诵便恢复了体力。他感到口渴，便下到甘棠树下的沟溪寻水喝。

泉眼无声，水浅至清。几尾小鱼一动不动，好像睡着了。水平如鉴，映照着蓝天白云。可这一切对于极度缺水的诵来说，都无关紧要，他急切地跪伏下身子，掬起一捧水就喝。水中云顿时被搅碎，一团团，一缕缕，随着水波的荡漾变形扭曲，弥合复原。诵第一次发现，水中的云比天空的云更纯粹，更飘逸，更形态万千，活灵活现。不信你看，有眼睛、耳朵，还有甩来甩去的尾巴，活脱一匹白马驹……诵脑中灵光一闪，回过头，眼前分明就是一匹白马驹。诵惊愕地张大了嘴，半天缓不过神。皎皎一时也被诵的神态吓到，站在那儿，愣愣地，不知所措。

最终还是诵先恢复了常态，毕竟他比皎皎大了十多岁。“你要喝水吗？这里的水清冽甘甜。”诵边说边向旁边退着，为皎皎让出路。

皎皎自然听懂了诵的话，摇头甩尾，走到水边，一头扎进水中，“嗞嗞”地喝了起来。看它贪婪的模样，诵心疼地想，该是多长时间没喝水才让它渴成这样？它一定是走了很远的路吧？它饿吗？我是不是给它找点青草吃？想到这儿，诵飞快地跑到沟崖下，攀着一条葛藤爬了上去，在一处极其陡峭险峻的地方，采到了一大把蓄。那是他最爱吃的野菜，鲜嫩、脆爽，酸甜可口。每次他食欲不振，叔奭就会采来一大把，放沸水中焯了，再用冷水过一下，然后拌上味料，一道美味佳肴就做成了。不过，那得是春上的嫩苗，一过夏，蓄就老了，开出漂亮淡紫的碎花，结出黑色米粒的籽，叶子长得又宽又厚，连牛羊都不愿再搭理它。

诵失望地从崖上下来，懊恼地揪着手中的蓄，不知不觉，竟将整棵蓄的叶子揪光了，只剩下一根莛儿，顶着一个装满黑籽的包。

皎皎不解地望着诵，试探着走近，嗅闻那些被他扔弃在地上的蓄叶。一阵清甜的香气直往鼻孔里钻，皎皎愣住了，它从未闻到过如此好闻的气味。想必能发出这样气味的叶子更好吃。想到这儿，皎皎不由分说将那片蓄叶吃进了嘴里。是有点硬，还有点柴，但随着咀嚼程度的不断加深，皎皎品尝出了一种愉快的滋味。像妈妈的乳汁，绵软、甘甜、醇厚，一叶下肚，身心舒坦。

吃过第一片，皎皎开始吃第二片、第三片……直到把诵扔弃的蓄叶全部吃完，皎皎还意犹未尽。

“还有这个。”诵急忙把手中的莛伸向皎皎。皎皎用唇轻轻碰了碰，虽然没有叶片鲜美，但香气却更浓郁了，便毫不客气地接过，细细地咀嚼起来。

“一棵不够吧？我知道哪里有蓄，你随我去，管叫你吃痛快。”

诵兴奋地说。

皎皎点头甩尾，高兴地打了个响鼻，表示欣然接受。

“那就快走吧！”诵说着就往前走。

皎皎站着不动，只是不停地打响鼻，最后竟俯下身子，朝着诵温柔地“咴咴”叫了两声。

诵心头一动，随即涌出一股暖流。他读懂了皎皎的意思，它是让他骑上它一块儿去寻蓄啊。可他怎么忍心驱使它？虽然它的体格已长成，可它毕竟才两岁。人类的两岁连走路都走不稳，何谈负重前行？

诵摇了摇头，拒绝了皎皎的盛情。皎皎赌气地将头低下，一动不动。诵无奈，只得按皎皎的意思去做。

皎皎顿时来了精神，一跃而起，蹄下生风，背负着诵，在初秋的田野上飞奔。

夜已深，奭仍在摆弄那堆黑白石子。石子是诵在老古堆一带捡拾的。老古堆虽离雒水还有一段距离，但那里却不乏被流水打磨圆润光滑的鹅卵石，可见有大水从这里盘踞过。

刚开始诵捡拾小石头也是孩童心性，喜欢小巧物件，就随手捡拾了几个或白或青的石子来玩儿，一来二去就弄了一大堆。几案上放不下，就被丢在屋子的地上，随处都是，一无是处。后来，诵有了新喜好，对小石子失去兴趣，打算把它们扔弃。奭看见，问明原委，抓起一把看了看，倒也有趣，便留了下来。每每谋划某事，就拿出小石子，摆兵布阵似的，自己和自己“对弈”。与一般的对弈不同，奭摆出的往往是一座城池，一方地形，或者是一堆粒食，一群牛羊，甚至是祭祀的格局，巡查的次数。

今夜，灯光下，奭悉数倒出筐中的小石子，一门心思地摆布起来。这是重田，这是菽地，这是刚刚收获的穋。摆石至此，奭不仅兴奋起来，今年是个丰收年啊！雒邑可安，天下可安。奭喃喃自语，感慨着，欣慰着。殷人迁雒，人地生疏，对他们要平等相待，在分配物资上，必须一视同仁，决不能厚周薄殷……

“让我们进去！我们要面见召伯！”忽然，门外传来呼喝声。奭放下石子，开门走了出去。院子里月光如水，清风徐徐。大门外，火把熊熊，人声鼎沸。

“何人要见我？何不让他们进来？”奭问守门兵士。

“一伙儿殷人，诬赖公子偷了他们的马。”兵士答道。

“公子？难道是诵儿？”奭疑惑地问。

兵士垂首不言。

奭也不多问，自去开了大门，走了出去。群情激愤的人群见奭出现，顿时安静下来。

兵士朝人群厉声喝道：“跪下！跪下！举手跪下！”

人们迟疑着扔掉手中的农具器物，举起双手，缓缓屈膝。

奭阻拦道：“不必跪地，有话就说吧。”说着，举起双手，示意众人，他手中没有任何武器，大家可放心大胆发言。

“我们只想要回我们的马。”为首的黝黑壮汉粗声大气地说。

“你们说公子偷了你们的马，可有事实凭据？”奭问道。

“我们亲眼所见。当时还上前阻拦，被公子的扈从用马鞭抽伤。”壮汉说着，便脱下上衣，让奭验看它背上的鞭痕。

奭的脸色顿时阴沉下来，命令兵士传唤姬诵。

“公子睡眠不好，刚刚入睡，不宜唤醒。况且夜深露重，公子体弱，受了风寒岂不烦恼？”兵士好心地提醒道。

奭犹豫了，诵还是个不谙世事的孩子，即使偷了殷人的马，也不宜按成人的律条处罚。何况事情还没调查清楚，万一诵被冤枉，以他的个性，说不定要闹出个好歹来。想至此，奭平复下情绪，悄声吩咐兵士到马厩查看一下，看是否有对方丢失的小马驹。

“不用查看，确有此事。公子带回的小马驹此刻就在咱的马厩里。”兵士如实回道。

“牵出来还给他们。”奭不容置疑地命令。

兵士领命而去，不一会儿就将皎皎牵了出来。

“看，真是我们的皎皎！”众人高兴地指认着。

“马驹即刻奉还，大伙儿可先行退去，容我查清事实，再行惩处。”奭向众人拱手致歉。

“找回马驹，我们就心满意足了。至于其他，我们不会计较，召伯也不必追究。”殷人壮汉大度地说。

“该追究的必须追究。各位且回，明日便有结论。”奭拱手送众人离去。

回到屋里，心绪依然难以平静。事情虽简单，可处理起来却是千难万难。因为当事的不是别人，而是与他不是父子、胜似父子的诵儿。“诵儿，告诉叔公，我该怎么办？”奭苦恼地抓起一把石子，叹息着，摩挲着。

一觉醒来，天已大亮。诵跳下床，连外套都顾不上穿就往马厩里跑，迎面碰上昨晚还马兵士。诵便拉着他，让他一起去看皎皎。兵士心里自然清楚，便推脱着不肯去。诵狐疑，逼问他缘由，兵士推脱不过，就一五一十讲了昨晚的事。

诵怒不可遏，气冲冲去见奭。等不及兵士推门，诵便飞起一脚将门踢开，径直闯了进去。奭正低头摆弄着那些石子，见诵进来，方住手，盯着诵看，一句话也不说。脸色阴沉，目光冷峻，一副风雨欲来的可怕样子。诵本能地退缩，但一想到皎皎，怒火便“腾”地又上来了。

“凭什么把我的小白送走？”诵带着哭腔问，眼泪跟着流了下来。

“那是你的吗？”奭边说边起身，拉诵到跟前，心疼地为他拭泪。

“就是我的！就是我的！我要我的小白！”诵的情绪顿时决堤，大哭，让奭把皎皎给他要回来。

“小白？连名字都不知道，还敢说是你的？”奭故意嘲笑诵，刺激他，以使他及早平静下来。

果然，诵停止了哭喊，不好意思地嗫嚅道：“它不叫小白，那叫什么？”

“皎皎，是匹通灵性的马，只有品行高洁的君子才配拥有它。你现在凭借高洁品行之外的力量获取它，是不能长久的，最终必将失去它，使它受到伤害。”奭耐心地劝说。

诵若有所悟，但仍心有不甘："可是我真的很喜欢它。"

"那就用你的君子之德赢得它。"奭言简意赅。

"君子之德？"诵不解。

"就是敬德有德，爱护百姓。"

"包括那些殷人吗？"

"当然，他们同样是我有周的子民。"

"可是我以前从未把他们当人看。"诵有些难为情。

"过去的就让它过去吧，从现在开始，一切都不晚。不过，将殷人马驹据为己有，还打伤人这件事，你是真真地做错了，必得为之受到处罚。"

"不知叔公如何处罚我？"诵充满期待地问。

"依法而行，坐牢五日。"

"坐牢？求叔公对我网开一面，以后我再也不敢了。"诵哀求道。

"你知道求情是无用的。"奭决绝地说。

诵的目光顿时黯淡下去，无望地说："那就请叔公为我画地吧。"

"牢已画好，不过不用你坐。"

"为何？"诵喜出望外。

"你还未成年，不宜坐牢，改为禁足半月吧。不过这个牢还是要有人坐的。"奭叹道。

"谁？"

"我！"

"为什么？"

"失察之责。"

休　休

"休、休休，休、休休，休、休休……"在昆虫界的"告秋"晚会上，年轻的蟋蟀——休休因为唱腔沙哑、歌词单调而被其他蟋蟀嘲笑，并且因此还落下个"休休"的绰号。休休有什么不好？叫着上口，还有意义。人类不是把"休休"当作宽容的意思来讲吗？想到这里，休休不再因为同类的嘲笑而自卑，相反还有些兴奋。等不及晚会散场，它就独自跑到另一块田地，拣了一棵高大的茌菽，赌气地跳了上去，爬上最上边那片藿，踞坐其上，扯起嗓子，使劲儿地唱了起来：休、休休，休、休休……

没有嘲笑，自然也没有听众，休休有些气馁，决定暂停，休息片刻。这时，一缕风跑来，要听休休的歌唱。休休被它冒失的样子吓了一跳，生气地回敬：休、休休！休、休休！

风并不在乎休休的情绪，反而被它滑稽的表情逗乐，围着休休，大呼小叫，横冲直撞，差点把休休从藿上掀翻。休休死死抓着藿面，指尖深深陷入藿的肌肤，勾住筋脉，防止自己从高处跌落。

终于，风对休休失去了兴趣，呼啸着到别处找乐子去了。休休松口气，打算从藿上下来，找个草棵，钻进去压压惊。谁知，胳膊腿却失去了知觉，僵硬、冰凉，根本不听自己使唤，就连声音也被冻住了，休休张张嘴，一个"休"也喊不出来。

天慢慢亮了，太阳露出了慈祥的脸，休休激动得泪流满面。尽管此刻身子还有些僵硬，但却可以伸缩活动了。它小心翼翼地离开藿面，沿着茎秆往下爬，历尽艰辛，终于回到了地面。

然而，还没等它站稳，一只人类的大脚就踩了过来，不偏不倚，正在休休上方。眼看就要落下，求生的本能，让休休猛地一跳，跳到了那只脚的脚面上。本想着逃过了一劫，不料休休的尖细指爪又刺疼了那只脚。那只脚厌恶地跺了两下,地动山摇,骇得休休心惊肉跳,越发抓得紧了。这更激怒了那只脚的主人,他弯下腰,派遣右手前来捉拿休休。休休眼疾腿快,抢在人手之前,蹦跶到了那人背上。那人穿的是件粗麻布袄,肩部因磨损严重,又在外边重新补了一层。休休落在上边,抓着外边那层更加粗实耐磨的麻布,稳稳地趴着,不仅避开了那人的视线,且那人的肌肤丝毫感觉不到。

休休悬着的那颗心终于可以放下来了,它感到了前所未有的困倦,一夜未眠的疲惫、出生入死的惊险,让它昏昏欲睡。正好身边有个缝补破洞时形成的褶皱,休休便蹑手蹑脚地爬了进去,倒头便睡。

"啪",伴着一阵剧烈地疼痛,休休从睡梦中醒了过来。睁开眼,发现自己已经到了人类居住的地方。看不到天空,地上没有一棵草,四面被高高的土墙围拢。有光亮从南面的墙洞上透进来。那是两个一大一小、一长一方的洞,安上木料,可以推开或关上。这大概就是人们所说的门窗吧?休休依稀记得,那是连接屋里屋外的通道。趁着那人只顾抖擞衣服上的杂物,还没有发现,我还是赶快逃走吧!不然一会儿他一脚踏过来,我可真是要万劫不复了。想到这儿,休休一不做二不休,飞快地向门口跳起。谁知用力过猛,跳得过高,竟引起了那人的注意。"小东西,看你往哪儿跑?"那人一巴掌拍过来,将休休捂在了手下。也是命不该绝,休休惶恐中,竟意外发现那只手缺了两根手指,恰好与地面空出一个洞来。休休不由分说,奋力钻出那个手掌缺口,逃了出去。

它一口气跑了两个时辰,鸡鸣时,来到了雒邑最阔大的一座宅院外。大门紧闭,两边还有兵士把守,看来不是轻易能进去的。休休坐在门前的青石阶上喘气,边喘边想:为什么要进去?贪图院落阔大吗?对于一只蟋蟀来说,最适宜生存的地方是田野。如果非要和人类挤在一起,以便度过严寒的冬天,那也只需一道墙缝,一个角落而已。想到这儿,休休心情舒展了许多,打算先就近找个栖身的地方将就一晚,明日再作计较。

可这冰冷生硬的石阶实在不是个安睡的地方,休休四下张望了一下，发现东南墙根下，有人正倚墙酣睡，还发着微微的鼾声。看来那个地方不错，连娇贵的人类都能安身，何况我一只蹦跶“休休”的蟋蟀？

休休豁然开朗，连蹦带跳地跑了过去。

睡梦中，奭的手臂被什么东西扎了一下。尖尖的，细细的，像针，又像蒺藜。奭拿不准，索性睁开眼看个究竟。原来是只蟋蟀，还带着露水儿！看来它今夜运气不好，求我帮忙来了！奭暗忖着，一动不动，他怕稍一动弹便惊吓了休休。

发现奭睡得如此深沉，休休也安下心来，它闭上眼，准备进入梦乡。可问题随之而来，此后很长一段时间，休休没有听到奭的一声鼾声。没有了鼾声，休休安全感顿失，睡意全消。难道他在装模作样，待我睡熟，失去戒备，一巴掌将我拍死或捏死？但转念一想，他又何必呢？如果想弄死它，以他的体量，对付一只蟋蟀那简直是太简单了，简单得就如举下手那么简单。可他为什么不动手？难道他体力不支。噢，是了，他一定是饥饿至极，没有力气了。你看他的脸色多么差，蜡黄蜡黄的，嘴唇干裂，起着白皮；头发披散着，几乎遮住了整个面孔，上面还沾着草叶、尘土，乱蓬蓬的，活脱一个囚徒。

难道他是囚徒？在休休的认知中，囚徒往往与坏人连在一起。不杀人，就是放火。天哪，人他都敢杀，还有什么他不必杀的。休休被自己的想法吓得跌落地上，摔了个仰面朝天，翻不过身。

奭似乎看穿了休休的心思，但他并没和它计较，反而和蔼宽容地笑笑，自然而然地伸出一根手指，帮休休翻了身。

休休感激万分，却又羞愧万分，扭身就跑。惊慌失措中竟忽略了傍晚时分下的那场雨。雨不大，只洒湿地皮，却在坑坑洼洼处滞留下来，形成一个个水坑儿。巴掌大，人类的一节手指那么深，但这却足以要了休休的命。刚开始，休休并不当回事，怎么掉进来，就怎么爬上去，谁不知它休休的攀爬能力是顶尖的？然而，随着一次次自救失败，休休慌神了，它开始拉长声音呼救：休——休休——休——休休——

奭循声找去，发现了休休，便把它从小水坑中捞了出来。顾及地上潮湿，奭便把休休放在自己的腿上，用自己的体温暖和它。休休感动得浑身哆嗦，颤抖着声音致谢：休、休休，休、休休。

奭望着休休叹了口气，从身下抽出一把穋秆，捋直，剥去干枯粗糙的外皮，只取光滑洁白部分，编成了一个成人拳头大小的笼子。

他是给我编的吗？他要把我关起来吗？休休本能地想逃。可想想在野的风险，在邑的无着，休休害怕了。眼看天一天比一天冷，它还没找到合适的床。如果跟着这个人登堂入室，兴许能找到个好地方。休休停止后退，试探着伸出了触须，碰碰那个散发着穋香的小笼，戒心顿消，放心大胆地钻了进去。

"禀告召伯，五日刑期已满，请召伯出牢！"两名兵士躬身恳请。休休被惊醒，本能地窜出笼子，一眼瞥见兵士身后黑压压的人群，又吓得赶紧钻进了笼子。

奭缓缓起身，两名兵士急忙上前搀扶。奭摆摆手，阻止了他们。

"召伯受苦了！请受我等一拜！"兵士身后的人群异口同声，动情地说。

奭定睛细看，原来是五日前讨要白马驹的殷人。不禁动容："小子有错在先，奭有失察、管教不严之责，尔等如此，更让我惭愧。"

"那日不费吹灰之力讨回马驹，已在我等意料之外。随后召伯画地为牢自罚，又关公子禁闭，更出我等意料。马驹事件虽微，却彰显召伯大公无私情怀。我等虽为周俘，也曾心怀怨怼，自感低周人一等，今见召伯此举，怨恨忧虑之心尽消。从今往后，雒邑再无殷人，我等必尽职尽责，安守本分，以报召伯再造之恩德。"为首的殷人壮汉代表众人向奭致礼，表达心声。

奭回以相同之礼，以示平等相待，一视同仁之义。

望着滚滚东逝的雒水，太姒激动不已，恍然若梦。河对岸，一座新修的城池拔地而起。那就是雒邑了！太姒仰天长叹，喃喃自语：为何我与这座城重名？为何我要这样急切地来到雒邑？为什么我有种回归故国的感觉？为什么？为什么？谁能告诉我？

没有谁能告诉她。太姒失望地收回目光，黯然神伤，默默地拭去眼角的泪水。

“母亲何故伤感？”旦关切地问。

“感觉好像回到了老家，却不见一个故旧亲人。”太姒叹息道。

“母亲记错了吧？你从未到过雒邑，何故有此感觉？大概连日跋涉，太过劳累，产生幻觉了吧。”旦笑道。

“不是幻觉，是真的。可我又说不清。”太姒苦恼地摇摇头。

“别想那么多啦，天不早，赶紧进城去见奭兄吧。”旦将太姒重新劝上小戎车。

“旦，你也坐进来吧，咱娘俩说说话。”太姒掀开车帘唤道。

旦顺从地下马，坐进车里。

奭简单地梳洗一番，顾不上吃饭，便提着装有休休的穋秆笼去看诵。诵还在禁闭期间，不能外出，其他人也不可入内探视。奭自然知晓规章，可他已顾不了那么多，但违反规章又显然是他所不屑和不会为的。两难之下，他只得站在大门外，利用诵到院子里放风的机会，隔着门缝看他一眼，在心里唤两声：诵儿！诵儿！

诵自然是无法听到奭的呼唤，瘦削的他在阔大的院落里，形单影只，显得如此瘦小、羸弱，孤苦伶仃。

“诵儿，叔公让你受委屈了，叔公没有照顾好你。等你解了禁闭，叔公一定给你物色一匹上好的马，像皎皎那样。”奭的心忍不住缩紧，眼泪也跟着来起哄，扑簌扑簌地往下淌，拦都拦不住。奭索性不去管它，任由它滴落。他默默地将休休放在门口，起身离去。

“召伯编得好笼子！”太姒突然出现在眼前，奭惊讶地瞪大了眼。

“怎么？半年没见，认不出我了？”太姒笑眯眯地，可她的目光分明流淌着寒光。

“婶母乃母，奭岂敢有片刻淡忘。”奭恢复常态。

“不忘就好。也是我疏忽，没有提前告知，让你受惊了。”太姒边说，边弯腰拿起了休休，仔细打量着，还拔下发间的象揥（发饰，女子以揥搔头），挑逗拨弄休休。那架势，那神态，傲慢而狂妄。这让休休很不舒服，尤其那支又细又尖的象揥，刀匕一般，仿佛随时都要将它刺穿。“休休休休休……”休休严正警告。太姒充耳不闻，甚至被休休的反抗逗乐。“有趣！我拿走了。”太姒说着便将休休递给了离自己最近的小儿子冉季载。

“不可，此物专为诵儿编，不可转送他人。”奭急忙阻拦。

“诵儿？那个病芽芽还在？”太姒愠怒道。

“母亲，怎么如此说诵儿？”旦急忙打断太姒。

“我说他怎么了？他是我的孙子，晚辈，我说他什么都不为过。”太姒强词夺理。

“你既然知道他是你的嫡亲孙子，何苦如此贬损于他？”旦一脸正色道。

太姒也意识到自己失态，自己为自己打圆场道：“我是厌恶那个邑姜，不，现在她是王姜了。诵儿，我的诵儿在哪儿，快带我去见他。”

“他被我禁足，就在这里边。”奭如实说道。

“什么？你敢禁足诵儿？太不把武王放在眼里，不把我们一家人放在眼里了。”太姒恶狠狠地指责奭。

奭想辩解几句，转念意识到太姒不过是借机发泄，另有所图，也就不再说什么了。

旦看不下去，质问太姒：“奭兄人品，母亲难道不知吗？雒邑建成目前这等规模，母亲难道没看见吗？”

“你以为我目鼓耳聋吗？即使我又聋又瞎，我的心明镜似的，什么都看得清清楚楚的。不说了，把门打开，我要见诵儿。”太姒命令奭道。

“再过几日，禁足期满，我即刻带他去见你。”奭恳求道。

“你这样关着他，圈着他，就诵儿那个身体、心性，再过几日说不定会发生什么状况。万一有个好歹，我上哪儿去见我嫡亲的孙子？”太姒悲戚地说。

“诵儿安好，太姒勿忧！如有差池，奭愿以性命相抵。”奭直视着太姒。

“愿以性命相抵？说得轻巧。不要再费口舌，放诵儿出来方是上策，不然我就破门了。”说着，太姒挥了下手。两名侍卫会意，以钺当斧，一阵乱砍，将门打开。

诵在门里，听到外边人声鼎沸，争执吵嚷，又见刀斧相向，破门而入，不禁吓得脸色苍白，瑟缩着退缩到屋内，将房门紧紧关闭，任谁叫都不开门。

“诵儿病得不轻啊，再耽误下去，恐小命不保。奭，诵儿素与你亲近，况这大半年你为雒邑费神劳力，想必也十分疲惫。不如护送诵儿回镐京治病，趁机你也可休整休整。”太姒面带微笑温语相劝。

“诵儿的病我心中有数，不在于这一年半载。何况雒邑修建正值关键期，离不开人。”奭委婉拒绝。

“雒邑修建，召伯劳苦功高，也正如此，我与武王想让你回镐京歇息一段时间。至于雒邑，你大可不必担心，有我和旦在此，难道你还不放心吗？”太姒依旧笑眯眯的，像极了一只美而妖的狐狸。

奭自知多说无益，也就遂了太姒之愿。

一想到很快就要见到父母了，诵就忍不住哼唱那首《蟋蟀》：

蟋蟀在堂，役车其休。
今我不乐，日月其慆。
无已大康，职思其忧。
好乐无荒，良士休休。

听到小戎车里传出诵的哼唱，奭欣慰地笑了。忽然，他想到了一件事：“那只被我装进笼子的蟋蟀呢？你不会要把它带回镐京吧？”

“出发前一天就把它放了，此刻估计它已找好了墙角，做着过冬准备呢。”诵钻出车窗大声回答着奭的问话。

“怎么不带它回镐京?”奭故意找话活跃气氛。

“怕它水土不服。我刚到雒邑,身体难受了好长时间才适应。休休从雒邑到镐京,肯定也会水土不服。”诵认真地答着。

“休休? 是那只蟋蟀的名吗?”奭一愣。

“正是。它总是休休休地叫,我就叫它休休了。”诵得意地说。

奭忍不住笑了起来。

旅　獒

犬睡着了。

硕人从假寐中醒来。

一片桐叶"啪"地打在犬的额头，替硕人试探犬的睡眠程度。犬果然睡得酣实，只皱了下眉，本能地伸手摸了摸，就又打着鼾呼呼睡去。

硕人不再犹豫，在夜的掩护下，飞奔而去。柔软如绸的夜幕里，一朵白云在舒卷，一团火焰在升腾……

五月的西旅高原，风已有了暖意，雪峰孤傲的神态开始缓和。

硕人的个头又长高一截，也更壮实了，披着一身雪白雪白的长毛，跟着主人西旅王去狩猎，那些飞禽走兽都避着它，见它远远走来，便惊慌失措，四散逃窜，以致西旅王有时连一只狐獾都难以猎到。"以后不带你出来，免得我空手而归，让人笑话。"说这话时，西旅王正坐在篝火旁烧烤羊肉。打了一天猎，眼看太阳就要落山，收获却只有两只小兽。那两只小兽刚从冬眠中醒来，瘦得皮包骨头，看着就让人没有食欲。西旅王索性让人从附近牧场抓来一只肥羊烤了吃，也算对自己和随从的安慰犒劳。

可硕人心里清楚，西旅王说那样的话，不过是随口说说，丝毫没有抱怨责怪它的意思。它知道它在他心目中的位置。如果说西旅王是这方高寒之国的王，那么它就是西旅王心中的王。不过，他们谁也没有把自己当作彼此的王，他们是同伴，是上天派给这方苦寒之地的守护神。

暮色渐渐围了上来，空气中弥漫着羊肉的香味。但这次的香味和以往有些不一样，特别浓烈，直往鼻腔里钻，连一向讨厌熟肉的硕人也忍不住要淌下馋涎。然而就在这时，一丝异样的气息从远处传来，硕人不禁心里一紧，止住食欲，机警地循声望去。夕阳如血，草原无边，暮色漫了上来，带来一片死寂。

西旅王撕下一条羊腿，伸到硕人跟前："啧，吃！"。那时，硕人还不叫硕人，硕人之名是它到了镐京后周武王姬发手下的那帮咬文嚼字的人给它起的。至于为什么要给一只来自西旅之国的大犬起名硕人，起名者自有他的道理，这是后话，在此先不赘言。这里先说硕人被称硕人之前的事。那时，它也有名字，但不固定，主人西旅王唤它时，视情况心情而定。比如现在，西旅王心情平静，四周环境安静，硕人就在他身边，叫它时就不必大声呼唤，只是舌尖抵着上齿根，轻轻一卷，便发出了这个亲切随和的"啧"音，它这时便叫"啧"。

对于这个"啧"名，硕人是很乐意被叫的，每次听到，就会欢天喜地地走到西旅王跟前，点头摇尾地卧下，笑眯眯地等着主人拿出好吃的来。然而，这次硕人似乎没听见西旅王的呼唤，只是将头扭向一边，好像在欣赏高原落日圆，又像在生西旅王又给它吃烤肉的气。硕人喜食生肉，尤其是经过自己拼死搏斗得来的。也许，这显得很血腥很暴力，为善良的人们所不齿，可谁叫它是一只高大凶猛的獒犬呢？

"嗦，吃肉！"西旅王提高了声音。这时，硕人的名字就变成了发音响亮的"嗦"。

"呜——"硕人异乎寻常地低吼，急躁不安，似乎还有一种罕见的恐惧。

然而，此时的西旅王完全陶醉在肉香中，对硕人异常的反应并没在意，见硕人对肉不感兴趣，就收回手，自顾自地继续啃食。

"汪、汪汪。"硕人忽然狂吠起来，并快速向前边的一道山梁上冲去。

西旅王一惊，扔掉手中的肉，纵身上马，紧跟硕人奔向山梁。眼前的景象让他陷入巨大的恐惧与绝望中，无数的庞然大物潮水一般正向他们压来。近了，更近了，已能看清他们的体貌了，西旅王惊惧万分，几欲从马上跌落。这位在西旅称霸数十年、早已被战争与死亡锤炼得无坚不摧的草原之王，此时却束手无策，面如死灰。硕人回头望了望他，对他低低叫了一声。那声音像是从地下发出，浑厚有力，给人以信心和勇气。西旅王长长吐了口气，稳定下情绪，仰望苍穹，祈求上天的庇护。

怪物步步紧逼，眼看潮水就要漫上山梁，硕人停止吠叫，踞坐。目光聚焦在为首的那头怪物身上。残阳如血，晚霞为它镀上一层金色，使它通身上下闪耀着神性的光芒。

为首的怪物被硕人的气势所慑，迟疑着停下脚步。硕人站了起来，目光如炬，声如雷动，俯冲直下，扑咬怪物。怪物大骇，连连后退。硕人初战告捷，士气高涨。西旅王见状急率众人跟进，有兵士搭弓欲射，被西旅王拦住。怪物体庞皮厚，又有长毛御体，弓箭根本奈何不了它们，且还会激怒它们。一旦它们冲撞过来，任你千军万马、铜墙铁壁也无法阻挡。所过之处必将生灵涂炭，尸烂如泥。到时不仅目前之人难保，恐累及整个西旅国跟着遭殃。

兵士收起弓箭，西旅王不动声色抽出腰刀，以期伺机助硕人一臂之力。然而，就是这个细微的动作，被怪物无意间看在了眼里。它怒火万丈，“哞”叫着向西旅王冲去。硕人正面迎击，怒吼着扑向比自己高大许多的怪物。由于身处下位，巨大的冲击力，让怪物站立不稳，连连后退，若不是身后两只怪物挡着，极有可能摔倒在地。见状，这两头怪物不得已冲了上来。硕人毫不畏惧，左扑右咬，生生将其中一只怪物的耳朵撕咬下来。受伤怪物哀号着败下阵去，另一只斗志尽失，虚张着声势，向后退去。为首怪物气急败坏，却又束手无策。与面前的敌人相比，它们有庞大的体形，尖锐的犄角，可对手锋利的牙齿，灵活的战术，气吞山河的气势，自己纵有千军万马又能如何？

暮色笼罩大地，诱人的肉香也已散去。怪物四下望望，除了天空，它什么也看不见。而对面，敌人如炬的目光更是刺得它心惊胆寒。看来，今天是过不了这道山梁了。怪物回首向着它的部众高声“哞”叫，然后调头，率众悻悻离去。

一声嘹亮的鸡鸣划过天空。硕人放缓了脚步。天快亮了，镐京已被它远远地落在了身后。犬应该睡醒了，此刻他是不是在惊慌失措地四下寻找失踪的自己？或者在遭受因失职招致的鞭笞？他其实是个胆小的人，心眼也不坏，能当上犬这个官职，是他一生的幸运。可现在一切都没有了，并且小命难保。想到这儿，硕人心里挺不是滋味，觉得是自己连累了犬，不禁有些愧疚，脚步就越发沉重，索性停下，回头向来时路张望。既希望看到犬，向他表示歉意，又怕他带人将自己追赶缉拿回宫。那个高台入云、屋宇栉比的地方，实在不适合它居住。它是属于苦寒之地的，西旅王比谁都清楚，可最终他却狠心地把他留在了这里。

硕人再次陷入哀伤之中。它清楚地记得，那是勇斗怪物后不久的一个午后，它正在饮用西旅王从神泉取回的清水。出使朝歌的使者带回了一个令人震惊的消息。

“你说什么？”西旅王当时就跳了起来，手中的水盆掉在地上，神泉清水溅得到处都是。

硕人瞪着眼，茫然地看着西旅王。国与国之间的事情，它永远不懂。

“商朝亡了，帝辛死了，如今的天下共主成了周武王姬发。”使者一字一句地说。

“这天变得也太快了。”西旅王感叹道。

“谁说不是？贡品还没送到，天命就易手了。”使者叹了口气。

“贡品事小，关键是不能让周人知道我们与商过往密切。”西旅王担心地说。

“那倒不会，半道得到消息，我就自作主张把贡品直接送到了镐京，还望我王恕罪。”使者吞吞吐吐地说。

“极好，你这也是为我西旅考虑，我岂能怪罪你？”西旅王转忧为喜，拍着使者的肩膀夸赞道。

硕人见主人高兴，也兴奋地撒起了欢儿。

“不过，我们的贡品实在一般，尤其在这万国朝贺的时候，那点东西，恐难讨得武王的欢心。”使者忧虑地说。

“可那已是我们倾举国之力筹措，除此，再无他物可贡。”西旅王无奈地苦笑道。

使者的目光投向硕人，试探道：“王以为此獒如何？”

硕人心里一紧，这个可恶的使者，他是要西旅王把自己当作贡物送给周武王。那是万万不可的，作为一只旅獒，它只适合在旅国生活，何况它也离不开主人西旅王。但不知主人作何想？硕人眼巴巴地看着西旅王。

“不可！”西旅王断然拒绝。

硕人放下心来，望着西旅王的目光由忧而喜。

然而，令硕人万没想到的是，三天后，西旅王竟改变了主意，不仅决定要把它进贡给周武王，还要亲自送它到镐京。这其中究竟发生了什么，没有人告诉它，它也不想去打听，反正跟着西旅王走就是了。

出发时，西旅王照旧骑着他那匹据说可以腾云驾雾的黑马，而硕人却被关进了一只坚固的檀木笼子，装上了西旅王专用却不常用的驷车。

一路上，西旅王都不理睬硕人，好像从不认识它似的，大多时间都是一个人骑着他的黑马跑在队伍前边，或者远远地落在后边，望着天空出神，落泪。

西旅王的反常让硕人顿时明白了一切，它不再茫然恐惧，反而对即将发生的充满了渴盼。

抵达镐京时，天气已十分炎热。天命归周的盛大庆典已经落幕，而来自各地的朝贡者依然络绎不绝。他们的贡品稀奇古怪，形形色色，在镐京的大街小巷汇成五颜六色的河流，朝着一个方向涌动。

穿着皮袄的西旅王显得十分抢眼，也引来众多的指指点点和鄙夷的目光。这让西旅王自卑而烦躁，索性脱掉皮袄，裸露着臂膀。

姬发坐在大殿之上，面无表情地接受着诸国的朝贺。已近两个多月了，那些腔调各异、内容雷同的话已让他兴趣索然。如果不是顾及天下共主的威仪，他宁愿去主持告夏礼，与农人一起出力流汗，忍受烈日炙烤也不愿坐在这里。

“旦，你代我接收一下吧，我实在困乏，先回后室歇息了。”姬发有气无力地说。

“王兄再忍耐片刻，他们千里迢迢来到镐京，为的就是能见天下共主一面。如若此时王兄回避，冷了他们的心反而不美。”旦极力劝说。

姬发无奈，长叹一声耐心坐着。

硕人还被关在笼子里。虽然西旅王早已给它戴上金链，可队伍拥挤，没有下脚之地，也就没放他出来。硕人理解主人的心情，为了不让他为难，就极力克制着自己。实在忍受不住，就吐出舌头透气，散发体内的热量。

终于，轮到西旅王进见了。他就那么半穿着皮袄、牵着硕人、一身腥膻之气地站到了姬发面前。

姬发忽地坐直了身子，瞪大双眼，盯着硕人看。硕人也不躲避，不亢不卑地迎着姬发的目光。姬发招手，让人把硕人带到他身边。一名犬人走了过来，接过西旅王手中的金链。硕人反感地向后退，犬用力往前拉，硕人忽然停住，犬仰面摔倒。众人忍俊不禁笑了起来。

姬发也露出了笑容，挥手让犬退下，邀西旅王入席。此时，西旅王才看清，在座的除了周人的重要人物，还有那些强方大国的诸侯。本来，是不可能为他安排座位的，然而现在，因为硕人的缘故，他不仅有了位置，还被安排在了共主身边。

“今年收成如何?”姬发和蔼可亲地问西旅王。

“去冬干旱，至今未雨。”西旅王简要回答。

“无妨，此次先给你三十车粒食带回，以后若需援助，可随时送去。”姬发说这话时，一直笑意融融地看着硕人。

西旅王跪谢姬发，被姬发拦住：“不必多礼。从此周、旅便是一家人，你的事就是我的事。谁和你过不去，就是和我过不去。”

“共主所言极是，我等谨遵共主之言。”十几个方国诸侯起身，异口同声向姬发表态。硕人逐一看去，其中几个它认得，是旅国的近邻，多年来，正是他们的侵扰让西旅王寝食难安。现在，一切问题都迎刃而解了。硕人对姬发顿生好感，投以感激的目光。

当天晚上，西旅王带着硕人被安排进一个幽雅的园子。有花有树，有湖有台，还有衣饰鲜明的宫人侍女。犬也跟了进来，没有了白天在大殿上的紧张拘谨，他看上去倒还可爱。硕人试探着尝了口他送来的食物，鲜美异常。西旅王在边上看着，也不阻拦，由着他狼吞虎咽。

大概是那天的晚餐吃得太过瘾，抑或是近一个月的檀笼生活耗尽体力，硕人饱食之后就进入了梦乡，直睡到第二天午后才清醒过来。此时，屋里没有一个人，硕人起身走到门口，门是从外边锁着的。它用力推了推，叫了两声，犬的小眼睛出现在门洞里。可他什么也不说，只从门洞里塞进一大块生鲜肉就走了。

就这样，天黑了白，白了黑，不知几个轮回，门终于被打开。可走进来的不是西旅王，而是周王姬发。

一轮红日挣脱云霞的纠缠，娇羞地投入晴空的怀抱。硕人抬头看了看它，热气扑面而来。总是这个暴烈脾气，每天都像着火似的，实在让獒受不了。硕人烦躁地垂下头，思谋一番后，向一个更高的山岗走去，那里的风也许更清冷些。其实，硕人并不讨厌太阳，圆圆的脸庞，明光锃亮，是世间万物的生命之源。可它动不动就火冒三丈，让那些怕热的生灵很是受伤。尤其是在镐京这三四个月，硕人真是吃尽了高温之苦。在西旅，太阳虽然也是这个样，可它的脾气好多了，一点也不张扬。不知到了镐京，怎就换了个样？

硕人一边走一边郁闷，不知不觉就来到了那个山岗上。风果然尖利了许多，抽着草叶“沙沙”地响。荒草丛中，那间曾经传出动人心弦考槃声的墅屋，只剩下了几根木柱。硕人信步走了过去，意外发现一根倾倒木柱下居然压着一个陶罐。陶罐自然是碎裂的，所幸下半部分还算完好，一汪清亮亮的水在罐底发着幽幽的光。

硕人一头扎了进去，甘洌清凉一触到舌尖，便蛇一般游进了五脏六腑。

从昨夜到现在，整整三个时辰硕人滴水未沾，这对它来说，是不可想象的，是要用生命为代价的。尽管有清风，有白露，还有这口清水，可这那里能满足它生命的需要？酷暑炎热需要水，寒秋隆冬更需要水，大量饮水不仅可以降低体温，还可帮助新陈代谢。如今没有了水，皮毛又开始渐长，即使在这相对寒冷的山岗，硕人已嗅出了死亡的气息，它烦躁地在山岗上走来走去。是害怕吗？结论当然是否定的。因为没有什么让硕人害怕过，包括死亡。可现在，它的心却缩成一团，腿在偷偷微颤，连声音也变得如此无力绵软。难道生命真的要离开我了吗？不，不能让它走，作为一只出色的旅獒，连卑微的生命都制服不了，何谈其他？

想到此，硕人慢慢冷静下来，开始耐心地寻找留在路上的那些尿液标记。先回到灵囿再说。除了西旅王，也许周王姬发才是这个世上对它最好的人。

暑气逼人，更逼旅獒。无奈，姬发就让硕人移居大殿，与自己同吃同住，平起平坐。

大殿进深层高，青石铺地。硕人常常四肢伸开，将腹部紧贴地面，捕获享用来自青石的阴凉。

姬发与硕人相望而坐，但他没有直接接触到青石地面。在他身下，一方织花锦毯将他与青石隔开。硕人对那方锦毯并不陌生，是西旅国的特产。西旅女子手巧，尤擅织毯。把羊毛抽成线，染色，织绣，各种花色的毯就成了。因为原材料是羊毛，保暖性好，西旅人主要用这种毛毯御寒。除此，就是作为贡品进献给商王，以求得到大邑商的庇护。如今，商亡了，这方毛毯就到了镐京，成为周王姬发的用品，且其无比喜爱。

早知如此，西旅王也许就不会把我送到这里来了。硕人望着毛毯胡思乱想，眼神渐渐迷离起来。大概还是天热的缘故吧，到了镐京后，硕人的睡眠特别多，一天到晚昏昏沉沉，总是一副迷迷糊糊的样子，简直与在西旅时判若两獒。

“啪”，一声脆响让硕人一激灵坐了起来。原来是那个粗手笨脚的凌人在往姬发的冰盆中继冰时将一块新冰失手落地摔碎了。为了降温防暑，姬发不仅将案几换成檀木的，还在身边放置冰盆，由两个宫人执扇，将冰块冷气均匀散开，效果极为明显。

“再置个冰盆来。”姬发放下手中的卷册说。

凌人飞奔着去冰窖取冰，随侍在姬发身边的那名老寺人也赶紧去找盆子。

不一会儿，老寺人抱盆先到，紧跟着，凌人抱冰而来。冰放盆中，老寺人端着欲往姬发另一侧放。

“一盆足矣，此盆放他处吧。”姬发看了眼硕人。

老寺人老眼昏花，没领会到姬发所说的他处是何处，便想当然地将冰盆放在旦的面前。旦摇头制止，老寺人便自作聪明往白发白须的姜尚身边放。“上了年纪，受不了冰冷，还是放别处吧。”姜尚挥手拒绝。

老寺人一时摸不着头脑，尴尬地站着，想问不敢问，一脸苦笑。

旦体谅老寺人年迈，就随手指了下硕人，说：“放它那里吧。”

谁知老寺人没看清旦的手势，只好硬着头皮问：“他是哪位？”

“它就是它，那位！”旦再次指了指硕人。

这下，老寺人才明白过来，忙不迭地将冰盆放到硕人身边。另两名宫人随即执扇跟进，轻摇慢扇。

凉风徐徐，案几的檀香也来凑趣。硕人不由精神一振，挺胸直腰，踞坐如磐。洁白的长毛随着扇风飘动，如云舒卷，如雪飘散。

“难怪王兄如此宠爱此獒，世所罕见！”旦赞叹不已。

其他人随声附和，但皆由衷。

姬发越发得意，然口中仍称“不过一大犬耳！不过一大犬耳！”

“如此神物，岂可无名？”旦来了兴致。

“旦兄所言极是，王兄就给它起个名吧！”一向少言的高也开了腔。

“那就叫它硕人吧！”姬发郑重其事地说。

"硕人!"旦和高异口同声惊呼,继之两人又会心地相视而笑。

就这样,硕人有了名字。尽管它不解其意,也没感觉有多么好听,但看到众人兴高采烈的样子,它还是受到了感染,开心地朝着姬发及他的兄弟臣子们摇了摇尾,算是致谢。

然而就在这时,一阵杂沓的脚步声骤然响起,是冲着大殿而来的。随之,所有人的脸色随之凝重起来,大殿里顿时鸦雀无声,陷入死寂。

硕人机警地站起了身,与生俱来的责任感,让它瞬间凝集起了全身所有的力量,它一眼不眨地盯着大殿门。如果有谁胆敢不请自来,擅自闯入,那么它将义无反顾地冲上,保护信赖它的人。

大殿门被粗暴地推开,一个黑色的身影走了进来。

"汪!"硕人迅即向着黑影扑了过去,但脖颈间的链锁随即将它拉住。与此同时,黑影尖叫着摔倒在地。一支精致的象揥趁机从发间脱落,断为两截。

"发,你这个不成器的东西。"黑影咬牙切齿地指着前来搀扶自己的姬发的鼻子大骂。

硕人这才看清,被自己吓着的人是太姒。看着姬发、姬旦等人跪伏在地,诚惶诚恐谢罪的样子,它自知闯了祸,羞愧地低下头,屏息敛气,一声不响。

"明明就是一头怪物,偏偏叫个硕人!"太姒鄙夷地看了硕人一眼。

硕人看到,她的目光里有刀剑挥舞。

"母亲若是不喜欢,我再给它另取别名。"姬发低声下气地说。

"不要把心思都用在一只大犬身上了,还是想想雒邑之事吧。"太姒缓和下口气,但脸色依旧阴沉得可怕。

"雒邑有君奭驻守营建,我们还有什么不放心吗?"姬发不解。

"君奭?谁允许你这样来称谓他了?"太姒又要发怒。

"母亲息怒,是小子我提议的。奭兄才能出众,品德高尚,当此无愧。况天下初定,百废待兴,正是用人之际,尊称奭兄为君有何不可?"旦急忙好言相劝。

太姒一贯赏识偏爱于旦，见旦解释得合情合理，也就趁机下台阶，按下了心头怒火。但口气依旧凌厉："称其君奭我赞同，但必须调他回镐京。"

"这是为何？"姬发瞪大了眼。

"再不让他回来，恐雒邑就要改姓召了。"太姒冷笑道。

"那又如何？姓召姓周，不都是姬家的？"姬发不以为然地说。

"你个蠢材！你可真是要气死我了。他是姓姬，可他是我生的吗？"太姒拍着案几责骂道。

旦急起身，走到太姒跟前，俯下身，悄声说道："母亲，王兄如今已是天下共主，你若这样对他，岂不有损我周的尊威？"

太姒不语，若有所悟，态度也随之有所转变，但在是否调奭离雒回京这件事上，她依然坚持己见，寸步不让。她有自己的理由，当初太伯三让天下，就是要把王位通过季历传给姬昌，由姬昌一脉相传，发扬光大。如今，天命归周，太伯夙愿已偿。如若让其孙辈与季历一脉平分天下，岂不有违太伯之愿？

太姒的一番说辞，让本就讷言的姬发无言以对。旦虽然能言善辩，但一方是母亲，一方是兄长，血脉相连，手足情深，一时竟也不知从何劝起，只得默不作声，听天由命了。

其他人见旦没有明确反对太姒，而姬发又一再隐忍退让，也就不好多说什么。表面看，商讨的是国事；而实质上，又何尝不是他们姬家的家事。

姜尚率先以天气炎热、身体不适为由抽身而退，其他外姓臣子纷纷效仿，各自找了个理由回家去了。大殿里只剩下太姒母子和硕人。

姬发不由松了口气，在母亲、兄弟面前没必要再做着王者的架势了，遂端起案几上的冷饮去喂硕人。那是一盅酸梅汤，一个时辰前，由凌人从冰窖取出送到大殿。由于太姒的到来，双方发生口水战，姬发就没顾上喝。现在觉得口干舌燥，就随手端起抿了一口。依然冰凉透心，酸甜可口，不禁惬意地咂了下舌。

硕人听见，不由垂涎，眼巴巴地望着姬发。姬发自然领会，就屈身俯就，将冷饮端给硕人。看着硕人鲜嫩粉红的舌头，柔软灵巧地在盅里隐现，发心情大好，眉梢眼角笑意盈盈。

太姒皱了皱眉，叹了口气，忧虑而又无奈地说："发，能否把硕人放一放，听我说句话？"

"母亲认同硕人的名字了。"姬发缓缓起身，坐回原位。

"叫什么也就是个名号，咱娘儿俩值得为一只大犬闹别扭吗？"太姒的语气中流露着作为母亲的宽宏大量。

姬发也不再执拗，面对一个超常强势的母亲，做儿子的首先要学会示弱，哪怕是表面上的。

"母亲有何吩咐？"姬发恭敬地问道。

"分封之事进展如何？"太姒关切地问。

"册已作好，正要呈母亲定夺。"姬发说着，将分封简册悉数放到太姒面前。太姒瞥了一眼，从鼻腔里哼出一个字"念"。一直跪伏在硕人身边的作册夹疾步上前，接过封册朗声念读：

册一：先王后裔之国

封神农氏裔于焦

封黄帝后裔于祝

封尧后裔于蓟

封舜后裔于陈

封禹后裔于杞

颛顼芈姓后裔封于楚

颛顼嬴姓后裔封于秦

少昊后裔封于莒

陆终第五子晏安之后封于邾

册二：兄弟之国

叔鲜封管

叔度封蔡

叔振铎封曹

叔武封成

叔处封霍

叔绣封滕

叔高封毕

册三：同姓之国

封太王长子太伯之后于吴

封太王次子姬仲雍之后于虞

封王季子、文王弟虢仲于虢

“倒合我意，择日诏告天下，该就封的就让他们就封去吧。早去早安生。”太姒满意地说。

姬发没想到，一向严苛的太姒，这次在分封这样重大的事情上表现得如此放任。没有指责他，也没有提出过分要求，甚至还对封册给予了肯定赞许。这让姬发松了口气，凝重的表情有了几分活泛。之后，姬发总结了其中原因，得出这样一个结论，只要他把诸弟照顾好，尤其是同母弟兄，母亲就会高兴。至于功臣贤士，那就另当别论，决不能和姬姓嫡亲子孙一样封疆列土，独霸一方。最多就是多赏赐些财宝，多给些荣誉，至于权力，即使赋予，也是象征性，不能有实质内容。

但这明显有失公允，尤其不能如此对待姜尚、君奭。

趁着太姒高兴，姬发就把心里的想法提了出来。

“你不说，我也有所考虑。当年先王亲自拉车，请来姜尚，可以说，没有姜尚就没有姬周的今天。他本东夷人，又年近百岁，是时候叶落归根了。前些日子，我也征求过他的意见，那就尊重他的选择，封他于齐，荣耀还乡吧。”太姒娓娓道来。

姬发点头赞同。

“至于奭，就调他回京任职，辅佐你吧。”太姒心思忡忡地说。

“这对他不公平。兄弟、功臣，那么多人都分封了，为何独他不封？”姬发愤愤不平。

太姒环顾左右，示意作册夹、史严、老寺人、凌人等回避退下，甚至借口将庶子高支走，才向姬发、旦说出了心里话。

一直以来，太姒对姬发的治国能力心存疑虑，认为他勇武有余，智慧不足；重情义，少戒心，极易被别有用心者利用。至于奭，无疑堪当大任，数十年的交往，太姒对他的才干、人品了如指掌，也发自内心地赏识他、器重他。而奭对她也是尊重有加，视若亲母。可毕竟血缘关系远了那么一层，太姒的潜意识里，始终将奭视为外人，怀疑他，防备他，以致到现在有意排斥他，打压他。

“我敢向母亲保证，奭绝对不像母亲想象的那样。请母亲放心重用，若有差池，发愿受罚。”姬发说。

“如果真有那么一天，你受罚又有何用？”太姒冷笑道。

“可我们这样对待奭，母亲难道就不怕天下人笑话？”姬发道。

“天下人知道什么？还不是我们怎么说，他们怎么信？”太姒轻蔑地笑道。

“母亲此言差矣！天不可欺，人心也不可欺。如何对待奭兄，还是要尊重王兄的建议吧。”旦走到母亲跟前，逼视着他。

旦的一言一行往往能引起太姒的重视，她沉吟了一下，无奈地说：“那就和姜尚同等待遇，一并分封了吧。不过，分封何地，必由我说了算！”

“母亲要封奭兄何处？”旦的脸色有些不安。

“北燕。”太姒阴冷地说。

“那里目前还在殷商旧族势力控制之下，奭到了那里又如何自处？”姬发吃惊道。

“看来你对奭还是不了解。封他北燕，也是给他一个施展雄才的机会。”太姒自鸣得意地笑道。

“可是，目前现状，燕地南有殷商残余势力，东有奄夷侵扰，西、北戎狄窥伺，不适合封建。”姬发顾虑重重。

“适不适合也得封建。”太姒态度强硬，不容商量。

“母亲……”姬发还要争辩，被旦拦住。“王兄莫急，静心想想，母亲的打算也有道理。北燕虽远，却对我大周至关重要，只有将其收服，周的江山才能稳固。然目前，除了奭兄，谁还能担此重任？母亲的用意也正在此。”

姬发虽仍有疑虑，一时也不知从何说起，无奈只有端了饮盅，再次去给硕人喂水。

前方有道土坎，高不过数尺。在硕人眼里，这种土坎根本算不上障碍，只需稍一用力，便能纵身跃过。可是现在，随着离土坎越来越近，硕人却突感心虚，腿也有些不自觉地发软。身子跟着沉重起来，像压了块巨石。枝杈也来搅和，不时伸手揪扯那些雪白蓬松的长毛，疼得硕人龇牙咧嘴，好不烦恼。无奈，只得在起跳的最佳位置收住了脚，改用它一直不屑用的攀爬姿势，一寸一寸往上爬。

然而，即使这样，硕人还是功败垂成，在即将爬上土坎的最后时刻失足跌落，重新回到起点。它站起身，抖落下身上的尘土，换了个坡度相对较小的地方继续攀爬。结果只爬到一半就爬不动了，气喘吁吁。四肢着力的地方，土石松动，加剧着硕人的再次失败。

硕人回望刚刚走过的路，原来是道长坡。也就是说，它现在身处峡谷之底，前有坎挡，后有坡抵，进不得，退不回，若要寻到出路，唯一的办法只有循着谷底上下求索了。

天色渐晚，硕人依然没有找到出口。它疲惫不堪地席地而卧，打算休息片刻，再去寻找出路。这时，一只灰白的鸟落了下来，站在离硕人不足三尺的地方，歪着脑袋，用一种好奇却鄙夷的目光打量硕人。饥饿感顿时被引诱出来，硕人猛然抬头，眼睛里喷射着可怕的血光。那只鸟浑然不觉，变本加厉地在硕人眼前跳来跳去，叽叽喳喳地说着一些奚落的话。硕人忍无可忍，不动声色地起身，瞅准时机，猛地向那只鸟发起攻击。后者疾速逃离，站在树上大骂硕人，肆意嘲讽，极尽污蔑之能事。硕人气急败坏，对着那只鸟狂吠。吠声里不仅有愤怒，更有屈辱。这么多年来，莫说对一只鸟雀失手，即使面对凶残的猛禽，它也没失败过。可是现在，它却对这只丑陋卑贱的小鸟束手无策，还要忍受它的辱骂，这究竟是怎么了？难道是因为舒适的犬舍？精美的食物？主人的过度宠爱……硕人颓丧地坐在地上。那只鸟已知不去向，潮水般的虫鸣轰鸣着掩杀过来……

送别姜尚，送走太姒和旦，分封各地的诸弟陆续离京，大殿一下空荡起来，姬发的心也跟着空落。长子诵远在雒邑，几个幼子尚幼，除了邑姜，姬发几乎没有了说话的人。但邑姜已不是当初的邑姜，她成了王姜。为了不让丈夫太过劳累，她替他分担了许多事情，夙兴夜寐，忙里忙外。如果不是督促姬发就医吃药，姬发一天都难见着她的面。她成了大殿的主人，姬发则退居后室休养。天气好的时候，就带着硕人登灵台，猎灵囿，涉灵沼。

硕人不大乐意登灵台。台阶太多，每登一级都要停下喘口气，耗时费力。往往还没等它上去，姬发就开始返回。硕人不得不调头，吃力地挪动着沉重的身子，亦步亦趋，小心翼翼地往下走。不过主人从不催促它，他知道是他没有节制的宠爱，让它一天天肥胖起来，慵懒起来。

硕人最爱随主人到灵沼抓鱼。主人什么都不用做，只需坐在岸边，用鼓励赞赏的目光看着它即可。而硕人要做的事也不多，就是站在水中，耐心等待，看见有鱼游来，伸嘴去叼就行。而且往往下嘴不空，一叼一个准，把姬发喜欢得孩童一般，大呼小叫，手舞足蹈。但最让他感兴趣的还是灵囿狩猎。灵囿猎物多自不必说，随便一箭，就能猎到上好的猎物。可随着年纪增长，疾病缠身，姬发忽然发现自己的力气减小了，箭法不准了，有时连只憨斑鸠都猎不到。渐渐地也就失去了狩猎兴趣，连灵囿也懒得去了。硕人的到来，让姬发重新拾起弓箭，走进灵囿，将所有的事情抛至脑后。

"硕人，你见过麟吗？我见过，那是在我十三岁的时候……"在灵囿，姬发一改平日沉闷阴郁的样子，像换了个人，不停地和硕人说话，讲他的过去、经历和愿望，"知道吗？我最大的心愿就是再次见到麟。"

每当这时，硕人就仰起脸，看着姬发说话，间而柔声吠叫一下。姬发则回之以微笑，为硕人理理毛，接着回忆十三岁时的奇遇。"那天，就在这一带，我见到了麟。它的样子很古怪，麇身、牛尾、马足、圆蹄。全身呈黄色，头上有一角，角端还有肉。更奇的是它的叫声，不是呦呦，亦非将将，而如钟吕之音。本来我是要把它捉住带回家的，谁知还没等我出手，它便消失得无影无踪，直至今日再无见过。”姬发遗憾地叹了口气。

硕人向他摇摇尾，以示安慰。姬发会意地点点头，继续讲道："后来，我把遇到麟的事告诉了父亲，父亲大为惊喜，视为祥瑞。称麟行中规矩，游必择地，翔而后处，不履生虫，不践生草，不群居，不侣行，不入陷阱，不罹罗网，王者至仁则出。果然，这话就得到了应验。”

就这样，在灵囿的慰藉下，在对麟的回忆中，姬发找到了久违的快乐。日子一天天过去，他的病情似有减缓。然而非议却接踵而来，矛头直指硕人。众口一词，皆称正是因为硕人的存在，才导致姬发不理朝政，不思进取，以致玩物丧志，危及国运。

迫于压力，姬发不得不回到大殿，将硕人交由犬管理。犬是个刻板之人，没有具体的指令，他只会把硕人整日整日地关在犬舍，自己则像个狱卒一样，整日整日地守着犬舍。然百密总有一疏，那晚不知是何缘故，犬神思恍惚，给硕人喂过食物后，竟忘关舍门而酣然入睡。憋闷数日的硕人，终于有了逃离的机会。趁着夜深人静，它神不知鬼不觉地出了灵囿，出了镐京。

隐约听见车马之声，硕人心头一振，求生的本能，让它强打精神，抬起头，伸长脖子，支起耳朵，仔细捕捉给它带来希望的声响。马蹄嘚嘚，车轮轧轧，由远及近，从容经过。硕人激动地吠叫了一声，但并未引起路过者的注意。它用尽气力再次叫了一下，声音依旧低沉暗哑，除了让自己喉头发痒疼痛之外，仍是不见任何作用。硕人绝望地望着夜空，哀恸落泪，悲怆之声在这深秋的暗夜惊心动魄。

车马之声缓缓停下。硕人惊讶地看到，土坎上出现了一高一矮两个人影。

“叔公，我听到的那个奇怪声音就是从这里传出的。”一个少年的声音。

“那应该是犬悲之声。”另一个中年人浑厚的声音。

“犬？它在如此偏僻的地方做甚？”少年不解。

“也许它遇到难处了。”中年人说着转身离去，少年紧随其后。

硕人口不能吠，身不能动，连哀恸之力也丧失殆尽了。看来我是走不出这条沟了。命也！运也！绝望的硕人反倒安静下来。这时，那两个身影又在土坎上出现了。不同的是，又多了两个人，打着两盏灯笼，为先前那一高一矮两个人照着路。柔和温馨的灯光让硕人一下松弛下来，昏沉乘虚而入，那两盏灯越来越近，越来越大……

当硕人再次睁开眼，恢复意识时，已是一个午后。但它仍感四肢无力，无法站立。只好乖乖地卧在这个陌生的宅院里，接受着陌生人的救治。

菊花在院子里开得到处都是。窗台上，廊檐下，台阶边；栽在盆中的，种在地里的，插在鬓角的；黄的、白的、蓝的……将偌大一个宅院装扮得生机盎然，宛若春天。一袭素衣的荇在给这些花浇水，她一如既往地穿着褐衣。与众不同的是，她的上衣下裳都有刺绣。花是一朵一朵的菊花，细瓣米蕊，衬以浅绿的枝叶，疏密有致地撒落在襟前裾沿。她已不年轻，眼角的鱼尾纹清晰可见，鬓角已有了白发，深秋的日光洒在上面，将它们全部染成了透明的金色。

荇秋叶般的身影在花间隐现，所到处，每一朵花都娇嫩欲滴，灵动有神。硕人一眼不眨地望着她，贪婪地吮吸着被她的衣角发梢牵动着的清苦之香。缓缓地，一股清流淌进昏沉的颅脑，疲态渐被冲淡、消散，力量陆续归还，硕人不自觉地打了个哈欠，接着长长地伸了个懒腰，继而就精神抖擞地站了起来。它试着抬腿，迈步，却意外发现，脖颈上竟拴着锁链，还没走两步，就被拽了回来。这令硕人极为恼火，生气地吠叫了一声，以示抗议。

正专心浇花的荇被硕人闷雷般的叫声吓了一跳，手一抖，花洒掉在地上碎了。荇惊呼，引来十数人围拢探看。你一言我一语，乱嚷嚷一片。硕人最烦人语嘈杂，越发恼怒，仰首狂吠，声闻数里。随之，外边犬声大作，此起彼伏，似在响应硕人。忽然，日光黯淡下来，刮起了阴风。硕人感觉情形不对，急忙停止吠叫，抬眼望了下日。日已缺了大半，像被谁狠狠咬了一大口。低下头，再看荇他们，已是惊惶失措，乱作一团。鸡啄米似的匍匐在地，哀求先人神灵的庇佑。

眼见花一样的人，瞬时间面如土色，失去光彩，硕人不由感到愧疚。不管怎么说，他们也是它的恩人，没有他们的收容救治，它也许活不到今天。可它却因为不习惯他们的生活方式而发怒，结果引来群犬狂吠，惊动天狗，把日也给咬了。难道这就是人类最害怕的事情天狗食日？想到此，硕人顿时由愧转骇。此事由它引起，它必须对此负责。它要以它的威仪立刻阻止群狗狂吠，还天狗一片耳根清净。它要登上最高的山顶向天狗求情，求它看在它的面子上，口下留情，放过日，放过世间苍生。毕竟作为一只旅獒，它曾离天狗距离最近。

“快把锁链解开，我要向天狗求情。”硕人“汪汪”请求。可是没有一个人理会它，他们依然匍匐于地，头都不敢抬一下。硕人急了，提高声音，使劲挣脱锁链的束缚。这更让人惶恐。天越来越暗，硕人的叫声越来越怪异，有几个胆小的人竟吓得哭了起来。硕人暴跳如雷，两眼冒火，把锁链扯得“轧轧”直响，眼看就要挣断了，荇却过来，指挥一个黑壮男子，将一根粗实的葛绳套在了硕人的脖颈。他们是怕它跑出去伤人啊，硕人看透荇的心思，悲哀、愤怒、屈辱、无奈，让它血红的双眼更加可怕，仿佛两簇熊熊燃烧的火苗，喷射着灼人的烈焰。

天色越来越暗，日变成了一弯弦月。外边的群狗狂吠变成了凄厉的惨叫声。一定是人们猜到了天狗食日的缘故而在责打驱逐它们，硕人再次陷入深深的自责。

终于，群狗噤声，只剩下人声。天地间似乎又恢复了平静，硕人长出一口气。然而还没等这口气出尽，日一下子不见了。人类的恐惧如决堤的洪水，一下将这座城池淹没。绝望的悲号声挟裹着硕人进入无边的黑暗，飞旋、沉沦、撞击，直到一丝光亮透进。硕人睁开眼，隐约中看到一个高大的身影，是那天晚上在谷底见到的那个人。

“荇，快取火石来，把堂屋点燃。”那个高大身影急切命令。

“君奭，万万不可啊！”荇的声音。

“不许多言！”声音严厉得可怕。

无语。

随之，一团火光在屋内亮起，然后从正屋地下燃起，浓烟夹杂着火苗，迅速钻出窗户，窜上屋檐，一眨眼工夫包围了整栋房屋。天空被照亮，恐慌被制止，躁动绝望的城池重新镇定下来。接着，一团团给人们带来希望与光明的火焰在城池的不同方位次第升起，噼噼啪啪地响声驱散着恐惧，恢复着信心。

渐渐地，火势减弱，硕人的心跟着往下沉。它不甘地抬头望了望天，意外发现天空长出了眉毛。只一道，细长、微弯。有一双无形的巧手在不停地描画。越描越弯，越描越浓，最后就成了一弯弦月。弦月生长得极快，不一会儿就绷直了弦，天也跟着亮。硕人以为出现了幻觉，就把眼闭上，可还是看到眼前有光亮。睁开眼再看，竟是日出来了。

“看啊，天狗把日头又吐出来了。”墙外的欢呼声一浪高过一浪。

“天狗也怕火，要不是君奭点燃自己的房屋，日头真要被它吃了。”人们奔走相告，额手称庆。

直到当天日正常西落，那栋高大的房屋还没有燃尽。坐在火堆边的奭紧锁眉头，一言不发。

“父亲，我搬出东厢屋，你去住吧。”克坐在奭身旁劝说道。

“不必了，你收拾一下，我们到燕地去。”奭叹道。

“燕地？”克惊诧。

“正是。以后那就是我的封地了，你也要随我就封。”

“为何把我们父子封到那里？到了那里又如何存活？”克气愤地说。

“王兄如此决定，自有他的道理，我们服从便是。”不管何时，奭总能体谅发的难处。

“可雒邑怎么办？”

“有太姒和旦在那里倒也无妨。”

“他们逼迫父亲回京，原来就是过河拆桥，要把我们父子赶出镐京啊。”

“话不能那样说。不管何时何地，我们都不能忘记当年太伯三让天下的良苦用心。”

克不再说什么，起身离去。无意间瞥见硕人，回过头问父亲该如何处置。

“打听到它的来路，归还原主。”奭的语气中有些不舍。

“不如带它去燕地吧？”克期待地望着父亲。

“若是在我们离京之前还找不到它的主人，只有将它带走了。你看它现在已严重水土不服，在镐京再滞留下去恐有性命之忧。”奭犹豫着答应下来。

克高兴地带硕人去看兽医。

克前脚刚走，姬发就带着邑姜、诵等一干人后脚赶到。

“君奭啊，君奭，这世上也只有你敢如此行事。房屋毁了，你这一家老小何处栖身啊。”姬发眼含热泪感慨万端。

“王兄封我燕地千里，何患无栖身之地。”奭坦然道。

“难为你了。”姬发拭了下眼角，话锋一转，说道：“今日天狗食日，朝堂上下皆言因君奭家养之犬所起，为息众怨，夜半将在灵台举行祭典，用汝家之犬献祭，向天狗赔罪，并谢它吐日之恩。”

“王兄言重了！不过一条大犬，王兄随时可取。至于天狗食日因它而起，我却不赞同。但凡天怒，皆为人故，该向上天谢罪的是人，而不是犬。”奭直率而言。

姬发无语。

王姜接过话道：“君奭所言极是。可目下人心惶惶，群情汹汹，总得有个说法。以犬祭天，上可求得列祖列宗宽恕庇佑，下可平息万众怨懑，何乐而不为？只不过委屈难为君奭了。”

奭不再说什么。他还能说什么？

硕人在跟随克回家的半路，被几名来自王宫的武士关进笼子，抬上了灵台。

燎火熊熊，借着灵台高度，照红了半边天。火光映照下，牺牲祭品油光发亮，散发着诱人的香气。硕人的口水从舌根浸出，汇作条条溪流往外淌，它使劲张口，却发现不知何时嘴已被绑上了红绳。脖颈上的锁链也换成了红绳，勒得更紧，稍一挣扎，就会被勒得喘不过气。

“时辰到！”随着黑袍巫师一声令下，笼子打开，硕人披着一身金色的光芒，由两个巫寺牵着，走上祭坛。

“硕人！”姬发惊呼。

硕人听见，哀怨地望向姬发。姬发再也无法控制自己的情绪，冲动地要去解救硕人。

奭一把拉住他，劝他冷静，千万不可因为自己的喜好而食言，负了万人之心。

“我不负天下人，天下人谁知我心？商亡了，周兴了，你们都一个个离我而去。我的身边还有谁？若不是硕人和我做个伴，这漫长的时日我该如何打发？”姬发激动地诉说。

奭一瞬间想松开拉姬发的手，可他不能松，一松，也许刚刚打下有姬周基业就要动摇。

“奭弟，把硕人放下来吧！”姬发无望地哀求。

“玩物丧志，玩人丧德；君王有德，四海咸宾。王兄三思啊！”奭坚持着自己的主张。

姬发叹口气，失魂落魄地归位。

硕人见状，也收回了目光，泪水长流，暗自悲泣。

“献祭！”巫师高喊。牵着硕人的两个巫寺，将绑在硕人脖颈的红绳一端系在坛石上，飞快跳下，早已做好准备的另十几名巫寺，随即将抱着的柴薪投入火中。火借风势，瞬间将硕人吞噬。

“硕人！何时再能见到你。”姬发喃喃自语。这时，旋风忽起，飞沙走石，刚刚燃起的燎火顿时被熄灭。姬发急忙上前查看，却发现硕人不见了。祭坛上空无一物，而那根捆绑硕人的红绳依旧牢牢地系在坛石上。

“湛湛露斯，匪阳不晞。厌厌夜饮，不醉无归。”奭步履踉跄，边走边唱。荇要去扶他，被他推开：“夜深露重，你不在家休息，还来接我。”

“正是因为太晚，我才来接你。”荇将奭的左臂搭在自己肩上，一手拉着，一手揽着奭的腰，缓慢地向前走。

“荇，你看这些丰茂的草，结了一身露水，它们冷不冷啊。”奭站着不走。

“天还未亮，我什么也看不到。”荇趁机喘了口气。

“天还未亮，看来我回来得还不算太晚。”奭孩子气地笑笑。

“不晚，到屋天才会亮。”荇打趣道。

“那咱快走吧，一会儿天亮让人看见我醉成这样，该笑话了。”奭不好意思地说。

“是啊，从未见你贪酒，今晚却是为何？”荇好奇地问道。

“就要赴燕了，王兄设宴送行。这一走，不知还能否回来？”奭伤感地说。

“如何就不能回来了？镐京也是我们的家。”荇不解地说。

“可是有些人不想让我在这个家。”说到这儿，奭停下了脚步，就势坐到了地上。

荇体会到他内心的孤独、悲凉，也不去搀扶他，就那么安静地陪着他，坐在他身边。

天色渐亮，清冷的晨风吹去奭的酒意，他睁开眼，四下望了望，发现自己正坐在一棵高大的椅树下。秋深风疾，椅树的叶子已开始发黄，而果穗却依然鲜艳，挂在枝叶间，点点串串，倒也赏心悦目。

“荇，别忘了带上各样种子，燕地广袤，得多种些树。”奭说着起身，攀下一串椅果。

荇接过，嗅了嗅，摘下一颗，捏碎，揉搓，露出里边成熟的籽实，说：“种子按你嘱咐，都已准备齐全。只是这椅果，倒没在意，我这就让人采集。”说着，荇看了看奭，见他酒已醒，无须照顾，就先走一步，带人采摘果木种子去了。

硕人再次从死神手中挣脱，捡回半条狗命。此刻，它昏昏沉沉地躺在地上，身下是堆构树枝叶。它已记不起自己怎么会躺在这个陌生的地方，只隐约记得四周全是火。火光冲天，烧焦了它的毛，炙烤着它的皮肤。它本能地想逃，却找不到出口。正在这时，风及时赶到，它和大火一起被风抓到了高空。大火恐高，顿时熄灭，而它却被风带离了现场，带到了这片灌木丛生的上空，丢了下去。当时，硕人以为自己一定会被摔死的，可令它和风都没想到的是，这片茂密的构树接住了自己，救了自己的一条命。不，应是半条命。另半条，早已被无情的人和无情的大火拿去了。

露水打湿了硕人光秃的身体，冰冷彻骨。不能再这样躺下去了，不然，连这半条命也没了。硕人挣扎着起身，摇摇晃晃地朝前走。前方不远，有潺潺流水，此时，只有水能解除它的焦渴、它的伤痛、它的绝望。

流水至清，几尾细鱼在水中静观。硕人迫不及待扎进水中，一通长饮。鱼受惊，四散逃窜，水面荡起涟漪，卷着一团黑影，一层一层地荡。哪来的黑影？硕人一愣，收回身，坐在水边，耐心地等待水面平复。

慢慢地，水面平静下来，黑物仍在，一动不动，似与谁对峙。硕人不由火起，黑得焦炭一般，丑陋不堪，还敢如此傲慢？看我如何惩治你？硕人高高举起右前肢，准备奋力一击。与此同时，水中黑影也举起了前肢，正与硕人相对。这更激怒了硕人，它索性跳入水中，全力以赴，要与敌人决一死战。然而，诡异的是，水中黑物瞬间不见了踪影，只有硕人百思不得其解地站在那里，盯着水面看。波纹渐散，黑物出现。这次离得近，对方的长相看得一清二楚，全身黝黑，唯面部玉白。细看，竟为晶莹如丝的长毛覆盖。中有红眸一对，鲜红如血，珠光玉泽。怎么如此熟悉？硕人心头一颤，难道是我的倒影？可它一身焦黑，分明就是一只大黑狗，我是高贵的旅獒，我有一身雪白的长毛，要想夺走我的美丽骄傲，除非火……想到这儿，硕人再也站立不住，眼前一黑，一头栽倒在水中。但随之被水唤醒。

失魂落魄地回到岸上，望着水中黑物，硕人真想狂吠一通，发泄心中的悲愤。但最终它还是放弃了，来自喉咙深处的烧灼般疼痛，让它比谁都清楚，在那场大火中，它不仅失去了美丽的长毛，还失去了动人心弦的声音。

默默地流了一会儿泪，硕人步履踉跄地离开溪流，向不可知的前方仓皇而去。

漫山遍野的菊花开了，黄澄澄，金灿灿，一片片，一簇簇，在赭红的土地上，开出一个巨大的“周”字。

“我都有些后悔跟着你赴燕了。”克骑着一匹黑蹄、黑耳、黑尾梢的白马，一边走，一边恋恋不舍地回头张望。

“是因为这些菊花吗？”奭坐在车中，目视前方，微微笑道。

“是啊，不知燕地可有菊花？”克叹道。

“菊喜苦寒，燕地应有。”奭推测道。

“未必！父亲偏爱菊，高估菊的适应能力了。”克不以为然。

“即如此，那就到了燕地再说吧。目前首要之务，就是要保障大队人马畅行无阻，小子任重道远啊。”奭殷切地望着克一再叮咛。

“父亲放心，当年我们举族入周，如今又举族入燕，统率大队人马的经验，小子还是有些的。”克信心十足地说。

奭欣慰地点点头。

前方就是渭水了。当年迎娶大邦之子的桥仍在，只是年久失修，大队人马走在上边已让它不堪重负，吱呀作响，摇摇欲坠。为安全起见，奭令人马岸边宿营，从附近取木加固桥身。

夜里，奭久久难以成眠。索性起身出帐，借着惨淡的月光，遥望岐山，与周原在心里作最后的话别。

“拦住它！拦住它！别让它进去了！”营外传来守值兵士的呼喝声。奭心里一怔，疾步到营门口查看，只见七八个兵士正在驱赶一头庞然大物。奭喝住兵士，近前看了看，原来是只皮焦毛黑的大犬。

“不过一只大犬，尔等何必费此气力？”奭颇为不解。

“大犬？我等还是第一次见到。”兵士诧异不已，但随即又质疑道："我看它不是犬，倒像是怪物。深更半夜突然窜出，径直往里闯，拦都拦不住。"

"是否伤人？"奭问。

"倒不伤人，也不躲避，只是一个劲儿往里闯。"兵士如实说道。

"那就让它进来吧，我倒要看看它是何方怪物。"奭说着往帐里走去。

黑物紧跟奭后，兵士紧跟黑物之后。

进到帐里，不用奭指令，那黑物竟乖觉地侧身卧倒，两眼泪汪汪地望着奭。奭大感惊异，俯身细瞧，当他看到那双泣血的双眼，触摸着它焦硬粗糙的皮毛时，不禁脱口而出：硕人！

硕人抬头，张开大口，作吠叫状回应。

奭当即传来犬人和兽医，对硕人进行喂食诊治。

见硕人进食正常，奭松了口气，询问兽医硕人的伤势。

"皮毛虽大面积烧焦，但伤及皮肉不深，药浴疗养，可恢复原来模样。"兽医如实相告。

"这就好。将它带下去好生照料。恢复后，就送它回去吧。"奭叹息道。

"送回镐京吗？我知道此獒是王的宠物，失而复得，王定十分欢喜。"犬人自作聪明地说。

"送回西旅国。再在镐京生活下去，它就不是旅獒了，甚至会早早毙命。"奭耐心地说。

犬人恍然大悟，不失时机地恭维奭道："召伯仁慈，犬替此獒拜谢召伯再生恩德了。"说着，便跪下叩头。

犬人带着硕人离去，临出门，硕人回头，将奭望了又望。奭向它挥了挥手，一直送硕人出了大营。

回到帐里，奭心潮起伏，硕人的影子萦绕眼前，挥之不去。是时候向姬发谈谈有关旅獒的想法了：

玩人丧德，玩物丧志。志以道宁，言以道接。不作无益害有益，功乃成；不贵异物贱用物，民乃足。犬马非其土性不畜，珍禽奇兽不育于国。不宝远物，则远人格；所宝维贤，则迩人安。

第五章　燕歌行

鹛　鹛

“屈居，屈居……”每天，一睁开眼，鹛鹛鸟就开始喊冤叫屈。叫得白了头，黄了足，地也老，天又荒，可天帝始终没允它脱去那件青黑皂衣。

谁也不知它有何冤枉，屈在哪里。刚开始，白犬还有耐心听它诉说，时间长了，也烦，便从两肋长出翅膀，化作天马，飞走了。鹛鹛的抱怨，让它失去了最后最好的邻居，孤苦伶仃地生活在归山之上，沉浸在无边的回忆之中。

回忆的时候，是鹛鹛鸟最为安静的时候。它拥着一床青缎棉被，蜷缩在树洞里，只露出雪白的头和水红的喙，闭着眼，沉醉在过去的时光里。这时，山谷一片寂静，连风都睡着了。只有三足金乌在天空按部就班地值守，累得脸色发白，也不敢稍作停留。

“还是两足好，多长一足，便多出无穷的责任。”鹛鹛得意地瞥了三足金乌一眼，慵懒地打了个哈欠。回忆趁机溜走，总是被鹛鹛无缘无故地招来，反反复复地意淫，回忆也感到乏味了。

回忆一走，鹛鹛顿感生无可恋，就又开始“屈居，屈居”地叫将起来。

叫了一阵儿，又饥又渴，鹛鹛不得不离开老巢，出外觅食找水。此时，三足金乌正蹲在西山顶上。它的脸通红通红的，像在排泄体内秽物。“不知羞耻。”鹛鹛鄙夷地将脸扭向一边，不看三足金乌。

三足金乌也感知到了鹛鹛的鄙视，它不在意。因为没必要在意。对于一颗阴暗的心来说，这世间是没有光明的。家已在眼前，静谧的海平面下，扶桑树的身影绰约隐现。三足金乌起身，向山下走去。暮色蠢蠢欲动，居心不良。

“三脚鸟，慢点走，朕还没填饱肚子呢！屈居——屈居——真是太屈居。”鹖鹖慌了神，回过头，朝着三足金乌高呼。

三足金乌放缓脚步，不动声色地随手按住暮色缰绳。

鹖鹖暂停叫屈，瞪大眼睛搜寻可食之物，然而除了触目皆是的遍地黄花，鹖鹖眼睛都瞪酸了，却是一无所获。罢罢罢，你回你的若谷，朕归朕的老巢。鹖鹖沮丧地垂下了头。这时，一幅奇异的景象出现在眼前。那是两个一长一幼，一男一女的人。说是长者，只是从她的神态言行上判断，如果从相貌上看，她也就十四五岁的样子。幼者是个七八岁的童子，但个头已及女子肩头。他们在采那些黄华。女子穿着一件红中泛黄的褐衣，虽旧敝，做工却极精细。针脚均匀细密，刺绣精巧松顺，不仅有云纹海米，还有花草禽鸟。更让鹖鹖感到惊奇的是，女子绾发的玉簪竟是凤鸟造型。

鹖鹖清楚地记得，那是许多年前的一个春天，百花盛开，百鸟朝凤，它和来自四面八方的同类，一起赶往遥远的岐山，在那里朝拜它们的王。王披着金羽大氅，站在高高的岐山顶上，仰望苍穹，发出响彻寰宇的鸣唱。姬周的子民们望凤而拜，祈求神鸟的喻示。凤鸟怜悯慈爱地望着脚下的周人，振翅鼓羽，直冲云霄，带着百鸟，乘着祥云，一路高歌，向东方飞去。

鹖鹖因旧伤复发，飞不高，更飞不远，只得无奈地选择留下。它的伤正在翼下，虽经夏过冬，伤口愈合，但每经长途，还要隐隐作痛，制约着它的行动，也束缚了它的梦想。这一切都是那支竹箭造成的。归山一带，世有狄人盘踞。不知经历多少战争苦难，到鹖鹖时代，有两个戎狄部族在那里安定下来，分别形成霸国、倗国，各据一方。刚开始，倗强霸弱，因为倗人发明了新的竹制武器——殳。殳长一丈二，尖利无比，人还没到跟前，殳尖就先刺入敌人的身体。霸人在长殳面前束手无策，倍受欺压。后来，霸伯霜受竹殳启发，创制了竹镞，倗人的竹殳便渐渐失去威力，最后不得不听命于霸，几欲成为霸的附属国。

而鹖鹖也因霸镞的诞生深受其害。不知人类从何得知，鹖鹖的肉最顶饥，人食之，可数日不饿。于是，鹖鹖和它的同伴们就成了人类猎杀的重点对象，并随着霸镞的升级换代，急剧减少，直至最后，仅剩鹧鸪独只。可霸镞仍不肯放过它，捕猎追杀从未停歇。尤其后来，人类又获悉吃食鹧鸪可以疗愚，增强记忆力，后捕杀就更加疯狂。如果不是鹧鸪老奸巨猾，足智多谋，恐怕它早就成为霸人或者倗人的食物和药材了。

“如此看来，人类吃朕疗愚之说并非虚妄。”逃过劫难，惊魂甫定的鹧鸪往往会这样想。然而，它终究没逃过人类的伤害。那天，趁着它不备，一枚霸镞就射了过来，正中左翼。鹧鸪惊叫一声滚落在地，随即，一群穿着兽皮的人围了过来。鹧鸪绝望地闭上了眼。这时，凤鸟从高空飞过，见状便降落低空，在鹧鸪头顶盘旋鸣叫。兽人们诚惶诚恐，倒头便拜。趁机，鹧鸪强忍疼痛，翻身而起，飞进密林，凤鸟随之消失。兽人们回过神，知是凤鸟有意相救，便再也不敢加害鹧鸪。这也是鹧鸪不顾伤痛和路途遥远，舍命朝拜凤鸟的根本原因。本来，它是要追随凤鸟而去的，可受囿于旧伤，只得作罢。

春寒料峭，蜷缩在岐山脚下的一个土窑里，鹧鸪冷得直打哆嗦。本想叫唤两声，转移下注意力，可一张口就是屈居、屈居。在凤鸟驾临的地方喊“屈居”，真是不知天高地厚了。怕被其他耳朵听见，招致嗤笑，鹧鸪就强忍着，一声不响。到了后半夜，再也忍受不了了，鹧鸪只得离开土窑，朝着人类聚居的地方飞去。

路过一户人家，窗口还透着灯光，鹧鸪便停了下来。站在窗台上往里看，它没想偷窥，只是渴望那点光亮和温暖。可是，伫麻的窗帘隔绝着它的视线。它什么也看不到，只能听到里边人的对话。

“嫂母，让我抱抱他吧。”一个小女孩欣喜渴求的声音。

“没几天的婴孩，软沓沓的，不好抱。”一个成年女子的声音。

“那好吧，明天我再抱。”小女孩顺从地说。

“姑妹何用着急？以后抱他的时候多了，到时，可别怨我欺负你。”成年女子风趣地说。

“嫂母说哪里话？君父说母亲生下我就去了，我是嫂母带大的。以后你肯放心让我带侄子，也是你给了我报恩的机会。”小女孩动情地说。

“好了,姑妹,一家人,还说什么报恩不报恩的。”成年女子宽慰小女孩。

“那好吧,不说那些客气话了。说点正经的,给他起个名字吧。”小女孩的声音又明朗起来。

“还劳你我费心,君父昨日已给他赐名‘旨’了。”成年女子欣慰地说。

“君父偏心,给他起这么好的名字。”小女孩故嗔道。

“君父给你起的名字不好吗? 女节!”成年女子羡慕地说。

“那倒是! 这么大一家子,女儿家谁有名字? 就我有!”小女孩得意地说,“可女节是什么意思啊? 君父为何给我起个这样的名字?”

“节,菊也! 君父也是希望你像菊那样,经得起霜雪,耐得住苦寒,做个有德有节的女子。”成年女子委婉地教导。

“嫂母,我懂了。时候不早,咱们该歇息了。”女节说着,来到窗前,去关被风吹开的窗子。帘子撩起的一瞬间,鹂鹂一眼就看见了女节头上绾发的凤鸟玉簪。

“女节,女节!”鹂鹂试探着叫采花的红色少女。可那发音实在离“女节”太远,少女没有反应,只顾用心采花。倒是男童,听到鹂鹂怪异的叫声,循声向它望了过来。当看到是只白头红嘴、青身黄足的鸟时,男童眼睛一亮:“姑妹,快看那鸟!”

少女这才抬起头,顺着男童的指向看去,正与鹂鹂打了照面。

“果然是女节!”鹂鹂激动地拍了下翅膀。虽然那天晚上只看了一眼,可它还是牢牢地记住了这个叫女节的女子。她还是那么好看,眼睛水汪汪的,能照出人影儿,当然也能照出鸟影儿。所为不同的是,她的个子比原来高了许多,亭亭玉立,长身婀娜。

“女节,女节!”鹂鹂从枝头落下,昂着头,和女节打招呼。

女节冲它和善地笑笑。

“姑妹,你认识它吗?”旨好奇地问。

“不认识。”女节如实回答。

鹂鹂一愣,呆立原地。

“那就别理它了。姑妹，你看，我采的花有枝有叶，给你编个花环戴吧？”旨边说边就编了起来。别看他只有八岁，还比女节低了一个辈分，要称呼女节姑妹，可他的个头几乎与女节一般高，心眼儿也比姑妹多。

“不，这些花要入药，给君父治风咳。”女节迟疑着。

“朕这里还有许多，足够入药，只是没你采的花好看罢了。”旨回身提过一捆柴草般的花捆丢在女节面前。

“反正入药也不论花朵好看。”女节动了心，顺势坐在地上，期待地看着旨那双肥短的小手。

花枝在旨的手中上下翻飞，不一会儿，一个挤满了花朵的花环编成了。女节欣喜地接过，就要往头上戴。

“别慌，把发髻散开，不然戴不上。”旨说着伸手拔了女节的凤鸟簪子，乌发瀑布一般倾泻而下，几欲触地。旨眼疾手快，帮女节将长发拢至腰后，还以指代梳，帮姑妹梳理顺滑。然后，从女节手中拿过花环，给她戴上。

西天的金乌瞥见，不由睁大了眼，便将所有的余光给了女节。它从未见过如此好看的女子，它愿生生世世看着她，给她光亮，给她温暖，哪怕就这样远远地望着也是一种福气。

鹖鹖嫉恨地抬头瞪了金乌一眼，又赶紧把目光收回，投在女节身上。

旨也在痴痴地望着女节。从他记事起，姑妹就是他最亲近的人，可他从没见过姑妹像此刻这样漂亮。

“姑妹，等朕长大了，就娶你为妻。”旨两眼晶亮地说。

“我可是你姑妹啊，再这样说，看朕不撕烂你的嘴。”女节佯怒，作势要打旨。

旨无赖地将脸往前凑，拉起女节的手，让女节打。

女节又好气，又好笑，就双手拧住了旨的两颊。旨吃痛，赶紧站起身逃走。

鹖鹖吓了一跳，赶紧往旁边躲了躲。

“别逃啊，这么多花我可拿不动。”女节喊道。

“拿不动就扔了吧!”旨调皮地冲女节吐吐舌头。

女节无奈,只得自己去拿那些柴草捆一般的花。花倒不沉重,只是衣袖长阔,衣身绊脚,又要顾及散了一身的长发,女节寸步难行,举步维艰。

旨口头说不管,心里终归不忍姑妹作难。这个陪着他成长的人,可是他至亲至爱的姑母啊。旨回过头,将女节背上的花捆取下,又帮她将头发绾住,才背起花捆大步朝营地走去。

女节一下轻松起来,提起衣裙,脚步也快了许多。

鹏鹏悄悄地跟在女节身后,打算潜入她的家里,找点食物充饥。它清楚地记得,那年在女节家的窗台上,它可是看见屋里的桌案上,放着喷香的粒食的。

忽然,女节停了下来,望向左边。顺着她惊喜的目光,鹏鹏看见,不远处,十几朵硕大雪青的花朵在暮色中摇曳,散发出奇异浓郁的香气。

“旨,你稍等片刻,我去把那些花采了就来。”女节说着,不等旨答应,便快步向那些雪青的花朵跑去。

“去不得,去不得!”鹏鹏急忙阻拦。因为它知道,那些花的下面,是人类挖的陷阱。可以前上面只压些柴草掩饰,今日怎么换作花了? 鹏鹏百思不得其解。

迟疑间,女节已快步走近了那些花。刚伸出手,还没来得及采撷,就听“扑通”一声,女节不见了。

“屈居,屈居!”鹏鹏围着洞口拼命嘶鸣。旨感觉到异常,扔了花捆跑了过来。可哪里还有姑妹的影子,就连那些妖艳的花也不见踪影,取而代之的是一个深不可测的黑洞。

“姑妹,姑妹,你在哪里?”旨趴在洞口哭喊。

没有任何回音。旨急得就要往里跳,这时,里边传出女节微弱的声音:“我在下边。”

“姑妹,别害怕! 我拉你上来。”旨说着折来一根树枝,伸进陷阱,让女节抓紧另一端。

“旨,不可,我会把你拉下来的。到时,咱俩都得死。你快快回营,叫人来救我。”女节催促道。

旨想了想,觉得女节说得有道理,就扔了树枝,拔腿向营地跑去。

“别告诉君父,只让克兄来救——”女节大声喊道。

“人类的记性就是差!你要是记得朕,领会朕的提醒,就不会落入陷阱了。想你那样一个女子,如今落得如此境地,真是屈居了!”鹛鹛站在洞沿“屈居,屈居”地叹息着,焦虑着。

暮色脱缰,淹没四野,天地间一片死寂。

隐约传来人马杂沓之声,鹛鹛机警地跳上树枝。旋即,一群穿着兽皮的人出现。十几支火把熊熊燃烧,映照着他们黝黑粗糙的面孔。正是那年用霸镞射伤自己的兽人。鹛鹛惊骇地瞪大了眼,复仇的欲望,让它不顾一切冲下树枝,对准为首兽人的额头,狠狠地啄了下去。然而,还没等它接近,一支长殳横空扫来,径直将它击落在地。

“霸伯,是只鹛鹛。”执殳兽人将鹛鹛提到为首兽人霸伯面前。

霸伯看了看,点点头。执殳兽人心领神会,揪来一根葛藤,将鹛鹛两只漂亮的金黄小脚缠了又缠,挂在枝头。鹛鹛徒然地挣扎着,哀鸣着,一声比一声凄切,一声比一声衰弱,最后,竟口吐鲜血,气息奄奄。可没一个人理睬它,他们的目光全被女节吸引。她已被他们从陷阱里拉了出来,坐在地上,兀自整理着衣衫、头发,对眼前景象视而不见,听而不闻。

霸伯心下暗暗称奇,继而就有些后悔了。

“倗季,你说这样一个小女子,怎么就不惊慌害怕?”霸伯问身边一个小眼瘦腮的男子。

“她大概是吓傻了。”倗季自以为是地说。

“召伯英武盖世,其女怎会憨傻如此?”霸伯怀疑道。

“龙生龙,凤生凤不过是阿谀奉承之词,世所罕见。远的不说,就说近的,霸伯二子仲霜……”说到这儿,倗季意识到失言,急忙打住。

霸伯倒不在意,苦笑道:“你难道不是想说二子憨傻吗?说又何妨？十个手指还长短不一呢。"

倗季松口气，不敢再多言。诱陷女节之计，本他所出。眼见冬天来临，粮草跟接不上，霸、倗苦恼不已。适逢奭受命赴燕，争端不断的两个部族为了各自的利益开始合作，对奭部的粮草打起了歪主意。明抢无异于以卵击石，暗盗又为狄人所不齿，无奈只有以女节为质，要挟奭，逼他用粟麦赎换其最疼爱的幼女。不料，女节竟这般模样，周人会舍得珍贵粒食换回一个痴傻无用之女吗？

山　浑

一道白光倏然而逝。

奭一惊，随即追出帐外。

帐外安宁平静，更夫敲柝，守士巡逻，营帐座座，烛火点点。

奭放下心来，返回帐内，接着阅史尹送来的简牍。那是一份关于燕地的情况汇总，奭看得极其仔细，唯恐有所遗漏，影响判断决策。当看到如今的燕地孤悬北疆，饱受戎狄侵扰，殷商残余势力盘踞，新旧政权更迭，百姓生活窘迫时，奭不由心生戚切，叹息不止。

北方诸国，微国倒不必多虑，微子启已封宋，继承商祀，对周应无异志；羌虽属商，但为商武力所迫，并非情愿，且羌、周素来交好，又有姻血之亲，可为倚重；至于其他方国、部族，与周无交，与燕交恶，尚需从头计较，一一收服，以绝燕地之患……奭拿起丹砂竹笔，将狸、祖、于、驭、御逐个圈画。

又一道白光划过，与前次形状、亮度、方向一致。奭大感蹊跷，急起身再次来到帐外，正遇疾步走来的克。

“克，你也看到白光了吗？”奭急切地问。

“白光？不曾看见。”克如实答道。

“许是我眼花，昏濛不清，看走神了吧。”奭揉了揉眼，“这下好多了，还能看清你的眉眼。”

“君父一向身康体健，耳清目明，今昏濛不清，想必是阅简过多所致。君父可得多加休息啊。”克心疼地劝说。

“无妨，菊水濯目可去昏濛。明早让节儿去采些来。”奭欣慰地说。

“小子正是来向君父禀报节妹妹的事……”克吞吞吐吐，不知是明说好，还是不说好。

“她有何事？整天带着旨儿疯跑，一点不像个女娃娃。”奭嘴上抱怨着，语气中却掩饰不住父亲对女儿的浓厚爱意。

“节妹妹她……她和旨儿去采菊花……”克鼓足勇气说道。事关重大，不能不和父亲说了。可是，话还没说完，那道白光又出现了，从父子二人眼前划过，落入营地东边的丹林。

“快去看看！”不等克回应，奭便率先出了营地，向丹林奔去。

克无奈，只得紧跟其后。

丹林是片红叶树林，如今已至初冬，那些红艳的叶子随风飘落，在树下积了厚厚一层。枝头只剩少数一些，月光下发着微微的光，林间也明朗了许多。

克抢在父亲之前，进林间打探。

一无所获。

奭不甘心。如果偶尔所见，看作是眼目昏濛也就罢了，可他明明看到了三次，且在半个时辰内。一定有异常！奭相信自己的眼睛。他四下观察了一下，发现一个荒草冢，荆棘丛生，异于别处，便走了过去，白光骤现！不同于此前的带状，是个圆形，像人类的脸那样。难道是山浑？奭猜着向前走。那年刚到召地，夜里忽有人大喊：山浑笑，大风到！果然，第二天就刮起了大风。飞沙走石，天昏地暗，庄稼树木连根拔起，人畜房屋被风卷走。大风过后，一个人丁兴旺、生机勃勃的城邑变得千疮百夷，面目全非，人口损伤过半，财物损失无数。

眼见人类步步逼近，那白光一动不动，不走，不藏，不退，反冲着奭发出“咯咯咯”的冷笑。那笑声分明来自人类，只是有些沙哑，偶感风寒似的。

克听到笑声，急忙赶了过来。见父亲并没发笑，而笑声不绝，才意识到他们父子遇到怪异之物了。

“君父，怎么办？”克惊恐地问。

“莫怕！它是瑞兽。如果我猜得没错的话，它便是山浑。”奭镇定自若地说。

克紧张的心情缓和下来，顺着父亲的指向，看到了那张白光人脸。“何为山浑？怎是瑞兽？”

“朕也是听人传说，并未见过山浑。可朕却亲身经历过大风。那次，人们如果把‘山浑笑，大风到’的话当回事，也不致遭受灭顶之灾。”奭叹息道。

“那我们现在该咋办？”克束手无策。

“静观其变。如果能确认此物为山浑，那么我们就得连夜加固营帐，做好准备。听说山浑长了一张人脸，却是一个犬身。”奭说着向前又进了一步。白光人脸随之扭向一边，迅速逃走，留给奭一个清晰的犬身背影。

“果然是山浑！速回营地！”奭紧张而又兴奋地命令克。

迟迟等不来周人，霸伯、倗季耐心既尽，开始焦虑不安，相互埋怨。好不容易等到下半夜，起风了，月亮变得晦暗不明，又冷又饿的霸伯派人去周营刺探，结果得到的消息是，周营平静如常，除了抽调部分兵士加固营帐外，并无异动。

“没见他们派人寻找此女？”倗季期待地问。

探子摇摇头。

“看来，咱们失算了。”霸伯失望地说。

“再等等！”倗季心有不甘。

“你想让咱们陪她冻死在这儿吗？”霸伯没好气地说。

“可咱也得想想放了她的后果，你敢肯定周人不会报复吗？”倗季忧惧地说。

“那就还让她在下边待着吧，自己失足跌落，与咱们何干。”霸伯狡黠地说。

倗季不再说什么，瞻前顾后地走到女节跟前，迟疑着伸出了手。

“不许动她，我要她！”随着一声喊叫，一个壮实魁梧的身子，山丘般挡在倗季、女节之间。

“仲霜，起开！”霸伯厉声喝道。

“不，朕不起开。”仲霜梗着脖颈，直视着父亲，目光坚定而倔强，勇士一般。

霸伯一愣，这个听到他咳嗽就会吓得浑身哆嗦的傻儿子，竟为了一个素不相识的女子敢和他顶撞了，不怕他了，开始勇敢了。而无所畏惧是狄人最重要的品质。如果这个周人的女子能让儿子成为一个真正的男子汉，倒不白走这一回。只不过又得迁徙了，迁到一个周人找不到的地方去。霸伯心下盘算着，罕见地尊重了儿子的选择。

仲霜欣喜不已，一把拉起女节，夹在腋下，飞身上马，呼啸而去。霸伯紧随其后，手里提着鹧鸪。

"屈居，屈居！"奄奄一息的鹧鸪仍不忘喊冤叫屈。不过这次不是为自己，而是为女节。

忙乱一夜，天刚亮，大风就到了。大风顺着谷地爬上山坡，一路横冲直撞，气吞山河。合抱之木被它轻而易举地拔出，千年老树被它折得七零八落。溪水倒流，巨石走动，鸟兽绝迹，天日无光。秩序被打乱，规则被破坏，山神落荒，天帝动魄。

由于提前做了防御，大部分人马撤离营地，被安置在山洞或背风的谷地，周旅的损失被降到最低，可还是有近百人马伤亡，十数顶帐篷被风卷走，高高地挂在树梢。

"克，千万看好节儿和旨儿，别让他们外出。"向晚，风势减弱，奭才令克将人马陆续撤回，重新安营扎帐。考虑到女节、旨及其母等人妇孺弱小，也为了尽快安置好大队人马，奭特意嘱咐克。

"君父放心，旨他们很好。"克闪烁其词，不敢将女节失踪的消息告诉父亲。可不说，终归不是办法，且多拖延一时，女节便多一分危险。

"君父，儿有要事，需带人去处理一番。"克低着头，不敢看奭。

"何事？"奭一愣。这是克第一次"自作主张"。

"节妹妹昨日采菊，至今未归。"克自知瞒不过父亲，索性一五一十说了出来。

奭的头被重重地打了一闷棍，眼冒金星，站立不稳。眼看就要摔倒，克急忙扶住，搀入营帐。

足足过了半个时辰，奭才缓过劲儿来："旨儿可在？"

"祖父，朕在！"旨跪在榻前哭泣不止。

"能回来一个也是万幸。"奭揽过旨，抱在怀里，无声落泪。

"都是儿子无能，甘受君父责罚。"克自责至极。

"是她自己走失，与你何干。可你也不能瞒我至今啊。"奭本不忍责怪克，可最终还是没能忍住。

"昨日见君父就是要禀告此事，可君父心在山浑，不给儿子说话的机会。今日大风成灾，又顾及不暇，才……"克喉头紧涩，哽咽难语。

奭也不再说什么。

沉默了一会儿，克请求父亲准他这就带人去找女节。

"明日起程，作为三军统帅，你我岂可离开军中？何况，这都一天一夜了，节儿早已不知沦落何方了。"奭失神地望向帐顶。

克坐立不安，身为长子，他不能让父心安；身为长兄，他不能救弱妹脱难。连自己最亲的亲人都保护不了，他还有何面目忝居高位？如何让那千军万马信服？"君父，据旨儿所述，节妹妹应是被人诱落陷阱。依我看非霸即倗，霸、倗，戎狄小国，君父只需调遣几百人马，另委他人带兵，即可将节妹妹救回。"克一再恳求道。

"无凭无据，怎能说是霸、倗所为？即使是霸、倗所为，也是节儿自己跌落，又非受人胁迫。何况，为了节儿一人，祸及百姓万民，朕于心不忍，朕畏天下之人。"奭拭去眼角泪花，振作精神，"想我节儿秀外慧中，大智若愚，未必就不能逢凶化吉，先王列祖都在天上护着她呢。"

夜深人不寐。父子相对，泪干，天将亮。

"号令三军，出发吧！"奭艰难地对克下令。

"再等一天吧，万一节妹妹回来，找不到我们如何是好？"克再次恳请父亲。

奭摇摇头，挥手示意克出营。

望着周人浩荡的队伍，山洪一般在山谷中涌动，山浑失望地垂下了头。此时，它独自坐在山顶一块青色的石头上，夕阳正将金色的余晖晕染它一身雪白的皮毛。可它根本无暇顾及，目前对它来说，最重要的事就是要想办法把女节的信息传递出去。

显然，它做不到。前天晚上，它试着潜入周人的营地，倒也成功将姬家父子引出，结果在丹林，因为自己的大意，在不该笑的时候笑了出来，导致姬奭更加坚信自己的判断，迅即回营，布置防备即将到来的大风。

其实，大风来不来是老天爷的事，山浑决定不了，也干涉不了。至于预测，那也是偶然碰上的，它并不具备天气预测的能力。可人类就是那么自以为是，大风前，偶尔发现过山浑的身影，又碰巧听到它的笑声，就把它的出现和大风联系到了一起。

山浑觉得人类愚蠢而可笑，如果不是数量众多，能直立行走，还会使用工具，恐怕现在涌动在峡谷中的洪流不是周人，而是山浑、鹂鹂、孟极、单狐它们了。不过，话又说回来，直立行走有何了不起？会使用工具又能如何？没有了对天地诸神的敬畏，没有一颗众生平等之心，总有一天，人类会自食恶果，陷入自挖的陷阱，走向毁灭的。想到此，山浑再也忍俊不禁，"嘻嘻"地笑出了声。它在庆幸，女娲娘娘当初打的那个盹，将人面安装在了狐身上，使世间有了半人半狐、半神半怪的另类山浑。

"啊——"一声惊叫打断了山浑的遐想。它顺着叫声望去，惊喜地发现，女节从昏迷中醒了过来，正茫然无措地四下张望打量着。她的衣裙已被枝丫撕得条条缕缕，露出雪白的股和胫。不过此时，她的身上沾满了草叶，乌密的长发纠结在一起，左颊被擦伤，有血珠渗出。但这并不是最严重的，受伤最重的地方在她的右腿，不仅骨折，还有一道又深又长的伤口。鲜血汩汩流淌，像条小小的溪流。

这样下去可不行，她很快就会没命的。山浑急忙从青石上跳下，来到女节身边。又怕自己的怪异模样惊吓到她，就悄悄地隐藏在一丛稠密的灌木丛中。可它什么也做不了，只能眼睁睁地看着她疼得脸色煞白，浑身颤抖。如果我也有一双像她那样的手，如果我也会使用工具采取药草，岂不是可以救她于痛苦之中了。山浑第一次感觉到了直立行走的必要，体会到作为人类对生命保护的优势。

“扑通”，随着一声巨响，一团物事坠落在女节跟前。山浑和女节异口同声惊叫起来。幸好是叫声一致，女节并没察觉到异常。山浑趁机又往前走了一步，看清刚刚附落的那团物事竟然是个人，那个名叫仲霜的狄人。

如此大的飓风居然没把他们吹散，山浑暗暗纳罕。他不会对她继续进行侵害吧。山浑不由替女节担心起来，但很快它的担心被打消。

落日余晖均匀地涂抹在那堵壁立的悬崖上。一棵白芨依然青绿着，尽管花朵早已弃它而去，尽管秋风对它百般摧残，可它始终不肯卑躬屈膝，用尽全力坚守着生命的底色。

仲霜试探着接近女节，去看她的伤口。女节紧张地躲闪，忍着钻心的疼痛向后挪动着身子，用目光阻止、警告着仲霜。仲霜并不在乎这些，他在乎的只是女节的伤口、女节的痛楚、女节的生命。他焦急地四下张望着，当看到悬崖上的白芨时，不由惊喜地大叫一声，奔了过去。

山浑被仲霜的惊叫吓了一跳。当它缓过神再看时，仲霜已在悬崖下，寻找攀登的路径。

白芨不屑地望着脚下的仲霜，丝毫不担心自己的安危。因为悬崖不仅高而陡峭，且岩石为沙石岩，松散易碎，如果没有上天的护佑，攀登者十之八九要葬身深渊。山浑不由为仲霜担忧，就连女节也瞪大了眼，目不转睛地盯着他悬挂在半空的身影。

忽然，“哗啦”一声，一块岩石滚落下来，仲霜眼疾手快，抓住了旁边的一根藤条，避免了坠落的危险。山浑看到，女节脸上的敌意渐渐消散，目光也跟着柔和起来。当仲霜采到白芨回到她身边，把白芨嚼碎，往她伤口上覆时，她长长地舒了口气。

落日尽量放慢着脚步，借一线光亮给仲霜，让他捡拾柴草，钻木取火，帮女节度过这漫长寒冷的冬夜。

山浑怕火，当篝火熊熊燃起时，它选择了逃离。不让他们看见自己为好，免得他们又误以大风将至而乱了阵脚。

王　　戈

头、柲、镈。

援、内、胡、阑、穿。

直内、曲内、銎内。

借着昏濛的天光，王戈仔细辨认着躺在身边的同伴。今年雨水多，它们住的地方经常漏雨过水。阴冷潮湿，让大伙儿不得不争相将锈衣往身上穿。这一穿，就不再是原来的模样。面目全非，棱角尽消，粗鄙丑陋得不堪入目。

唯独王戈拒绝锈衣。许是比其他戈多饮了些人类鲜血的缘故，它并不觉得天气有多么严寒。它只是感到苦闷，屈辱，还有对主人无尽的思念。牧野之战后，它就和主人失散了，也和自己的下半身檀柲失散了，只剩一个青铜的头，与无数的折戟残戈堆积在一起，饱受岁月的欺凌摧残。

不知主人可好？眼看一年过去，他竟没有任何消息。是已不在人世？还是他把自己遗弃？想到此，王戈一阵心痛，脸上渗出点点冷汗。随即，铜锈的气息弥漫过来。它赶紧稳定下心绪，恢复镇定，以此抵挡锈衣的亵渎和侵袭。它不能改变模样，不管同伴如何，它必须保持自我。如果有朝一日与主人重逢，他却认不出一身铜锈的自己，岂非憾事？尽管自己不属人类，没有人类的心，但主人是。无数人类的热血、头颅，早已将主人的心分享给它一半，它与主人早已被浇铸成一体。它因主人的英勇成为兵器之王，主人因他的锋利成为勇士贵族。它与主人相互利用，相互成就，顶着商王帝辛赐予的“王戈”封号，在血肉横飞、头颅滚落的惨烈中诠释着生命的意义。

那是多年前的一个清晨，王戈刚刚从陶范中脱胎，就被一个高大威猛的人类男子抢在了手中。“就是它了！就是它了！”男子欣喜若狂，等不及匠人细细锯挫、錾凿，就将早已备好的檀柲穿在了王戈身上。柲长六尺三寸，散发着淡淡的木香。王戈一下被这种好闻的香味陶醉，逆来顺受，服服帖帖地唯这根檀柲之命是从。自此，王戈获得新生，而那个威猛的人类男子也随之成为它的主人。

但此时，王戈还不叫王戈，它只是一个常规的兵器。如果非要分出它与其他戈的区别，那就是它的体型略大，内上鋬孔，可以用皮线将头、柲紧紧缠在一起。这样，拉割敌人头颅时，戈头就不会从柲上脱落，杀伤效果出奇的好。

这样的改进，受益最大的当属王戈的主人。不过，当时他还没有名姓，就是一名来自商属部族的兵士。与众不同的是，他作战尤其勇敢，用戈格外应手。杀敌无数，战功赫赫，逐渐成为部族头领，进而引起帝辛赏识、重用，被封戈氏。他的族人因他也有了封地，生活安定，人丁兴旺，慢慢就拥有了财富、地位、声望，成为帝辛倚重的部族之一。戈氏自然有了自己的名姓，但最终被帝辛封为王戈，却另有缘由。

那年，帝辛任人论才，一口气从庶民阶层，甚至奴隶中选拔任用了一大批官吏。加之一系列改革，触及了世袭的王亲贵族切身利益，遭到了比干、箕子等人的强烈反对。他们以帝辛沉湎酒色、昏庸无道、不祀祖宗为由，对帝辛进行了猛烈的指责抨击。才力过人，但脾气暴烈、刚愎自用的帝辛自然听不得逆耳忠言，何况他做得未必如他们说得那样不堪。朝堂上，帝辛与比干展开了激烈的争辩，使后者感到莫大的屈辱和绝望，最后竟以剖心的极端方式表明态度，抗议帝辛的残暴，也成就了一代暴君。

比干死后，朝野上下一片恐慌。以殷商旧族为代表的反对派，对帝辛展开了声讨。更有一些激进者，不惜重金招募死士，对帝辛进行明刺暗杀。

帝辛自然明悉自己所处的境地，本就猜忌心重的他，更是加强了防备，提升了应对级别。但百密一疏，贪图酒色的帝辛竟在巡行途中停车与妲己做爱，完全丧失了戒备之心。而随行的虎贲侍卫素悉帝辛习性，知他一时半刻完不了事，便趁机走到一边歇息。严密的警戒线由此出现漏洞。这时，只听一声呼啸，数十名黑衣人，乌鸦一般从路边的树上落下，将帝辛豪华的戎路车团团围住。待虎贲侍卫反应过来，有利位置早已丧失，只得凭借人多势众硬冲硬拼。

车内的帝辛被外边的喊杀声惊动，顿时从欢乐的巅峰跌落，起身就要往外冲，却发现衣服早被自己扯下扔到车外，旗帜一样挂在了树枝上。然保命要紧，帝辛顾不得裸体的难堪、王者的尊严，提起轻吕，推开车门，跳了出去，但随即被长戈乱箭逼了回来。妲己颤抖着缩成一团，帝辛心疼地看了她一眼，将她揽入怀中。

渐渐，喊杀声小了下去。帝辛心里一惊，推开妲己，隔着车门探看，只见一柄长戈蛇游在黑衣人中间，所到之处，惨叫声起，黑衣人应声而倒，节节败退，毫无还手之力。虎贲侍卫趁机涌了过来，与那柄长戈里应外合，杀得刺客血肉横飞，如深秋的枯叶纷纷坠落，在地上铺了黑压压的一层。其上，站着王戈的主人，他手中王戈仍兀自淌着黑衣人的血。

“王，此人当重用。”妲己惊魂甫定。

帝辛郑重地点了点头。

就这样，王戈随主人来到了帝辛身边，与帝辛如影随形，成为帝辛的生命保障。帝辛常常端详着王戈和它的主人感叹：真乃王之戈啊！王戈之名由此叫响。可王戈觉得，有了这个尊贵的名号后，主人反倒清闲了许多，它也跟着养尊处优。这让它感到不安，作为一柄戈，不去割首舐血，奋勇杀敌，时间久了，恐怕连农人手中的镰刀都不如了。王戈急切地盼望着主人能早日重返战场，带着它出生入死，死而后已。

终于，这样的时刻到来。周人起兵反商，直逼朝歌。震惊的帝辛仓促应战，在牧野，与周军遭遇。一番激战，帝辛不抵，落荒而逃。王戈和它的主人断后，掩护帝辛逃跑。面对恶浪般袭来的周人大军，主人毫不畏惧，挥舞王戈，冲入敌阵。刺、割、推、拉，王戈感到了从未有过的酣畅。血从敌人的胸腔喷射而出，滚烫黏稠，腥味沉重，混浊着空气，吞噬着锐气，王戈明显感到了主人的迟缓，吃力。而敌人并未退去，反而源源不断，越来越多，对王戈和主人形成一个越来越小的包围圈。

主人绝望地抬头望了望天，眼里满是泪水。这是王戈第一次看到主人落泪，也是它唯一一次被主人倒着使用，刺向自己的胸膛。但最终主人功败垂成，被周军的一个首领击落了手中的王戈。事后，王戈才知道，那人便是赫赫有名的召伯姬奭。在他的劝阻下，周王姬发收回了杀死主人的命令，并将处置主人的权力交给了姬奭。

姬奭押解着主人和大批的俘虏走了，王戈则被扔弃在了血流漂杵的牧野战场。后来，不知是谁，据说是看上了王戈的身材，便将他捡回，褪掉檀柲后，将只剩下一个铜头的王戈扔进了杂物间。

雨季终于要过去，王戈感到有尖细利落的风在身上触摸。痒痒的，凉凉的，还有一丝隐隐的疼。身上的锈衣开始干燥、收缩、剥落，王戈感到了久违的轻松，感触到了季节的温度。不知此生还能否与主人相遇？王戈的意识甫一恢复，便想到了主人。

“此戈锈蚀不堪，一无是处，就不装车了吧？”一个有着浓重岐周口音的男子说。他叫黑臀，周人，武王伐纣时运送粮草的车夫。战争结束后就留在了雒邑，仍然充任车夫。

“一件都不能少，免得他们有念头，不安心。”另一个同样有着浓重岐周口音的男子说。他叫且，和黑臀一样的人生经历，年龄比黑臀大，见识、阅历较为丰富。

“此番迁燕是何部族？”黑臀一边手中不停一边问。

“戈、举两族。”且懒得与黑臀说那么多。

“这可是殷商最有实力的两大部族，听说他们并不甘心臣服于周啊。”黑臀并不在意且的态度。

“正因如此，我周王才命此两族迁燕，以绝后患。”且叹道。

“这不是要把隐患转移给召伯吗？”黑臀瞪大了眼。

“看透别说透才是真聪明。”且故作高深地拍了拍黑臀的肩膀，从黑臀手中接过王戈，扔到了车上。随着“哐啷”一声巨响，它被重重地砸在另一件硬物上。那是个大方鼎，四腿如柱，两耳如扇，腹肚宽深，足可烹煮下一头成年大猪。此刻，王戈就躺在鼎腹里，惊恐万状地等候着命运的宣判。然而，在它之后，再没有一样物件到大方鼎的肚腹里来，只听“乒乒乓乓”一阵乱响，全都堆在了大方鼎身下。然后，那两个浓重岐周口音的车夫且和黑臀便开始用粗麻绳捆扎。一道又一道，一圈又一圈，直把大方鼎和车捆成一体，像个小山丘似的，才摇摇晃晃地上了路。

拉车的是头黄白老牛，瘦骨嶙峋，皮糙毛焦。重轭之下，它的每一步都走得艰难无比，王戈在鼎腹里能明显听到它粗重的喘息声。

天空高远，四野辽阔，一队队的大雁从北方飞来，赶往遥远的南方。风声猎猎，冲淡稀释着老牛的喘息，也加剧着且和黑臀的焦灼。眼看大队人马已翻过山岭，进入平原地带，渐行渐远，老牛却仍四平八稳，不知奋蹄。

且和黑臀的抱怨争辩随之发生。

“我看它也是老朽不中用了，不如歇息片刻再走吧。”黑臀说。

“歇，歇，你就知道歇。误了行程，你我可吃罪不起。”且说着，便高高举起鞭子，重重落下，抽在老牛身上。王戈感到车子跳了一下，开始加快速度。然而，不到半里地，车速就又慢了下来，且比之前更慢。原来是该上坡了。坡虽不陡，却有些漫长，以老牛的体力，非半个时辰不能通过。可且却心急，只怕掉队，便一个劲儿地催逼老牛，鞭子抽得“啪啪”直响，听得王戈心惊肉跳。

突然，车子停滞不前，并开始后退。且和黑臀大惊，停止咒骂鞭打，一左一右，帮着老牛推车。老牛的脊背弓成了驼峰，脖颈极力前伸，鼻息狂喷，吹起一股股尘土。它尽力了，且竭尽全力了，可车子不进反退。巨大的拉力，让老牛再也坚持不住，跟着后退。此时，且和黑臀两个人类的力量那么微不足道，在轧轧作响的车轮前，顿时变作纤细的螳臂。他们帮不了老牛，也挡不住车轮。为了不被连累，受到伤害，他们迅即跳开，躲到一边，任由失控的车子拖着老牛越来越快地后退。老牛绝望地仰天哞叫，反抗着，挣扎着，企图摆脱车子的纠缠。但一切都是徒劳，当飞速倒转的车轮轧上一块凸出于路面的岩石时，小山一般的车子倒时倾侧翻了，连带着老牛，一起滚落到沟底。

王戈躺在鼎腹内，随着大方鼎的翻滚而滚动。蹊跷的是，自始至终它都没被甩出，直至大方鼎最后一次翻滚，撞到一块石头，巨大的冲击力才将它从鼎腹内摔了出来。而大方鼎由于体型庞大沉重，是直接的受害者，受伤较为严重，一只耳生生地断掉了。

由于所处位置正好，王戈得以清晰地看到大方鼎的全貌。望着它古怪而窘迫的样子，王戈不由感叹生命无常，瞬息万变。这个庞然大物，本应高居庙堂，接受万人崇拜敬仰，供品琳琅，牺牲奉养，如今却灰头土脸，缺耳豁唇，屈尊纡贵地侧翻在地。但这并不影响它的整体外观形象。它应该是件彝器。体形长方，立耳，颈略束，腹微鼓。四足柱状，隅有扉棱。足饰阴线蝉纹，腹饰巨睛凝视兽面纹，口沿下则是一条腿怪物夔状纹。鼎腹内壁油光乌亮，有铭文“举祖辛禹”四字。其中“举”字最为生动形象。此字由一大一小两个人形符号构成，大人居下，小人位上。大人双手向上伸出，托举着上位的小人，好像在庆祝一个新生命的到来，又似祈求感恩上天的护佑。但又都不像，分明就是大人不想要这个小孩，要把他扔弃似的。

王戈百思不得其解，正郁闷时，且和黑臀连滚带爬地来了，拽拽奄奄一息的老牛，踢踢散落一地的物件，看看散了骨架的车子，一屁股坐在地上唉声叹气起来。

金乌鄙夷地看了他们一眼，撤掉了最后一抹光亮，谷地顿陷昏暗苍茫之中。

“且，咱们得快想办法啊！眼看天就黑了。”黑臀急得团团转，拍着臀部大叫。

“你就会拍屁股，怪不得你爹妈给你起名黑臀。”且鄙夷地啐了他的同伴一口。

黑臀也不计较，大概是习惯了，也可能是长期受同伴捉弄麻木了。“你叫我什么都无所谓，关键是不能在这沟底等死。这个时候就别说白臀黑臀了，你脑瓜灵，快想想办法咋弄吧！”

“找根棍子来！”且站了起来，愤恨地踢了踢举方鼎。

黑臀不解，眼巴巴地望着且站着不动。

“快去啊！抬这大家伙啊！”且呵斥黑臀。

黑臀反应过来，就近拣了截折断的车辕，解掉车上的麻绳，重新为大方鼎上绑。

“且，绑好了，趁明上路吧。”黑臀将半截车辕穿过绳结。

“我抬前，你抬后。”且边说边快速地将绳子往后推，使大方鼎的重量尽量往黑臀一方靠。

两人用力抬起大方鼎。

“把那个戈头也拿上吧，看着怪大咧！”黑臀放下抬杠，去拾王戈。且也不阻拦，反正能多拿一件就多拿一件吧，到时大人们看到他与黑臀也是竭尽全力了，或许就不降罪了。

就这样，王戈又回到了大方鼎的肚子里，在且和黑臀的粗重喘息声中，重新走上北迁之路。

抬　举

举祖辛禹感到腹部隐隐作痛，怀疑是王戈在做手脚，低头一看，果然是它。此刻，它的背刃正好嵌入“举”字下面那个大人的腹部，随着鼎身的晃动，一丝丝地切入。

几天前，举祖辛禹外出归来，惊讶地发现举氏宗庙一片狼藉，包括祭祀自己的那口专用方鼎也不见了踪影。正纳闷间，他的儿子、举氏又一代先祖走了过来，悲愤羞愧地告诉他，在他外出这段时间，天下大变，武王伐纣，周代商，迁举、戈两族于燕。宗庙倾圮，彝器流失，举氏子孙被迫离开故土，千里北徙，举族将亡矣！

听罢儿子哭诉，举祖辛禹泪如雨下，自此，他再无香火享受，也无存身之所。但这并不重要，重要的是如何让子孙后代少些苦难。举族从诞生到现在，数百年繁衍生息，发展壮大，从西隅到东土，被邻部族掳掠侵扰，被强大的商王朝征伐驱使，好不容易有了封地，跻身殷商大族贵胄之列，却遭遇天下大变。然大变不可怕，迁徙也不可怕，可怕的是丧失了信念，迷失了自身。如此，举族则彻底亡矣。

想到此，举祖辛禹冷静了下来。此时此刻，不是他悲愤哭泣的时候，他要赶到他苦命的子孙后裔身边，保佑他们，喻示他们，无论到了哪里，只要能保住性命，安定生活，就可繁衍生息，发展壮大，永保举氏血脉代代承传。

天高地阔，云雾弥漫，举祖辛禹上穷碧落，举步维艰。浩渺太空中，他深刻体会到一身之缥缈，一族之微小。无数次，他被风雷挟裹着，被雨雪撕裂着，魂飞魄散，无凭无依。但他坚持着，绝不放弃。终于有一天，雨过天晴，乌云散尽，他看见了抬着大方鼎的且和黑臀。见那方鼎有些眼熟，举祖辛禹便停了下来，附着在鼎身上看、里看。这一看,不禁大惊,鼎腹内壁竟铭刻着“举祖辛禹”。那可是子孙后代赠给自己的名号啊,在他们心目中,他和这大方鼎是一体的。难怪王戈切割大方鼎,自己也跟着腹痛了。这种痛是由来已久的,更是戈氏对举族的报复。

举祖辛禹不能不将大方鼎与王戈的无意碰撞视作戈氏对举族仇恨的继续。曾经,举族因尊重生命,善于育幼而得到上天的眷顾,不仅让他们拥有了广袤肥沃的土地,还赐予他们风调雨顺。很快,举氏一族发展强大起来,成为商王畿西北数一数二的大部族。这让商王忧心不已。武丁时期,妇好率兵征讨鬼方,顺便就把举国收拾了。残存的部众一路向东逃亡,在东方一处依水临河的盆地安顿下来。很快,举族再次发展壮大起来,一个新举国在东方崛起。他们重新建起宗庙,供奉祖先,并铸彝器举祖辛禹大方鼎以祀。

这一切都要归功于那位名复的举族后裔。在他降生人世之前,举祖辛禹便已得到上天的谕示,将有旷世之才降生,光复振兴举族,以此鼓励举氏为天下人口兴旺作出的贡献。

上天的谕示很快得到验证。商王文丁中期,一个男婴在举族部落降生。男婴的母亲第一时间得到神谕,便给男婴起名复。复自幼聪颖,有勇有谋,得到老族长的赏识,十几岁便成为举族实质上的管理者。举族在他的带领下,蒸蒸日上,发展到一个新的高度。而此时的大邦商却因一代商王武乙被暗杀,与西岐周族矛盾激化,陷入内忧外患之中,根本无暇顾及其他部族。这为举族的发展赢得了绝佳时机。后来,帝乙即位,一改大邦傲慢姿态,以怀柔政策为主,拉拢收服人心,不仅对小邦弱族示好,更是将王妹嫁给周姬昌以示弱。天下暂时太平,各族得以休养生息。后来,帝辛即王位,垂涎于举族的富庶,便软硬兼施,迫使其成为殷商属国。财物供其征用,军队受其调遣,与戈氏的仇恨便是此时产生。戈氏一族以游牧为生,逐水草而居,居无定所,动荡不安,资源匮乏,生产手段落后,人民生活不能自足,常常要掠夺邻邦财物勉强度日,成为大邦商的一个隐患。帝辛早就有征伐戈氏之心,但苦于攻打东夷，军力耗费巨大，无暇分身，便命举复代其伐戈。复无奈，只得从命，自筹军费，自带军队，于长谷，与戈氏大战。戈氏大败，元气大伤，退至长谷深处。直到王戈成人，受到帝辛赏识重用，戈氏一族才算站稳脚跟，渐成气候，与伐戈立下大功的举氏同为帝辛肱股。但两族的仇恨并未因此化解，反而在彼此心中扎下了根。

举祖辛禹自然熟知这段渊源，太虚之中，他也有意回避着戈氏的先人，数百年竟也未见，孰料，却在人间不期而遇了，且是被他们共同的敌人如此亲密地撮合在一起，躲不过，分不开。

疼痛渐渐加剧，举祖辛禹默默地忍受着。此时，除了忍受，它还能做什么？

天气一天天寒冷。当北风抽起千里长鞭，挥洒漫天雪霰时，举祖辛禹被且和黑臀抬到了龙侯之山。翻过这座大山，到燕地就剩下不到一半的路程了，且和黑臀长出一口气，放下举祖辛禹，站在山顶向北眺望。前方进入平原地带，已有宽阔的官道可供通行。而现在，正有一队人马走在官道上，络绎不断，绵延不绝，犹如一条饥饿的长蛇，缓慢地蠕动着。

“那不就是咱们的大队人马吗？快走，追上他们，把这个大家伙放到车上。”黑臀瞪大眼睛，兴奋地说。

“未必！说不定是召伯所率之部。”且面无表情地说。

“听说召伯极为体恤部属，如果遇到他，说不定准咱把大鼎放在车上呢。”黑臀咧着嘴，沉浸在美好的想象中。

“想得美！念在咱俩拼力抬送大鼎，不治咱遗失损坏公物之罪就是好的。”且愁眉苦脸地说。

举祖辛禹也望见了且和黑臀争论的队伍。他不想听他俩无聊的争辩，便浮身半空，随气流抵达前方一探究竟。

风也跟了过来，加快着举祖辛禹的速度，眨眼间，他便被吹到了这支长蛇队伍的上空。风仍没有住手的意思，举祖辛禹不得不攀附在路边的枝干上，抵挡着风的拉扯。

一个骑马的甲胄兵士从举祖辛禹身下经过，从衣着相貌上判断，他应是周人的兵士。在他身后，数十名和他一样装备的步兵，手执长戈干矛，分列队伍两边，监视押解着这支逃难似的队伍。

忽然，走在最前边的骑马兵士停了下来，高高地举起右手。队伍慢慢停止蠕动。骑到兵士侧头，对身边的传令兵说："就地解手，等候召伯。"随之，蜿蜒逶迤的长蛇，散架为破布条，胡乱地铺在官道上。

举祖辛禹从枝干上下来，随风潜入破布阵。触目皆是蓬头垢面、瘦骨嶙峋的身躯。他们颤抖着，瑟缩着，使劲儿地往一处挤，以此抵挡刺骨的风寒。

看来，黑臀猜对了，他们正是被迁燕地的举、戈部族。

举祖辛禹大致目测了一下，竟有三千人之多。

一阵剧烈的咳嗽引起了举祖辛禹的注意，循声望去，一张似曾相识的面孔映入眼帘。用目光拔开他搭在脸上的白发，举祖辛禹仔细辨认着。记忆之门慢慢推开，让他骄傲的优秀子孙举复从里边走了出来。"复，真的是你吗？"举祖辛禹激动地扑了过去，他想去抱抱他，给他以力量和信心。可风却百般阻挠，一次次把他吹开，幸灾乐祸地在一旁干笑。

举祖辛禹不得不放弃拥抱子孙的努力，悲伤地攀附在举复身边的枯草上，随风哀号。

又一阵剧烈的咳嗽袭来，复的身子痛苦地蜷缩成一团。见状，不远处一名青壮男子跑了过来，将复抱在怀中，拍打复的背部，为他减缓痛苦。他便是举复之子举攸。举复四子，攸行三，颇具才干，深受族人推重，举便着意培养其为接任者。然，不待父子交接，天下突变，一切都被打乱，举攸行使职责，竟是在父亲病重、千里赴燕的迁徙途中。

"不得随意走动，快快归位。"一名看守兵士走了过来，呵斥举攸离开。

"父亲病入膏肓，不准儿子探看，你们还有人性吗？"举攸愤怒地抗议。两个兵士面无表情，也不还口，只是推搡着举攸离开。

看到这一幕，举祖辛禹既难受又欣慰。难受的是眼看子孙遭难，他却束手无策；欣慰的是举复并不孤单，他有那么出众的儿子。

虽当场不能力挽狂澜、扭转乾坤，却浑身上下生机勃勃，迸发着生命的活力、希望的星火。

祖先的赞赏，举攸无法感知。他能感知的只有父亲的病痛、亡国的屈辱、族众的悲号和自己生不如死的煎熬。

举攸沮丧地躺在地上，茫然地望着天空。举祖辛禹轻轻地落到他身边，试图为儿孙后代传送一些能量。这时，腹痛忽然又犯，他不由叫出了声。举攸听见，警觉地坐起身，四下张望。却意外发现，不知何时，王戈来了。没有长戈在手，他也就没了精气神。但他依然孤傲冷僻，拒人于千里之外。一路上，两族队伍混杂，早已分不出谁是举族，谁是戈氏，可王戈始终不肯与举复、举攸接触。偶尔瞥一眼，目光中也是充满敌意与鄙夷。如今，他却主动前来，举祖辛禹看见举攸的脸上写满了惊诧。

“不许私自会面。”随着兵士的呵斥，王戈只得悻悻离去。临走，看了举攸一眼，目光复杂诡异。

举攸不得其解，郁闷而烦躁，像头被关在笼子里的小兽。举祖辛禹自然能窥破王戈的心事，他是要举攸和他一起反迁潜逃啊。可是他却无法告诉子孙真相。不过，不告诉也好，免得举攸做出以卵击石的举动来。目前境况，保全性命才是上策。

腹内翻搅着疼，一阵紧似一阵。呼吸已觉困难，如果是肉身，必是脸色苍白，虚汗淋漓了。举祖辛禹忍无可忍，决定去向王戈交涉，中止这无意识的伤害。他离开迁徙的队伍，原路返回，寻找着且和黑臀的身影。掠过一片树林，且和黑臀出现。他们正在走一段下坡路。一多半来自大地的力量，让他们脚不由己，一路小跑。大方鼎随之左右晃动，戈、鼎相撞的“唧唧”声清晰可闻。举祖辛禹深呼一口气，向且和黑臀俯冲而去。与此同时，且和黑臀也走到了一块平缓之处。黑臀说下坡路走得膝盖疼，且就顺坡下驴，说歇歇就歇歇。于是，两人放下重负，坐在地上喘气、抹汗。

举祖辛禹的疼痛立刻缓解。他大口大口地吞吸着寒冽的空气，以补充之前因疼痛而损耗的元气。金乌从他身边经过，怜惜地看了他一眼，匆匆往西山赶去。

天色渐晚，眼看一天又要过去，且和黑臀不敢久留，打起精神继续赶路。举祖辛禹心头一紧，准备接着忍受腹痛的折磨。然而，疼痛迟迟未来，就连"咣当"了一路的撞击声也消失了。举祖辛禹好奇地凑上前打探，发现鼎腹内空无一物，王戈不知何时被黑臀用茅草葛藤缠得结结实实背在了背上。

举祖辛禹如释重负，对黑臀，这个名字恶俗、内心善良的周人充满了好感。他心情愉快，身轻如燕，耐心地伴随着且和黑臀沉重的步伐向迁徙队伍的宿营地走去。

金乌虽有不忍，却仍得循规蹈矩，将白昼一缕缕地收回。踩着最后一抹余晖，且和黑臀走出荒原，走上官道。已能望见宿营地的点点篝火，将无边的荒野幻化成夏日的星空，且双腿一软，瘫坐在地。黑臀也是疲惫不堪，只得也坐在地上休息，等待体力恢复。这时，一队人马自西而东走来，大红的凤鸟旗帜，迎风招展，艳如彤云。

"快看，凤鸟。"黑臀激动得大叫。

"是召伯到了。"且一跃而起。

举祖辛禹不由跟着兴奋。早在召族归周之前，他曾见过召伯姬奭一面。那时他风华正茂，叱咤风云，天下无人不知召伯威名。几十年过去，不知能否将他认出？举祖辛禹一边揣测，一边借风之手，将走在队伍前列的一辆车乘帘子掀开一道缝。凝重的暮色中，慢慢浮现出一张须发花白、皱纹纵横的老者面孔。果然是召伯！已是花甲老人了！如此年纪，依然身负重任，鞠躬尽瘁，着实令人敬佩！举祖辛禹感慨不已。正在这时，车子忽然停了下来。举祖辛禹警觉地闪到一边，可风却不知趣，仍然掀着车帘不肯松手。这样倒好，反而遂了且和黑臀的心愿。召伯看到了他们，并看出了他们的意图，他们因之而荣幸地跟随举方鼎和王戈上了召伯的车。

快到宿营地时，一队甲胄鲜明的队伍迎了过来。举祖辛禹升空打探，原来是在周人的另一重量级人物姬旦。

"君奭，一路辛苦，朕在此等候多日，终于等来了兄长。"旦不等所乘的戎路车停稳，便从上面跳下，直奔奭而来。

奭急下车，迎将上去。兄弟见面，激动相拥。

“旦，你怎会在这里?”奭不解地问

“送兄一程，顺便加强一下兄的人马。”旦说着，转身向宿营地指了指。

“难得旦弟为兄着想！所迁可是举、戈两族？快，弟速带朕去看看。”奭说着拉了旦就要上车。

“正是举、戈两族。详细情况，朕自会向兄讲明，兄莫急，朕现在最想见的是节儿，她在哪里？快唤她来见我。”旦边说边望奭身后张望。

“节妹妹失踪，不知所处。”克抢先答道。

旦惊诧地瞪大了眼，继而就落下泪来：“奭兄啊，这么多的人怎会护不住一个女娃娃，还不知所处，找不回来?”

“人各有命，随她去吧。”奭强打精神，故作轻松。

“奭兄是伤心糊涂了吧？我大周的女子岂可说没就没了？这还是不是我姬周的天下?”旦狠狠地甩了下袖子，以示悲愤。

“叔公莫烦恼，待大局稳定，克自会率大军寻找节妹妹。”克安慰旦道。

旦叹气道：“只能如此了！天色不早，我等就此安营，明日再说接收事宜。”

奭点点头，转身却拉着旦说：“时候尚早，弟就陪兄先去营地看看情况吧!”

王戈抱着一根木棍坐在火堆旁。

“此人乃纣之贴身武士，骁勇善战，对纣死忠。尤其一柄长戈，使得出神入化，无人能敌。牧野一战，纣正是凭借他的掩护，才得以逃回朝歌。”旦向奭仔细介绍道。

“原来是王戈！其人其族不是已被悉数迁徙雒邑了吗？难道还另有王戈?”奭疑惑道。

“奭兄有所不知，雒邑虽土地肥沃，人口众多，可一时也承受不了十数万俘虏的消耗。为了缓解雒邑压力，也为了给兄长增强些兵势，朕就将殷民中的举、戈两族拨付给奭兄，让其随兄北上燕地，以助兄一臂之力。"旦解释道。

"可我听说，举、戈两族最难驯服，叔公莫不是患其反叛，才……"克忍不住插话，又顾忌旦的感受，便将话说一半留一半。

旦何等之人，自然听出克的言外之意，但并不介意克的猜疑唐突，依然宽仁温和地说："朕的确患其反叛，但却从未强人所难。如若他们不愿随君奭前往燕地，朕可即刻将他们带回。"

见旦有些愠恼，克急忙赔礼道歉，叔侄二人你一言、我一语，喋喋不休。奭不理睬、不参与，默默地走到火堆边，与王戈相对而坐。王戈吃惊地看了奭一眼，目光一闪，但随即又黯淡下去。

"朕有一物，不知汝可认得？"奭说着，从侍卫手中接过捆着茅草的王戈交给王戈。

王戈狐疑地看看奭，又看看手中的物件。

"打开它！那是另一个你。"奭和蔼可亲地看着王戈。

一个个藤结解开，一层层茅草解下，露出了里边锈迹斑斑的王戈。王戈一愣，揉揉眼睛，当看清手中物件确是另一个自己时，不由就流出了眼泪。这是他有生以来第一次落泪。

"谢召伯恩德！"王戈朝着奭倒头便跪。

"先别急着跪谢，朕还有事相求，不知汝肯否应承？"奭将王戈扶起，征询他的意见。

"召伯但说，戈万死不辞！"王戈爽快应允。

"朕女女节被人劫掠，不知下落，恳请王戈出手相救！"奭言辞恳切。

"召伯还戈，既是还我性命。信我任我，是我无上尊荣。戈愿以命为保，营救女节公子。"王戈掷地有声地说。

举攸趁着夜色掩护，悄悄潜到举复身边，告诉父亲刚刚目睹的一幕。

"受到召伯赏识，是王戈之幸，也是戈氏一族之幸。"举复说着又剧烈地咳嗽起来。

"举伯的病疾看来不轻啊。"不知何时，召伯已到跟前。举复见状，急起身，口称"罪民"，欲跪迎奭的到来。

“举伯何罪之有？无须多礼，快快躺下。”奭边说边去扶举复。

举复受宠若惊，一时竟哽咽语噎，说不出话来。奭理解他的心情，便传唤且和黑臀将举方鼎抬了过来，放在他面前。举复大惊，一下扑倒在举鼎身上，号啕大哭。

“举伯莫要过度悲伤，身体要紧。”奭命人扶起举复，送卧草榻，然后回身将且和黑臀唤到跟前，叮嘱道：“二位再辛苦一段时间，将此鼎抬至燕地。待举伯建起宗庙，有了祭祖奉祀之处，二位即算圆满完成任务。届时，朕将为二位记上一功。”

“诺，谨遵召伯之命！”且和黑臀异口同声，震得举祖辛禹差点跌落尘埃。

牂　牂

当春天来临的时候，牂牂就会又一次获得生命。

牂牂是一棵百年青杨的孩子。每年，春风一来，它就出生；秋风一起，它便老去。整个生命过程历经春、夏、秋三季。和大多的花一样，不喜欢过冬天。可是，不知为什么，牂牂在花们面前，总是甘拜下风。尽管它的身材高大、年过百岁、冠如巨伞、顶天立地的杨树母亲把它和成千上万的兄弟姐妹悉数高扬在枝头。

这可能是所有叶子的通病吧，作为绿叶，除了陪衬花朵，牂牂不知道它还能做些什么，甚至它连花朵也陪衬不了。杨树母亲总是在它降生之前，就把花朵从头上摘下。它是否嫌自己的花不漂亮？牂牂忽然记起，有一年，天格外冷，它就赖在母亲的身体里，迟迟不肯出来。后来，实在抵挡不住时令的催唤，牂牂就发了个小芽芽交差。母亲浑然不觉，依然戴着满头的花，直到春风一再提醒，它才缓过神来，忙不迭地摘花。结果还没摘完，牂牂它们就成群成群地回来了，来不及摘的一些花就挂在枝头，和牂牂它们挤在一起。也就是这次，牂牂才真切地看到了母亲年年要戴的花。确实没有芍药、桃花好看，毛毛虫似的，闻不到香气，实在乏善可陈。

但母亲这样做想必自有它的道理，牂牂忽然意识到，百多年来，它与兄弟姐妹年年新生，与日俱增，全凭杨树母亲无私付出。它把所有的爱都给了自己的孩子，哪有精力、养分去开漂亮的花来打扮自己？

牂牂为有这样的母亲而自豪，幸福的感觉潮水一样涌上心头，它使劲儿舒展着自己的身子，使其更厚实，更宽阔，以便接收更多的阳光、雨露回报给母亲。

现在，已是这个春天的第六十五天，牂牂已成年。站在母亲的肩头，和着风的节拍，唱着欢快的歌：胖胖、胖胖、胖胖……而此时，桃花已不见了踪影，梨花也行将就木，只有芍药还在不管不顾地开。每年，春天的半壁江山总要被芍药霸占，它从燕山脚下一直开到燕山腰间。如果不是山顶冬夏有雪，估计它还要往上开。燕水也被它诱惑得离家出走，钻出岩隙，踏着光润如玉的婴石，一路低吟浅唱来到山下，汇集成流，渐行渐丰，披着一身的花瓣淙淙流淌。所过之处，草木旺盛，鸟雀成群，更有野兽出没，蛇虫横行。

鸟雀就不必说了，活泼而有灵性，但由于太过熟悉，胖胖对它们已经没有任何新鲜感。倒是那只一角一眼的山羊，常常令胖胖牵肠挂肚，生死不忘。

胖胖第一次见到一角一眼羊，是在一个秋天的黄昏。当时，胖胖已进入生命的倒计时，随时都有坠落的可能。可它还不想离开母亲，虽然几个月后，它会重新回到母亲怀抱，但与母亲的生离死别还是让它不想放手，哪怕秋风的鞭子抽得它皮开肉绽，它也要咬牙坚持。最后，还是杨树母亲劝胖胖，让它不必忍受无谓的折磨，很快母子就会团聚的。胖胖这才松开了手，恋恋不舍地飘落。

然而，胖胖并没像往年那样，落到泥土中，而是飘到了一个毛茸茸的脊背上。暖融融的感觉一下冲淡了胖胖的悲伤，它睁开眼，看到一只从未见过的羊：一角、一眼、一耳，古怪而可笑。胖胖当即给这只羊起了个“三一”的名号，且自己把自己逗得乐不可支，笑得从羊背上跌到泥土中。天随之黑了下来，还下起了雨，胖胖冷得发抖。虽与杨树母亲近在咫尺，它却无法得到母亲的庇护。这时，那三一走了过来，看了看胖胖，又低头亲了它一下，然后就卧了下来，正好将胖胖压在身下。一股暖流慢慢将胖胖包围，秋风秋雨摧黄叶之夜，它竟意外地躲过了一劫，舒舒服服地睡到了大天亮。那夜，胖胖做了个梦，梦见三一与一条红头白身的大蛇搏斗。当时三一还是两角两眼两耳，年轻而帅气。但它根本不是大蛇的对手，很快被打败，失去了左角、右耳、左眼。

虽然样貌丑陋，可它依然心地善良。胖胖对三一的崇拜依赖更加强烈，每次出生的头等大事，便是寻找三一的身影。而三一往往能如约前来，陪伴牂牂度过生命中最黑暗的时刻。就这样，年年轮回，前世今生，三一成为牂牂永不褪色的记忆。

“它应该已经到了吧！”牂牂习惯性地把目光投向三一生活的地方。眼前景象让它大吃一惊，不知何时，那里冒出了一排排、一座座人类居住的茅屋，还被开垦出了大片大片的田地。正是播种的季节，人们在田间热火朝天地劳作着。田地边缘的山坡、谷地，芍药仍在霸气地开，却已无法主宰自己的命运。成群结队的青年男女，相约在花丛中，执手相望，含情脉脉。情到深处，就择一僻静之处，灵肉合一，完成生命的传承延续。

牂牂失落地收回目光，垂首不语。恍惚间，三一来了，告诉牂牂，它再也不会到这里来了，这里已成了周人，不，应是燕国的地盘。牂牂疑惑不解，燕国明明久居燕水之北，怎么又到了燕水之南？燕国明明是燕人之国，怎么又换成了周人？牂牂想不明白，问三一却又不知从何问起。迟疑中，三一忽然不见，牂牂伤心地流下了眼泪。

女节手执一朵红色的芍药，急匆匆地从牂牂身边走过。她穿着一件芍药红的麻布裙和同质的浅粉短衣。乌黑油亮的长发在头顶中分后，全部梳至脑后，再绾个髻，由一支木簪簪住，沉甸甸地坠在背上，随着主人的走动，一甩一甩的，妙不可言。

牂牂出神地看着女节，恨不得立刻飘落她的肩头，成为她的一部分。可这是个多么不切实际的想法啊，杨树母亲不会放它走，它也知道自己不能走。除非它放弃刚刚开始的珍贵生命。

“节，你一个人去哪里？”举攸打马追了上来。

女节停步，慢慢回头，飞快地将芍药背在身后，支支吾吾地答道：“出来随便走走。你看，这棵青杨树这么高大，有上百年了吧。”说着，女节快步退到杨树母亲身边，背靠在杨树母亲的身上，将手中的芍药花藏在她和杨树妈妈的身体之间。

“是啊，至少一百年！”举攸下马，走到树下，仰头望着遮天蔽日的枝叶，啧啧赞叹。一缕金色的光线从枝叶间透出，落在他的脸上，使他看上去越发英气逼人，英姿勃发。

牂牂看看举攸，又望望女节，他们两个人站在一起真是相配。年龄、相貌、身份，世俗婚姻所需要的一切，他们都具备。可是，不知为什么，牂牂总觉得有些不对。女节一直把芍药背在身后，躲闪着举攸热烈的目光。举攸自然察觉出女节的不自然，也发现了她背在身后的芍药，目光顿时黯淡下来。但很快他便恢复了常态，装作若无其事的样子说，引燕渠即将合龙，关键时刻他必须得在现场，不能陪女节在此游玩，劝女节早点回去，不要让召伯担心。

女节点头答应，报举攸一抹灿烂的笑容。举攸也回她一笑，可牂牂分明看见，他的笑容里有太多的失意伤感。

举攸的身影消失在一片树林里，女节长长松了口气，将芍药从背后绕出，捧在胸前。如果不是王戈，也许我会爱上他。父亲说得没错，举攸确是个出类拔萃的人。可是这与爱情有关吗？如果无关，那爱情究竟是什么？女节感到前所未有的困惑。

三个月前，冬夜的山谷一片死寂，星星眨着诡异的眼，古木怪石张牙舞爪，原形毕露，仿佛随时就会扑来撕咬的怪兽。女节瑟缩着抱紧肩膀，寒冷与疼痛让她不住地颤抖，气息也越来越微弱。

仲霜解下自己的兽皮裙披在女节身上，自己则蹲在篝火旁，彻夜不眠维持着他和女节的这堆生命之火。

黑夜过去，新的一天到来。山谷里一如既往地死寂。女节仍在昏迷，生命已嫌弃了她的身体，打算偷偷溜走。仲霜的体力已衰弱到极限，在此多待一会儿，便多一分死亡的危险。求生的本能，让他摇摇晃晃站了起来，跌跌撞撞地向前走。我走了，她怎么办？仲霜停下脚步，回过头来。阳光照在女节身上，一朵娇艳的芍药就开了。仲霜不再犹豫，抱起女节，一步步往山下挪去。

当女节醒过来时，已是第三天黄昏。有鹧鸪鸟的叫声，屈居、屈居、屈居。女节睁开眼，发现自己躺在一间草屋中，一支松脂火把将屋里照得亮如白昼。草屋倒也宽敞，一应生活器具齐全。西墙上，挂着弓箭。箭镞为竹质，却泛着铜的冷光。女节满腹狐疑地坐起身，四下张望着。这时，门吱呀一声开了，随之走进一个人来。

那人身材魁梧强壮，皮肤黝黑，微卷的长发搭在肩上，头上戴着不知何质套箍，正前方插着红、白、黑三根羽翎。衣着装束也与周人大为不同。兽皮为裙，仅及膝上。虽冬季，仍赤足裸腿。上衣穿得倒还齐整，粗麻内衬，外套羔羊皮坎肩。两襟交错，麻绳围扎，多少显露出些腰身。

看着来人走近，女节惊恐地往后退。“别动，你的腿有伤。”来人蹲下身，按住女节的肩头，温和地说。

“你是谁？这是哪里？”女节将来人的手推开。

“我是仲霜，在一块这么长时间，你竟然不知道我是谁。”仲霜故意逗女节。

女节渐渐将山谷中陪伴自己的人与眼前之人重合起来。

“多谢公子相救！还望公子再施援手，将女节送到燕地，与父亲会合。女节走失，想必父亲极为挂牵。”女节哀求仲霜。

“我会送你去燕地的，但不是现在。”仲霜狡黠地看着女节。

“何时？”女节期待地望着仲霜。

“咱们成亲后。”仲霜说着将女节推倒，压在她身上，疯狂地亲吻起来。女节拼命挣扎，但根本无济于事。很快她便被完全控制，连呼吸都困难起来。女节绝望地闭上眼，任凭泪水汹涌。正在这时，门被踢开，一把戈抵在了仲霜肩头。仲霜顿时愣住，慢慢回头，当看到来人是多年前曾见过一面的王戈时，不禁魂飞魄散，跪地求饶。

那年，仲霜十几岁。霸国大旱，粮草无着，为过冬，霸伯便带人抢劫了一支车队，劫获不少的粮食财宝。不料，这是商属方国向商王帝辛进贡的车队。帝辛大怒，派王戈率军讨伐霸国。霸伯率族迎敌，但根本不是商军的对手。仲霜至今记得，白盔白甲的王戈如天神下降，一支长戈在他手中就是一条蛟龙。起落间，热血喷涌，天昏地暗。

仲霜从未见过这么多的血，更未经历过如此血腥的场面。稚嫩的心被一只大手血淋淋地揪了出来，他没有感觉到疼，只是想笑。当霸人溃败，父亲霸伯将他拉上马逃跑时，他竟笑得前仰后合，不可抑止。最后还是霸伯忍无可忍，一个巴掌抽在他的脸上，才使他停止了狂笑。自此，仲霜便落下了病根儿，脸上总挂着笑，哭也是笑。还胆小，不敢骑马，不去狩猎，成了霸人笑话的对象。

“抬起头，看着我！”王戈命令仲霜。

仲霜战战兢兢抬起头，目光呆滞地看着王戈。

“速备车马、食物，我要带女节公子离开。”王戈冷冷地说。

仲霜一边应承，一边连滚带爬地出了门。随即门被关上，落了锁，一支接一支的竹箭从窗口射了进来。原来，见儿子鬼鬼祟祟出门，霸伯便派人暗中跟踪，不料再次遭遇王戈。本打算以礼相待，但在发现王戈独自一人时，霸伯便改了主意，决定铤而走险，杀死王戈，以报前仇。

“霸伯，只在窗口放箭有何用？倒不如把门打开，短兵相接，再决高下。”王戈冷笑道。

门应声打开，王戈走了出去，发现整个院落已被霸伯围得水泄不通。

“王戈，看在你今日独自一人，又无铠甲护身，朕就不用箭镞。有能耐你就走出此院，朕绝不追杀。”霸伯信心十足地说。

“多谢霸伯体谅！但戈还是恳请霸伯使用箭镞，不然白搭许多血肉之躯，戈也于心不忍。”王戈镇定自若地说。

霸伯语噎，下令放箭。然而天黑风急，火把忽明忽暗，射手无法瞄准目标。加之王戈身手敏捷，长戈挥舞，箭镞根本难以近身。一通乱放无果后，霸伯先泄了气，又不敢贸然进攻，便严令看守王戈，待天明再作计较。

下半夜，人困马乏。王戈也是疲惫不堪。这时，几声有节奏的敲击声传来，王戈循声望去，见女节正趴在门口向他招手。王戈快步走了过去，将女节抱回榻上。女节指了指西墙下，说刚刚发现那里有个洞，像是地道入口。王戈随即过去，仔细观察一番后，小心翼翼地跳了下去。足足半个时辰，王戈才回来，身上沾满了泥土。“果然是条暗道。有几处塌方，已被我打通。”

天蒙蒙亮，王戈带着女节爬出了地道。循着一条羊肠小道，二人顺利逃出霸国。一路的艰辛自不必说，冰天雪地，三百里流沙，茹毛饮血……整整两个月，王戈终于将女节带到燕地。见到父亲的那一刻，女节恍若隔世。直到父亲的泪水打湿她的脸颊，她才缓过神来。

女节一天天恢复，当芍药花开满山坡时，她已完全走出命运投下的那抹阴影，但对王戈的记忆却再也无法抹去。她思念着他，一遍遍地回味咀嚼两人一路走来的点点滴滴。她期待上天垂怜，让她见到他，以解她魂牵梦萦之苦。可是，上天无动于衷，回到燕地后，居然一次见到王戈的机会都不给女节。

“你在哪里？难道你已把我忘记？”女节出神地望着远方，忧伤地唱起了《高岗之杨》：

高岗之杨，其叶牂牂。何以为期，明星煌煌。

高岗之杨，其叶芾芾。何以为期，明星晢晢。

春天很快过去，女节没有等来王戈；夏天又要远行，王戈依然没有出现。秋天也来了，牂牂已经换上黄色衣裙，准备结束今年的一生，而女节依然在忧伤地唱着《高岗之杨》。牂牂实在不忍女节孤苦地吟唱，就一再拖延着动身的日程。直到有一天，那座高大的城墙修到了它跟前。想象着夯筑泥土的稳定温暖，牂牂借助秋风之手，翩然而下，

不偏不斜，正好落在墙头。又一筐夯土倒下，将牂牂严严实实压在下边，随之新一轮的捶打开始。三千年的一场沉睡由此拉开帷幕。

无　羊

燕人无羊原本有五只羊，可是早在今年五月的时候，就全部被宰杀吃光了，无羊成了名副其实的无羊。

无羊二十五岁，有妻，有子，有老母。妻自不必说了，和无羊同岁，贤惠能干，种田绩麻一把好手。子三个，长女7岁、长子5岁、幼女2岁，皆黄口小儿，嗷嗷待哺年岁。老母身体倒还康健，只是耳聋眼瞎，一应活计做不了，且行动不便，生活不能自理，全凭儿子养活侍奉。

尽管这样，日子还算能过。无羊很知足。日出而作，日落而息，虽辛苦，却安宁。无羊别的不敢奢求，只求风调雨顺，多打些粒食，不饿肚子。再就是希望羊能多产羔，顾住一家老小吃盐。其实盐也吃不了多少，可盐价高。一斤盐，可抵他的五只羊。但这也不是想换就能换得到的，还得看运气。无羊的运气总是不那么好。有时有羊却遇不到盐，有时有盐，他却又没了羊。成家以来，以羊易盐成功的也就那么几次，一年平均不到一次。

去年年底，听说城里运来一批盐，还是巴盐。无羊便牵了两只羊进城换盐。一年到头了，尝点盐的鲜味，也能提提精气神，把日子过得稍微再好些。

那天天很冷，阴沉沉的，刮着刺骨的风，下着细碎盐粒似的雪霰。无羊牵着羊，一路走一路打听换盐的地方。

“还有心思易盐？周人都打到燕水了！”一位荷担老者急慌慌地边走边说。

无羊拉住他，问周人是谁。

“我也没见过，只是听说周人通身上下都是红，还吃人。今年春上，商王就是被他们吃掉的。”荷担老者目光中流露着恐惧。

“王都被吃掉了，那大邦商不是也亡了吗？”无羊瞪大了眼。

“看来你还算个明白人！正是大邦商亡了，周人才来吃我们燕国啊。”荷担老者越发恐惧，声音都有些打战。

“不见得吧？人肉会有羊肉好吃？”无羊不识时务地调侃。

荷担老者大怒，啐了无羊一口，悻悻离去。

无羊继续寻盐，一路上，被慌慌张张的人撞得东倒西歪。雪霰变成了鹅毛，只一会儿，便在地上铺了一层。“算了，不换了，赶紧回家吧，不然大雪封路，天黑前就回不去了。”无羊急转身，循着来路走去。

刚到城门口，城门便关闭了。无羊和上百要出城的人大声抗议，希望守城兵士放他们出去。但根本没人搭理他们，他们的声音在这个风雪之天，显得那样微弱无力。

天慢慢黑了下来，雪下得也越来越大。无羊死死地攥着拴羊栓，和一群民像羊那样挤成一堆，顾头不顾腚、自欺欺人地躲避着风雪。

“站好，站好，燕伯马上驾到。”兵士大声吆喝着，挨个踢无羊他们的屁股。众民被排成一列，站在墙根下，缩头抄手，变成两条腿的羊。

燕伯矩说到就到，他和他的队伍白盔白甲，悄无声息，如神兵天降。无羊瞪大眼睛看着燕伯矩，火光映照下，他的目光坚定而慈祥。无羊的心中升腾着希望，想象着他们的燕伯为了保护每一个燕人不被周人吃掉而将他们留在了城里。而他会一马当先，率领着燕国的勇士们杀出城去，将周人打得一败涂地，乖乖地回到来的地方去。用不了多久，他们这些庶民、贫民及各色的民就可以回家了。

无羊的脸上漾起笑意，但很快他的这丝笑意就僵住了。燕伯矩大声训话，说为了保护燕国，他已倾尽所有兵力，但远远不够。所以，从现在起，燕国十三岁及其以上男丁，必须应征入伍，保家卫国，抵抗周人的侵略。“燕国自夏立国，由南而北，历尽艰辛。夏亡商替，迫我为属。今商亡，原以为燕自此恢复自由，却又来了周人。

周本西土小邑，利用帝辛东夷用兵无暇顾及之机，联络南方八国，乘虚而入，攻朝歌，杀纣王，取而代之，自谓天命降之。噫！上天公允，天下一视同仁。同为弱国小邦，天命何不降燕？非我燕人无能，实无周人之狡诈。朕崇阳谋，不屑阴谋。以阴谋取天下者，朕不信之，亦不服之。是以周人以天子自居，我必抵之，抗之。即刻起，尔等即为我燕国勇士，奔赴前线，抵抗强敌……"

无羊失望地把目光从燕伯矩身上收回，低头看他的两只羊。两只羊似乎也意识到处境不妙，望着主人眼泪汪汪。

终于，燕伯矩冗长的训话结束，被人簇拥着走了。无羊牵着两只羊，打算换个地方蹲着。这时，走来两个兵士，不由分说，要将羊拉走。

无羊知道抗争的徒劳和危险，很配合地松开手。两只羊一步三回头，咩咩叫着消失在人群中。

连夜，无羊和数百手无寸铁的民被押赴前线。所谓的前线，不过是距城三十来里的燕水北岸。周人入燕，必经此地，所以燕伯矩就在此设立防线。但由于燕水这道天然屏障，又加之兵力着实不足，他便让无羊这些民来防守。

无羊他们抢在周人之前抵达燕水，拆除水上浮桥，封锁沿岸渡口。

"君父，风雪太大，天又黑，还是找个地方背背风再走吧？"克牵着马，紧走几步，追上奭大声说道。

"不能停，一刻都不能停！一旦停下，只有死路一条。"奭不容置疑地说。

"可是，所有人都疲惫不堪，亟须休歇。"克一再请示。

"前方不远就是燕水了。渡过燕水，再走两个时辰就到燕国了，今晚我们必须进城。"奭放缓步伐，指了指前方。果然，在积雪的衬托下，前方不远处，一道深色带状的物事隐隐出现。

克激动地转过身，对传令兵说："传君父话，就说燕水已到，过了燕水就是燕国，很快就进城了。到时，有火烤，有热腾的饭食，有暖和的营地，还望加快步伐，全速前行。”

传令兵一字不少地把克的话传了下去，缓慢的队伍果然快了许多。

提前半个时辰到达燕水南岸，见对岸有灯火，克兴奋不已。“看，君父，燕伯来迎接我们了。”

奭长长地舒了口气，但随即发现了异常。自己所处位置明明是个渡口，却不见一只摆渡舟船。此外，据探，水上还有浮桥一座，如今也不见了踪影，只留几根粗大的桩子立在雪地。

“有变！”奭悄悄地对克说。克冷静下来，仔细观察一番后，不得不意识到问题的严峻性。

进入后半夜，气温降至冰点。燕水也感到了寒冷，声息渐小，冰面扩展。

“等水面结冰，就可踏冰而过了。”克萌发新的希望。

“冰冻三尺非一日之寒，朝夕之间，燕水断难结出承载大批人马践踏的冰层。”奭忧心忡忡地说。

“难道就没有别的办法了吗？”克焦急地问。这时，兵士来报，说是有人困倦坐下歇息，结果就再也站不起来，活活被冻死了。

“速传我令，任何人不得坐卧静止！”奭边说边向人群中走去，脸色阴沉得可怕。凡见有昏昏欲睡者就大声警示，激励鼓舞。然而，一向唯召伯是听、是从、是崇的人们，此时此刻再也无法听从他的号令了。或坐、躺，或母抱子，或儿偎父，或人倚马……用自己唯一能做到的方式，永远地睡去，再不醒来。

“上天！你要处罚就朝我姬奭一个人来吧！朕愿粉身碎骨去为他们死，去代他们受难……”奭从未有过的惶恐无助，悲伤绝望，平生第一次像只待宰的羔羊，拼命地挣扎着，哀号着。

大风卷着雪花，天地间群魔狂舞。来自上天的猛兽，暴烈凶残地吞噬着这群远道而来的“外乡”人。

终于，雪魔疲惫了，动作幅度渐渐迟缓，在东方天空露出鱼肚白的同时，偃旗息鼓，悉数退场。金乌按时钻出云翳，跳上长空，万道霞光照出了一个洁白宁静的新世界。

“天亮了，按昨晚的计划行动。”奭抖落一身的冰雪，对同样一身冰雪的克说。

“还是君父留下处置留守人员，让朕前往燕国宣示吧！”克一再恳求。

“无须多言！受王命的是朕，不是汝！再说了妥善安置这些人也不是件轻松的事。记着，千万不能再有人伤亡。”说着，奭便上了马，临走，又叮嘱克：“昨晚冻死人员不管多少，悉数埋葬。活着我没能让他们过上好日子，死后就让他们有个暖和舒适的安身之处吧。”

无羊从地窝里钻出。那是他们用来抵御外来敌人的防备工事，更是他们抵抗严寒的藏身之所。尽管里边冷得像冰窖，但最多被冻伤，而不会被冻死。

地窝外的空气真清新，但比下雪前更冷，一有风吹草动，便有无数的针往身上扎。无羊缩头耸肩，咬咬牙才离开地窝口，向远处走了走。憋了一肚子的屎尿，他急于找个地方排泄。昨晚，许多人怕冷，便趁着黑暗在地窝拉撒，以致人窝变成了猪窝，臭气熏天，污浊不堪。无羊抱怨了一声，招致无数鄙夷，结果便是他被挤到最靠边儿的地方，坐着睡了一晚上。这也是他早早出窝的重要原因。

在一处干草堆里方便过，无羊感到身心轻松，便又试着往前走了走。心里记挂着妻儿老小，他便下意识地四下张望打探，企图找到一条回家的路。

对岸不知何时来了一大群人，看样子上千人都不止。他们在清除积雪，已清扫出一大片空地。有人已打来柴草生起了火，有人正忙着搭建帐篷。难道昨晚他们是在露天地里度过的？那样不冻死人才怪！无羊这样想着的时候，果然就看见有许多人抬着什么物件往山坡上走。到了一个地势相对平缓的地方，抬者把抬着的物件放下，便下了山。不一会儿，又抬着物件出现。如此这般，往返不停。与此同时，另一部人开始掘土挖坑，白雪皑皑的山坡被挖出一个巨大的黑窟窿。

看到这儿，无羊忽然明白了，他们是在葬人啊。而那些人，想必是在昨晚冻死的。初步判断，至少有七八百人。无羊不忍再看下去，匆匆返回地窝。

一天就要过去，雪也消得差不多了。雪水汇集到燕水，燕水暴涨，水面比平时宽阔了近半。见一直没有动静，而自然屏障又坚固了许多，驱使无羊他们的首领便放松了警惕，带着几名心腹，上山打了些野味，回来架在火上烤着吃。馋得无羊肚子里像长了只手，揪得他难受得要命，但从未有人在意他的存在，更别说在意他的感受了。

就在无羊被烧烤野味的香气挑逗得死去活来时，奭率举复、举攸父子及八百精兵强将，带着百名工匠，在西距无羊他们窝点十多里的燕水南岸，伐木凿舟，赶制出了十余只独木小舟。每舟每次可渡三人，加之此处水面宽阔，水流平缓，不到两个时辰，奭已带领八百精兵渡过燕水，神不知鬼不觉地包围了无羊他们的地窝。

无羊成为俘虏，和他上百的"俘友"组成一个庞大的羊群被赶往都城。到了城门外，无羊的顶头上司要替俘虏自己的敌人叫门，被对方首领阻止。借着火把的亮光，无羊看见敌军的首领是位白发白髯的老者，但不见丝毫老态。他的脸被风霜染成了古铜色，双目炯炯，不怒自威。虽为首领，其身上并无惯常的铠甲，也不提刀执戈，只在腰间挂了一柄轻吕。此刻，他手按轻吕把柄，对身边的侍卫说着什么。末了，该侍卫上前一步，冲着城楼上的守兵大声喊话，大意是殷商已亡，周承天命，燕国已成为周的邦邑。请对方打开城门，迎接周人进城，接管燕国。

一向麻木迟钝的无羊，忽然伤感起来，以后燕国得改姓周了，不知他们这些平民百姓用不用改姓？可改和不改，对他来说又有何意义？不管姓商还是姓周，只要能吃饱饭，过太平日子他就满足了。

城楼上的火把骤然间升腾起来，照亮了冬夜的天空。一名虬髯将领出现在亮光中。他前倾着身子向下探看，当看到对方装备精良，士气高昂时，不由紧张起来。推诿道："你说你是周召伯的队伍，凭什么我就信了？此刻天黑，待明日分辨清楚再说吧。"

"我这里有贵方守防燕水俘虏上百人，先将他们如数移交，以表我方诚意如何？"奭大声说道。

"守防燕水的不过是一些氓民，不足为筹，但凭处置。"说着，那将领便缩回身子，消失不见了。取而代之的是严阵以待、剑拔弩张的兵士。

俘虏的羊群躁动起来，有愤怒，有抱怨，还有哭泣。

无羊悲哀地抱着头蹲了下去，长吁短叹。有家不能归，有国不能进，难道要做会喘气的孤魂野鬼吗？

只顾自哀自怜，无羊对接下来身边发生的事情竟无感知，直到有人拍了拍他的肩膀："汝何故还不离去？难道身有伤病？"

无羊吓了一跳，赶紧抬起头，发现问他话的正是周人首领召伯。感受着他温厚的目光，无羊一时摸不着头脑，他这是问我吗？一个高高在上的大人，怎么会以这样的姿态和小人说话？

无羊怔怔地看着奭，一句话也说不出，只是本能地嘟囔着：无……无……

"无伤病就好。他们都已散去了，你也自由了，赶紧回家去吧。"奭说着匆匆向下一个氓民走去，那人大概是突发急病，四肢僵直地躺在地上，两个随军的周人医徒正给他诊治。

"看来燕伯一直在欺骗我们。周人不是红发红眼，也没有杀吃我们，还把我们当作人看待，这到底是怎么回事？"无羊闷闷地边走边想，走到三里坡时，天色大亮。身后传来隐隐的喊杀声，夹杂着兵戈相击的"叮啷"声。无羊一阵血往上涌，燕国以后姓商姓周，也许今天既见分晓。虽然我只是一个小人，可燕国也是我的国啊！想到此，无羊停下脚步，转身飞奔着返回城门外。眼前景象让他目瞪口呆。无数燕兵狂流一般从城门中汹涌而出，将周人八百兵士围在其中，一朵硕大无朋的红蕊白花盛开在城门外。起先，这朵大白花的花瓣以绝对优势占领上风，将红蕊压制在一个点上。红蕊奋力还击，渐渐地，面积扩大，大白的花瓣出现蚕食缺口。循着这些缺口，红蕊一路撕裂，转眼间，便将花瓣撕开了一个大口。局势开始扭转，花瓣纷纷凋落，红蕊见风便长，两个时辰，便开成了一朵迎风怒放的红芍药。

战争结束，城头上飘扬起了大红的凤鸟旗帜。

两手空空的无羊一进家门，便遭到妻的盘问：盐呢？羊呢？

无羊据实回答。

妻自然不信，说他卑贱小人还能见到伯！

无羊唾沫飞溅地讲了他几天来的亲身经历，反引起妻更大疑心。“老实交代，是否把羊给了哪个相好的？”妻说着便去揪无羊的裆部。无羊紧躲慢躲还是没躲过，只得弯腰夹腿，尽量减少着疼痛感。

当初，无羊并不中意妻。上巳节，是妻先看上他，拉他到桃花深处去的。事后，无羊仓皇逃离现场，绝口不提此事。可是任何一种劫难都是逃不脱的，包括桃花劫。

第二天，妻便找上门来了，说是无羊走得急，腰带忘在桃花深处了。无羊这才记起，昨日他是提着下裳回来的。

无羊羞红了脸，夺过妻递过的腰带就要走。老母说话了，多好的姑娘！人高马大，能做活又能生娃，可不敢错过了。

无羊本想和老母理论，转念一想，老母说得不无道理。又见妻面若桃花，眼波闪动，也就默认了这桩婚事。

能干的女人大多强悍。妻性急，嫌无羊磨蹭，常呵斥他。还不许无羊还口，一还口便以揪裆惩罚。

“揪揪揪，就知道揪！再揪我告到召伯那里去，把你手给剁了。”无羊装腔作势地吓唬妻。

妻一愣。她不认识什么召伯、燕伯，也不懂姓周姓商、改朝换代，但她见过大人随便砍小人的手、跺小人的脚、取小人的命。万一丈夫被逼急，跑到大人那里把她告下，大人要跺她的手那该如何是好？想到这儿，妻飞快地将手收了回去，像被蝎子蜇了似的。

一个坐北朝南的院落，四周分布着十几间夯土草顶的房屋。居北面南的一排明显比其他三排进深层高。有对开的门户，有宽阔的木格窗。出前檐，四根立柱，已被岁月风霜打磨得面目全非，看不出是何木质。一棵四人合抱之木，居于院中央，枝丫挂满了红褐色的果实。鸟雀争食，聒噪不休，树下落了一层琐碎。

金乌就要落山，屋内光线昏暗，燕伯矩烦躁地在昏暗中走来走去。本以为天助燕国，一场暴雪会将周人埋葬。不料召伯姬奭不知死活，伐木造舟，强渡燕水，八百精兵突袭燕城，打得他措手不及，一败涂地，只得龟缩在这高墙大院的燕宫中，闭门不出，暂作喘息。可他知道，这不过是权宜之计，也得益于姬奭的仁厚。他是在给自己权衡利弊的时间，也是在给自己出路。他要让自己心悦诚服，而不是阳奉阴违，不情不愿。“可朕能心甘情愿吗？先人不远千里来到北疆，建立燕国，无非是要不受大邦的奴役，强权的欺侮；无非是想过安宁太平、自由自在的生活。如今，好不容易摆脱殷商的统治，却又来了周人。列祖列宗，请给子孙后代指条明路吧！”燕伯矩再也控制不住情绪，扑倒在地，号啕大哭。

宫人侍人知道燕伯矩的脾气，皆不敢近前相劝，只是木然地站着，大气不出，一动不动。

“天都快黑了，怎还不见燕伯矩开门？”举复焦急地说。

“再等等！一天都等了，还在乎这一时半刻？”奭耐心地说。

“如果他从别处潜逃，奈何？”举复由急转忧。

“以我对他的了解，他不会丢下他的燕国独自逃命。”奭把握十足地说。

又一个白昼被黑夜吞噬，燕宫中依然一片死寂。

举攸的耐心流失殆尽，不顾父亲的劝阻，毅然决然向奭请求攻打燕宫。

抬头望望满天的星斗，回头看看身后将成冰人的将士，奭犹豫了，动摇了，缓缓举起右手。与此同时，随着一阵吱吱呀呀沉重的开门声，燕伯矩披头散发、赤足麻衣、满脸悲戚地走了出来，率众在奭的面前跪伏于地，叩首请罪。

一夜无话。

翌日，接管仪式在燕宫隆重举行。那棵百年四人合抱之木引起了奭的注意。仪式一结束，他便拉着燕伯矩近前观看。

"这是朕再次见到如此壮观的甘棠树了。"奭赞叹不已。

"召伯也识得此木？"燕伯矩惊奇道。

"焉能不识？当年在召地，此木随处可见。或乔木，或灌丛。春开白花，夏结圆实，至秋冬方成熟。可生食，可煮食，可酿酒，用途不胜枚举啊。"奭深情地说。

"召伯不仅识得此木，更对其属性了如指掌，但不知对此木之来历有否了解？"燕伯矩来了兴致。

"这倒不得而知，还请燕伯赐教！"奭期待地看着燕伯矩。

"赐教不敢当！朕不过是将燕人代代所传，说与召伯听。据说，早在夏后氏时，燕人祖先就在河之南、雒之甘水一带建起了方国，是谓召方，以甘棠树为图腾。后夏启擅权，置尧舜以来，任人唯贤、任人重才之禅让制之不顾，自立为王，遭到姒、召等方反抗。启重兵讨伐，召方毁于一旦，族人四散。临别，随身携带甘棠枝，约定日后若能再聚，便以甘棠为证。"燕伯矩娓娓道来。

"燕伯所讲，奭自幼耳熟能详。"奭感叹道。

"如此说来，你我同宗同祖，同为召族之后了。"燕伯矩惊奇地瞪大了眼。

"确是如此。据朕了解，当年召人离开雒邑后，分为三路逃亡。一路向东，逃往嫘水；一路向北，渡河向燕；一路则溯河而上，在今莘国一带落脚。"奭仔细讲道。

"如此说来，今燕人便是当年渡河北上召人一脉了。"燕伯矩感慨不已，随即又问道："但不知召伯为哪一脉？"

"说来话长……"奭陷入沉思。

那时，他7岁。早春，母亲在嫘水边的水田里劳作，他便在旁边的田埂上采苦菜。水面结着一层薄冰，母亲的小腿冻得通红。奭问母亲疼不疼，母亲直起腰，看着他微微笑笑，然后，弯下腰，继续插秧。只要这块水田插完，他们母子便可回家蒸苦菜吃了。

对于父亲姬伯宜，奭没任何记忆。只是从母亲那里得知他是个值得崇敬怀念的人。他为了完成祖辈传承的事业，不远千里，从富庶的江南吴地经过召方，回到遥远的故土——岐山下的周原。警觉的商王嗅出了气息，派兵围攻召方。为了减少召方损失，姬伯宜率领吴地子弟，在离嫘水百里的召南与商军展开激战。吴兵不敌，全军覆没。其时，奭还在母亲的腹中。母亲是召方族长召伯之女。姬伯宜亡后，召伯令女另嫁。女不从，逃往召南地，在姬伯宜阵亡的地方，自立门户，自力更生。数月后，漫山遍野的甘棠花盛开，奭降生。懂事后，他便从母亲那里得知了自己身世。他本姬周首领古公亶父之后，奔吴太伯之孙。他的父亲姬伯宜本是与兄太伯一同奔吴，开拓周人南方军事战线的仲庸长子。太伯无子，仲庸便将长子过继给了太伯。太伯建吴，造福一方，也为助周反商奠定了坚实基础。这时，噩耗传来，周季历被商王所杀，十五岁的姬昌不堪肩头重任，而自己与仲庸都已是年届百岁的老人，归路漫漫，他们已没有回家的精力和时间。且吴国初建，百业待兴，也离不开他和仲庸。无奈，太伯便命姬伯宜率百人，满载吴国物资，回周以助姬昌。途经召方遇大水受困，人马物资丢失大半，幸蒙召伯收留，保存下部分实力。

随着年龄的增长，奭的品行才干赢得了召伯的赏识器重。十四岁那年，召伯一病不起，临终将召方交到了年轻的姬奭手上。奭不负众望，带领召方开拓出一方新天地。自此，召伯之名誉满天下。

“后来，不堪商王压迫驱使，召伯认祖归宗，率族入周，与文王共谋反商之计，才成就今日天命降周之大业！”随着奭的回忆告一段落，燕伯矩豁然开朗。

“商亡，亡于无德；周兴，兴于敬德。人有德，天佑之。”奭有感而发。

燕伯矩连连点头称道，情不自禁走到门外，指着院中那棵老甘棠，愧疚地说：“朕应先知先觉，有这棵树在，召伯入燕，是上天的安排，是早晚之事。然朕孤陋寡闻，蒙昧愚钝，致使一家人兵戈相见，伤及无辜。罪过啊！罪过！”

“燕伯不必太自责。逝者不复，以史为鉴。接下来，你我还是要齐心协力，奋发图强，共谋燕国发展之大业！”奭仰望着高大的甘棠树，目光坚毅温厚。

“那是自然。在北地，此木虽多见，但如此之壮观者，唯此一树矣！从今往后，燕、召一家，不负上天，不负甘棠，其乐融融，共同生活在这棵甘树下。”燕伯矩豪情满怀，信心百倍。

“不负甘棠！不负甘棠！”凝重的夜色中，奭泪光滢滢，唏嘘不已。

但最终，奭没有把“家”安在这棵甘棠树下，甚至连燕水都没越过。他在抵达燕地后的第一个落脚点，也是近千迁燕族众长眠的地方，搭起了简陋的窝棚。其他人则以他为核心，依据不同情况，在其四周扎营、搭棚，建起了新的家园，开始了新的生活。

“既然燕国已属周，君父自然是燕国最高首领，却为何放着现成的国不用而在此艰辛备至，吃苦受罪？”克不解地问。

“孺子怎知燕国之羸弱、艰难？人口不足五千，生产技术落后，又经常受到四邻侵扰。国力薄弱，自足尚难，如若我等三千之众进入，无疑是雪上加霜，难以为继。”奭叹惜道。

“难道就没有一点办法吗？”克不甘心地追问。

“除非将老燕人赶出，使其流离失所，为我们新燕人空出地方。”奭凄然地笑笑。

克不再说什么，也知道接下来自己该怎么去做了。

鹧鸪唤来了春天。无羊剩余的一公二母三只羊依然不解风情。无羊是多么希望它们谈情说爱，尽快怀孕。哪怕出去偷情也行。可三只羊根本不体谅主人的苦衷，每日早出晚归，草料没少吃，“情商”却不见长。

无羊有些着急，便骂三只羊。老母听见，便骂无羊，你七八岁的时候怎不和女子私会？

老母话粗理真，无羊也就不再骂三只羊，该放放，该喂喂，耐心等它们长大。

旱魃却来了。那天，无羊去放羊，隐约间听到牛叫，哞——哞——声音温厚而慈祥。无羊就循声寻找，在一处白蒿丛中，看见了一条巨大无比的白身红头大蛇。其时，它正昂着头，张着大嘴，吐着树杈般的信子，沉醉在自己的歌唱中。无羊的到来，打扰了它的清修，它恼怒地瞪了无羊一眼，扭头向别处游去，粗长的身子在草地上轧出一条车道。

无羊顾不上喊他羊，连滚带爬地跑回了家。老母问他，他磕磕巴巴讲了自己的遭遇。老母说你遇到旱魃了。旱魃不吃人，也不吃草，只喝水。把天上的雨、地上的水喝光就走了。

不久，老母的话就应验了。正是春耕播种的季节，天却一天比一天晴，前番暴雪留下的墒，很快被旱魃吸干榨净。种不了粟，无羊把所有的精力用在饲养三只羊身上。每天早出晚归，为了让三只羊吃到可口的青草，他带着它们不远百里，来到地窝一带。

对岸发生了翻天覆地的变化。桃红柳绿，田舍俨然，袅袅炊烟飘散着粟谷的香气。燕水也被吸引，分出一股清流，沿着一条人工沟渠，潺潺而去。

无羊也被吸引，打算到对岸去看看，却苦于无桥可渡，只得悻悻然作罢。

旱魃凶相毕露，土地龟裂，草枯叶黄，人们开始以草根树皮果腹。

这天，妻外出觅食归来。进门一言不发，将篮筐狠狠摔在地上。篮筐就势打了几个滚，从里边甩出一把蒌蒿，几枚榆钱。三个孩子急忙去拣，三只羊也跟着凑热闹，和孩子们争得不可开交。

“杀羊，杀羊。人都饿死了，养它们何用?”妻说着掂起一根木棍，狠狠打在那只立在旁边、因体小力弱抢不到草而咩咩悲号的小母羊头上。小母羊应声而倒，四肢抽搐了两下就咽气了。

干枯的春天过去，换上了暴烈的夏日。

三只羊在三个月内先后被杀吃，可饥饿仍在继续。在一个天空堆满火烧云的黄昏，无羊鬼使神差地来到了地窝，爬上一个光秃秃的土丘向对岸张望。对岸已是又一番景象。高大的杨树、朴实的榆树、虬枝的皂角、倔强地绿着。在它们身下,曾经的荒草野地,曾经被暴风雪夺去上千生命的地方,被收拾得有边有沿,平平整整,还种上了庄稼。无羊上来就认出了燕麦。它算不上庄稼,充其量是样能吃的草而已。可它耐寒、耐旱,不择地土,且能自播繁衍。不用费心费力,每年无羊总能采集到一些燕麦来补充食物的不足。可是今年,在强悍的旱魃面前,耐旱的燕麦只能束手就擒。勉强结出几粒果实,也是徒有其形,没有其实。即使这样,无羊也很难采到。饥饿的人类早已把能吃的都吃光了,不能吃的也要吃,包括地上的土,包括自己同类的尸体……

无羊不敢再想下去。可那些可怕的场景固执地在眼前晃悠,赶都赶不走。睁眼闭眼,它就在那里,朝无羊露着狰狞的笑容。无奈,无羊只得扇了自己一耳光,那些可怕的场景才消失。这时,月亮爬上了对面的山顶。它也是饿得脸色发白,薄得像一方缯帕,一手指头就能把它戳个窟窿。可它依旧尽职尽责、毫不吝啬地向世间万物倾洒着光辉。月光和欲望让无羊明显感到力量的恢复,他滑下土丘,向水边走去。他要去做一件见不得人的事,去偷别人的燕麦,给老母吃,给妻儿吃,他们和他一样,已经半月多没有吃到一粒粟谷了。

燕水同样被旱魃折磨得瘦骨嶙峋,渡过它,对于无羊来说并不困难。他试探着走进水中。水果然不深,仅没膝盖。无羊放松了警惕,加快了步伐。溅起的水花在月光下闪着晶亮迷人的光芒。无羊陶醉地享受着上天的恩赐,暂时忘了饥饿。水位在不知不觉中升高,当无羊意识到危险来临时,为时已晚。他的身子被一股巨大的力量控制,不由自主地随着水流往下沉。无羊恐惧地大喊,水便趁机灌了进去,封了他的口。他不甘就此认输,便用尽最后一丝力气高昂起头。燕麦香气扑鼻而来,无羊狠狠地吸了下,带着满足惬意的笑,沉入水中。

水面上泛起圈圈涟漪,月亮用它温柔的目光将它抚平。

伏 耳 兽

月亮贴在窗棂上歇脚，屋内就下霜了。伏耳兽且首先感到了阵阵寒意。接着它的三个兄弟，未、方、良也开始喊冷。随着它们主人的主人，召伯的离去，它们的主人便别无选择地退居在这间土屋的角落，忍受着岁月的冷漠，灰尘的倾轧，铜锈的纠缠。

且、未、方、良的主人是一只青铜方鼎，体型偏小、壁薄腿细，用料不足通常的一半。尤其便于携带，随时随地可以置炭盘于其下，烹煮加热食物。说白了，就是一只炊食器。

这只炊食器是燕伯矩特意为召伯所铸。铸鼎这件事对于燕伯矩来说远比让老百姓吃饱穿暖容易。据说，商王的铜鼎出自他手的不在少数。体型庞大、纹饰繁缛、做工精致是其最大特点，而这正好迎合商王的心理。是以每铸一鼎，燕伯矩总能得到商王的夸赞赏赐。

然而，到了召伯这里，燕伯矩却失手了。第一次，鼎摆在召伯面前，他瞟了一眼，说了两个字：太大。第二次，鼎又抬来，召伯基本满意，但还是嫌其贵重。他需要的不过是个加热煮食的器皿，不是礼器，也不是彝器，没必要做得如此浪费。于是，让燕伯矩将鼎抬回另作他用。

燕伯矩不屈不挠，揣测召伯心思，不日又铸一鼎。这便是且、未、方、良的寄身之主了。这次，召伯不再挑剔，欣然接受。燕伯矩松了口气，以为大功告成，却不知召伯也是极具审美眼光的人。他摸着两只光秃秃的鼎耳，以商量的口气对燕伯矩说，能否加个伏耳兽。燕伯矩说，自然能加，但不知加何兽为好。召伯思索了一会儿说，那就加螭虎吧！四只，一耳两只。应东、西、南、北四方，与鼎腹合金、木、水、火、土五行。如若再肯费点心思给这四只伏耳兽起个名，那就再好不过了。

燕伯矩连连称妙，又被召伯引发奇思，便脱口而出“魑魅魍魉”四字，寓意将其置于烟熏火烤之中，让它们永远不能兴妖作怪。召伯赞同，但虑其与瑞兽螭虎相冲，便只取谐音，以“且、未、方、良”为四只伏耳兽之名。

名字起好，且、未、方、良便伏于主人两只耳上，跟随召伯，大多时候还有行人伯矩出发了。行人伯矩即燕伯矩。北燕融入南燕，两燕合二为一后，召伯自然而然成为燕伯，而燕伯矩自愿退而求其次，并欣然接受了召伯任命，担任行人之职，行使外交出使权力。

那段时间，两个人马不停蹄，披星戴月，足迹遍及了燕国的每一寸土地及毗邻羌、狸、驭、微等四国。如果不是镐京有事，急调召伯回去，也许它们现在还在路上奔波。

月亮起身离去，屋内重归昏暗。主人一直沉默不言，独自想着心事。它是否在思念它的主人？四只伏耳兽揣测着自己主人的心思，打开了记忆之门，用回忆安抚主人，也温暖拯救自己。

且

“既然我的名字排在第一位，那就先从我开始吧！”且自告奋勇，抢先讲了起来——

你们知道吗？那个叫无羊的燕国小人是怎么死的吗？对！是被燕水淹死的！他是第一个被燕水淹死的燕国小人，但绝不是最后一个。因为在他之后，不断有人在燕水沿岸发现燕人尸体。经辨认，大多是燕国小人尸体。这绝不是偶然现象，偶然不会死这么多人，还都是清一色的小人。这里边有个天大的秘密，这个秘密谁都不知道，包括统治燕国几十年的燕伯矩。不，现在应该称他行人伯矩。以及仁德大义、智勇双全的召伯。他们都不知道这个秘密。可我却勘破了这个秘密，那就是燕麦的香气。在饥荒之年，攻城略地征服人心，燕麦的香气抵得上千军万马。

我是无意间发现这个秘密的。当时，我们的主人已被行人伯矩送到召伯那里。正是燕麦成熟的时候，召伯带领他的子民，准确地说应是燕国子民收获庄稼，顶着烈日，行人伯矩亲自将我们的主人抬到田间地头，让召伯过目。

我们的主人与燕麦一见如故，彼此倾慕，短短半个时辰的缠绵，我们主人的身上便沾染上了燕麦的香气。回来后，行人伯矩按照召伯的意思，将我们的主人重新打磨装饰，才有了我们兄弟四个的临世。我是第一个被安装到主人的耳上去的。贴近主人身体的那一刻，我最先感触到的便是燕麦的香气。

不要问我为什么？因为我也说不清楚，大概这就是天赋异禀吧。

后来，你们都知道，我们与主人成为一个不可分割的整体，被行人伯矩送到了这里。在此，我就姑称这里为南燕吧。所谓南燕，是相对燕水北边的老燕国而言。因为我不知道这片广阔的土地叫什么，为了讲述方便，我只有出此下策。也许一些有想法的人会认为我居心叵测，破坏团结，企图分裂国家。但我问心无愧，身正不怕影子歪，哪怕他们把我从主人的耳朵上揪下来。

好了，扯远了，言归正题。话说我来到南燕，第一感觉这里就是个风水宝地，也深切感受到了它的热情好客。主要体现在这里的人们对我们的到来的喜爱，也体现在它对来自远方拓荒者的虚怀接纳。虽然初次见面，它曾吞噬了他们上千人性命，可那不是它的责任，要怨就怨那场暴雪吧。如果不是它从中作梗，南燕至多会欺生，使初来乍到的召伯他们多吃些苦头，多遭受些苦难，甚至会要他们一些人的性命，但绝对不会像暴雪那么残酷无情。

当然，召伯与其子民的勤劳智慧也是成就南燕的关键。不然荒芜了千百年，怎么一到召伯手里就长出了燕麦荞麦黍稷瓜果？对了，还有芝麻、菽豆。但它们都晚熟，要等到仲秋才陆续进入成熟期。像今年春上青黄不接时的大旱，燕麦、荞麦更能救急。我真正感受到燕麦的香气是在来南燕的第一天。

那天，恰逢告麦。周人有个传统，凡耕种收获季节都要祭祀天地祖先，告诉他们庄稼成熟，是个丰年，感恩他们一直以来的庇佑。夏有告麦，秋有告秋，狩猎有告猎。不过，在周原，告麦之麦指的是头年初冬播种、次年五六月份收获的冬小麦。一株一穗，籽饱芒短，产量高，味醇厚。不像燕麦，性急，三两个月就能吃。这样也好，对于灾年中的人类来说，性急刚好救急。

虽说是燕麦，可告麦仪式一点不含糊。召伯特意换上那件大红的深衣，系上赤黄的敝膝，头戴冠，足穿履，在煮着燕麦的我们主人面前，三叩六拜，感恩上天的赐予，祖先的荫护。场面隆重而神圣，仿佛天神先人就在现场。

若不是煮熟燕麦的香气太诱人，我几乎忘了自己是谁，身在何处。唉！我不过是只没有温度、气息的伏耳兽，最多与耳朵沾上边，可我不听音，却偏好闻味，也是天下一大怪事了。

仪式结束，召伯亲持勺，分燕麦羹与祭祀众人。包括行人伯矩和他的长子堇及老燕国一些臣民。

嗅着不绝于缕的香气，听着他们口中发出的“趾溜吧唧”古怪声音，我简直要崩溃了，恨不得立时从主人耳上跳下，一头栽进它的肚腹，吃喝而死，可我身不由己啊！

正在这时，有人慌里慌张地跑了过来。衣着打扮还是老燕人式样，不用说是个老燕人。只见他径直走到行人伯矩跟前，扭捏半天才说，又有人淹死在燕水。

行人伯矩的脸顿时拉了下来，不高兴地说，让你好生看着，怎么一而再，再而三地发生此类事情？

禀告的人正要解释，召伯走了过来，问行人伯矩何事。行人伯矩如实回答，说是淹死了几个人。召伯又问到底几个？行人伯矩吞吞吐吐地说，近一两个月内大概几百人。

“几百人？整个燕国才有多少人？几百人可不是个小数目。必须查清原因，杜绝这样的事再发生。”召伯声色俱厉地说。

行人伯矩诺诺，欲言又止，进退维谷。

大概是不忍让父亲太过为难，堇便代父向召伯辩白：“家父也是迫不得已。燕国本就人口不多，一遇灾害便任其流失，燕国很快就会虚空。再说了，周边几个近邻羌、狸、驭、微等四国，对燕国也不是十分友好。如若让他们知道燕国遭灾，国力衰弱，遭嗤笑倒是小事。倘若诱发他们的狼子野心，导致他们乘虚而入，那燕国可算是走到头了。所以……”

“所以就闭门锁国，让民众饿死、淹死，也不给他们一条活路。”召伯打断董的话，逼视着行人伯矩。

行人伯矩低着头，一言不发。

召伯叹了口气，缓和下脸色，痛心又自责道：“我们早已是一家人，你那边的难处，也是我的难处，为何不告诉我一声啊？也怨我，只顾自己这边，忽视了你那边。什么都不说了，好歹有这些燕麦，分一半给你以解燃眉之急。”

行人伯矩吃惊地瞪大眼，不相信似的看着召伯。

“别耽搁时间了，快快运回去分给民众吧。我这里你不必担心，吃不饱是肯定的，但还不至于饿死人。一天两餐减为一天一餐，再配些其他，就等到秋季庄稼熟下来了。”召伯指着绿油油的黍稷说。

行人伯矩带着沉甸甸的收获回老城去了。想象着老燕人，尤其是那些饥饿的小人们不再为了一口粒食而命丧燕水时，我不由一阵感慨，同时又为那个名叫无羊的小人感到惋惜。如果他能再忍忍，忍到现在，也不至于白白送了性命，兴许就吃上燕麦了？然而这样的可能性有多大？我不敢说，我只敢说有这种可能性。

行人伯矩留下我们，带着燕麦回去了。望着他们的背影，我忽然意识到，无羊的死必定与这燕麦有关，他肯定是被燕麦的香气吸引，才不顾死活地涉水而过，结果悲剧了，他的死亡直接诱因也就成了千古之秘。在我没说出之前，这个世上只有我知道这个秘密。现在估计很多人都知道了。但这又如何？一个小人与一只蝼蚁的死亡又有什么区别？

不说这些令人悲伤丧气的事了。说点高兴的，对于旱得要命的季节，下一场透雨，无疑是件天大的喜事。这样的喜事就发生在燕麦收获之后。准确地说是个午后，人们正准备吃一天一顿的饭食。召伯也不例外，一天也只此一顿。不过这天，我们的主人煮的不是燕麦，而是荞麦。这是一种比燕麦成熟得更快的庄稼，吃着又好吃。如果条件允许，稍一加工，做出的就是美味佳肴。

我贪婪地吮吸着在主人腹中上下翻腾的荞麦香气，昏昏欲睡。忽然来了一阵风，将香气全部抢走。我生气地正要抗议，却来了个庖丁，把荞麦粥从主人腹中悉数倒进碗里，端给了召伯。这时，又来了一阵风，比刚才那阵还猛，还带着隐约的凉意。召伯好像察觉了什么，放下碗，抬头看天。然后就微微地笑了，对克和身边的人说，抓紧播种，这天好像要下雨。人们习惯性地抬头看天，天上除了几朵白云，什么都没有。我也跟着望去，居然看到了两只玄鸟贴着田畴低飞。

虽然有些怀疑，可人们对召伯的指令历来不打折扣。一放下饭碗，便荷锄背犁热火朝田地下去耕种去了。

第二天，天还如昨日的样子，只不过多了些厚了的云层。第三天，天果然就阴了，还隐隐有雷声，更多的玄鸟加入低飞的群体。第四天，能种的都种下了。人们眼巴巴地望着天空，到了傍晚，风突然出现，还扯来乌云，盖住夕阳，为即将隆重登场的雷电清场。场子刚清好，电闪雷鸣便迫不及待地来了，三两下，就把天河炸了个口子。大雨倾盆而下，旱魃落荒而逃，持续数月的旱情解除。

我虽不通人性，可也为饱受旱灾之苦的人们高兴。幸亏我们身不由己，不然我真的要手舞足蹈，额手称庆了。和我的心情截然相反，行人伯矩却无论如何高兴不起来。说实话，刚下雨那阵，他还是激动万分的，甚至跪在雨中，感谢上天先祖的垂怜。然而到了第二天，他就由喜转忧了，因为他的寝宫开始进水。进而，城墙坍塌，民众被淹的消息接踵而至。行人伯矩试图学着召伯的样子，带领民众自救，可他根本无法抵挡大水的进攻，也无法稳定平息仓皇逃命的民众。结果可想而知，燕国变成了泽国。

这并非我亲眼所见，是我在行人伯矩向召伯报告灾情时听到的。当时，行人伯矩一身泥水，既狼狈又疲惫。召伯也是神情凝重，长吁短叹，自责地对行人伯矩说："这次是我疏忽大意了，只顾这边抗涝自救,没有提醒你做好防备,也无力帮你救灾。”

“要怨也怨我当初的自私,如果一开始,我便能接纳周人,听从召伯的安排,这些灾难是可以避免的。”行人伯矩悔恨地说。

“都过去了,还是考虑考虑下一步怎么做吧!”召伯宽容地望着行人伯矩说。

“我已想好了,下一步全力以赴协助召伯修建新国。待国修好,我迁来,不再有南燕、北燕之分。伯矩要做召伯手下称职行人。”行人伯矩郑重其事地说。

自此,一个新的燕国在燕水之南正式成立。

走过灾难,时间过得飞快,转眼已是秋天。每时每刻我的嗅觉被各种香气充斥。有黍稷的香气,有牛羊肉的香气,还有蒿草的香气,它们混合在一起,形成一种新的香气,让我沉醉其中,不能自拔。后来,我才知道这种香是酒香,但我一直没机会见到酒,更别说品尝了,相信你们也是。直到告秋,我们的主人第一次被灌上酒,我才彻底领略到了酒香的神奇。

告秋仪式,场面宏大而热烈。我们随主人登上高台,向上天祖先敬酒,接受下民万众的跪拜。这可是个大开眼界的好机会,我一眼不眨地四下观望,唯恐错过一处风景。

在我们的西边,燕山连绵起伏,像道屏障拱卫着身边这片土地。这是大禹的土地,古老的土地,大禹的子孙在此世代生息。如今,这片神奇的土地焕发新的生机,田野平整,沟渠纵横,庄稼地一望无际。前些日子一场大雨,虽带来灾害,却水量丰沛,滋润大地,灌溉田园,让草木庄稼蓬勃生长。

再看东边,一块大田,疆界齐整。田里的黍稷茁壮茂盛,沉甸饱满的籽穗,低垂着头,涨红着脸,像个娇羞的待嫁新娘。地边,绿树掩映中,茅草屋顶时隐时现,远远地传来鸡鸣之声。

告秋仪式正式开始,召伯手捧祭品率领子民缓缓走来。磬音清越,琴声悠扬,我第一次听到比香气毫不逊色的音乐。

乐音袅袅中,召伯登上高台,将酒食摆放在供桌上。我斜眼偷看,发现酒是黍酿酒,食有多种。有削皮切块、腌渍而成的咸菜,也有刚刚采摘的新鲜瓜果菜蔬，最吸引我目光的当是那个沾着露水、青翠欲滴的甜瓜。

摆放完酒食，召伯又将牺牲祭品恭恭敬敬献上，然后，从我们主人的腹中舀出美酒，倒入酒器，向天祷告，祈求上天赐福，神灵保佑，燕国宏福无量，子孙万寿无疆……

未

且的讲述，诱发了未、方、良前所未有的倾诉欲望，而月亮的清辉又让它们凭空生出许多的离愁别绪。按说，这种感情不是伏耳兽应该有的，甚至连它们的主人也无此资格，因为在人类的眼中，它们不过是没有生命、没有感觉、冰冷生硬的金属器皿。可是，自以为聪明绝顶的人类，却不知在上天眼中万物有灵。

未越想越激动。可它是个有涵养的兽，且在讲述时，它断不会粗鲁地插话，或者打断它。它耐心地聆听着，思索着，待且的话音完全落地，它才慢悠悠地讲了起来。

这个秋天，是我有生以来遇到的第一个秋天。当然，你们也是，不知诸位对这个秋天有何感想，有何看法？你们不用回答，相信我们的感受是一致的。如此，则听未细细道来吧。

那天，天气晴朗，召伯带着一行人去登山。我悄悄地数了数，大概有十几个人。而我能认出的还是那几位，召伯长子克、长孙旨，行人伯矩及其子堇，还有举复、举攸父子。另有一个陌生的面孔，刚毅而忧郁，后来我才知道此人便是大名鼎鼎的王戈。他只身一人深入霸国，救回了召伯爱女女节。对了，那天召伯还带着女节，她和旨的打扮十分接近，一路上我都认为她是个男子，而没有过多地关注她，以至今日忆起，差点将她遗漏。

由于路途较远，众人便各自带着食物炊具。如此，则没有了错过饭时、忍饥挨饿之虞。

背负我们主人的是个叫亢的男子。他个子不高，皮肤黝黑，四肢健壮有力。虽然光脚，却在荆棘丛生、顽石遍布的山路上健步如飞。

说到亢，在此我想多说几句。他本燕国小人，因善于烹饪，被行人伯矩看中，直接选拔任命为庖人。后来，随着南北两晏融合，行人伯矩不仅铸鼎赠召伯，连庖人也一并送了过来。亢的厨艺果然了得，再普通不过的食材，只要一经他手，必定变成美味佳肴。那段时间，许多人发现，召伯的气色比以前好了很多。问及原因，他直言不讳，说是被亢高超的厨艺所滋润。人们便说，亢可真是个好庖人。召伯说，不仅是个好庖人，还是个有才能的人。至于厨艺之外，亢还有其他什么才能，召伯当时没说，我也不得而知。

将近午时，一行人终于登上了山顶。趁着众人歇息，亢把我们从背上卸了下来，放到一块平坦如板的婴石上。此时，你们和主人昏昏欲睡，我却格外地清醒。和且对香气极为敏感不同，我对色彩有种超乎寻常的感觉。无须看，无须嗅，无须听，仅凭感觉，便能判断出一个物品的颜色，甚至形状大小气味。

就拿现在来说吧，现在已是深秋，我的四周充斥着大片大片的红色和黄色。它们大多来自杨树、榆树、枫树以及青枫栎的叶子。如果说有我感触不出来的，那便是叶子们红得如此热烈，黄得如此金灿，穿着如此招展温暖的红衣黄裳，是秋风所赠，还是它们要以此逼萧瑟的秋风收敛。不过这不关键，关键的是我感触到了山下田野的色彩。此时，召伯他们正引颈俯身，极目四望。而我闭着眼，慵懒地坐在那块婴石上，便可将山下的一切尽收眼底。不，应是尽收心底，这让我内心踏实而安宁。其中，对我最具诱惑的便是黍、稷、菽等庄稼都收获完毕颗粒归仓后裸露着的田地颜色。那是一种黄棕色，厚重朴实如母亲的胸膛。冬小麦正从四面八方赶来，舒展着嫩绿的叶片，和秋风叫着板，为它铺盖着浅绿的绒毯。

我陶醉在这迷人的色调中，仿佛躺在母亲的怀抱。忽然一声惊叫打断了我的遐想："姑妹，快看！"我极不情愿地循声望去。原来是旨。他正拉着女节，一边惊呼，一边往一块凸出的岩石上攀登。

众人自然被他的惊呼吸引，纷纷探问原因。旨神气地站在岩石上，一副君临天下的气势。女节知他孩童心性，也不劝阻他，只是善解人意地替众人问他看到了何物。

“国！我们的国！”旨兴奋得小脸通红。

“什么国？朕怎么看不到？”女节着急地问。

“那么大的一个国，姑妹竟然看不见。姑妹只比我大几岁，怎么可就老眼昏蒙了？”旨调皮地打趣女节道。

“旨儿，不得无理，和姑妹说话岂可如此随意？”克说着，攀上岩石，欲将旨和女节带下来，却不料自己也被眼前奇异的景象吸引了。那是他们开辟的家园，田舍俨然，阡陌交通，一个新的国初具雏形，正在崛起。

“君父，你也上来看一看我们的国吧？”克抑制不住激动的心情。

我被克感染打动，努力想象着这个新国的模样。可是没等我想出个所以然，召伯已经给出了答案。“我们的国必是三面围墙，一面临水。曾经的‘晏’，已是如今的‘匽’了。”

众人恍然，皆以为然。

一阵风从林间跑出，粗暴地捋掉枝头的黄叶，又一片片地将它们四处扬撒。时间不早了，召伯带领众人开始下山。为了进一步了解地情，他建议走另一条路。行人伯矩忽然紧张起来，不过他掩饰得很好，让大多人都察觉不出。他抢先一步，走到召伯跟前，用他一向温顺谦恭的神态，劝阻道：“这条路十分难走，有几处悬崖峭壁，不易通过，且有猛兽出没，我们还是原路返回吧！”

“当年南巡，何样的路没走过？无妨，且随我来。”召伯说着便向前走去。

行人伯矩无奈，只有硬着头皮跟着。

行至柏林，见地势相对平缓，林木蓊郁，又有流水潺潺流经，召伯便提议大伙儿在此稍事休息。行人伯矩再次神色慌张起来，称此地阴森，不宜停留，让召伯到前方空旷之地歇息。

我敏锐地捕捉到了召伯狐疑的目光。他盯着行人伯矩看了看，又抬头四处张望了一番，然后回过头问行人伯矩："一再阻拦朕走这条路，还不让在此停留，究竟是何原因？"

眼见召伯疑心已生，目光如炬，行人伯矩也就不再隐瞒了。他神色戚戚，两眼垂泪，哽咽着说："就在此地，柏林深处，葬着百位㚤人。他们是㚤的英雄，却是周的敌人，是以……"

"是以阻挠我从此处经过？"召伯恍然大悟。

行人伯矩点头承认。

"百位㚤人，莫不是牧野战后被周所俘、誓死不降、被我周王斩杀的那些人？"召伯追问道。

行人伯矩再次点头承认。

"可朕记得，朕明明派人将他们葬在牧野了，怎么又会在这里？"召伯百思不得其解。

"是朕不忍他们流落异乡，暗地里将他们的尸骨装入陶瓮，偷运回㚤地，重新安葬了。"行人伯矩索性直言不讳。他知道成为周的敌人的下场，可怕死从来不是㚤人的性格，既然百位㚤人能从容赴死，他伯矩岂能做个怕死的㚤人？

"伯矩，朕错看你了！朕要亲自堪舆，为这些㚤人的英雄另选风水宝地，让他们永远活在㚤人心中。"召伯动情地拉起伯矩的手，安慰着他。

阳光从枝叶间投下光亮，一扫林间的阴森可怖。

那段时间，召伯早出晚归，谁都不带，只允行人伯矩和亢跟随。当然也少不了你我。可是，你们和主人对此根本不感兴趣，每天依然在沉睡中度过，全凭亢和食材以及柴草炭火来体现我们存在的意义。

最终，召伯综合天文地理、风俗习惯等各种因素，将百位㚤人墓地选定在一个三面环山、一面临水、坐南朝北的山坡上。那里，有棵一百多岁的青杨。其叶牂牂，其叶芾芾，春发冬落，夏绿秋黄，是岁月的经历者，也是百位㚤人离去归来的见证者。我曾有幸听它讲述百位㚤人的故事。怎么？你不相信？感觉这不可能？一棵杨树怎么会对一只鼎耳上的伏耳兽讲人类的故事？如果你这样认为,那你可真不愧是凡夫俗子。世间的事物,何止千万?而你的眼界和认知能力都十分有限。对此,你应该谦虚地承认是你认识不到,而不是世间万物的不存在、不可能。

闲话少说,说多了,你又嫌我啰唆。还是回到杨树讲的故事上来吧。

那是周人攻入朝歌,让商王帝辛成为最后一代商王的那个春天,旻国照例每年选拔一百名男女,作为贡品送往朝歌。他们或颜色出众,或多才多艺,或是能工巧匠,全是旻人中出类拔萃者。其中,颜色出众、多才多艺者大多成为商王妇,是谓妇旻;或为贞人,是谓贞旻。至于能工巧匠,大多以制陶、铸铜为主,个别的还有从事漆器、纺织、贸易等工作。

离开旻国那天,旻伯矩亲自将他们送过旻水,并在老杨树下举行仪式为他们送行。当时,雪未消,冰犹在,冬天的大军还没完全撤出,风吹在脸上,依然刀割一般。十五岁的青眼里噙着泪和父母挥手告别,小脸被冻得通红通红的,可她硬是没让泪水流下来。因为泪水打湿脸颊,被风一吹就会皴。如此便影响到容貌,增加落选商王妇的风险。她是以妇旻的身份前往朝歌的,如果不能顺利入选,影响的不仅是她个人的身家性命,还会连累到同去的百位旻人的命运与整个旻国的声誉。旻人重声誉,重气节,重诚信,一旦承诺,便无更改。

两个月后,也就是周人发起牧野之战前夕,百位旻人如期抵达朝歌。还没来得及放下行囊,他们便被悉数赶向了战场,包括青等十五名即将成为妇旻、贞旻的少男少女。

战役在当天夜里打响。当载歌载舞的八国联军逼近,当白发如帜飘扬、驾着八乘煌煌战车的姜子牙腾云驾雾而来,当心目中的神商王帝辛仓皇而逃,当黎明的曙光照亮尸横遍野血流漂杵的战场,一脸血污的青扔掉手中的武器,不,准确地说,应是一根木棒,蹲在地上号啕大哭起来。忽然,一只有力的大手揪住了她的胳膊,将她从地上拉起来,一句话不说,拉着她就跑。天大亮时,他们跟随商王帝辛的残部跑到了朝歌。可商王帝辛并没让他们进城,而是将他们留在城门口，让他们抵抗随后而到的周军。

总算有个喘息的机会。直到这时，青才看清，把她从战场拉回来的是季陶。他是此次赴商百名晏人的首领，也是晏国数一数二的制陶高手。他本想借此机会，大展身手，将晏国的制陶工艺带到大邦邑，发扬光大，为晏争光，却不料遇到战争，一切愿望成为泡影。

“我们回去吧！我们是来朝贡的，不是来打仗的。”有人朝季陶提议。

“我们到了朝歌，就要服从商王的命令。”季陶不容置疑地回答。

话音刚落，姜子牙便率领大军到了跟前。季陶第一个迎了上去，他手无寸铁，和青一样，只有一根木棍，可他毫不畏惧，将自己的血肉之躯置于铁蹄之下。其他晏人见状，纷纷跟进，奋力搏杀。

突然出现的新情况，让战神姜子牙一时怔住了。然战神毕竟是战神，稍一迟疑便立刻回过神来。所以，当看清对手不过百人，且是一群手执木棍的奴隶时，他不由大笑起来。笑过，脸色陡变，立时便有无数的干戈剑戟将百名晏人围了个水泄不通。

危急关头，由周王姬发率领的大队人马赶到。看到战神与一群奴隶大动干戈，姬发也是不由一愣，遂急忙上前询问。当得知这群奴隶来自晏国，皆是出类拔萃之人时，姬发顿生怜才之心，令姜子牙放下干戈，改以招降收服策略。谁知百名晏人根本不为所动，见对方收手，便立刻又扑了上去。结果可想而知，百名晏人以卵击石，随即便被周军制服，命悬一线。

姬发走到季陶面前，宽宏大量地说：“到镐京去如何？我会封你爵位，赐你厚禄，让你有享不尽的荣华富贵。”

晏季陶鄙夷地看了姬发一眼，啐了一口将脸扭向旁边，以示对他的不屑。姬发被深深刺痛，他是个自卑心极其严重的人，任何一个蔑视的眼神、举动都会触到他的痛处，让他崩溃，失去理智。“射死他们！一个不留！”他恼羞成怒、咬牙切齿地下达命令。随即，箭矢如雨，箭箭索命，百名晏人顷刻间在朝歌城外堆叠起尸体的小山。

不知当时召伯在何处。他若在现场,是否会制止屠戮的发生?可这只是一种假设,真实情况是,时隔多日,召伯才听说了这件事。他急忙派人去城外查看,却发现百名晏人已经不见了。

“我派人去把他们接回来了。”行人伯矩如实说道。

“千里迢迢如何将他们接回?”召伯疑惑不解。

“是亢!他以交易之名,拉了两车陶罐前往朝歌,寻得百名晏人,将他们火化。然后捡拾骨殖,一人一罐接回。”行人伯矩边说边指了指亢。

召伯朝亢投以赞许的目光,回头又对行人伯矩说:“既然接回,为何不择风水之地安葬,却藏在这深山老林之中?”

“他们忤逆周王而死。如今又是周人天下,我怕引来不必要的怀疑,所以就选了这个地方。”行人伯矩叹道。

“你的顾虑不无道理。可晏国来的偏偏是我姬奭,现在,朕可以明确告诉你,朕不会因这件事治你包庇之罪,也敢保障其他人不治你罪。他们既是晏国的英雄,就应该让他们享受晏人的怀念尊崇。等我把地方选好,我们就按晏人风俗,让他们风风光光荣归故国,以晏人最高规格让他们入土为安。”召伯嘱咐行人伯矩。

行人伯矩激动得语无伦次,要跪拜召伯,被召伯拦住。

回来后,行人伯矩便开始了忙碌。又是选殉人,又是选殉狗。晏人风俗,贵族殉人,兵士殉狗。按行人伯矩的想法,季陶等一批能工巧匠为晏国而死,虽非兵士,却死于战场,可以兵士规格待之;青等之人,授予妇晏,身份高贵,需以贵族礼仪待之。至于其他人,就随葬其生前器物,也算不枉他来这人世一遭了。

行人伯矩精打细算着,并为自己的聪明而暗暗得意。可我却不看好他的打算,以我对召伯的了解,他的计划很可能会遭到召伯的反对。果然,几天后,当行人伯矩向召伯禀报要以人殉葬时,立该招来召伯指责。行人伯矩退而求其次,要以狗殉葬,依然遭到召伯强烈反对:“狗命也是一条命!”行人伯矩无奈,只得重新计划,依据每个人生前所好,配以相应器物,总算得到了召伯的赞许和支持。

百名晏人，魂归故国。

方

连续几天月亮没来，伏耳兽们的情绪开始低落，沉闷的日子越发沉闷。漫漫长夜，除了听风，无事可做。

且、未、方、良的情绪直接影响到鼎身的心情。作为它们四个的间接主人，很多时候它不便于对它们发号施令、布置任务。可它们四个的直接主人鼎耳却终日装聋作哑，一言不发，作壁上观，形同虚设。比如且、未、方、良耐不住寂寞，此番自发开展的“忆往昔、思从前”轮讲，耳竟视而不见，听而不闻，充分流露出其自私懦弱、胆小怕事、耳根子软的本质。其实，这是一件再平常不过的事了，信口开河、自娱自乐、被遗忘在老屋角落的日子，正是因为这些看似无聊实则有趣的回忆而焕发出新的生机。

极度的失落、寂寞让鼎身终于放下了身段，抛却了顾虑，越过鼎耳，直接给四只伏耳兽下达命令：在过去的几天中，且、未分别就我等亲历旱灾、两晏融合、从晏到匽的变化等经过，进行了生动形象的回顾，让朕如临其境，回味无穷。依尔等约定俗成的顺序，接下来轮到方讲述了。这次，朕想给你定个题目，围绕我等跟随召伯及行人伯矩出使羌、狸、驭、微等四国经历，讲述最能打动你、让你最难忘的点点滴滴。不知汝可记得起？朕好像在哪儿听到过，你有些嗜睡。

方见顶头上司发话，并对自己的记忆表示怀疑，又见且、未讲得头头是道、得意扬扬，心里便有些不服气。于是满口承当，当即情绪激动、言辞激烈地讲了起来——

未口口声声说我嗜睡，你能拿出证据吗？除了你还有谁可证明？只凭自己的主观意象，捕风捉影、妄下结论，那便是恶意揣测，歪曲事实，居心不良。是的，我没你看着机灵，也没你的天赋异禀，但这与一只伏耳兽的正直、善良、博闻强记没有关系。在召伯身边的那些日子，我以我的方正公心经历着、感悟着、记录着。这些都不是你用机灵和天赋能达到的。

我的名字叫方，我就要对得起这个名字。行为方正将是我一生的最高追求，我要做一只名副其实的伏耳兽。而这也许是给你造成我嗜睡假象的重要原因吧。

未，我针对你说了这么多，你为何不接话，不反驳？怕浪费时间？你说得有道理，我们的时间本来就不多，再浪费到无谓的嘴皮子上，还怎么去做正事？

好吧，我接受你的教训，言归正传，回到出使四国的艰险行程上。

我清楚地记得，出发那天下着雨。这场雨已经断断续续地下了半个多月，却仍没有停的意思。行人伯矩劝召伯再等几天，出访这件事他有经验，成功与否也不在这几天。召伯却说都等半月了，再等下去恐怕对方就要主动上门来了。行人伯矩自然懂得这句话的言外之意，更能预知到它的后果，便不再说什么，配合召伯积极行动起来。

亢自然要随从召伯出访。他把一应物品用具装上车，开始把我们往车上固定。这样便可避免车子在行驶中，由于颠簸把我们从车上颠下去。召伯曾夸亢是个有才干的人。他没看走眼，亢确实很能干，肯吃苦下力，又脑子灵活、点子多。就拿把我们往车上固定这件事来说吧，主意便是亢出的。为此，他还特意在我们主人的四柱腿中部，相当于人类的小腿肚处装上圆盘，以增加稳固性。

车装好，把我们固定好，亢就请召伯上车。然后他便坐在车前，挥舞鞭子赶起了车。他可真是个有本事的人，连赶车这样难的事他都会做，实在令我叹服。

行人伯矩乘另一辆车走在召伯前面领路。他对这一带熟识，哪个国在什么方位，走哪条道更好，他都一清二楚。王戈、举攸各率虎贲、侍卫紧随其后。百多人的队伍，加上十几辆粮草物资车，络绎不绝，浩浩荡荡，充分展现出匽国的气度形象。召伯性本简朴，不喜张扬，但在外交上，该展示的必须展示，以免被对方低估鄙视，造成不必要的麻烦。

克留守。父亲的教诲，几年的磨砺，他已成长为称职的一方之长。

第一个要去的是马羌。该部落位于匽国西南，是匽的近邻。对于羌人，召伯并不陌生。从地望上看，周与羌历来为邻邦，地壤相接，疆界紧挨。从血缘上看，周祖后稷之母姜嫄乃羌女，古公亶父亦娶羌女太姜为妻，生太伯、仲庸、季历三子。季历生姬昌，姬昌生姬发，姬发又娶邑姜。羌的血液流淌在周族子孙身上，代代相传，生生不息。召伯乃太伯之孙，太姜曾孙。可以这么说，他的身上至少有三成的羌人血统。

召伯对访问马羌充满信心，感觉就像走亲戚。而行人伯矩却不这么乐观，在过去的几十年中，马羌与晏国没少磕碰摩擦。大多时候为了疆界领土，但骨子里依然是羌对商由来已久的仇恨。羌人桀骜，不服管束。而商为天下共主，自恃强大，从不把羌人放在眼里。于是矛盾就产生了，征服、讨伐、镇压，各种说法、各种借口的战争接连不断。商进羌退，羌反商压，反反复复中，羌人始终处于下风，直到被商人打得四零五散，分居各方。马羌便是羌人的一支，以善养马闻名。尤其到了远离殷商的北疆，他们的优势更得以充分发挥，逐水草而居，放牧牛养，生活安定，自给自足，部族日益发展壮大。这又引起了商王帝辛的担忧，再次派兵讨伐，欲让马羌彻底归服于商。

作为商的属国，又是马羌近邻，晏国每次都不可避免地要卷入商羌之争。尽管对方知道晏国不过受商驱使，但毕竟是站在自己的对立面，马羌对晏的态度也日渐疏离恶劣起来。后来，商亡周替，行人伯矩还是晏伯矩时，也曾想修复双方关系，但一直没有合适机会。犹犹豫豫中，晏变成了匽，晏伯矩变成了行人伯矩。机会来了，使命还在，可当初的感觉已不在，行人伯矩的心里五味杂陈。

羌伯敖倾国来迎。当然，这是我的夸张说法。羌人无国，他们不建国，也不筑城，那些夯筑的泥土会束缚他们的个性。他们随四季而走，逐水草而居，不会像那些农耕之人，喜欢把自己固定在一个地方，像庄稼一样。他们是飞篷，风走到哪里，他们就跟到哪里。

但羌伯敖迎接来访者的阵容是盛大的，仪式是隆重的，足见他的重视和真诚。当时，天已放晴，蓝天、白天、如茵的草地，羌伯敖身着盛装，骑着一匹我叫不上名字的骏马。那是我见过的最是矫健俊美的马，黑色的毛皮闪着锦缎般的光泽，鬃发乌亮蓬松，犹如少女的头发；躯干壮实，四肢修长。最令我叹为观止的是它的四蹄，居然全是白色，像四朵白云，使它们的主人时时处于一种让人仰望的凌空飞腾状态。

欢迎晚宴在羌伯敖阔大的羊毛毡帐内举行。因为不需要我们主人烹饪温食，我也就无法进入毡帐。不过，这未必不是好事。因为那天晚上，我第一次看到了无比璀璨的星空。那么多，那么亮，离我又那么近。如果不是怕被它们灼伤，我肯定会摘一颗回来，让你们看看。然后收藏起来，作为传世之宝，一代一代传下去。

与羌伯敖的热情真诚相比，狸伯无具对待来访者的态度简直可以用恶劣来形容。不仅不出迎，甚至还闭门拒访，戒备森严。怀疑敌视之心显而易见。我不知道狸国为何以狸为名，但既然这样叫，想必与狸有关。我没有见过狸，可我听人说起过。所谓狸，无非野猫。大小似狐，黄黑杂毛。按其体形特征分，圆头大尾者为猫狸，善窃，以鸡鸭为主；方口锐头者为虎狸，不偷不窃，主食虫、鼠、果实；黑尾白线纹相间者，与虎狸相似，名九节狸，皮可为裘领；还有一种狸，最为神奇，纹如豹而有麝香之气，是谓香狸，双称灵猫。此外，南方有九尾狸，狐尾白面，又名白面狸，可惜世不多见。

是否感觉我有些卖弄？好像就我知识渊博似的。假如你真的这样认为，那可就冤枉我了。其实，正是因自己才疏学浅，孤陋寡闻，无法获知狸国的信息，才在狸上费尽口舍，绕来绕去。而关于狸，我知道的也就道听途说、不足为凭的这些。之所以在此冒着被指卖弄、无知的风险，毫无保留、竹筒倒豆般地讲出来，无非是想间接推测一下狸国的来历。然而现在看来，狸国与狸好像没有什么必然关系。但现实中，狸人对待外来者的那种警觉、怀疑确与狸有几分相似。就拿召伯出访狸国这件事来说吧。

从马羌到狸国不过二三百里路程，一路畅通无阻，不过两三天的工夫，就进入到了狸国境内。但要在方圆几百里的深山老林里找到狸国，那可真不是一件容易的事。幸好行人伯矩在还是晏伯矩时来过狸国一次，大致方位、关键路径还记得，不然能否顺利走出这大山还真不好说。即使召伯雄才大略、德高望重，即使王戈、举攸武艺高强、盖世无双，在这冷峻阴险的大山里，任谁都只能甘拜下风。

在行人伯矩的引导下，使团艰难地行进在山林间。一次次地迷路，一遍遍重蹈覆辙，当所有人的耐心和衣服被荆棘枝条撕得条条缕缕时，一个人类的聚落突然出现。行人伯矩惊喜地喊道："到了！狸国到了！"召伯的脸上露出笑意，我也跟着松了口气。

稍作休整，我们继续向狸国进发。因为现在所处的位置地势高，望得远，感觉上狸国近在眼前，但起码还有十来里的路要走。金乌已有倦容，要想在它落山前赶到狸国，还需加快步伐。

这时，随着一声尖利的呼啸，阴风骤起，枝晃叶落，前方山顶上忽然冒出一群人来。他们背对夕阳，挥舞梭枪，发着"嗬、嗬、嗬"的怪叫声。

"他们这是向我们示威。如果我们继续前进，很可能遭到他们的攻击。"行人伯矩忧心忡忡地说。

"那就直接杀过去！还没遇到能挡住朕这把戈的！"王戈冷冷地说。

"不可！"召伯坚决地否定了王戈的建议。然后下令就地宿营，生火做饭。还特意叮嘱亢，要把饭做得比平时更有味道。

行人伯矩迷惑地看看召伯，又抬头看看前方山顶，不知召伯是真的饿了，还是另有打算。

其实，召伯的想法再简单不过，他是要用烹饪饭食的香味向对方传递没有恶意的信号，更是以此诱惑对方。狸人世居山林，以狩猎为生，不事耕种，不识黍稷，更不用说以盐调味了。

然而，召伯此招似乎不能奏效。整整三天过去，对方依然戒备森严，严阵以待。

“看来此行只能无功而返了。”行人伯矩悲观地叹道。

“是啊，回去吧，不要在此耗着了。但此行有功无功此时下结论为时尚早。”召伯叹口气，让兵士将带给狸国的黍稷等粒食和盐从车上卸下，整齐地摆放在地上，然后就带人离开了。

就这样，一个多月过去。当我快要把这件事忘记时，狸伯无具却带着厚礼来匽国了。其中有件黄狸裘，是专门送给召伯的。可惜当时召伯并不在匽国，他正带着我们走在出访驭方的路上。

驭方位于匽国北部，善养马。这和马羌相似，但比马羌更技高一筹。马羌养马以放牧为主，像放牧牛羊一样。驭方养马，侧重于骑乘。所以驭人个个都是一流的骑手、特级的车夫。都说亢是个驾车高手，但与驭人相比，他还是要逊色许多。比如现在，我们正在通过一段危险的山路。说其危险，不仅是因其狭窄，仅能通过一辆车，更因其处于悬崖峭壁之上。一面是山体，一面是深渊。一个小小的失误，都可导致危险的发生。

我不敢想下去，也不敢往下看，闭着眼，听凭命运的安排。当时，为了保险起见，召伯已下车，和一众人马小心翼翼地步行。亢也从车上下来，牵着马走。然而即使这样，经过一个陡直的弯道时，他还是被挡住了。

“大名鼎鼎的召伯，居然用了这么个不中用的车夫！”随着一阵狂野的笑声，一位虬髯黑面大汉出现在车驾前。

亢一惊，急忙拉紧缰绳，拢住两匹马。

“把缰绳给朕，朕替你赶。”虬髯大汉伸出手。

“汝何大胆！召伯之车，岂可随意假与他人之手？”亢声色俱厉。

“朕受驭伯之命，特来迎接召伯。”虬髯大汉粗声大气地说。

召伯和行人伯矩听到前边有人争执，便加快步伐赶了上来。

“原来是他啊！”见到虬髯大汉，行人伯矩松了口气。早在三年前，因为马跑过界，还是旻伯矩的行人伯矩，将数十匹来自北邻驭方的马匹全部扣下。驭伯派虬髯大汉前来交涉讨要。考虑到两国关系，且越界的马匹也没给晏国造成损失，晏伯矩就很爽快地将马匹如数奉还。虬髯大汉十分感激，视晏伯矩为恩人，常怀感恩之心，但一直没有回报机会。今日意外相见，自是欢喜，便将受驭伯之命、前来迎接召伯之事如实说了一遍。

“先谢过驭伯了！”召伯欣然登车。

亢担心劝阻道：“如此险峻道路，空车尚难通过，召伯还是步行为好。”

“是啊，尽管我对驭人赶车之术佩服至极，可这路况也过于险峻了。”行人伯矩忧心忡忡地说。

“无妨！他敢驭，我便敢坐。”召伯不以为然地笑笑。而我的心里却充满了恐惧。

“吁——”随着一声喝令，两匹马听话地迈开了腿。车子缓缓通过受阻的弯道。这时，虬髯大汉的手里多了一条鞭子，也不再坐着，而是两腿叉开，稳稳地站着，一手握缰，一手挥鞭，指挥着两匹马如履平地般地飞奔。刚开始，我还紧张得要命，但看着召伯气定神闲的样子，我也就慢慢放松下来。

由于召伯的高度信任，驭伯打消了所有的顾虑和猜疑，双方达成了睦邻友好、和平共处的共识。

离开驭方，出访四国的最后一站就是微国了。对于微国，召伯并不陌生。早在文王之世，他就受文王命，率百人南巡，其中就有微国。说到这儿，我又迷惑了。人所共知，夏后氏时微已建国，后被殷商打败，西迁至渭水中游南岸。召伯南巡联络微国共同反商，微人立下大功，灭商后，受到周武王重赏，受封为子爵，正式立国。怎么几年时间就又不远万里从南国迁往北疆？难道是另一个微国？

人类的事太过复杂，实在不是一只伏耳兽所能想通的。

良

月儿迟迟未到，倒是那颗小星孤零零地出现了。良以前从未注意过它。在良的心目中，谁都比不上月儿。可是半个多月了，月儿不知去了哪里，一任黑暗与沉闷将它们禁锢。尽管且、未、方不厌其烦地回忆、自娱自乐，试图驱赶岁月的黑暗，可效果实在有限。每次回忆带来的短暂快乐之后，便是更加黑暗阴冷的现实。为了抗拒这种阴暗，且、未、方只有把回忆尽可能地拉长，捕风捉影，鸡零狗碎，东拉西扯，信口开河……

良十分不屑这样的讲述，可作为它们四个不可分割的一部分，它别无选择。就像一个婴儿，你愿不愿吃，或者吃什么，全凭他人往嘴里塞。可婴儿还有拒绝的能力，不合自己胃口的食物，它会把嘴闭起来，或者干脆把它喷吞出来。可我什么都做不到！良悲哀地想，凄凉地望向那颗小星。小星居然朝它眨了眨眼，笑意融融的样子。良顿感心里一片明朗，对月儿的思念稍稍减缓，也不再惧怕阴暗，并产生了倾诉的欲望。“且、未、方，你们三个的讲述很精彩，让我很受启发。诸位讲了那么多，想必也累了，那就暂时休息一下。下面就由朕来讲，朕要讲一个关于珍珠的故事。”良的柔声细语像一股清流，温柔地流淌在黑暗中。但对于且、未、方，甚至它们的主人鼎耳、主人的主人鼎身来说，无异于一声春雷。

“快讲！快讲！别说你讲珍珠的故事了，你就是讲一块顽石的故事，我等照样也会听得津津有味！”且、未、方异口同声地说。

那好吧，我就讲这颗珍珠的故事了。凡故事，必有来由，不会平白无故发生。所以，故事开讲前，我先得有铺垫，请诸位耐心听我把故事背景讲透彻。

先从旻水南岸的那棵百年老杨树讲起吧。据说，它有千万片叶子，也就是说这棵老杨树有千万个孩子。其中有个孩子叫胖胖，天真快乐，无忧无虑，还爱笑，从不知愁为何物。直至女节的出现，是的，就是召伯爱女女节。在我们的认知范围内，不可能有其他名叫女节的女子。

那是个暮春的黄昏，夕阳就要落山，它把剩余的霞光全都给了这棵百年老杨树，老杨树就把这些霞光全都分给了孩子们。胖胖也分到了一份，它把它均匀地涂在脸上，一张小脸立时变得莹润碧透起来。

这时，女节来了。她一路小跑，唯恐错过什么似的。簪在发间的芍药花随着主人的步伐不停地晃动，随时都有脱落的可能，看得牂牂心惊肉跳，魂飞魄散。不知从何时开始，牂牂对芍药有种特别的感觉，不只是绿叶对花天生的亲情，还有像人世间男女爱恋的爱情。

千万别以为我跑题了，我讲一片树叶对一朵芍药的爱情，是种比兴的手法。请诸位耐心听下去，你们便可理解我的良苦用心了。

现在让我们将视线回到女节身上。她才是我所讲故事的第一主角。

话说女节急匆匆地来到老杨树下，连气都来不及喘匀，便开始向远方眺望。远方静悄悄，只有旻水在草木婆娑中安静流淌。可女节并不气馁，一眼不眨地望着，唯恐遗漏下点滴细节。终于，水上出现了一个小黑点，随着水流的方向，小黑点越来越大，原来是只杨木小舟。女节的心随之跳了两下，她急忙用手按住，继续睁大眼睛等待小舟的靠近。一阵风跑来，替女节推了下小舟，小舟速度明显加快，转眼便到了女节眼前。“王戈！”女节惊喜地喊道。小舟靠岸，王戈同样惊喜地望向女节。女节从发间取下芍药，捧在手中，一边低头轻嗅，一边偷偷地瞧着王戈。王戈抬头望了望天，长呼一口气，如释重负般。然后抬腿上岸，走向女节。女节的心就要跳出嗓子眼儿了，她害羞地转过身，背对着王戈，掩饰自己的慌张娇羞。天地间一片静寂，就连爱动爱笑一刻也停不下来的牂牂也淑女起来。忽然，两只玄鸟从头顶掠过，打破了所有的沉默。牂牂使劲地朝女节招手示意，一树的叶子也跟着起哄，女节顿感不妙，急回头，却发现王戈已经不见。明明就在眼前，怎么眨眼就不见了？难道是在做梦？可这个梦为何如此短暂？女节飞快地向水边跑去，芍药掉在地上也顾不上捡拾。她的头发失去约束，随风飞扬成一团乌云。她无心理会它们，只是一个劲儿地飞奔。

旻水冷漠地横亘在面前，女节不得不停下脚步。水中央，一舟一人，徘徊复徘徊。泪水从女节心底决堤而出，她死死地控制着它们，不让它们泛滥，更不想让谁看见。可是，她已完全被王戈带去了魂魄，抽去了力气，她只剩下一个轻飘绵软的躯体，根本无法控制自己的情绪泪水。“王戈——王戈——别走，等等我——”女节不顾一切地喊着，祈求着。可小舟还是被风推着向对岸漂去。

我不知道你们是否被这个情景打动？可我知道你们一定会为王戈、女节感到惋惜。有情人却不能终成眷属，不管放在什么年代都是悲剧。

闲话少叙。且说女节见王戈知难而退，心里虽恨，却也理解他的苦衷。不说王戈作为迁族那种极度自卑心理，仅是霸国求娶自己、父亲已然应允，素来理智冷静克制顾全大局的王戈也不会再进一步。尽管他对自己刻骨铭心，尽管那是一份他们以命相交的感情，可该舍弃的时候，他还是会毫不犹豫地舍弃。不过是大半条命而已，如果没有女节，要那么齐全的命作何？

暮色在远处窥伺着女节，并悄悄地掩杀过来。旨的声音由远而近传来：“姑妹——，你在哪里？天黑了！快回来吧！”

拭去眼角风干的泪痕，女节回应着旨的呼唤。“旨儿，姑妹在这里，你快过来，姑妹迷路了。”

召伯坐卧不宁，一个人在院子里焦急地踱步。虽然克带着旨去寻找女节了，可他依然心里没底。这是从未有过的现象，在女节面前，他完全是个胆小怕事的老父亲，驰骋疆场、挥斥方遒的气势智慧荡然无存。他甚至要跪求上天列祖替他保护他的女节，跪求女节早逝的生母莘姒惩罚他作为一个父亲的不称职。

“召伯，夜深风凉，还是回屋等吧。女节公子自有天佑，一定会安然回来的。”不知何时，亢出现在身边，怀里抱着一个漆椟。

召伯冷静下来，叹口气，进了屋。亢随之进来，将漆椟放在案几上。召伯盯着漆椟看了看，目光一亮，随即又黯淡下去。我在一旁，将这一切看得清清楚楚。那是个红色的檀木漆椟，上面描有金色的花纹图案。一把小巧的铜锁紧紧地咬在合口处，可见里边物件的珍贵。我屏息敛气，眼巴巴地盯着漆椟，急切盼望打开椟盖那一刻的到来。可召伯却犹豫不决,想打开,又怕打开。起身,坐下;上前,后退,完全变成一个没有主张见识瑟缩畏惧的垂暮老人。

他究竟怎么了?什么样的事让他如此恐慌?难道是女节的消失吗?可上次女节被劫霸国也没见他如此焦虑自责啊。当然,这个细节是我听说的。因为当时我们的主人的主人还没出世,我们都还是个未知数。

灯光昏黄,疲惫倦怠,我忍不住想打哈欠。但怕影响召伯情绪,我开始猜测漆椟里的物事。猜测之前,我把近几个月发生的事情大致理了一下,找出其中的关键节点,连缀起来,推理分析,以达目的。

那是两个多月前的一个后晌,匽国来了一群特殊的客人。为首的便是霸伯,他带着儿子仲霜和丰厚的礼品,浩浩荡荡地开进了匽国新建成的驿馆。第二天,召伯在简陋的棚屋接见了霸伯。四下打量一番后,霸伯用一种深表同情和理解的口气说:"威名天下的召伯至今还住在这样的地方,令人肃然起敬。"

"新室还得时日方能峻工。在此鄙陋的地方接待贵客,也是委屈诸位了。"召伯歉意地说。

"召伯说哪里话?霸国建国之初,还不如贵国。朕尤能体会到召伯建国的不易,是以特备薄礼,前来拜会,还望召伯笑纳。"霸伯说着呈上礼单。那可真是一份沉甸甸的礼单啊。牛羊、马匹、青铜器皿、黍稷、织品……应有尽有。

"难得霸伯一片诚意,姬奭感激不尽,日后匽国必加倍偿还。"召伯起身向霸伯深施一礼。困难时期,能得他邦鼎力相助,无异于雪中送炭。

"召伯如此大礼,让朕受之有愧。其实朕此番携子前来,还有他事有求于召伯。"霸伯急起身还礼,趁机说出此行真实目的。原来,他是为爱子仲霜求娶女节来了。

召伯顿时脸色大变。前番霸国劫掠女节,受制当时形势,他无法前往营救,隐忍至今,已然成为心病。好在女节被王戈安然救回,又值建国伊始,百废待举,无暇顾及,他便只有选择淡忘此节。

此番霸伯前来，他只字不提这件事，为的是顾全大局，使双方能坐下来心平气和地谈判。不料对方竟提出如此无理要求，实在让人无法接受。召伯内心翻江倒海，但他极力克制着，短暂的恼怒后，慢慢就恢复了常态，最后竟答应了霸伯的请求，承诺三个月后，送女节出嫁霸国，与仲霜成婚。

我目瞪口呆，惊诧不已。相信你们和我一样，根本无法理解接受召伯这个不近情理的决定。自然，最难接受的还是女节。当她从长兄克那里听到这个消息时，她并没相信，认为是哥哥在逗她。好啊，嫁给霸国那个傻子多好，他什么都听朕的。女节冲克“嘿嘿”笑着，模仿着仲霜的神态。

克知她不信自己的话，便让她自己去问父亲。“我才不去烦扰君父，他那么忙，哪里顾得与朕说笑？”女节仍然不把克的话往心里去。

“姑妹，祖父让你嫁给霸国那个傻子是真的。他和父亲说这件事时，我就在旁边听着，千真万确！”旨一脸悲伤地望着女节。

女节的笑容顿时僵住，最后的一丝幻想被旨彻底打碎。她没去问父亲，而是一个人悄悄来到了老杨树下。她要见王戈，她知道他今天要从这里经过。她要把那朵芍药大胆地送给他，她要让他放下一切带她走，重回深山老林，重回三百里流沙。

也是上天怜见，让女节等来了王戈。尽管他最终止步、离去，尽管她的芍药再也无法送给他，可她已心满意足了。她已清楚地看到了他的心，深切感触到了他的那份情。如此甚好！完成这件人生大事，她便可以专注履行与生俱来的另一项职责了。

“我不是一个称职的父亲，我对节儿的愧歉这辈子也难还清了。”昏黄的灯光下，召伯憔悴而衰老，仿佛即将走到生命的尽头。

“召伯不必过于自责。女节公子深明大义，终能体会到您的一片苦心。看看吧，这是按照您的意思，为女节公子置办的陪嫁物品。”亢把漆椟往光亮处推了推。

召伯摆摆手，叹道：“不看也罢。再贵重的珍品，也愈合不了朕心里的伤痛。”

亢不甘心，坚持让召伯打开漆椟。“这件珍品表面上看是女节公子的陪嫁，而实质上代表了匽国，展示的是匽国实力，展现的是匽国形象，表达的是匽国的诚意，维护的是匽国的尊严。”

我不禁对亢刮目相看。一个出身于氓的庖丁，经过自身不断的努力，受到召伯赏识破格任用，居然成长为一个颇具胆识才干的人。

在亢的极力劝说下，召伯迟疑着打开了漆椟。一轮明月霎时升起，满屋生辉，光彩耀眼。我终于明白，这么长时间没见到月儿，原来是被亢装进这个漂亮的漆椟里了。

当然这是不可能的。亢再有能耐也摘不下月儿。那么这个又大又圆、足有鸡卵大的奇异物件是什么呢？我使劲儿地想，拼命地回忆，终于，“大珍珠”三个字浮现脑海。是的，就是大珍珠，千真万确。我可以举出确凿的证据。首先，亢有个熟人，名叫样亚，东海夷人，以贩运海盐为生，兼而贩运其他海产品，自然包括珍珠、珊瑚之类奇珍异宝。其次，我亲眼所见亢将香茅一瓶、酒一坛、牛一头，价值九十朋贝的物品付与样亚。样亚十分满意，将一个我从未见过的物件交给了亢。同时为了感谢亢从中帮衬，样亚还给亢红色铜二钧作为回报。亢就用这些铜给自己去世的父亲铸鼎，让父亲分享儿子的成功与荣耀。再次，亢与样亚交易成功后，便带着样亚卖给他的奇异物件专门跑到集市，给它配了个漂亮的漆椟。一件本就奇异的物件因为漆椟的衬托更显珍贵，身价倍增。

二更时分，女节在克与旨的陪伴下回来了。召伯长长舒了口气。亢急忙将大珍珠捧给女节看。女节心情复杂地看看大珍珠，又看看父亲，眼泪便止不住地滴落下来，一颗、一颗，断线的珍珠一般。

旨不解地拉了拉女节的手，仰着脸问：“姑妹，你怎么哭了？是不是不喜欢祖父给你的大珍珠？如果真是这样，旨儿明日便给姑妹铸个鼎，这么宽，这么高，用一百钧金，你带到霸国去，让那傻子开开眼。”

“旨儿，不许乱说。你哪里有资格给姑妹铸鼎？”克呵斥旨。

“那就等我长大。反正给姑妹的陪嫁鼎朕是铸定了。”旨执拗地说。

“好，那姑妹就等着。早晚铸成，你就给姑妹送到霸国去。”女节飞快地拭去脸上的泪水，打起精神，和旨儿说笑着。她不想再让父亲伤心。他有他的无奈，更有他的辛酸与不易。事情既已成定局，无法更改，那便想开点。人活在这个世上，毕竟不是只为自己而活。何况自己一个的让步牺牲，可以换来匽国一时，甚至是长久的和平安宁，那也是值了。

“父亲，这么大的珍珠想必极其珍贵吧？我想随身带着它，就像带着月亮，走到哪里都不怕黑。”女节极力掩饰着内心的痛苦，绽露出一丝笑意安慰父亲。

召伯自然懂得女儿的心思，心痛难禁，却不想让她看出，便故作轻松地挥了挥手，以示同意，然后装作困倦的样子，进了里间。

婚期到来。女节盛装新娘的样子真是好看。我一眼不眨地盯着她看，像极了那个因痴而傻的霸国公子仲霜，当然，这样的目光远不止我和仲霜，还有王戈和举攸。但他俩的区别却是十分明显，举攸就是纯粹的渴慕垂涎和求之不得的遗憾，而王戈却是伤痛，本就阴郁的目光更加阴冷，还有深深的绝望。

召伯破例没有为女儿送行。他把所有一切交给克料理后，就一个人出了国，谁也不知他去了哪里。后来，我才听亢对行人伯矩说，召伯不愿经历与女儿的生离死别，就躲到山上去了。可是后来他还是没忍住，站在女儿经过的高岗上，远远地目送着送亲队伍消失不见，直至把自己站成一棵苍老的树。

第六章　皇皇者华

清　　庙

清庙果然冷清，每年除了几次庆典祭祀，大多数时间都是庙门关闭。偶尔开一下，也是闪出一道缝儿，仅供守庙人侧身出入。

香火点燃了死寂。伯邑被自己的脚步声惊扰，尽管他现在只是一团气，一缕魂，一个灵，可在清庙，他依然能听到自己的声息。呼吸、咳嗽、叹气、放屁……伯邑不禁羞惭，急忙夹紧两股，唯恐释放出让人感觉不悦的气味。但已来不及，一股强大的气流从体内喷薄而出，轰然炸响，几欲将他本体掀翻在地。伯邑惊慌失色，急忙回头张望，一切如故。曾祖古公亶父、伯祖父太伯、仲庸、祖父季历、父亲姬昌等众先祖安之若素，仍在闭目养神，毫无反应。伯邑松了口气，才想起，自己不食五谷已数十年，岂会产生那些不洁之物？那股气流无非是风从自己体内经过而已。

想到五谷，伯邑不禁叹息。在周原，不食五谷是件多么让人悲哀的事啊。就拿眼下来说吧，遍地的麦子已开始泛黄，四野弥散着让人馋涎欲滴的清香。鸰鹏喈鸣，斯螽动股，蜩螗发声，莎鸡振羽……它们都铆足了劲儿，要与周人分享丰收的喜悦。而他却只能与列祖列宗坐在这里的神龛上，日复一日，年复一年……

是时候出去走走了，再这样一动不动地坐下去，恐那一缕清魂也要消散了。伯邑不再犹豫，抬脚向殿外走去。他要走出这阴暗的殿堂，走出这死寂的清庙。这么多年，与先人们一起被供奉在这里，物化成一块木牌，接受着香火的熏燎、牺牲的冷嘲。往复循环，了无生趣，看不到尽头，看不到希望，让人生无可恋……怎么会作此浮想？自己早已不属人类了，哪里还有人生之说？既无生，便无死，他早已丧失了死的能力与权利。无生无死，无情无趣，可他偏偏还有望有欲，有心有爱……伯邑叹口气，苦笑着摇摇头，伸手去推殿门。那是两扇厚重死沉的老木门，皮肤皴裂，朱漆斑驳，轻推，不动，用力再推，便吱吱呀呀地喊疼。

伯邑吓了一跳，急忙收手。正好一阵秋风经过，见伯邑可怜巴巴的样子，于心不忍，就顺手拉了他一把。伯邑借力，从门缝中顺利钻出，跟着风，一溜烟似的逃往旷野，游荡在粟菽飘香的周原上空。

从没见过如此辽阔壮美的周原。伯邑有些怀疑自己的眼睛，便往低处降了降。周原依然动人心魄的美，不仅色彩更加明艳，而且还有了扑鼻的香气。那是土地的气息，庄稼的味道，它们伸出无数双温软的小手，将伯邑一点一点地往地上拉。此时，伯邑明显感到了自己的分量，心也随之踏实起来。他陶醉在这种感觉中，闭着眼，任由香气将他抚弄。

"阿母，我们何时能到?"一声稚嫩的童音，顿时折断了不绝如缕的香气。伯邑心里一动，从香气中挣脱，就近附身在一棵高大的棠棣树上。正是果实成熟的时节，满树的棠果挤在枝叶间，散发着清甜的气味。

伯邑忍不住想摘颗尝尝，却发现自己根本无法将棠果摘下，无奈只有用嘴直接去咬，结果却遭到了棠果无情地嘲弄。明明知道祖先根本不会享用人间的美味，却假模作样地在供桌摆上牺牲鲜果，可见子孙后代是多么的虚伪。伯邑恨恨地想着，悻悻地从树上跳下，被一只无形的大手牵着，朝镐京走去。

镐京早已不是当年的模样，三十年的时间，足以让它从容地走过幼年，进入壮年。伯邑绕着城墙根儿，走了一圈又一圈，却始终拿不定主意由哪个门进城。此刻，由于吸纳了庄稼的香气、那对母子的生气，伯邑已有了人的特质，可以控制自己的身体，可以双足踏地而行，不必一直像浮萍那样飘在空中。漂泊的感觉实在难受，还是行走大地身心踏实。但这样做的代价是，他必须付出比做人更多的辛苦。

眼见天色渐晚，伯邑不敢再犹豫，随着一支人困马乏、像是远道而来的队伍进城。

一辆老旧的两乘小戎车走在队伍前面。感觉有些眼熟，伯邑就赶了上去打量。反正谁也看不到自己，听不见自己，他想怎么做都不会引起任何的反应。

伯邑紧走两步，走到车前，轻轻一跳便跳上了车，背对车夫而坐，探首向车内张望。光线黯淡，朦胧中浮现出一张似曾相识的面孔。伯邑快速在记忆中搜索这张面孔，结果让他大吃一惊。奭，你为何把发须染成雪白？谁在你额头刻出道道皱纹？你可记得我？伯邑惊喜万分，心疼地去抚奭的白发、额头的皱纹。

奭若有所知，睁开眼四下望了望。当发现身边并无一物时，便又闭目憩息。一路上跋山涉水风餐露宿让他疲惫不堪，可是他又不能停下来歇息，哪怕一天都不行。发病情严重，晚到一步，便有见不到他的可能。为了不让这种可能发生，奭已是连续月余没有睡过囫囵觉了。

伯邑并不知情，只以为奭年纪大了昏聩嗜睡，将他忘得一干二净，心下便有些伤心失落，欲起身离去。可镐京城深屋多，母亲不知住在何处，没有奭的引领，仅凭自己，恐是找寻不到母亲的。

罢罢罢，还是不和他讲究，跟着他走吧。既然一上来便与他不期而遇，相信也是上天的安排。伯邑宽慰着自己，打定了主意。

人马入城，早有人前来接引。奭没有下车，直接被寺人引入内宫。旦到宫门口迎接，他看上去忧心忡忡，憔悴不堪。尽管如此，伯邑的心情还是激动的。无论是长相气质，还是才干能力，旦和母亲都极其接近相似。这大概是母亲对旦极为偏爱的重要原因吧。伯邑的心酸酸的，但转念一想，又觉得不应该。自己离开的这些年，如果不是旦和诸弟对母亲的慰藉，母亲也许就撑不下去了。想到这儿，伯邑的心胸一下开顺了，对旦也充满了感激之情。

旦拉着奭的手匆匆进入殿内。伯邑紧跟其后。这时，太阳早已下山，一弯冷月挂在天边。屋内人影幢幢，却分不清谁是谁。寺人们垂手而立，屏息敛气，偶尔走动，也是蹑手蹑脚，不敢发出一点声响。

伯邑甚是惊异，明知自己问了也是白问，却还是忍不住问了声为何不掌灯？照旧没人应答。伯邑不禁懊恼，正想寻了地方坐下，旦说话了："王兄，奭兄回来了。"

一声咳嗽，紧接着又一声。一阵剧烈的咳嗽过后，一个虚弱的声音说，快，到我跟前来，让我看看你。灯烛瞬时点亮，寺人们退下，大殿立即空旷起来，只剩下发、奭、旦兄弟三个，相对无言，愁容满面。当然，还有伯邑，但他自知自己是虚设之人。

"年余未见，王兄何以成这般模样？"奭近前，坐在发的榻边，握着发的手，双目含泪。

伯邑心里一阵难过，为发，更为自己。曾经那么健壮的一个人，如今病入膏肓，成了一截朽木；曾经自己是诸弟的核心，如今却成了局外人。他失落而羡慕地旁观着三位弟弟嘘寒问暖，倾听着奭的讲述，揣测着旦的心思，感受着发的振奋。最后，还是旦出于对发的身体的考虑，委婉地提出结束三兄弟会谈。一向坦荡不拘小节的奭，经旦一提示，也意识到自己忽视了发的身体状况，抱歉地对发笑笑，就要起身离去。发拉着他的手，不愿松开。奭安慰发，说他不会远离，只是刚刚回京，把一些事安顿一下就来陪伴他。发这才松手。奭起身向外走去，旦紧随其后，伯邑看出旦有话要对奭说，就也跟了出来。

出了殿门，旦小声问奭可是去为发缪卜。奭点点头，旦说不可。奭不解，问为何？旦说奭长途跋涉，身心俱疲，不宜劳动，应多歇息，恢复元神，才可精神饱满地与列祖对话。奭感激旦的体贴，但还是坚持要去。旦见拦阻不住，便实话实说，称发此次病得蹊跷，不似以往，是以，常规的缪卜问不出个所以然，还惊动了先祖，反为不美。

奭疑惑地望望旦，又回头望望淹没在夜中的大殿，犹豫着往外走。旦仍然紧跟，似乎有某种担心。

长巷尽头，奭与旦道别，各自回家。然而没走几步，奭就停了下来，让旦留步，他有话说。旦不得不站住，回身接受奭的问询。

"王兄此番病重，蹊跷在何处？"

"毫无征兆，说病就病倒了。"

“这也正常，俗话病来如山倒，突发病疾也是常有的。”

“奭兄有所不知，王兄病前，我曾得到先人的喻示，欲召王兄前去侍奉先王。”

伯邑在旁听见，不觉一愣，先人？是哪位？清庙里连自己在内，也就六位，从没听他们说起过要召发回去。姬周初建，百业待兴，他们怎会此时要召回发？如果不是这五位，难道是尧帝？还是大禹王？

“祖宗的喻示自然不敢违背，可祖宗也得体谅下子孙的苦衷。我这就去求告祖宗，让我替王兄前去侍奉他们。”奭说着便向清庙方向走去。

旦疾走上前，拉住奭，态度坚决地说：“若为质，也当是我，岂可让奭兄受累？”

“一个姬字掰不开，我为兄，此事非我莫属。”

“可我与王兄一母同胞啊！”

奭一时无语。

伯邑也没料到旦会这样说。他的理解是，旦要让奭明白，不管你多么功高权重，不管发多么倚重你，关键时刻，他们才是亲兄弟，而你，仍然是个外人。

伯邑以为奭会生气，不料他沉吟了片刻，便恢复了常态，满怀感激地对旦说：“王兄有你这位好兄弟，还有什么可忧虑的？既如此，你在祷告时，就让我陪祭吧。”

“那倒不必。我只设三坛，告祝三王，一人足矣。”

伯邑心里一惊。奭也甚为不解，问旦，古公、太伯、仲庸、伯邑考该如何交代。

旦叹了口气，望着满天繁星，无奈地说：“我只有祈求他们的谅解了。”

奭不再说什么，许多事，根本无法用对错去判断。

伯邑的心一点点变凉，他知道这里正将他淡忘，包括母亲。河那边的人终归要到河这边来，前赴后继，络绎不绝，越来越多。让他们悉数永远记住已过河的人，实在是件麻烦事。淡忘是人之常情，铭记倒显得过于刻意和不真实了。该记住的记住，该忘记的忘记，对彼此都是一种解脱，释然。

那就不再去打扰母亲了，她的负担已够沉重。伯邑长出一口气，将土地里庄稼的香气、那对母子的生气以及对母亲兄弟的眷恋之情，统统呼出。身体又恢复到虚无，他随风升腾到镐京上空，最后看了一眼早已与他无关的一切，飘然而去。

清庙浮现在眼前，伯邑心里一暖，轻轻落地，像之前偷偷溜出一样，蹑手蹑脚地回到他的牌位。

骍　骍

骍骍最怕的是被挂在墙上。可是，自去年朝歌回来，它就一直被挂在墙上。刚开始，它还能保持原有的生命状态，甚至是饱满、昂扬。然而没有了那双强有力的臂膀和箭的搭档，在岁月面前，它只能任其羞辱。红漆的外衣被一点点剥落，紧绷的弓弦渐渐松弛。尘埃也来趁火打劫，聚落在它的身上，将它的尊严荣光践踏得片甲不留。

如果上天赋予我行动的自主，我必触地自毁，绝不做这王宫中的摆设，骍骍激愤地想。然而每当这时，对面病榻上的发便会发出痛苦的呻吟。看到那么健壮强大的一个人，在时光面前依然束手无策，饱受病魔的欺凌而毫无还手之力，骍骍的心里便会得到一些平衡，激愤的情绪也就随之慢慢地偃旗息鼓了。

这么说，不是因为骍骍心胸狭隘，相反它很有自知之明。它比谁都清楚，自己不过是一张弓。在世人眼中，它没有生命，没有知觉，就是一根木棍和牛筋被强行绑在一起。如果非要说与众不同的话，那就是它是一张红漆的漂亮彤弓，常被王者姬发握在手中，斜背在肩上，跟着他东荡西杀，南征北战，几乎成为他身体的一部分。这也直接导致姬发病了，骍骍也得跟着病；姬发长期卧床不起，它也得长期被挂在墙上。

上天保佑，让主人好起来吧！随着时间一天天过去，骍骍对形势也有了较为明确的判断，开始为姬发祈祷，期盼他早日病愈。

终于，这一刻来到。

那是个午后，姬发服过药，疼痛被暂时压制。倦意袭来，他难得地打了哈欠。王姜知他困倦，需小睡一会儿，便让众人暂时退去，只留两个寺人侍候。

此时，奭和旦都在。见发好不容易有了睡意，也就赶紧随着王姜往外走。然而，还没出门，发就醒了，喊着他们的名字，不让他们离开。

王姜心情复杂地看看奭，又看看旦，什么也没说，拉着诵走了。发极力将头侧向朝门一方，目送着妻儿的背影，眼泪抑制不住地流了下来。

看到这一幕，骍骍的心揪成了一团。如果有眼睛，它一定让泪水流成一条渭水。可是，奭和旦似乎很平静，两人彼此望了一眼，用目光交流着什么。然后，等发恢复平静，闭上眼睡安稳，旦便轻手轻脚地往外走。这时，奭好像想起了什么，轻咳了一声。旦机警地回头，奭指了指西墙。骍骍敏锐地意识到，奭指的正是自己。果然，旦又轻手轻脚地转身往西墙走来，站在骍骍面前凝望了一会儿，便伸手去取它。骍骍一阵激动，终于可以摆脱被挂在墙上的命运了。

由于身上积了厚厚的灰尘，骍骍感觉有些不好意思，又担心污染了旦的手，神态便显得有些扭捏生硬。可是旦并不在意这些，取下它，直接用衣袖拭干净，抱在怀中，与奭互相点点头，快步向外走去。

宫室外，早有旦的专用小戎车等候。旦抱着骍骍登车，还没坐稳，便催御车的携仆速速赶车。骍骍看到，携仆的腰背立时紧绷起来，直直的，像根木桩。一深一浅的两匹驾车的红马，在这根木桩的指挥下，昂首奋蹄，脚下生风，拉着小戎车，一路飞奔。

到了郊社，旦脱去身上所有的衣服，去冠解发，斜挎骍骍于肩。然后北面而立，戴璧秉圭，向三王祷告，为姬发祛灾祈福。

伏在旦的身上，骍骍依然感到寒意透骨。在史祝的祷告声中，旦的牙齿控制不住地磕碰，咯咯作响。身子也随之瑟瑟发抖，并渐渐冰凉僵硬。骍骍不觉担心起来，不知旦能否完成这繁缛冗长的仪式，也不知道三王是否能洞见他的诚意。

终于，祝祷暂告一段落，卜人进行灼龟。随着一声细微清脆的炸裂声，兆显。

旦颤抖着声音问卜人是何兆。卜人木然地说是吉兆，看多了人间悲欢，参透了生命的本质，卜人对吉凶已无感觉。

“再卜。”旦神情一振。

卜人再卜。仍为吉。

“再卜！”旦提高声音。

卜人再卜。依然是吉。

如此三次，皆为吉。

旦长出一口气，五体投地，跪谢三王。

骍骍被他压在身下，动弹不得，呼吸困难。它尽量忍受着，以为旦叩谢过三王便会起身。然而，过了许久，仍不见旦的动静。直到有人来扶，骍骍才意识到旦是昏死过去了。

慌乱中，旦被抬上小戎车，有人帮他掐人中，有人为他穿衣衫，还有人将骍骍取下，随意放在地上。

“快把它捡起给我。”旦闭着眼有气无力地说。

携仆自不敢怠慢，将骍骍交还旦。旦仍将它抱在怀中，命车夫速载他回宫。

小戎车飞驰而去。直到此时，骍骍才明白过来，此番它随旦郊祭，是代表王而来。这将是它终生的荣耀。

天将亮，东方的天空祥云缭绕。骍骍从未看到过如此美丽的天空，它出神地仰望着、体验着难得的美妙感觉。然而，随着旦进入车内，这一切的美好都被隔断，它不得不在温软舒适的怀抱中，陷入一片黑暗。

车子忽然停了下来，有人在车外问卜兆结果，听声音是奭。骍骍眼前的黑暗被他这声问询驱散。

“吉，大吉！三卜皆为吉！”旦激动地答道。说着，便要下车。

“不必下车，我们这就去看王兄。”

旦重新回归座位，奭骑马与车并行。

“旦弟辛苦了！”奭满怀感激地说。

“分内之事，应该的。奭兄为我在此等候一夜，也辛苦了。”

奭笑笑没有说什么。后来，骍骍才知道，他何止是在此等候一夜，而是在旦动身不久，他也紧跟而来。对发的安危，他也许更上心。但是为了尊重旦的意见，他选择了退避，只在心里祈求先祖的保佑，让发尽快好起来。

卯时，骍骍一行回到宫城。远远地，传来杂沓的脚步声。骍骍心里一紧，莫非发不在了？与此同时，旦也不由坐直了身子，神情紧张地朝外张望。奭扭头看了看他，二人加快速度向内宫奔去。

刚进门，迎面碰见太姒。“你们去哪里了？怎么这时候才来？”一上来，太姒就责怪。

“去郊外……”奭答道。

“怎么还有闲心去郊外？”太姒不耐烦地打断了奭的话。

“发生什么事了吗？母亲。”旦急忙追问。

“发病好了，我的儿病好了。”太姒边说边快步往里走。

旦与奭相视一笑，紧随太姒之后。

发果然好了，正沐浴在深秋的阳光里。卧病大半载，他看上去极度虚弱。脸色苍白，身形消瘦，像落在床榻上的一片秋叶，风一吹就能吹走。可是他的精神很好，与妻儿说说笑笑，还抱过次子、三岁的虞，放于膝上逗弄。

虞“咯咯”地笑，诵依在父亲的腿边，羡慕地望着。王姜从宫人手中接过刚熬好的参汤，一边用羹匙扬，一边用嘴轻轻地吹，然后走到发跟前，弯腰喂发喝。虞好奇地盯着汤碗看，看着看着就流出了馋涎，就忍不住用手去抓。王姜急忙躲闪，把汤洒在发的身上，溅得脸上都是。

这一幕，刚好被太姒看到。

“王姜，你是何居心？要害我儿么？”

“我若想害他，他早就不在人世了。”王姜冷冷地说。

“说得好听，我儿病愈好像是你的功劳？”太姒狠狠瞪了王姜一眼。

“不是朕的功劳，也不是太姒的功劳。”王姜的嘴角浮出一丝嘲讽的笑意。

看到母亲与祖母争吵，诵胆怯地躲在父亲身后，虞“哇哇”大哭。

旦见状，急忙上前扶太姒坐下，说："母亲偏心，只关心王兄，也不问问旦渴不渴，饿不饿。"

太姒的注意力果然被旦转移，心疼地抚摸着旦的脸，说："气色比往日憔悴许多，难道昨晚没睡好？"

趁此机会，奭将诵拉到身边安抚，王姜也将汤碗放下，从发的膝上抱过虞。虞立刻停止了哭闹，诵也恢复了平静，太姒的脸色渐渐缓和下来，母性的光亮驱散了她内心的阴冷。她起身，走到发跟前，拉起儿子的手，端详着，摩挲着，心疼地直掉泪。

发眼眶红着，嘴唇翕动。此时此刻，他真想在母亲的怀中大哭一场。可是，哭也是一种能力，发自小就缺乏这种能力，尤其长大后，这种能力就丧失殆尽了。没有哭的能力的发，所有的感受只能往心里憋，久而久之，凝固成石，重重地压在他的心上，任谁都无法移动搬开。

"予小子患病这段时间，让母亲担心了，予小子愧为人子。"发低着头，不敢看太姒的脸。

"儿子说哪里话？只要你好起来，就是对母亲最好的报答。"想起一直以来对发的冷漠严厉，太姒心里一阵愧疚，扭过脸，悄悄地抹泪。

母子情深，看到这一幕，骍骍忍不住感动。此时，它还被旦背在背上，父母兄长，家事国事，纷纷扰扰，让他忘记了骍骍的存在。

诵依然是少年心性，大人们的吵嚷与他无关，他的目光只往奇怪的地方盯。当看见旦衣衫不整，蓬头垢面，背着一张彤弓时，不觉好笑，躲在奭的身后，独自"嗤嗤"地偷笑。奭惊觉，回头用目光阻止他。他并不看奭，又跑到王姜跟前，拉了拉虞的手，指给虞看。虞看了，并不认为好笑，只觉着怪异，由怪异又感到莫名的恐惧，竟然向王姜指了指旦，撇撇嘴哭了起来。

王姜话里有话地说："虞儿莫怕，四叔背上的彤弓是父王的，自家的物件有何可怕的。"

旦听王姜这么说，恍然醒悟，急忙将骍骍取下交给发。发摆摆手，大度而伤感地说："旦弟若喜欢就拿去吧，朕也用不着了。"

奭见发对旦取走彤弓的真相有些误解，便赶紧替旦辩解："旦弟取此彤弓是为王兄祈祷，并非自用。"

"君奭无须多说，谁做的事谁心里清楚，他人如何知晓？"王姜对奭的话并不以为然。自前时行贿被拒，她便对奭有了看法。

"王姜，要说就把话说清楚，朕不喜吞吞吐吐。"太姒冷笑道。

"母亲，别和她一般见识。"发见母亲要发怒，急忙替王姜掩挡。

毕竟是成年的儿子，又是身居极位的王，一向强势霸道的太姒便趁势而下，算是给了发一个面子。但她又心有不甘，转而向奭，让他把刚才的话说完。奭便如实说了昨晚旦郊外设坛祭祀，祈求先王保佑发早日康复一事。至于旦的祝词，因不在现场，不知其详细内容，奭也就没说。

太姒喜形于色。在深感意外的同时，也对旦的智谋大加赞赏，故意问道："旦，奭所说可是实情？"

"奭兄所言属实。"旦转而向发道："郊祭回来的路上，我又查看了卜书，皆是吉象。王兄大可放心，你没有灾祸。且朕又接到三王之命，他们命你要把周室天下放在心上，别让疾病分心。"

"可见是先王显灵，不然我儿今日怎可大愈？"太姒激动地说。

"可是我和我的母亲也是时时祈祷啊，先王难道只听四叔，不听我们的？"诵冷不丁插话。

"哪里论到小子你说话？实在没有规矩。"太姒斥责诵道。她一向不喜欢诵，尽管他是她嫡亲的长孙。

"诵儿的话也有几分道理，正是亲人们的齐心协力，王兄的病才会大愈。"奭适时说道。王姜心里一动，看奭的眼神便不再那么怨怼。

太姒也不愿与一个晚辈纠缠，便转移话题道："我儿大病初愈，不可过度操劳，以后有事就让旦替你分担一些吧？"

"那是自然，一直以来奭和旦都是我的左膀右臂。"发向奭和旦招招手，示意他们近前。两人走上前，发拉起旦的手，又看看太姒的脸色，宣布道："从即日起，任命旦为大环，宫室一切事务皆交付与他。”

太姒面露喜色。

接着，发又拉起奭的手说：“周室的天下你立下大功，以后还得仰仗兄弟了。来，把朕的彤弓赐予君奭。”

太姒不悦。

王姜表情复杂。

萚兮

看到比自己年少许多的姬发溘然而逝，老榆树悲伤地摇落了最后一片叶子。人类白发人送黑发人的哀伤，在它和姬发之间上演。

就在不久前，发和他的妻儿老小还团聚在老榆树身下，庆贺自己病愈。老榆树清晰地记得，当时，发将自己的彤弓赐予奭，还封旦为大环。太姒、王姜各怀心事，但一家人看上去还算和睦。发还望着开始落叶的老榆树，有感而发，吟唱起《萚兮》：

萚兮萚兮，风其吹汝。叔兮伯兮，倡予和汝。

萚兮萚兮，风其漂汝。叔兮伯兮，倡予要汝。

发的歌声并不动听，更因大病初愈，身体孱弱，底气不足，唱得断断续续。老榆树必须聚精会神，高度专注，停止所有枝叶的小动作才能听得清。它听出了发的心声和愿望，那就是家庭和睦，兄弟团结，国家兴旺，天下太平。当然，那些围着他的人更能领会他的意思，并努力营造出相应的气氛。那一刻，老榆树都被感染了，忍不住掉泪，在树下铺上一层金黄，权作王宫中华丽的地毯。

然而，让它始料未及的是，随着自己的黄叶越来越多，秋风越来越肆虐，发竟然旧疾复发，于一个寒冷的深夜，熄灭了他的生命之灯。此时，老榆树才醒悟过来，发吟唱《萚兮》，是其生命的回光返照。也就是说，他的生命已到最后时刻，病愈只是一种假象。而《萚兮》冥冥中充当了他的遗愿，或者是一种征兆。

老榆树抖落了所有黄叶，向发致哀，送行。

发的离去，最痛苦的自然是王姜。她素衣素冠，隐约如当年的子画，抱着冷冰冰的发，唤一声，哭一阵。守灵三天，哭了三天。泪水哭干，哀痛却丝毫不减。诵心疼而胆怯地望着母亲，本能地想去帮助她，保护她。可除了无声地陪伴，他的年龄与阅历，让他无法想出其他更好的办法。

旦失望地仰天长叹。那天在郊外，明明三王已答应不让发去侍奉了，怎么又反悔了？

奭看出旦的心思，走到他身边，以商议发的丧事来转移他的困惑。

鲜得到消息，日夜兼程、如丧考妣地赶了回来。其实，真丧了考妣，他未必会跑得这么快。当然，这是普通的考妣，如果考妣身居高位，那就另当别论了。跻身在诸弟之间，鲜用一双鹰隼般的眼睛捕捉着每一个眼神，每一个细微的动作。

太姒的头发在惊闻发去世噩耗的第二天全部变白。她没有哭，只走到发的身边，俯身端详着他的脸，又拉起他的手，放在自己的脸颊上温暖。可发毫无反应，且越来越冰冷僵硬，太姒便失了耐心。她一向是个缺乏耐心的人，尤其是由雒姒晋升为太姒后，她的急躁变本加厉。见拉着发的手半天，发无动于衷，她便将他一把甩开，坐到发平日所坐床榻上，对着一屋的人说，既然先王让他去侍奉，他不能不去。诸位与其坐在这里哀恸，不如替他考虑考虑他身后的这许多事情。

太姒的话，所有人都心知肚明。她所说的"他身后的这许多事情"其实只有一样，那就是尽快确定出王位继承人。姬发病重，曾召集众人商议过立储之事。但均因太姒、王姜的争持不下，而不得不不了了之，一拖再拖，以至最终没有定论。按姬发真实的意思，刚刚打下的江山，必得雄才大略的至贤至能之人方可委以重任。他的身边是有这样的人选的。而他最为中意的便是奭和旦，其次是高。至于三叔鲜，他也曾考虑，但终因其性急躁、心胸狭隘被排除考虑人选之外。然而，自己毕竟是一位父亲，面对诵期待而忧郁的眼神和王姜不绝于耳的絮叨，发不由把目光从诸弟身上向儿子身上转移。太姒敏锐察觉到发的变化，站在家天下的制高点，迫使发将重心向旦转移。为此，母子二人曾暴发了激烈的争吵。

"为何不能选择奭？"发问母亲。

“他不是我生的。”太姒直言不讳。

“可他也是太王的嫡亲子孙啊。”

“可这周朝的江山是从你父亲手上打下来的，我必须保证要在他的子孙手上传下去。”

“诵儿是父亲的嫡亲长孙，母亲为何不提他？”

“诵儿年纪尚幼，王位给他，也就是给了那个邑姜。”

“邑姜不是那样的人？”

“不是哪样的人？”

“这……”一向在母亲面前被压制的发无言以对，只有借剧烈的咳嗽中止了这场注定没有结果的谈话。

老榆树在窗外将这对母子的每一句话都听了进去。它对太姒的强悍有些反感，都一把年纪了，还不放手，还有那么多的欲望，还那么偏心。老榆树也承认旦是个有才干的人，可是奭也很贤能啊。公正地说，这大周的天下本该属于太伯一脉。如果没有当年太伯三让天下，出走奔吴，哪有什么王季之说？没有王季，又岂能有文王、武王？

可是太姒并不考虑这么多，许是她不知道，或是忘了。但在老榆树看来，她就是在装无知，或者是根本在刻意回避。总之，她的私心很重，不是老榆树所欣赏的人。老榆树欣赏王姜，不仅因为她的年轻，还因为她的坦诚，没有太深的心机，而这也正是她的缺点。如果把太姒放在她的位置上，诵早就是王储了。在这方面，王姜确实得向太姒多学学。

老榆树多想帮帮王姜，将发与太姒的谈话透露给她，增强她争取权利的胆量和信心。可它什么也做不到，只能望着王姜暗暗着急。结果事实证明，老榆树完全是瞎操心了，王姜根本不需要老榆树的帮助。尽管她不知发与太姒的这次对话，但她对同枕共眠了几十年的丈夫还是有把握的。他爱天下，也爱她，更爱他们的儿子。发生前之所以迟迟没有正式明确传位于诵，最大的顾虑是天下初定，而诵还未成年。可是不传位于诵，诵及母弟的未来将是什么……他不敢设想，因为能想到的多是他不愿看到的。

日夜守在窗外的老榆树最能体察到发的心情，它曾借助一场秋风的力量，将枝叶伸向窗口，使劲儿地摇晃，借机提醒发莫要犹豫，果断行事，明确诵的王储身份，断了那些形形色色的念头。可是发自始至终连看都不看老榆树一眼。老榆树则因出格的行动，惹得窗棂十分生气，后者扯着前者的胳膊尖叫抗议，差点为前者引来杀身之祸。此后，老榆树只得尽量收敛。不收敛又能如何？它不过就是一棵上了年纪的老树，能做的唯有春上多结些榆钱，夏天多投些荫凉，至于秋天的黄叶、冬天的枯枝，就全交给季节处置安排吧。老榆树很明智地选择了装聋作哑，回归到一棵老树该有的状态。可是，这时，姬发却殁了。从窗口传出的哭声让它一刻也不得安宁。尤其是太姒的做派更让它不屑。你若想让你的儿子旦继位明说就是了，何必拐弯抹角引导着让别人说？别人说中你的心事倒也罢了，如果说不对，你是否要砍了人家的头？

老榆树恶意地揣测着太姒，从窗口扫视着屋内。现场鸦雀无声，一片死寂。忽然，有人说话了。老榆树循声望去，不是他人，正是王姜。她拉着诵的手，母子二人，相互搀扶，一步一步走近太姒。

太姒始料未及，一时竟有些愣怔。待回过神，看清是王姜和诵时，不由勃然大怒，呵斥他们母子速速退回，莫要耽误了正事。

“何为正事？何为大事？何为家事？何为国事？”王姜逼视着太姒，咄咄发问。

老榆树第一次见王姜如此气势，大感意外的同时，心里暗暗叫好。不过，太姒可不是好对付的，你们母子可要当心啊。老榆树紧张地关注着事态发展。

“你是何人？这里还轮不到你说话。”太姒蔑视地嘲讽道。

“我是先王正妻王姜，这是先王的嫡长子姬诵。太姒不认得我倒也罢了，难道连自己的长孙都不认得了吗？可见是老糊涂了。”王姜步步紧逼。

“你这泼妇！我儿在时，我喊你一声王姜。我儿不在，你就还是你的邑姜。什么正妻？自己跑来的也敢妄称正妻么？”太姒狂笑。

王姜的脸由红变白，由白而青，浑身颤抖，摇摇欲倒。诵急忙扶住她，唤了声“母亲”。王姜立时恢复过来，稳定下情绪，冷笑道：“太姒难道不是自己跑来的吗？按你老人家的说法，我们都不是正妻。是不是都得改回原名，打回原形，你叫你的雒姒，我称我的邑姜？”

“放肆！来人，将这泼妇拖下去。”太姒怒不可遏，拍案而起。

鲜立即跳了出来。

“慢，不可！”几乎同时，奭和旦站起身。

鲜赶紧缩回手，看着太姒。诵趁机挡在母亲面前。

“旦，你也糊涂了吗？来人，把四叔请出去。”太姒一声召唤，立时进来四名虎贲，连推带劝，将旦带了出去。

“朕是否也要回避？”奭明知故问。

“那倒不必，朕还需君奭鼎力相助。”太姒换了种语气。

“太姒已有主意，何须朕多言？”

“这么说，君奭赞同朕的主意了？”

“朕何时说过赞同太姒想法的话？朕不想对太姒多言，是因为朕有自己的主意。”

所有的目光顿时投向奭，有惶惑，有忐忑，有期待。

“说来听听！”太姒紧张地望着奭。

“本来朕今天不想说与先王丧事无关的话，不料太姒如此迫切，朕也就不得不说了。”奭说着，走向诵，将他拉到自己身边。

太姒吃惊地瞪大眼，声音颤抖地问：“汝何意？”

“朕要拥立先王元子姬诵为王！”奭大声宣布。

全场哗然，随即陷入死寂。所有人都直起身子，屏息敛气，盯着奭，目不转睛。

太姒惊得跌坐回椅榻，两手颤颤，一手扶着榻扶，一手指着奭，想说什么，却久久说不出话。

老榆树解气地笑了起来。以枝为鞭，借力西风，呼啸着，抽打开阴霾沉沉的天空。

冬去春来。

老榆树一觉醒来，发现自己返老还童了。一身嫩绿的新衣，穿在身上神清气爽，精神饱满。就是皮肤发痒，比往年都痒得厉害。尤其那些新枝嫩丫，痒得挠心，痒得让它坐卧不宁，想叫想跳，但老榆树最终还是忍住了。一百多岁了，没这点定力，就愧对这个岁数了。

这天夜里，下了一阵雨。清凉的雨水洗却了老榆树的痒，它安安稳稳地睡着了。第二天早晨，一只红嘴蓝羽的雀吵醒了它。它睁开眼四下看看，发现自己又年轻了，身上挂满了指肚儿般的圆亮片，晶莹碧透，流光闪烁，微风吹过，哗啦啦地响，还一阵一阵地香。

诵站在树下，仰头张望。几日不见，他长大了。可不是嘛，他已经是王了。虽然父亲的丧期未满，还不能举行登基仪式，但谁也不敢不承认他这个王。因为在他的身后是召伯奭，那个像老榆树一样可以放心依靠的人。

太姒极度失望，却只能隐忍不发。好不容易等到发归葬周陵，丧事完毕，便迫不及待地去了雒邑，还强行带走了旦。她的打算是，先占住雒邑，养精蓄锐，等到能与奭抗衡时再回来，赶走他，废掉诵，扶旦上位。至于那个王姜，在长巷随便给她找间屋子，关进去，任其自生自灭吧。现在与奭硬碰硬，显然很不明智。不是说兵力上势均力敌，关键是人心所向。那天，当奭宣布拥立诵时，虽然碍于自己的颜面，现场没有出现欢呼，但太姒敏锐地捕捉到了众人的心思。他们是那么亢奋，那么如愿以偿，对发的尊崇，对诵的同情，让他们在内心深处早已认同了父终子继，而不是兄终弟及。

鲜和叔处、叔度最后离京。一路上，鲜想了很多，也许这是最好的选择。虽然奭彻底打碎了他的“兄终弟及”的美梦，但似乎太姒和旦输得比他更难看。因为自己一直在暗处，而他们母子张扬高调，志在必得，早已为天下所知。如今竟然收场，不知心里有多么难受？想到这儿，鲜居然笑了起来，只要旦即不了位，他姬鲜活得便不窝囊。

春去夏来。

老榆树却换上了一件厚实的绿衣衫，严严实实地罩在院子半空。那只红嘴蓝羽的雀走了,又来了一对黑背白腹的鹊夫妻。它们在老榆树的眼皮子底下成亲、恩爱、生儿育女,每天早出晚归,叽叽喳喳,过着简单快乐的日子。

诵依然少年心性,又性喜安静,听不得鹊儿们的聒噪,便取出父亲的彤弓,搭上一支不知从哪里得到的东夷竹箭,朝那只最吵的鹊射去。老榆树心有不忍,请风帮忙,使劲晃动着枝叶。鹊警觉,急飞而去。诵的箭歪斜着射进老榆树肩头,疼得它龇牙咧嘴,脱落了十几片叶子。

诵以为是他射落的,虽没射着鹊,这些纷纷扬扬的叶子也不失为一道风景。诵的兴趣再次被激发,举箭瞄向老榆树,寻找可射枝叶。老榆树紧张地闭上眼,绷紧身体,准备迎接那锋利的箭镞。

这时,奭来了。看看诵,又看看老榆树,不禁笑了起来。诵急忙收起弓箭,红了脸说,就是想试试父亲的彤弓是否堪用。

"自然堪用。弓身为上好的桑木斫制,又漆了红漆。再经你换了弦,力道比以前更强了。"奭接过诵手中的弓箭,望向高空。正好一只鹰飞过,奭举弓拉弦。只听"嗖"的一声,鹰便掉了下来。诵惊呼着捡起鹰,一脸崇拜地望着奭。

老榆树却心有戚戚,一只鹰,只是路过,又不碍你们的事,何必伤害它?难道就是为了展示你们的身手不凡吗?

听到奭的声音,王姜急忙从宫室走出。其实,她早就想去见奭商量诵登基大典之事宜。只是碍于发丧礼才毕,不好过于心急,才耐心地等待奭的决定。

"近日我们一起赴雒邑见太姒可好?"奭问王姜。

王姜一愣,不知如何作答。奭解释道:"新王登基,不是汝一人之事,更非朕一人之事。家国大事,非家人齐心参与方可。"

王姜听懂了奭的意思,也理解、赞成他的决定。毕竟太姒是发的生母,为儿孙殚精竭虑;毕竟旦是发的手足兄弟,如能争取他对诵的支持,大势可定,大事可成矣。不过,太姒会接纳她和诵吗?旦会答应回镐京吗?王姜顾虑重重。

奭看出王姜的忧虑,叹道:"你的心情朕可理解,但我等须以大局为重。为了周室天下，为了诵儿，冒再大的风险都值得。”

王姜迟疑着答应下来，转而劝说诵。

“我有君奭足矣，何苦再去求叔旦？”诵执拗地说。

“诵儿此言谬也！叔旦是你的至亲之人，也是你的坚实臂膀。他本至贤至孝之人，忠诚于周室，又不愿违背母亲，我等要理解他的处境更难。”奭耐心地劝说着诵。

“君奭不必多说，朕不会亲赴雒邑。叔旦愿回来就回来，不愿回来就罢了。”诵说着，头也不回地走了。

王姜无奈地说：“诵儿不去，朕也就不去了。他的身边不能没有人照顾。”

奭点点头，感觉肩上的责任更沉重了。

天子驾六

皇皇者华，于彼原隰。

收起兵戈，上天护佑，天下便是花的天下。

花一多，便霸道起来，无论是西方的镐京，还是东方的雒邑，愿不愿意，都被花强行连在了一起。

骥所在的圈场也被花侵占了，这让它感到莫名的惶恐和不安。作为一匹服马，骥需要的是车，是路，而不是这望不到边际、找不到出口的圈场。

骓也是一匹服马，和骥一起，驾车多年。此次被送到这里，它倒没有明显不适。吃草、饮水、睡觉，有兴致时，信步到水边，临水自照，孤芳自赏一番，日子过得有滋有味，一如从前。

骆和雒安静地卧在花丛中反刍。这对兄弟，一个白衣黑鬃，一个黑衣白鬃；一个温婉如处子，一个倜傥似公子。它们喜欢圈场的花，但更喜欢的还是这里的青草。此时，清甜的草汁让它们微醺，继而便睡意蒙眬，眼皮开始打架。打着打着，四汪秋水就合上了。

黑色战神骊追着驳跑来跑去。驳是匹漂亮的年轻成年母马，穿着一件黄赤的长衫，背部绣满了粉白的桃花，美得让人忘了它的本名，而以桃花称呼它。在这个牡马几乎一统天下的地方，驳是桃花，是天仙，是所有牡马的梦。

骥的目光被骊和驳吸引。准确地说，是被桃花驳所吸引。但它极力掩饰着，做出一副漫不经心的样子，径直朝骊走去，挡在骊跟前。骊一愣，不得不停下来。脾气暴烈的它正待发作，却发现骥似曾相识，气也就随之消了大半。骥趁机低头"咴咴"地柔声道歉，眼睛却斜着往旁边的驳身上瞅。与此同时，骊的记忆也被勾起。原来三年前，骊曾被派去与骥同驾一车，在一起不过几天，但骥还是给它留下了一些印象。

不分昼夜总是戴着两个白眼罩的鱼，无意间看见骥和骊在说悄悄话，駓在旁边专注地聆听，不由好奇心陡起，便喊了不远处的骇过来，一起去看热闹。骇最爱穿白色的靴子，不论配什么颜色的衣服都出眼，奔跑起来，腾云驾雪般。

骝一向自视清高，不合群，独来独往。黑鬃如丝的它，最见不得骍的俗气。其实骍的毛色还算上乘，华贵大气的红，和骝的色泽质地不相上下。关键是骍的鬃，红中泛黄，几乎与毛色无法区分。乱蓬蓬地堆在颈背上，毫无美感可言。这也是骝不屑与骍为伍，难同一个厩、难服一辆车的重要原因。有骍在的地方，骝能不去就不去，实在不可避免，就高昂着头，或者将头扭向一边，以示自己的态度。比如现在，骝见鱼和骇结伴同行，边走边啃着青草，怡然自得，神采飞扬，不禁有些眼馋，便想也跟上去。然而，一抬头，却看见骍正在前方等候鱼和骇，只得悻悻停下。但它又心有不甘，便走走停停，和它们保持着距离。

忽然，骝的臀部被谁拍了一巴掌。大惊，回头看，却是趣马。趣马不是马，是个管马的人。他本高大壮实，手劲大，这一巴掌，拍得骝直想发怒。然而一想到趣马平日对自己还算优待，且相处多年，彼此熟悉，骝不怒反喜，朝着趣马打了个响鼻，算是问候。

“此马如何？可入驭夫法眼，可配天子车舆？”趣马得意地问。这时，骝才发现，趣马身后还有一人。此人应是趣马口中的驭夫了。骝曾听闻，为天子驾车的驭夫是个黑瘦的中年人，通马语，能与骐、骥、骊、骓各种马会话。当然只限于良马骏马，那些驽马老马，他看都不看一眼。

“体格毛色尚可，但恐脾性孤僻不合群。天子新车配六骏，既均至关重要。”驭夫挑剔地说。

“那就到前边再看看。”趣马引导着驭夫向骥、骊它们走去。

骝悄悄跟着，寻找摆脱性格孤僻嫌疑的时机。为天子驾车，一个千载难逢的机遇，是良马，都不会轻易放弃。

趣马、驭夫的到来，让骐、骥、骝、骓、骊、駓、骆、雒、骇、鱼、骍等恍然大悟。原来被圈养在这里，是要为天子驾六做准备。骥不禁有些激动，驾车是它的本行，但它从未为天子驾过车，何况是六驾之车。骓的心情和骥一样，激动而充满期待。战神骊则忧心忡忡，习惯了冲锋陷阵，如入无人之境，实在无法想象为天子驾车会是什么情景。駓倒无所谓，选上就去，选不上就不去，很简单的事情。骆、雒也不当回事，只是在一边看着，有一口没一口地啃着青草。骇、鱼、骍本来对自己充满信心，可是一看到骝那身高贵华丽的红衣，便都有些不自信了。

现场气氛一时有些低落。骥便提议众骏讲讲各自经历，一来打发午后慵懒时光，二来和同伴作个对比，对能否入选，做到心中有数，以免到时猝不及防……

骝

"我先讲吧！"不等骥把话说完，骝就抢先讲了起来。

那年，我三岁，刚成年。第一次驾车，便是随召伯奭到雒邑请周公旦回镐京。

当时，我的个头已和我的母亲一般高。你们知道，我的母亲便是著名的如濡。体格健硕，身材修长，尤其那一身锦缎红衣，让所有看到它的目光发亮，更有一些嘴巴控制不住地流下唾涎。我为有这样美丽的母亲自豪。

其实，我和我的母亲的主人是王姜，而非召伯奭。奭的坐骑是白马皎皎。皎皎善长途跋涉，这么多年跟随奭从南到北，从西到东，走遍了天下，可它不会驾车。奭若乘车，就用骐和駰。骐长相还算上乘，駰就有点差强人意了。毛色非黑非白，灰不溜丢，从外表上看，实在难登大雅之堂。

本来奭并非注重外表的人，他更看重的是才干和品行。可是那次情况特殊，他就请王姜将我的母亲借他一用。王姜自然二话不说就答应了下来，奭本就是替她和她的儿子诵办事，她焉有不允之理？说到此，请诸位原谅，为了叙述方便，我就直呼我王其名了。反正他也听不到。

我的母亲到了召伯府上，受到了奭的优待。原来，他是请我的母亲以及骐驾车赴雒邑请旦回镐京辅佐刚刚继位的诵。奭本简朴低调之人，平素乘车两乘足矣。可这次为了显示诚意隆重，他特意安排骖乘之车。如此，我的母亲、骐以及黄便够用了。可是启程前，奭改变了主意，决定用驷乘。因为他代表的不仅是他自己，更是一代周王诵。可是一切准备就绪，出发在即，就像箭在弦上，上哪里再找一匹合适的骓驹。奭显得有些焦急。这一切都被前来送行的王姜看在眼里，她便命人火速将我带到了母亲身边。奭看到我的一瞬间，神情一振，目光晶亮，恨不得立时便赐我金络脑。可是当他得知我只有三岁时，目光立刻黯淡下来，犹豫不决。王姜劝他勿要顾虑，说我已经成年，且是和母亲在一起，不会有什么闪失的。奭这才同意为我套辕。我在母亲的左边，骐在母亲的右边，骐的右边是黄，也是一匹骓驹。

我们驾着一辆华美的大辂车上路了。这辆车也是奭为了显示诚意特意造的，与他平时所乘的车有天壤之别。当然，天是这辆驷乘之车，他的那辆小戎车，充其量就是个代步工具，是壤。

我清楚地记得，当时正是现在这个季节，气候适宜，到处都在开花。虽然我是匹小牡马，可我照样喜欢花，这让行程变得愉快而不漫长。千里之遥，三天多点我们就走了下来。一路顺利，如期赶到雒邑。远远地看到暮色中的城墙时，我激动地叫了起来。母亲也显得很是兴奋，尽管此前它随王姜来过雒邑，可它依然对这个东方之国、天下之中充满好感。骐和黄也是第一次来，惊奇同样在它们的瞳孔跳跃。

然而，奭却显得心事沉重，因为我们还没走近城门便被守军拦了下来。幸好守军首领认识奭，没有为难我们，但他却对于放我们进城却十分为难。说是太姒有令，只要是来自镐京的人马车辆必须严查，不许轻易放行，有违者，就地斩杀。

奭理解守军首领的苦衷，只让他如实禀报太姒，我们就在城外等候，结果一等便等了个通宵。直到第二天近午时，守军首领才慌慌张张地来见我们，说是派去禀报太姒的人才回来，他昨晚也是在夏宫外候了一夜，才得到太姒准许的口谕。

奭如释重负，长出一口气，笑道：没将朕拒之门外就好，朕在这城外等一宿也值了。

雒邑的街道似乎比镐京更宽阔，但人也多。我们不得不放慢脚步，小心翼翼地踏着小碎步。趁机，我可稍稍地斜视一下，看看街边人家墙头探出的苕花。不怕诸位笑话，我还是第一次见到苕花。其时，我并不知苕花之名，是后来听王姜说的。前因是，我们从雒邑返回时，奭见夏宫苕花开得正欢，便向太姒讨要了一些，带回镐京。我当时还颇感惊讶，想不到奭那样一个东征西杀的人喜爱花草。结果，是我想错了。奭把苕花送给了王姜，称是太姒所赠，让王姜栽植在庭院中，驱除些寒凉清寂之气。王姜并不接受，正好诵来了，见苕花其叶青青，花朵鲜艳，便问王姜是何花。王姜沉吟着告诉了他。正好被我听见，我就记下了。至于王姜是否如实告诉了诵苕花的来源，诵是何态度，我就不得而知了。

不过，这并不重要，重要的是我们已到了夏宫。所谓夏宫，不过是武王伐纣后，命奭营建的行营。一个四方大院，坐北朝南。主要建筑有北部的堂，南边的室，东、西两旁的房。居中是个大庭院，庭院东、西、南三边连廊。再往外，四围便是生土夯筑的墙。虽然由于受当时条件所限，整个院落还有许多需要完善的地方，但基本规模已形成，再加上太姒入住后又进行了一番修饰，看上去倒也高大气派，不失王者尊严。

太姒站在正殿檐下，正用怨毒的目光盯着我们看。在她的身后、脚边、头顶，到处开满了苕花，花团锦簇，温馨热烈，与她的表情形成强烈对比。

我们在宫人的引导下，准确地停在了应该停的地方。奭从车上下来，朝着太姒躬身施礼。

“哈哈哈哈，你还敢来见我？”太姒一阵阴冷的狂笑，让我头皮发麻。我不安地踢踏着，打响鼻，想以此减缓内心的不安。母亲及时阻止了我，并严密监督着我。

我强迫自己镇定下来，学着母亲的样子，静观事态变化。

“朕如何不敢来见太姒？难道还怕太姒杀了朕不成？”奭一边说着，一边向太姒走去。

“你还真以为我不敢杀你？来人——”太姒一声令下，立刻走出十几名执戟虎贲，将奭围于其中。

奭不得不停下脚步，但仍然一副波澜不惊的样子，他仰头看了看太姒身后的宫室叹道：“太姒住在这里，实在是委屈你了。”

“你以为这样说，朕就会放了你吗？”

“放不放全由太姒。不过，朕想提醒太姒一下，住在这样的地方极不安全。”

“你想威胁朕吗？是的，朕不过四个师，远不及你和王姜的兵力。可朕不怕你们，有能耐你们就杀了朕。”

“没有人要杀太姒，也没人能杀得了太姒。如今的周室，谁杀谁都是和先王过不去，和天下过不去。”

太姒的目光亮了亮，但随即又咄咄逼人起来：“和天下过不去的是你们。扶持那样一个小儿为王，难道不是把我大周往深渊里推吗？”

“这也是朕来见太姒的初衷。”

“请朕回去吗？”

“正是。”

“你以为我会相信你的话吗？”

“太姒一直信任朕，这次依然要相信。”

太姒犹豫了，挥手示意执戟虎贲退去。但她眼中的刀仍寒光凛凛。我有点不耐烦了，想去打掉她眼中的刀。母亲旋即察觉了我的心事，赶紧低头小声安抚我。我恃宠而骄，任性地头一仰，试图挣脱缰绳的束缚。母亲有些生气，踢脚阻拦。它一动，整个车驾都跟着动。虽然动静不大，但还是惊动了太姒。她一步一步向我们走来。

我赶紧安静下来，一眼不眨地看着太姒，心里做好了被她责骂甚至抽打的准备。谁知，太姒不怒反喜，站在我身边，一个劲儿地夸我。之后，又对我的母亲大加赞扬了一番。她说她认得我的母亲，也曾想把它从王姜手中要过来。但由于众所共知的原因，她没有向王姜开口，怕开口被拒有碍颜面，更怕恶化紧张的婆媳关系。"还是召伯面子大，竟能用得动它。"太姒不无嫉妒地说。

"是王姜特意送给朕，用于迎接太姒回镐京的。"奭不失时机道。

"一匹马就想哄我回京？"太姒不屑地说。

"朕是诚心实意来请太姒回京，岂敢有半分欺心？"

"朕不怀疑你的诚心，朕就是不愿回去。"

"那就让旦随朕回去。"

"旦也不能回去。"

"周室需要太姒，天下安稳更需要太姒。朕恳求太姒看在儿孙的面上，回镐京，扶我有周渡过难关。"

"诵让出王位，立旦为王，我便回去。"

"除了王位，其他尽可商量。"

"除了王位，其他免谈。"太姒拂袖而去。

我们不得不离开夏宫。这时，天色已不早，奭只得带着大伙投宿馆驿。雒邑本为殷商大邑，人口众多，贸易发达，馆驿条件相对优越。那天晚上，我们吃的草料也比较可口，还有种不同于镐京的清甜味道，所以我就多吃了些，然后就慢慢地反刍回味。不知不觉到了后半夜，门外忽然灯笼火把脚步杂沓。我惊觉地站起身，睁大眼看着大门。与此同时，奭也来到了院中。驿役开了门，进来七八个人，为首的我认识，诸位能猜出是谁吗？没错，此人便是旦。没有见过世面的我，不由一阵紧张，担心太姒又生什么心思，派旦来抓捕我们回去。如果事情不幸被我猜中，等待我们的会是什么结果，我不敢往下想。这时，母亲起来了，骐、黄也都起来了，它们精神抖擞，整装待发。都说马有灵性，通人性，母亲它们已经预知到了即将发生的事情。果然，时候不大，驭夫便来了，唤我们出槽，给我们套辕，然后请奭和旦登车，趁着夜色，出雒邑，一路向西，直奔镐京。

鱼

我曾因为长相怪异而自卑，一匹有着旋风速度的黑马，却因天生戴着一副鱼形白眼罩而被人唤作鱼。尽管见多识广的前辈安慰我说，鱼就是龙，龙也是马，鱼和马本为一物。龙有三态：在地上是马，在水里是鱼，只有在天上，龙才是龙。

这个说法听上去冠冕堂皇，让固执倔强得像头驴的我，一时不禁心动，稍稍生出些自信。可是，一回头，便又撞见人类和同类的指指点点，刚刚对鱼产生的那点好感也就随之土崩瓦解荡然无存了。自卑重新回到心上，压得我抬不起头。为此，我曾遭到趣马的训斥，甚至是毒打。趣马最是狗眼看马低，任你是良马、骁马、骏马、千里驹，没有得到权贵的赏识，你就只能是畜生。一旦你成为王公坐骑，甚至是天子宠物，哪怕你耳聋眼瞎秃头瘸腿，他也会把你当成宝贝，恨不得搂到怀里亲上几口。当然，别说是驽马、劣马了，就是一般的马，想进入王宫也是不可能的。我之所以这样说趣马，实在对这个势利之徒深恶痛绝。

尽管我受尽趣马的虐待，可我就是无法把头高高昂起，直到那天遇到诵。当时，我和十几匹骁马一字排开站在诵面前，接受这位少年天子的相看挑选。我习惯性地想低头，却被缰绳勒得动弹不得。无奈，我只有学着其他的马，竭力做出昂首挺胸、不亢不卑的样子。诵自东而西相看。我被排在最西端，最后一个。这是趣马有意的安排。前面那十几匹骐骥骓骊，随便一匹，都比我出眼，被选中的可能性都比我大。也就是说，根本轮不到我，诵就可能有了意中马。实质上，我就是个陪衬。想到这儿，不由鼻头发酸，泪在眼眶里打转，怕它掉出来，就赶紧闭了眼。

“就它了！”忽然响起少年欣喜的惊呼声。我一惊，睁开眼，看见诵站在我面前，正目光晶亮地看着我。我羞惭地要低头，怕诵看清我的鱼形眼罩而嫌弃我。可是，细瘦如竹的少年，手倒有劲儿，一把托起我的下颌，像相看美人一般，仔细地将我打量。

他问我的名字。趣马说叫鱼，边说还边摸了摸我的眼罩，毫无保留地解释我名字的来由。我心里一凉，已经做好了被嫌弃的准备。然而，出乎意料，诵听了趣马的介绍，竟开心地笑了起来，直夸我的名字好听，还说我戴个鱼形眼罩更显与众不同。

就这样，我被诵选中，成了他的坐骑。自此，我不再自卑，显得十分气宇轩昂，跑得也比以前快了许多。如果说以前的速度是旋风，那么跟了诵，受到他的赏识后，我的速度就是飓风。不过，这是我暗自测试出的速度。平日里，由于王姜管得严，诵和我相处的机会较少。偶尔有一次，我也是体谅诵身体单薄、年纪小、一直生活在宫室而不敢放开跑，充其量只是大步快走而已。

真正跑起来，跑出我的速度，跑出我的水平，是在诵十三岁被拥立为王那年。也是这个季节，我陪诵，不，应是我王。自此开始，我要改口，不再一口一个诵地叫，而是要恭敬地称他为我王。虽然他年纪小，和我一般大。虽然他是未成年，而我已成年，但我还是要用尊称。彼此尊重，方可长久。

接着前边的话说。那年，也就是史书记载的成王元年，我陪我王，跟着王姜，出镐京，至郊野，迎接即将从雒邑归来的奭。不过，据我所知，迎接奭是借口，是浅层次的原因。王姜和我王的真正目的是想尽早探听到旦的消息，这是一件关系到我王命运和大周天下的大事。按说，有奭辅佐，我王完全可以安心地做他的王。可是奭毕竟与我王隔了层关系，不是直系嫡亲，不能传达先王们的旨意。而旦却是三王之后、武王之弟，与我王一脉相承，从血缘上看，情同父子，况且他的身后是强大的太姒。所以无论从哪方面看，只有旦和太姒的承认，我王的王位才合法，才是代代相传。

哎，人类真是一种复杂的动物，哪像我们马，以才能论英雄，谁有本事谁就是首领，简单、公平，从来没有尔虞我诈，钩心斗角。生活在马的社会，实在是幸运、幸福。

我好像有些跑题。哦，是跑题了。不过那天，王姜和我王也一而再，再而三地跑题。原本定在郊外迎候，结果等了一天没等着，我王便提议再往前走走。我自然是喜欢走了，便载着我王循着平坦宽阔的官道，心情愉快地往前走。不知不觉，走出了二三十里。王姜追上来，让我们停下。停下就停下，反正气候宜人，也宜马，到处是鲜嫩的草，随便啃两口就是美味佳肴。

可是等了两天，依然不见个人影。王姜也沉不住气了，对我王说，那就到函谷关吧。路上如能遇见便罢，如果遇不见，就在函谷关等候。那里有营有哨，也能刺探情报。如有情况，可进可退，以逸待劳。

我王听了，如得赦令，抱着我的脖子，俯在我耳边说，鱼，你能否拿出你的真本事？

按说，我是听不懂我王的话的，可是不知为何，不管我王说什么，我都能领会他的意思。

我动了动耳，甩了甩尾，算是对我王的回应，然后就风驰电掣地奔跑起来。刚开始，我王还有些害怕，死死地拽着缰绳，勒得我鼻子生疼。慢慢地，他就适应了，身子可以随着我的节奏起伏，我们在感受合拍带来愉悦的同时，也享受到了速度的美妙。

函谷关到了。由于一路上马不停蹄、人不歇鞍，我和我王都累极了，标准的人仰马乏。那是个黄昏，守关阪徒见突然来了一个少年，骑着一匹鱼，诧异的同时，也敏锐地捕捉到了不同寻常的气息。他从未见过我王，也想象不到我王会独自来函谷关。但他却是个识马的人，见我气度不凡，竟然是一匹世所罕见的鱼，便推测我王非等闲之辈。可究竟是什么人，他一时也摸不着头脑。

我王见阪徒愣怔，不由得意，便命他开门放栅，让我们出关。阪徒习惯性地服从命令，转身就走。可是没走几步，又停了下来，回过头问我王：来者何人？

我王凝起眉头，不耐烦地呵斥他，让他莫要啰唆，速去开门。阪徒挺了挺胸，提高声音再问我王来者何人？

我王急躁了。他平时看上去文文弱弱的，脾气一上来，就像换了个人。满脸通红，额头的青筋一跳一跳的，连气息也跟着粗重起来。他“嗖”地拔出腰间轻吕，向阪徒刺去。

“诵儿，住手！”随着一声断喝，一辆驷乘辂车停在跟前。

“君奭，朕可等到你了。”诵惊喜地叫道。

车帷掀开，奭从里面探出身子，朝我王笑笑。我王的怒气顿时烟消雾散，抬腿从我的背上跳下，跑向大辂车。

“君奭去了一月有余，朕和母亲半月前就到郊野迎候，结果一迎再迎，就迎到了这函谷关。”

“这么说王姜也来了？”

“母亲车马浩荡，被朕落在后边了。”我王得意地回头看看，眼角的余光却只往大辂车上扫，然后，期待地问奭：“事情进展如何？叔旦回来了吗？”

“这就看你了。你诚心让他回来，他便回来；你若勉强，他便不回来。你也知道，叔旦多才多艺，是个能娱神通神、未卜先知的人。”

“唉！刚开始，我确实想不开。这些日子，想想你教导的那些话，加之母亲的劝说，我也就想开了。朕的父亲早早离开了朕，朕所能凭依的只有君奭和叔旦了。”

“既如此，你将如何相待叔旦？”

“朕将视他为父。”

我王动情地说着。这时，我看见车帷晃动。起初以为是风所致，可抬头望了望树叶，一动不动。继而，又隐约听见车内有唏嘘声。我好奇地向前走了几步，刚走到我王身边，便听见有人在车内喊诵儿，紧接着一个瘦削的男子从车上跳了下来。我一惊，急忙向后退了一步。我王也是一脸惊诧，好一阵才反应过来，嗫嚅着唤了声“叔旦”。

原来此人便是世人口中多才多艺的旦。我瞪大眼睛打量着他。他似乎也感触到了我的目光，瞟了我一眼。我赶紧低头，可是已来不及，他用一种尽量委婉但不容置疑的语气对我王说，让我王将我弃用。

我王惊讶地张大了嘴，就像刚见到他时那样。一路上在我的带动下，好不容易积攒起来的一点欢喜被旦一句话打得粉碎。眉宇间，少年的朝气被阴郁驱赶，渐渐地，两条卧蚕样的眉毛又拧成了疙瘩。

“为何?”我王不解，更不甘心，他极力克制着自己，从嘴唇间挤出两个字。

“此马眼部有白。”旦指着我的脸说。

“正是眼部之白，才让它与众不同。朕喜欢。”我王辩解。

“殷人尚白，周人尚红。你还是换匹赤马为好。”

“可朕看见许多人骑白马。”

“可你是王。”

“可它不过是匹鱼，并非白马。”

“黑身白眼的鱼更为不祥。”旦提高了声音，严厉地盯着我王。我王胆怯地低下了头，飞快地抹了下眼泪。

我愤怒了，说我长相怪异倒也罢了，居然说我不祥。看着我王难过委屈的样子，再看看左右为难的奭，我下定了决心。我抬头四下看了看，东边关门已闭，南北两山夹峙，只有来路是个出口。我拿定主意，走近我王，用嘴轻轻蹭了蹭他的衣襟，算是对他的安慰，也是与他告别。我王用手摸了摸我的眼睛，冰凉的手，一下刺激到了我的泪腺，我忍不住流出了眼泪。但我及时控制住了自己的情绪，望着落日，奔腾而去。所有人猝不及防，当反应过来要来追赶我时，我已消失在苍茫的暮色中。途中，与王姜的车队相遇，王姜惊呼，那不是鱼么?怎么不见诵儿?快，快拦住它。可是，谁也拦不住我，我贴着王姜的车舆，像一阵黑色飓风一样横扫过去，一往无前。

落日在我腾起的尘土飞扬中咽气，夜色铺天盖地袭来，我的怨气依然冲天，撺掇着我无法停下脚步。星出来了，月也出来了，它们试图说服我，可我谁都不服。人类带给我的屈辱，必须由人类负责。伤痛在胸中熊熊燃烧，烧沸了血液，烧干了汗液，我陷入无边的黑暗，陷入无边的绝望，我迷路了，被那条宽阔的大河拦在一片沼泽地里。

冷风提刀夜行，从我身边经过，残忍地照着我的身子就是一刀。我一惊，急忙站起，挣扎着朝河边走去。河水昼夜不眠，尽力为我冲洗满身的泥垢。我水淋淋地站在黎明前的黑暗中，望着鱼肚白的天空，确定着下一步前进的方向。我不知道我要到哪里去，又能去哪里，不过潜意识告诉我，溯流而上，只要不渡河，也许就能到想去该去的地方。

太阳升起来了，我就跟着它走；太阳回家了，我就在荒野随便将就一夜。就这样，一天又一天，我竟奇迹般地回到了镐京。

其时，已是六月，天气已十分炎热。我一大早动身，四处转悠，打算寻找一个草木茂盛、既可食草又能隐身的地方度过这难熬的日子。无意间，来到了祖庙附近。祖庙一向冷清，不知为何，这天十分热闹。大红的凤鸟旗帜像朵红云，笼罩在祖庙上空。牺牲贡品的香气浓烈扑鼻。乐声或悠扬或刚健，夹杂着史祝的唱祷，汇成一条奇妙的河流，流淌在我的身边。我忍不住向祖庙靠近，到了不能再近的距离，才停了下来。正好旁边有个土丘，长满了灌木杂草，我便隐蔽其中，居高临下，将祖庙内的一切尽收眼底。

太阳越升越高，气温随之往上爬，汗水开始探头探脑。这时，突然一声巨响，吓了我一大跳。还没待我反应过来，又是一响。我头顶的鸟雀，惊惶失措，乱作一团。紧接着第三响，地动山摇，惊心动魄。我极力稳定着怦怦直跳的心脏，循声望去，发现巨响来自神庙。

随着三声巨响落地，一个冠冕堂皇、红鞋红衣、黄朱色蔽膝的男子从祖庙走出，径直向正门走来。我伸长脖子，瞪大眼睛看着，越看越觉着走在前边的几个人眼熟。我冒着被发现的危险，往前又走了走，这下，可以清楚地看到人脸了。我仔细地打量着他们，结果惊讶得差点跌坐在地。诸位，你们能猜出我见到了谁么？是的，是我王！他在众人的簇拥下，正一步步走上神坛，告天、告地、告先人，成为上天之子——天子。

此刻，我多想走到我王面前，恭贺他荣登大宝。可是，那里边怎么会有我的立足之地？我不过是一匹鱼，天子隆重的登基仪式上根本不需要我出现。

我叹息着收回不切实际的幻想，继续窥探仪式的进行。

天子走到应门内停了下来。这时，奭和旦与侯、甸、男、卫等王公大臣，东、西方诸侯早已等在应门之外。奭和旦皆着黑衣，穿红鞋，束发戴弁、大红敝膝。其他人与他俩大同小异，区别仅在于礼服上所绣图案花纹的不同。

见天子驾到，奭率西方诸侯进入应门左侧，旦率东方诸侯进入应门右侧，有序列于天子两边。紧接着，奭和旦出列，走到天子面前相互揖拜，然后同时转身，面向天子躬身拜揖。天子挥手回礼，二人归位。

接下来，诸侯进献贡品。赞采(古祭祀时，臣帮君主拿着币帛等祭物)按照事先排好的顺序，依次传唤。唤到谁，谁便出列，向天子奉献贡品，然后朝拜叩头。天子依礼致谢，并升位答拜。

天气炎热，又穿着厚重的礼服，天子不堪其重，脸色燥红，额头上渗出了密麻的汗珠。可是，仪式远远不到结束的时候。按照旦制定的程序，天子升位后，他和奭还要率领众臣再拜叩头。

我不禁佩服起旦的细致缜密来。为了显示天子的威严，他彻夜不眠，从礼服的颜色款式、大典的步骤到天子的言行、大臣诸侯的礼数，都逐一作了明确的规定，繁缛冗长，有条不紊。

终于，诸侯进献环节结束。奭和旦再次同时从队列中走出，互相作揖后，正式向天子颂祝贺词。你们知道，我并不能识文断字，也听不懂人类那些艰涩高深的辞，可是那天，如有神助，我忽然通了人性，将他们的颂辞听得一清二楚。颂辞是旦事先拟好的，由史祝唱读。史祝的声音洪亮高亢，犹如洪钟，在我的耳朵里横冲直撞：

> 敢敬告天子，皇天改大邦殷之命，唯周文武诞受羑若，克恤西土，毕协赏罚，戡定厥功，用敷遗后人休。今王敬之哉！张惶六师，无坏我高祖寡命。

虽然每个字我都听得清清楚楚，可是我无法领会其中的意思。直到前些日子，我才慢慢品味出来，这段颂辞用我们的话说，就是：恭敬地禀告天子，英明的上天剥夺了大邦殷的天命，将福祚赐予我地文、武先王。因为先王能够安定西方，赏罚分明，成就功业，把上天的恩泽广施天下和我们的后人。如今，你继承王位，一定要敬慎，管好王朝的六师，莫要败坏先王留下的大命。

天子照例要答复。他说的话一如平日，大致意思是，他十分感谢各位公侯的拥护。他之所以能受以天命，成为天之骄子，全凭忠贞不渝的大臣，还有像熊罴一样勇武的将士。他会以先君文王、武王为榜样，天下为公，仁厚慈爱，不滥施刑罚，致力仁政，让周王的光辉普照天下。

天子话音刚落，现场便响起山呼海啸般的欢呼。此时，已是正午时分。祖庙内没有一片绿荫，人们完全暴露在阳光直射之下。汗水浸透礼服，干了湿，湿了干，留下道道盐渍。

我暗暗替年少的天子捏把汗，怕他支撑不下来。现在，仪式终于要结束了，我不由松口气。然而，就在这时，旦又站了出来，以天子长辈及摄政者的身份，开始对天子进行训导：上天眷顾我大周，把天下交给先王。如今，你继承先王基业，荣登天子之位，朕与诸叔希望你以王室为重，祭祀先王，尊重诸叔，莫使我大周受到任何羞辱……

天子唯诺，渐渐地只剩下了点头，最后连头也不点了。目光呆滞，脸色发白，身子晃了晃，便晕了过去。

骇

一路上，鲜不停地用鞭子抽我，把我右胯的皮都抽开了，浸出的血水被风吹干，又被汗水浸开，钻心地疼。可是，我不能喊疼，更不能因为疼影响我的速度。那样，会招致更猛烈的鞭抽，会更疼。但疼并不可怕，可怕的是伤口撕裂，血水会顺着我的右腿往下淌，弄污我的白鞋袜。

我有两双白鞋袜，出生时从娘胎里带的。我的祖母告诉我，这两双白鞋袜是我的翅膀，是上天恩赐给我的四朵白云。不管是翅膀还是云朵，都是我制胜的法宝。我一出生，便注定因为速度而与众不同。

我爱惜我的白鞋袜，从不涉足污秽肮脏的地方。当然，战场除外。记得牧野之战，血流漂杵，我和骓、騜、骊，驾着战车，所向披靡，从无数的尸体上踏过，飞溅的血污把的眼睛都染红了，何况我的白鞋袜？

不过庆幸的是，我的白鞋袜质地上乘，没有什么物事能污染了的。以至十多年来，我根本不用换洗。事实上，也换洗不了。

至于我为何成了鲜的坐骑，我也说不清楚。反正牧野之战后，他就相中了我，费尽周折把我调到了他的麾下。刚开始给他驾车，后来他说驾车可惜了，就让我给他当坐骑。

没有了车驾的拖累，我跑起来更快了，四蹄生风，腾云驾雾般。于是他们就送我个雅号“踏云”。

鲜脾气暴戾、乖张，但对我却一向和善。不仅待遇优渥，还受到他的爱惜与尊重。这也是他发疯地抽打我，而我一直极力克制忍耐的原因之一。另一个原因，也是深层次的原因，是他在天子登基仪式上受到冷落，心情极度郁闷，又无处发泄，才出现这种状况的。

众所周知，鲜在兄弟中排行三，先武王排行二。按“兄终弟及”传统，先武王去世，鲜是顺理成章的王位继承人。可是，偏偏跳出个奭，极力保举世子诵。这让鲜很是恼火失望，可他对奭也是无可奈何。正好，太姒是个权欲熏心的人，又对四子旦偏爱，不择手段要立旦为王。鲜感觉这是个机会，便欲假借太姒之手，抗衡奭，进而打击扼制王姜，绞杀她凭子为贵、晋身太姜的梦想。谁知王姜也是个心思缜密、滴水不漏之人，竟让鲜从她身上打不开一个缺口。无奈只有听天由命，任由奭把孺子诵扶上了王位。

侄子为王，叔鲜咬咬牙也就认了。换回自己，也是能传子便不传弟，人之天性本能，无可厚非。所以，侄子的登基大典他还是不远千里地回到了镐京，感受作为王室一员的尊崇荣耀。虽然王位的诱惑仍然让他倍受煎熬，但冷静下来想一想，总算还能让他想开，最让他不能忍受的是登基大典上旦的突出与高调。本来，应该是鲜与奭夹辅天子登位的，结果被旦取代。鲜不禁怒火中烧，可是他又有什么办法？只有失意离京，一路狂奔，以抽打我发泄内心的痛苦。

我别无所能，只有拼命奔跑，我愿用我的血汗、伤痛，甚至是生命减缓主人的痛苦。可是，我的体力也是有限，连续跑了三百多里后，便跑不快了。鲜变本加厉地抽打我，右手困了换左手，清脆的鞭声响彻旷野。可是，我真的跑不动了，我的白鞋袜已被血染红了，我悲鸣着停了下来。正好身临悬崖，那一刻我真想跳下去，与鲜同归于尽。

大概是被风吹醒了头脑，鲜意识到了眼前的危险，急忙从我的背上跳下，顺势扔掉了手中的皮鞭。夕阳如血，将我们困在血泊之中。我静静地伫立着，一动不动，像尊雕塑。鲜摸了摸我的脸，又蹲下身观察我的腿脚，当发现我的白鞋袜变成红鞋袜时，他愧疚地垂下了头。我一阵心酸，泪水模糊了我的双眼。

在接下来的路程中，鲜不再骑马，而是坐在了车中。我则一瘸一拐地跟在车后。车走得很慢，似是鲜有意对我的照顾。而事实上，他也如霜打一般，无精打采地歪斜在车内，犹如一堆会呼吸的肉。

回到邶邑后，鲜一直深居简出，很长一段时间没有召唤驱使我。我的伤渐渐愈合，体力也完全恢复，脚上的白鞋袜焕然一新。

天气开始转凉，又到了一年添置军需装备的季节。鲜派人前往镐京申领。申领人迟迟不归，鲜急得团团转。眼看霜降就要到了，数千兵士依然穿着夏衣，在寒风中瑟瑟发抖，鲜不得不决定亲自去镐京一趟。尽管心中的伤痛还在隐隐作痛，可为了安全度过这个冬天，他别无选择。

那是一个大风天气，遍野枯草，黄叶漫天。鲜阴沉着脸，耷拉着头，一言不发，任由我载着他往前走。

出邑，向西，再向南，经过一道山梁，鲜要出恭，我们便停了下来。他寻了一丛茅草，钻了进去。我在不远处一边耐心地等他，一边向前方张望。一队人马出现在视野。莫非申领军需的人回来了？我心头一喜，朝着鲜所在的草丛“咴咴”地叫了两声。鲜不耐烦地说了声“去”，便又继续埋头做他的事情。这时，有个随从侍卫也看到了这队人马，立即跑去向鲜禀报。鲜立刻从草丛中走了出来，瞪大眼睛观望着。人马越走越近，果然是个运载粮草的车队。不过，为首的不是鲜派往镐京的人，而是殷侯武庚。

鲜的目光顿时黯淡下来。

“三叔，何故见了朕不悦？”武庚下马，与鲜打招呼。

“非是见你不悦，实乃烦事压心，以致闷闷不乐。”

“无非是些过冬物资罢了。三叔不必烦恼，朕给你送来了。”

鲜吃惊地看着武庚，又望望阴沉欲雪的天，犹豫不决。虽然从个人私情上来看，武庚送物资帮助过冬在情理之中，毕竟他们还有那么点血缘关系。可是现在，他们分别代表的是各自的国家，是监管与被监管的关系。此前，明里暗里，鲜已接受武庚不少的财宝，包括珍贵的贝锦，但那充其量是些小物件。如今，这可是足够数千兵士过冬的大批军需物资，一旦接受，势必授武庚以把柄，以后监管起来可就没有充足的底气了。

“多谢殷侯，如此重礼，鲜断不能收。”

“就算是朕借你的。严冬难熬，多备些物资总没错。”

“不必，朕这就去镐京申领，不日即回，不会让兵士受冻。”

“三叔真乃仁义之人，朕佩服之至。既如此，朕就不打扰三叔了。”武庚说着，调转马头。

这时，又一队人马出现。随即便有兵士来报，说是派去镐京申领军需的人回来了。

鲜喜出望外，开怀大笑。

武庚向鲜道贺。可是，在我看来，他的笑容那么虚伪，甚至是阴险毒辣。

不一时，车队走近。望着松松垮垮的十几车物资，鲜脸上的笑容僵住了。他问领队的驭夫，车上所载何物。驭夫说是为兵士配发的过冬衣物。鲜随手用剑刺开其中一包，露出里面花花绿绿的丝织物。鲜大惊，抓出一把，一看，原来是天子登基大典及平时告秋冬祭、祭祀天地祖先用剩的礼服。其中，有的已年久风化，别说挡风寒了，连穿都穿不到身上。

鲜大怒，将衣物摔在驭夫脸上。驭夫只是低着头，一言不发。鲜便揪着他的衣领，将他拎起，又一把摔在地上，逼问他这些物资是何人拨付。

“叔旦。”

“汝为何不去见君奭？”

“君奭说宫室事务皆由叔旦做主。”

“三监军需，怎能是宫室事务？我看这君奭也是老糊涂了。”

“不是君奭糊涂，实乃叔旦强势。一人把持朝政，连天子都得听他的话。”

“叔旦，你这是要置我于死地啊。”

武庚见机，又调转马头，挥手示意自己满载军需的车队开赴殷邑。

鲜犹豫再三，最终没能拒绝武庚。

武庚的脸上掠过一丝胜利者的微笑。

冬天说到就到。那年的雪特别多，一场跟着一场下，把整个邶邑盖得严严实实，憋闷压抑，透不过气。

我和同伴们被关在马厩里，每天就是吃料睡觉，无聊乏味得如同行尸走肉。

又一个黑夜降临，我习惯性地仰望夜空。有月的时候望月，有星的时候看星。无星无月的时候听风。即使无风无月无星，我也要仰望，作为一匹马，目光高远是保持昂扬气质的有效办法。比如这个夜晚，天空乌云密布，风也不敢轻举妄动，身边的同伴早已进入梦乡。可我仍不甘心，将脸贴在栅栏上，透过窄窄的缝隙，去寻觅、感受微弱的天光。

风用针刺我的眼睛，阴险狠毒，却不动声色。刚开始，我还忍耐着，慢慢地，我就坚持不住了。我打算移开眼睛，躲避风的伤害。这时，有两个人影出现在我的视野。蹑手蹑脚，鬼鬼祟祟，一看就知来路不正。我使劲闭了下眼，将风挤出，然后一眼不眨地盯着这两个幽灵似的影子。

幽灵一跳一跳地跳到了我跟前，我一惊，赶紧起身。这正中他们下怀。他们解开我的缰绳，一人在前，一人在后，连拉带推，将我往马厩外赶。虽然我不能确定这两个幽灵的身份，可我从他们身上散发出的气息以及进厩解缰动作的熟练程度上判断，他们应是和我同一阵营的，也许就是鲜派来的。因为鲜是个随意性很大的人，平时对我的驱使毫无规律可言，就连驭夫也不固定。高兴了就叫张三来唤我，不高兴了就叫李四来，以致我见了谁都会产生似曾相识的感觉，丧失了应有的敏锐警觉性。

我们神不知鬼不觉地出了马厩。其中一人拢住我的头，抱着我的脖子安抚我，另一人从怀里掏出事先备好的麻布片往我脚上裹。裹了一层又一层，厚实软绵，走在板结冰冻的路面上，抓地防滑，还没声响。他们想得可真周到，以前从没有人这样对待过我。

一股暖流从心底涌出，融化了我仅有的那点疑惑。我顺从地跟着他们走，以为是去执行一项特殊的任务。

大概走了两个时辰，天亮了，我才看清，牵我的那个人就是被鲜派往镐京申领军需的那个首领，名唤毳者。不久前，在邶邑城外遇武庚那次，我见过他。当时，他因失职被鲜差点杀死。后来，不知是何原因，鲜竟放过了他，也没追究他的责任，还让他担任原职。

既然鲜还信任他，那么他半夜三更把我从马厩提出，也就有情可原了。想到此，我的心宽慰了许多，脚步也轻快起来。

我们继续向前走，很快到了城门口。守门的兵士盘查我们，毳从腰间解下一个物件。是个系着红丝绳的玉佩，上面刻有凤鸟图案。我见过，鲜经常把它挂在腰间。守门兵士看了看，立即对毳肃然起敬。我们顺顺当当出了城门。

来到一个岔路口，我们停了下来。毳和他的同伙开始彷徨犹豫。毚说要回西岐，不管怎么说，西岐是他们的根。毚的同伙反驳毚，我们还敢回去吗？那不是自投罗网吗？毚说，我们隐姓埋名，让他们找不到我们。毚的同伙坚决不同意，坚持要去宋。毚断然否决。毚的同伙见说服不了毚，便要抢毚手中的缰绳。毚勃然大怒，打了他的同伙一个耳光。同伙被打蒙了，继而开始鼻涕一把泪一把地哭诉起来。

在他的哭诉中，我终于弄清了事情的来龙去脉。首先，我可以明确断定，毚和他的同伙将我带到这里，是一种可耻的偷盗行为。也就是说，我是被他们偷走的，成了一起不光彩事件中的赃物。其次，从这件事中，我无意获知了一个天大的秘密，那便是武庚馈赠给鲜的过冬物资，实际上是旦拨付的。只不过在路上，被早有预谋的武庚截获，威逼利诱下，策反了毚和他的同伙，然后以次充好，拿些用不着的旧丝烂麻，命毚装作是从镐京领回，潜藏于路，等待时机，与鲜偶遇。

由于毚的同伙是鲜的贴身近侍，又被武庚重贿收买，所以鲜的一举一动皆在武庚掌控之中。那天偶遇，便是他刺探到准确信息，然后传递给武庚。武庚便在半路上设计好圈套，一方面自己押送满载的军需物资路遇鲜，一方面命毚在附近潜藏，伺机而行。结果，武庚的骗局十分成功，不仅骗取了鲜的信任，还把鲜对旦的嫉妒彻底转化为仇恨。

我被这巨大的阴谋震惊得头昏脑涨，身体摇晃，四肢发软，如果不是身边一棵树拦挡了一下，我也许就滚落沟崖了。可是，那两个人根本就不在乎，他们仍在激烈地争吵。

“你这无情无义的小人！背叛主人，言而无信，就不怕天打五雷轰？”毚的同伙指着毚的鼻子咒骂。

“看我不撅了你的指头。”毚愤怒地去抓同伙的手。同伙赶紧将手缩回，顺势猛地推了毚一把。毚脚下一滑，摔倒在地，他暴跳如雷，翻身跳起，挥拳向同伙打去。同伙头一低，躲过毚的拳头，然后用头猛撞毚的腹部，毚猝不及防，被撞了个仰面朝天。同伙迅即扑压在毚的身上，毚奋力反抗，将同伙推开，又将同伙压在身下。

同伙再反抗，再将毳推开，再压其上。

就这样，两个大男人在冬天的旷野，以身为碾，以命相搏，上演着一出可笑可悲的闹剧。

我鄙夷地看了他们一眼，转身向来时路走去。然而就在这时，我忽然想起，还没探听出此二人盗窃我的目的。于是，又折了回来，正遇气喘吁吁追赶上来的毳和他的同伙。

毳一把拉住我的缰绳，惊魂甫定，便开始责骂同伙："差一点误了大事。此马一走，你我哪里也去不了。"

原来他们要潜逃。

"去不了就不去。"毳的同伙丧气地嘟囔。

"蠢货！要死你就回去吧，反正我是不会回去。"毳试图骑上我。

"你才是蠢货！放着好好的官不当，甘为武庚做走狗，落得个生不如死的下场。"同伙一边恶毒地回击，一边死死地拽着毳。

两人在撕扯中，白白地浪费着逃生的机会。

可是命运似乎对他们格外垂青。就在他们争持不下时，来了一队人马。为首的我认得是鲜手下的趣马。趣马亲自出马，完全是因为我的缘故。果然，一看见我，他便翻身下马，跑到我跟前，抱着我的脖子，长长地舒了口气，说："我们的命捡回来了。"

所有人都跟着欣慰地笑，一副如释重负的样子。

毳和他的同伙也跟着讪笑。

唯有我不想笑。

回去的路上，趣马问毳怎会和我在一起。毳说与他的同伙外出办事，不期碰到了我。

"这么说，骇是自己偷跑出来的。我就觉着它近来有些异常，仰头撅尾，缰绳被它挣断了好几次。果然，出事了。不过幸好遇到了你们二位，不然，我真的无法向叔鲜交代了。"趣马絮絮叨叨地说着。

我愤怒地尥了下蹄。趣马一惊，随即大笑："果然被我说中。看紧了，别让它又跑了。"

一阵风跑来，在我眼里揉进了沙粒。我再也控制不住，任由委屈悲愤的泪水悄然滑落。

骆与雒

我的名字叫骆。

我兄弟的名字叫雒。

音同，意却大不同。

我，通身雪白，黑鬃如丝；我兄弟，通身黑亮，白鬃如雪。

我性格开朗，风流倜傥；我兄弟内敛沉稳，孤傲冷峻。

我和我兄弟并无血缘关系，只因为长相不同，从小被人类刻意放在一处驯养。一黑一白，白中有黑，黑中有白，我和我兄弟并辔而行，总是比单独一个更引人注意，也因此被人们称为骏中之骏、骁中之骁。

我们的家乡在淇水之畔。我们的父母为帝辛拉过车，为妲己驾过辕。可是，我们并未目睹过这些。因为在我们记事前，周人便来了。帝辛自焚，妲己不知所终，朝歌不再是朝歌，成了邶邑。当年的太子武庚不得不纡尊降贵，转变身份成为殷侯。

庆幸的是，我和雒因为年纪小，生活并未受到多大影响。我们依然跟着武庚，住在桐宫。如果非要说有什么影响的话，那就是桐宫的名字换成了殷侯府，殷侯府里的人失去了桐宫里人的自由与洒脱。

刚开始，我并不知觉，直到有一天，驭夫习惯性地唤我兄弟雒，遭到武庚阻止呵斥时，我才感到变天了。当时，我和我兄弟正在马厩外散步，那个黑黑胖胖的趣马粗声大气地先唤了我的名字，紧接着又唤我兄弟的名字。他唤我时，用的是浊声，嗓音沉闷后挫；唤我兄弟时，他则用清声，平缓轻柔，尾音上挑，十分悦耳动听。这让我多少有些嫉妒，便装作没听见，不去理睬趣马。雒自然懂得我的这点小心思，便配合着我，看都不看趣马一眼。趣马提高声音再唤，我们不得不抬起头朝他看看，但还是一动不动。趣马有点生气，黑着脸向我们走来。我一看势头不对，扭头就跑，雒也跟着跑。趣马不得不缓和下神态，用一种温和得近似于谄媚的语调骆骆雒雒地唤着。

这时，武庚突然出现，拍了下趣马的肩膀。趣马猝不及防，一个骆字未出口，又咽不回去，以致将嘴唇撮成了个鸡屁眼，看着十分滑稽可笑。

武庚忍不住笑了。但只一下，便收了回去，用他一贯阴冷的语气叮嘱趣马，让他到了周人那里，千万不要再叫我和雒的名字，尤其是雒，与太姒重名，以免引起一些不必要的反感和麻烦。

“那我就叫它们小白、小黑好了。”趣马自作聪明地说。

武庚皱皱眉，径直走到我和雒身边，摸摸我们的鬃发，沉吟道：“小白、小黑何如如丝、如濡？黑鬃者如丝，白鬃者如濡。”

趣马狠命地点头，一迭声地说：“记下了，记下了。”

就这样，我和雒各自有了新名字，并由此开启了新的生活。

天气热得火冒三丈。武庚抬起头，眯着眼望了望天空，嘟囔了一句，倏地钻进车内，再也不肯露头。为他驾车的是一匹青骐和一匹乌骓。两年前，他出入是驷乘，除了这两匹骐、骓，还有一匹骃和一匹騜。如今，驷乘换两乘，大辂换小辂，作为骈马的骃和騜便下了辕，偶尔和骐、骓轮流替换一次，做回服马。

我和雒跟在车后，默默地忍受着酷暑和武庚的坏脾气。我们不知道要到哪里去，只是跟着车一路向南，再向南。

终于，车子停了下来。武庚问为何停车，驭夫回答东监管叔府到了。武庚这才从车内钻出，驭夫急忙从车上跳下，四肢着地，蜷缩成脚踏，供武庚踩着下车。驭夫又黑又瘦，武庚身高体胖，我真担心他一脚踩断驭夫的脊梁。雒和我一样心情，我们不约而将头扭向一边，不敢目睹那惨烈一幕。

但事实证明，我们实在是多虑了。驭夫不仅没被武庚踩断脊梁，反而动作更灵活了。像条犬尾一样，尾随着武庚进了管叔家的大门。

我和骓在门外等候。直到此时，我们还不知道武庚让我们跟着他来这里的用意。大热天，几百里路，难道就是让我们跑着炫耀，为他装门面？

大概过了半个时辰，武庚从管叔家出来，身边多了个人高马大、着周式服饰的中年男子。从武庚卑躬屈膝的样子上判断，此人定是管叔鲜。

出来大门，武庚紧走几步，把我和骓从车后牵出，拉到中年男子跟前。中年男子的眼立即瞪得溜圆。这让我不由想看骓的后胯，它那里挂着的两颗圆物，与这中年男子瞪大的眼十分相似。

“这两匹驹子可入得了管叔之眼。”武庚满脸堆笑地问中年男子。

果然，我的猜测无比正确，此人就是管叔鲜。

“入得，入得。就怕你舍不得。”管叔鲜的口水都要流出来了。

“只要管叔看得上，把我自己给了我也舍得。”武庚嘴上这样说，眼里却闪动着让人不易察觉的寒光。

“朕看上是其次，关键是得让那孺子王看上。”管叔收回垂涎，眉毛拧成疙瘩。

“不是朕说大话，估计看不上如丝、如濡的人还没出世。”武庚自信十足地说。

管叔鲜点点头，继而哈哈大笑，两条粗眉一跳一跳的。末了，用一种施恩的口气对武庚说：“如此，朕就收下了。明日，便送其进京。”

天气越发炎热。我和骓的脖子上被系上红绸，跟在一辆满载奇珍异宝的车后上路了。一路上的艰辛自不必说，在此我就不多说了。作为一匹马，跋涉奔驰是常态，也是天职，乏善可陈，莫如说点在天子身边的事，倒也新鲜。

不过，讲述过程中，我不想把天子挂在嘴边，我习惯称天子之名诵，这样既自然晓畅，也避免引起某些马认为我和骓趋炎附势而厌恶我们。我和骓始终认为，姓名就是用来称呼的，职务不过是姓名的补充，不应该喧宾夺主，成为某个人的称号。但也有例外，比如我十分反感的那个趣马，还有我见过一面的犬人，我就无法称呼他们的姓名，因为从来没人告诉过我他们的姓名。所以，我只能以职务代名字，称他们趣马、犬人。

好了，闲话少讲，我们还是说正事吧。

当我和骓千里迢迢从淇水之畔来到渭水之滨时，高温天气已有所缓解。这让我们初来乍到便对镐京充满了好感。

由于此前鱼的事儿天下皆知，鲜便吸取教训，一再叮嘱送我和骓进京的趣马要避开旦，以免类似鱼的事件发生。自然，鲜不是为我和骓考虑，他的心里除了他自己，唯一的便只有王位了。尽管王位对他来说多么虚无缥缈，可他在心里从未放弃过。

我和骓被安置在灵苑，等候着诵的接见。我们的见面，被诵身边的寺人安排得滴水不漏。这让我不能不怀疑，这个不男不女的寺人是鲜的卧底。每走一步，表面上是为诵，但明眼人一看，就知是为了鲜。可惜，诵的身边没有一双能看透寺人的眼。好不容易有一双，却是我这双马眼。

看见诵的第一眼，我有些吃惊。堂堂一国之君，竟是个十三四岁的少年。个头倒不矮，就是过于瘦弱。细胳膊细腿，像根竹子，孤高冷傲，目光中流淌着与他这个年龄不相符的沉稳阴郁，甚至还有一丝惶恐不安。都说奭德高望重，任人唯贤，但在拥立诵为孺子王这件事上，我却不敢苟同世人的看法，甚至怀疑他有私心，以便达到他不可告人的目的。

一朵乌云从远处赶来，不偏不倚正盖在我们头顶，紧接着雨就下来了，与此同时，一把伞花开在了诵的头上，将他严严实实罩在下边。我顺着伞花向下望去，寺人擎着伞，整个身子暴露在雨中，被淋得水湿。

诵回头看了他一眼，目光中有丝感激。我不禁对诵有了好感，觉得他是个有人性的人。不过，这丝柔情一闪而过，诵转瞬将所有的目光都投在了我和骓身上。摸摸我的耳朵，抚抚骓的白发，快乐一点点向他脸上集结。忽然，他纵身一跃，跳上我的背，两腿用力夹我的腹部。我的兴奋点被触及，力量与速度瞬间爆发，长嘶一声，腾空而起，闪电一般冲进雨幕。骓紧随我后，与我保持着近乎完美的距离。我们载着诵，驰骋在如晦的风雨中。

穿过一片辽阔的草地，我们登上高岗。这时，雨过天晴，空气如滤，青翠欲滴的叶片反射着阳光，晶莹剔透，流光溢彩。远山如黛，绵延不绝，宏伟的镐京在雾霭中隐现。血在诵的身体里沸腾，烧红了他的面孔，眸子中，闪着耀着奇异的光芒。

美好的时光总是短暂，随着夕阳归山，我们离开灵苑，回到城内。我以为我和骓会随着诵去他的王宫，谁知他并没带我们去，只是临走时爱惜地拍了拍我的肩，叮嘱趣马要好生照顾我和骓，他过两日便来。

我信以为真，耐心等待。可是两日很快过去，又很快过去了两日，诵始终没来。难道是他忘记了？还是确实脱不开身？我一边猜测，一边不停地朝门外张望。然而，出现在门口的从早到晚全是失望。

一晃半个多月过去了，我打算放弃幻想。这时，诵却来了，比上次又瘦了，脸色苍白，一句话都不说，只是见到我和骓时，目光才亮了亮，少年的朝气随之而来。

“上次骑的是骆，这次换骓吧。”诵望着我微微笑了下，算是对我失宠的补偿。

“我王大病初愈，今日出行还是乘车为好。”寺人劝阻道。

原来诵病了，想必是那次在灵苑经雨的缘故吧。我不禁有些难过，也很自责。当时只顾放飞心情，忽视了人和马体质上的差别。我和骓，皮毛厚实；诵，身单体弱，虽有锦缎之衣，却终是身外之物，怎及我和骓天生好皮毛？

“不必多言，朕不愿乘车。”诵说着朝我和骓走来。

寺人见拗不过，便挥手让携仆将骓牵到诵跟前。诵的脸上立时又有了笑容，接过骓的缰绳，就要上马。

“我王且慢！”随着一声严厉的男声，旦突然出现。

诵惊讶地瞪大了眼，身子僵直，笑容顿失。

寺人急上前替诵恭迎旦。旦看都不看他一眼，直视着诵问：

"我王这是要上哪里去?"

"宫室憋闷,随便出来走走。"诵木然地答道。

旦似是而非地笑笑,并不答话,只是围着我和雒打量。他的目光尖利如戟,刺得我浑身不自在。我只得低下头,一动不动,希望以此让他感到乏味,从而转移视线。果然,打量了我和雒一番后,他将注意力重新转回到诵身上。

"敢问我王,如此良骁可是管叔所赠?"旦直视着诵。

"四叔怎知是三叔……"说到这儿,诵急忙打住。但为时已晚,他的神态语气已向旦承认了我和雒的来路。

"朕不仅知道这两匹马为管叔所送,且知其原属殷侯武庚。"旦说这话时,口气略带得意。

"那又如何?难道殷侯之马不是马?"诵不以为然地回敬道。

旦一愣,明显感到诵对他的抵触与不满。他想像以往那样呵斥诵,训诫他,可是当他看到诵微扬的下颌、倔强的眼神时,他不得不先自我改变。他尽量用一种商量的口气对诵说:"这两匹马固然是好马,可它们毕竟来路不正。朕怀疑其中有隐情。"

"四叔多虑了,无非两匹马,何来隐情?"

"朕今日来见我王,便为确认此马来路。近来朕时有耳闻,管叔与那殷侯来往密切,一再收受殷侯贿赂。作为三监之首,长此下去,如何履行监管之职?"

诵似有所动,松开了握着雒缰绳的手。雒趁机打了个响鼻,摇头甩尾,活顺一下身子。这时,一阵风跑来,梳弄雒的鬃发。一会儿将其拢作一堆雪,一会儿将其散为一朵云,一会儿又让它白发飘飘,如丝如沃。

"既然如此,四叔尽可着手去调查。如果三叔收受武庚贿赂属实,该怎么处治就怎么处治,不必和朕说。朕病多日,急需出去散散心了。"诵说着,一个翻身,跨到了雒的背上。

"此言差矣!如若三叔受贿,三叔又把赃物转赠给我王,我王岂不是一同受贿?"旦急忙挡在雒前,高声说道。

"那就把骆退给三叔吧。"诵指了指我。

我心里一阵难过，低着头，一动不动。旦走到我身边，拍了拍我的肩，叹道："朕知道我王哪一匹都不舍得退回，可现实摆在这里，要退，必退两匹。只退一匹，仍按受贿论处。"

诵看看我，又看看雒，再看看旦，迟疑着，左右为难。末了，挤出罕见的、带着谄媚成分的笑，请求旦道："朕知道四叔一心为公，可朕实在难以舍弃它们。莫若四叔先去调查，等有明确结果再作决断？"

"到时恐事已迟矣。"

"迟不了。何况四叔也不过是有所耳闻。"

"无风不起浪。"

"空穴能来风。"

诵收起嘴角那丝笑意，挺了挺腰，与旦针锋相对。

旦一忍再忍，终于在诵不顾自己劝阻、强行往外走时发怒了。"汝以为朕仅仅是耳闻么？实话告诉你，朕已掌握了大量三叔与武庚勾结，图谋不轨的证据。之所以没与汝讲，是顾虑汝病，不忍汝动气伤身。而汝丝毫不怜朕的一片苦心，执拗顽固如此，实实让朕失望伤心。"

诵的脸一阵红，一阵白。尽管在心里，他能体察到旦的用意，可年少与倔强、虚荣与无知让他不想向任何人低头，反而变本加厉，强词夺理，为自己辩解。"既然四叔有证据，那就拿出来。耳闻三叔谋反？朕倒听人说，四叔想篡位呢。所谓的摄政，无非是个托词。说不定哪天，汝就将朕取而代之了。"

"孺子信吗？"旦逼视着诵，目光深不可测，跳荡着浓重的恼怒与失望。

"始闻不信，眼下信了。"诵不再躲避旦的目光。

"为何？"

"仅凭汝对朕的态度，便可见朕在汝心目中的位置。汝从未把朕当作至高无上的王看待，即使有，也是个孺子王。"

"那依汝看法，朕当如何称呼我王？"

"四叔学识渊博，多才多艺，连朕的称呼都无法确定，可见汝确实没把朕当王看待。”

“此言大谬！可见有人谗言蛊惑蒙蔽我王，朕定要查出引人，以清我王耳根心智。”

“实在可笑！一会儿怀疑三叔图谋不轨，一会儿嘲笑朕耳目不聪。天下之大，恐怕没有比你姬旦更聪明的人了。”

“看来我王对朕成见极深，不如你我一起去见君奭，请他作个裁判。”

“不必了，朕顾不上。”诵说着，猛地夹了骓的肚腹。骓扬蹄嘶鸣，然后就一阵风似的冲了出去。

骥

诸位都讲过了，那就由我来讲吧。

与诸位相比，我的年龄稍显老些，但老不是缺陷，反而是优势。俗话说，老骥伏枥，志在千里，指的便是此刻的我。我对入选天子驾六充满信心。因为我经历丰富，久经考验，值得信任，可堪重用。这些年，天命易手，争斗不断。无论大战、小战、冷战、内战，我都有不同程度的参与。出生入死，无怨无悔，为大周的江山立下了汗马功劳。

但更值得我引以为豪的不是这些虚名，而是我幸运地成为召公奭的坐骑。良禽择木而栖，良马更得择人而骑。正是因为遇到了召公，我的马生才得以丰富而趋于圆满。

现在，就让我回过头将这些经历作一梳理，与诸位分享共勉。

第一次随从召公出行，是在一个下雪天。去的是殷邑，追杀伙同管叔鲜谋反作乱的殷侯武庚。此前，我们在管城已经经历过一场恶战。管城是“三监”之一管叔鲜的封地，主要职能是与西边的霍叔处、南边的蔡叔度共同监管殷邑的武庚。武庚自然不甘、不服，但迫于形势，不得不委曲求全，极尽所能拉拢管叔三兄弟，挑拨离间他与周公的关系，针对周公摄政，四处散布“周公将不利孺子”

的流言。为此，召公曾十分生气地质问过周公，周公极力辩解，并以召公提出的“敬德保民”为论据，最终说服打动了召公，赢得了召公的理解和支持。二人齐心协力，杀管叔、流霍叔、贬蔡叔，平定了“三监”之乱。

主谋武庚却趁乱脱逃。周公因要在殷邑设立卫国，授封其弟康叔，追杀武庚的任务便落在了召公头上。这是一项极其艰巨的任务，殷邑北部残存着大量殷商势力，武庚到了那里，便如鱼入大海，鸟归山林，占尽战略优势，但最终他还是败在召公手下。不是兵力不足，也不是武功不强，武庚之败完全是败在了人心。昔日的旧部眼见殷商大势已去，而武庚依然不给他们应有的利益和尊重，且来者又是德高望重的召公，便审时度势，站到了召公一方。

武庚绝望地朝着殷邑看了最后一眼，举起轻吕，刎向颈间。一束殷红喷溅而出，染红了身下一大片雪地。

召公按国君规格、殷商之礼葬之。

第二次随从召公出征，是在成王五年。少年天子长成了青年天子，到了该真刀实枪历练历练的年纪了。恰巧，东夷叛乱，天子便以召公为保，周公为师，出征东夷。

讲到这儿，我要强调一下，在以下的讲述中，凡讲到召公，我就以太保称之。太保这个称呼，实在不同一般。尽管殷商时期已有设置，但根本无法与召公这个太保相比。因为我通过天子对太保的言行举止，就能判断出其是多么尊崇显赫。这是一个集父爱亲情、监管呵护、摄政辅佐于一身的职务，是天子的靠山，是天子的精神支柱。

闲话少叙，接着东征的话题聊。刚在讲述中，漏掉一个重要的细节，那便是天子御驾亲征。虽然他只有十几岁，但左右有召公、周公，他雄心万丈，意气风发，极大地鼓舞了士气，为此次东征胜利奠定了坚实基础。当然，周、召二公功不可没、平分秋色。可不知为何，人们一说起这次东征，就是周公东征，基本不提召公。人心难测啊！都说我们马类有灵性，能通神，可我为何连人都通不了？

东征，让周的疆域一扩再扩，加上北部殷商旧族归服，偏居西土的小邦周，顿时成为大邑周。为了控制守卫这些新的领土，成王再次封建亲戚。其中，周公旦封鲁，由其子伯禽代父就封，周公依然留在朝中辅政。至于太保，因武王时已封燕，这次天子就没对他再分封，而是进一步明确职权，任命一直留守燕国的克为燕侯，并专门为太保举行隆重仪式，以示对太保的敬重和景仰。

仪式在灵台举行，克也从燕国赶了回来。天子动情地对太保说，太保，你的明德贤良让朕感动，为了表达对你的敬意和感激，我要封你为燕侯，由你的长子克代替，执掌燕方，并将祖、驭、羌、马、狸、御、微等国族，连同燕国一起纳入有周的版图，由你们管辖。

太保携子克一起谢天子恩，天子还礼。仪式在一片祥和中结束。随后，克归燕，太保留京，父子二人殚精竭虑，为有周的兴盛发展贡献着自己的力量，且卓有成效，青史留名。

第三次，是跟随太保巡行乡邑。其时，天下安宁，海晏河清。太保与周公以陕为界，分陕而治。陕以西，太保主之；陕以东，周公主之。对于周公治下情况，我不了解。因为他长期居雒，而我远在镐京。不过，以他的才干能力，想必是政通人和，兴旺发达吧。但对太保，我是再熟悉不过了。别的不说，就说棠下决讼这件事吧。

那天，天气十分炎热。我和骐驾车，拉着太保走在乡邑土路上。刚下过雨，路面泥泞，尽管我和骐走得小心翼翼，可还是颠簸得厉害。就这样，走着走着，一不小心，我们把左侧的车轮拉进了泥坑中，进退不得。驭夫举起鞭子，就要抽打我，被太保看见。太保对驭夫说，天雨路滑，也怨不得马儿，且拢住它们，待我下车步行。说着，太保便下了车，与随从一起，将车推出了泥坑。

邑丞得知太保前来视察，急忙率众前来迎接。原以为太保出行，必是前呼后拥，威风凛凛，谁知仅五六个随从，一两匹老马。邑丞深感意外，一时竟怀疑太保是否为真太保。但随即他便打消了疑虑，太保的气度、太保的神态、太保的举止，是除了太保再无人能企及的。

邑丞要给太保下跪，以示对太保的尊重。太保拦阻道："拱手作揖即可，无须下跪。如果跪，也是跪天、跪地、跪列祖、跪父母。"

邑丞再次深感意外，对太保更加肃然起敬，便请太保先至邑内衙署下榻，歇息几日，他要给太保新建一座行署。太保说："为容我一身，而劳百姓无数，于心何忍？非先王仁政之道，非圣人君子之德。"

邑丞素知太保脾性，不敢拂违太保之意，但在这荒郊野外，何处能做得了太保的下榻之处？他四下张望着，急得额头上的汗珠都流了下来。

太保也不理他，大步向前走去，我们紧随其后。走过这片泥泞路段，来到一处开阔处，太保被路边的一棵老甘棠树吸引。走过去仰头望了望，又上前抱了抱，丈量一番，然后对邑丞说："朕的下榻处有了，就在这棵老甘棠树下。"说着，太保招手让携仆亢近前，比画交代了一番。亢会意，随即招呼其他随从，伐枝割草，搭建草棚。半晌工夫，棚搭好。太保满意地点点头，对邑丞说："朕的处所有了。你且回去遍告邑人，即日起，无论贫贱富贵，皆可来朕处控告申诉。"

邑丞受命急匆离去。随后，便有邑人络绎前来。起初，他们还对这座茅草棚充满疑虑，犹豫惶恐，不敢近前。太保便走出茅草棚，以石为凳，坐在来访者中间，拉家常，谈笑风生，很快便打消了来访者的疑心，打开了他们的话匣子。渐渐地，来访者多了起来，太保一视同仁，解民忧，化民怨，爱民如子。

这一切，都被我看在眼中。印象最深的是那个瘦得皮包骨头的老人，他因偷食邻人饭食而被告到邑丞那里。这两年干旱，类如偷窃饭食之类的案件尤多。邑丞不胜其烦，就统一将这些人投入牢中。一些老弱者，因此被加速死亡，或直接毙命。

这位老人运气好，遇到太保巡视，被从牢中放了出来，从轻处罚。对此，邑丞颇为不解，同为偷盗饭食，为何有的人处罚重，有的人处罚轻？他想当面请教太保，但见太保无暇，不好意思打扰，便转而问亢。亢只说了四个字"区别对待"。

邑丞似懂非懂，一脸困惑。

还有一名年轻女子，一身缟素，前来喊冤。原来，她新婚的丈夫因涉嫌毒害邻人，三天前被邑丞斩杀了。

“朕夫心地善良，胆小怕事，连只鸡都不敢杀，岂能杀人？”女子坐在太保面前，悲痛地哭诉。

因为涉及人命，太保听完女子申诉，没有立即答复，而是安慰其一番，让其回家等候传唤。

女子哭涕而去。太保问邑丞，以何定此女夫杀人之罪。邑丞说有死者家属举报与乡人证言。太保说，仅凭此证据只能怀疑女夫杀人，但决不能定罪。邑丞诺诺，无言以对。太保说重查此案。邑丞一愣，神色大变。

后来，案件真相大白。此案果然是个冤案。死者系误食毒物致死，并非女子丈夫毒杀。

事实面前，邑丞自知罪责难逃，便抢在太保到来之前，在衙署自刎而死，以企保全生命的尊严。

在得知邑丞自裁的那一刻，太保哭了，满头白发在风中飘扬成一面旗帜。

我们去后，那棵甘棠树被当地百姓保护起来。有新任邑丞不知隐情，见老甘棠高大挺直，可作栋梁之材，便欲伐来建屋。百姓闻之，纷纷前来劝阻，且作《甘棠》歌曰：

蔽芾甘棠，勿翦勿伐，太保所茇。
蔽芾甘棠，勿翦勿败，太保所憩。
蔽芾甘棠，勿翦勿拜，太保所说。

然而最终，骥没能入选天子驾六。趣马说它太老，就让它继续跟着上了年纪的太保罢了。就这样，骥重新回到了召公身边。老马，老人，老友，老当益壮。

天子驾六如期造成。天子把目光再次投向东方。他去见太保，谋划营建雒邑事宜。

“先王克殷，已在雒邑廷告于天，要于此宅兹中国。当年，太保率朕在雒邑已做了大量基础之工。一晃若年，先王归天，雒邑未建，有愧先王，心内甚是不安，不知太保对此有何看法？”天子征求召公意见。

“营建雒邑不仅是为完成先王遗志，更是我有周的千秋大业。朕从未敢忘记。只是囿于天下初定，四疆未靖，才一直未向天子说起。今天子既然考虑成熟，我当全力以赴，如武王愿营雒。”召公表明态度。

叔侄、君臣，二人一拍即合。

那天是二月十六日。六天后，也就是二月二十二日，乙未日，天子一大早从镐京步行至丰邑告祖，并为召公赴洛相土饯行。

骥随召公奔赴新的战场。它兴奋不已，又有些不安，唯恐自己年迈，腿脚不好，拖累召公，误了国家大事。

三月丙午，新月初现光辉。到了第三天戊申，骥便驾车载着太保到达了雒地。这时，还是早晨，太保顾不得一路颠簸劳累，便开始视察勘测地形，对选出的地址进行慎重的卜问。在得到吉兆后，太保紧接着进行了详细规划。然后，率领众多殷民，在雒水与黄河汇合的地方测定了新邑位置。

这时，周公也赶了过来，全面视察新邑并在南郊祭祀后，便征调殷民及侯、甸、男各诸侯国，命令他们全力营建雒邑。浩大的工程随之动工。

召公发布《召诰》，告诫天子：“王重视造作新邑，不可不重视行德，不可不鉴戒夏、不鉴戒殷。夏、殷国运没能延长，是他们的君王不敬德的缘故。重视行德，天命长久。愿王施行德政，不要用杀戮来治理天下；愿王立于德臣之首，让天下效法施行；愿王勤勉节俭，永享上天赐予的福运国命。”

新邑如期建成。在盛大的竣工庆典现场，骥见到了久未谋面的骝、骇、鱼、骆、雒，以及曾经的老搭档骐。它们六骏雄姿英发，光彩照人，不仅展示了自身形象，更呈现了大国气象。回头看看自己日渐干枯的鬃发，骥心里颇不是滋味。老骥伏枥，雄心已已，跟随陪伴太保的日子不多了，见到天子驾六及其主人的机会也不多了。

然而，令它万万没有想到的是，人中老骥的周公旦却走在了它之前。更令它震惊的是，正值盛年的天子，在周公去世后也驾崩了。

接二连三的打击让太保迅速衰老，形容枯槁。可是他不能老去，他的使命还远未完成。天子临终重托，拥立钊儿继位，他的责任重大，关乎国运兴亡，社稷安危。

骥看见，在又一个黎明前的黑暗中，太保梳洗沐浴，穿戴齐整，精神抖擞地出门了。在路上，骥才得知，今天是新天子登基的日子，太保要到祖庙主持新天子的登基典礼。骥不由神情一振，加快了步伐。可它毕竟老了，有些力不从心。赶到祖庙时，天已大亮，旭日东升，它满身汗珠映着霞光，发射着奇异的光芒。

典礼开始。王出，在应门之内。太保率西方诸侯入应门左，毕公率东方诸侯入应门右，皆布乘黄朱……接着是拜谢、颂唱：皇皇者华……骏惠我文王，曾孙笃之……声音断断续续，缥缈如缕，催人入眠，骥再也坚持不住，就地而卧，停止呼吸。眼却不愿闭上，留一颗硕大晶莹的泪珠在眼角，等待着太保，与他作最后的告别。

礼成，太保回到骥身边，帮它拭去那颗眼泪，将它葬于高岗之上。

康王二十四年，太保卒，谥召康公、皇天尹。